KB028759

# 거짓말

1

노희경 대본집

# 거짓말 1

초판 1쇄 발행 2010년 2월 20일
개정판 1쇄 인쇄 2016년 9월 10일
개정판 1쇄 발행 2016년 9월 17일

지은이 | 노희경
펴낸이 | 金湞珉
펴낸곳 | 북로그컴퍼니
편집부 | 김옥자·태윤미·김현영
디자인 | 김승은
마케팅 | 김승지·이예지
경영기획 | 김형곤
주소 | 서울시 마포구 월드컵북로1길 60(서교동), 5층
전화 | 02-738-0214
팩스 | 02-738-1030
등록 | 제2010-000174호

ISBN 979-11-87292-31-9 04810
ISBN 979-11-87292-30-2 (세트)

이 책은 2010년 출간한《거짓말》양장본의 개정신판입니다.

북로그컴퍼니

# 미치게, 죽기 살기, 아낌없이, 미련 없이

〈거짓말〉을 집필했을 당시, 내 나이 서른두 살이었다. 극 중 성우가 나보다 한 살 많았다. 스물아홉 살에 데뷔한 뒤, 일거리가 없어 1년을 백수로 지냈다. 그 후 나는 1년 반을 단막극 〈세리와 수지〉, 4부작 〈세상에서 가장 아름다운 이별〉, 또 다른 단막극 〈아직은 사랑할 시간〉 그리고 44부작 수목 연속극 〈내가 사는 이유〉까지 정말 한시도 쉬지 못하고 미친 듯이 달리기만 했다.

지금 생각해보면 이때 내게 주어졌던 시간들은 단순히 힘들게 얻은 기회를 놓치지 말아야겠다는 집착, 작가로서 출세를 해야겠다는 욕망, 그로 인한 불안감과 두려움, 초조함, 이미 선불을 받았으니 반드시 글을 써야 하는 부채감까지 겹쳐 정작 글보다는 악몽에 시달리게 한 시간들이었다.

그러다 보니 밥 먹는 시간이 아까워 환자용 캔 죽을 방 안 가득 쌓아두고 먹었으며, 새벽 세 시든 네 시든 일을 끝내도 걷잡을 수 없는 이상한 기분에 사로잡혀 펜을 놓지 못하기 일쑤였다. 그뿐이 아니었다. 즐기지도 못하는 당구를 치기도 했고, 주변에 사는 친구들을 들들 볶아 승자도 패자도 없는 카드만 줄곧 쳐댔다. 언제 제대로 잠이라는 것을 청했는지는 기억조차 없다. 대부분 글 쓰던 중간중간에 기절한 사람마냥 곯아떨어져 두어 시간 쪽잠을 잘 뿐이었다. 그러고는 가위에 눌려 잠에서 깨고, 다시 캔 죽으로 식사를 때우고, 컴퓨터에만 들러붙어 앉아 있었다. 가족들을 만나 마음 편히 놀아본 기억도 없고, 친구들을 배려한 적은 더더욱 없었으니 즐거움이 내 주변에 있기나 했으랴?

어느 날, 문득 이런 생각이 들었다. '내가 왜 글을 쓰지? 지금 이 순간 글에 몰려 살아가는 나는 행복한가? 이러자고 작가가 된 게 아닌데. 나는 지금 쓰고 싶은 글을 쓰고는 있는 것일까?' 지금도 생생하다. 30킬로그램을 갓 넘긴 저체중의 나, 노희경이 지하 방 한구석에 쭈그리고 앉아 망연자실한 심정으로 스스로에게 묻고 또 묻기만 했던, 감출 수 없는 생생한 기억….

그러다가 드라마 〈거짓말〉을 생각해냈다. 〈내가 사는 이유〉는 수정만 남겨놓고 있었으며 방영은 이미 30부쯤 하고 있던 시점이었다. 감독에게 무슨 얘기를 쓰겠다고, 아니 그런 얘기를 쓰고 싶은데 함께해주겠냐는 상의 한 번 없이, 방송국에 이런저런 이야기를 써도 되겠느냐고 묻지도 않고서, 나는 주섬주섬 글을 썼다. 아니 써야만 했다.

지나간 사랑에 대한 참회록! 그가 아닌 나에 대한 참회록! 왜 나는, 아니 나와 사랑했던 상대들은 왜 그렇게 모질고도 극악하게 결별해야만 했던 것일까? 한 번쯤은 미안하다, 잘못했다, 라고 말했어야 하는 것 아닌가? 그는 나에게, 나는 그에게 한 순간만이라도 참 많이 고마웠다는 말을 했어야 하지 않는가? 글을 쓰기 전, 적어도 이 질문들에 대해 속 시원히 이야기해줄 답글 같은 것들을 쓰고 난 후 새로운 무언가를 써야 하지 않나? 그런 질문에, 또 이어지는 질문이 〈거짓말〉을 쓰게 한 최초의 힘이었다.

대중을 상대한다지만 대중은 없고, 당시에는 오로지 '나'와 '그'만 있었다. 그 어긋남을 고민할 여유조차 없었다. 고민보다 손이 빨랐고, 글이 빨랐으며, 버거운 질문들을 털어내려는 욕망이 나를 이겼을 뿐이었다.

〈거짓말〉은 '거짓말같이 아름다운 사랑'을 줄인 표현이다. 내가 아름답지 못한 사랑을 했으니, 그 이야기를 작품에 담아내고 싶었다. 작품이 살아 움직여야 했던 목적은 단순히 그것뿐이었다.

온순하면서도 섬세한 감성을 지닌 표민수 감독은 내 이야기에 눈물로 동조해주었고(왜 그랬는지는 모르겠다), 나의 모자란 부분을 감독으로서 차곡차곡 채워주었다. 표 감독의 이런 지지가 없었다면 나는 〈거짓말〉을 완성해낼 수 없었으리라….

그렇다면 작품은 아름다웠어야 한다. 결과는 아프기만 했다. 사람들은 그렇게 말했다.

아픔으로 지난 사랑을 참회할 수 있을까? 지금 누군가가 그렇게 묻는다면 단연코 아니라고 할 것이다. 그런데 그때는 그만한 것이라도 내게는 위안이 되었다. 내가 아프니까, 지나간 모든 사랑아 날 용서하렴, 이라며 치졸하게 매달렸다.

방송국에서는 이 이야기로 드라마를 만들 수 있겠냐며 적극 만류했다. 동료 작가들은 마스터베이션 같은 글, 자기만족과 드라마를 구분조차 하지 못하는 초보라는 질타를 내게 쏟아부었다. 그런데 나는 정말 그런 말에 상관조차 하지 않았다. 사실 그 말들은 무조건 맞는 말이었으니까.

표 감독에게 그런 말을 했던 기억이 난다. '이 글 때문에 내게 두 번 다시 일감이 주어지지 않더라도, 나는 상관없어. 그냥 쓸 거야.' 표 감독이 나를 가만히 쳐다보더니, 고개를 끄덕이고는 손을 덥석 잡았다. 당시 우리는 생계를 무시해도 괜찮을 만큼 젊었다. 언제 그런 무모한 시도를 해보겠는가? 그때가 아니면….

그래도 내게 행운은 있었는지 편성이 잡혔고, 방영 두 달 전 20부작 완고를 끝냈다. 〈내가 사는 이유〉가 종영되고 두 달 정도 지난 시점이었나 보다. 굶어도 쓰고, 죽어도 쓰고… 이게 마지막이라도 쓴다는 다짐으로 잠도 청하지 않고 미친 듯이 글만 썼던 기억이 난다. 그러다 아프면 엉엉 울기도 많이 했다. 이제는 지쳐 울지도 못하는데 그때는 젊었기 때문에 눈물도 넘쳐났다. 오죽하면 표 감독만 만나면 카페에서 울어댔으니, 주변 사람들이 우리를 연인으로 오해하는 것은 당연지사였다.

〈거짓말〉 대본집을 앞두고, 나는 대본을 구경도 안 했다. 방영 당시 느꼈던 감정은 드문드문 기억에 남아 있는데, 문법에 맞지 않는 대사들이 넘쳐났다는 기억은 왜 이렇게도 또렷하기만 한지. 그러나 특별히 고칠 생각은 하지 않았다. 〈거짓말〉을 사랑한 사람들은 내 부족함마저 감수한 이들이라 믿었기 때문이다.

성우를 사랑했다. 은수를 사랑했다. 준희를 사랑했다. 대본 연습실에 가면 나는 대본을 펴 들지 않아도 될 만큼 대본을 전부 외웠다. 영희를, 현철을, 동진을, 세미를, 장어를 사랑했다. 사랑한 것이 전부였다. 시청률은 그다지 신통치 않았지만, 10년이 지난 지금도 나는 〈거짓말〉을 쓴 노희경으로 남았으니… 그걸로 됐다.

그러나 〈거짓말〉은 드라마트루기를 무시한 대본임을 인정한다. 작가 지망생이 절대 흉내 내서는 안 되는 것도 사실이다. 그냥 드라마를 보는 재미, 대본을 읽는 재미에 그쳐야 함을 당부하고 싶다. 부탁하건대, 당신이 작가 지망생이라면 나의 당부를 잊지 않기를 바란다. 드라마는 대중을 상대해야 한다. 선배들의, 방송가 사람들의 조언이 모두 맞다. 잊지 말아야 한다.

나는 〈거짓말〉로 참 많은 것을 얻었다. 영원한 파트너 표민수를 얻었고, 정말 따뜻한 동료 기민수(당시 조연출, 〈굿바이 솔로〉 감독)를 얻었고, 절친 배종옥을 얻었다. 집필부터 방영까지 1년이란 시간 동안 그만큼 얻었으면 나는 마음 부자가 아닌가 싶다. 그러니 고개 숙여 모두에게 감사한다. 그러나 지난 사랑에 대한 참회는, 내게 여전히… 숙제다.

미치게 사랑하고, 죽어라. 사랑하고, 아낌없이 사랑하고, 부족함이 없이 사랑하면, 후회도 미련도 없다. 나는 〈거짓말〉을 그렇게 사랑했다.

노희경

## 용어정리

| | |
|---|---|
| 몽타주 | 따로따로 촬영한 화면을 적절하게 떼어 붙여서 하나의 긴밀하고도 새로운 장면이나 내용으로 만드는 일 또는 그렇게 만든 화면을 말한다. |
| 몽타주성 | 대사 없이 배경음악이 깔리면서 들어가는 여러 가지 장면들을 의미한다. |
| 씬 | 장면(Scene)이라는 의미. 같은 장소, 같은 시간 내에서 이루어지는 일련의 행동이나 대사가 한 씬을 구성한다. |
| (C. U) | 클로즈업(Close-Up), 즉 근접촬영을 줄인 표현이다. 카메라를 렌즈의 지근 거리 이내로 접근시켜 피사체를 크게 찍는 방식을 말한다. |
| DIS. | 디졸브(Dissolve)를 의미하며, 두 개의 화면이 겹쳐지거나, 블랙이나 화이트 화면과 기존 화면이 겹칠 때 사용된다. 시간 경과나 씬 마무리 때도 자주 쓰인다. |
| (E) | 효과음(Effect)의 줄임말로 보통 등장인물은 보이지 않고 소리만 나는 경우에 사용된다. |
| (F) | 필터(Filter)의 약자로, 전화기 너머의(필터를 거쳐 들려오는) 목소리나 마음속으로 하는 얘기 등을 표현할 때 쓴다. |
| (F. I) | 페이드인(Fade-In)을 의미한다. 화면이 처음에는 어두웠는데 점차 밝아지는 상태를 지칭한다. |
| (F. O) | 페이드아웃(Fade-Out)을 지칭하는 표현으로, 영화나 텔레비전에서 화면이 처음에 밝았다가 점차 어두워지는 상태를 말한다. |
| (N) | 내레이션(Narration)을 지칭하는 시나리오 용어로 장면 밖에서 들려오는 목소리를 나타낸다. |
| (O. L) | 오버랩(Overlap)을 의미한다. 현재 화면이 사라지면서 뒤 화면으로 바뀌는 기법이다. 대사에서 (O.L)은 호흡을 주지 않고 앞사람의 말을 끊고 말을 할 때 쓰인다. |

차 례

대본집을 펴내며 4
용어정리 8
시놉시스 11
일러두기 34

1부 ___ 35
2부 ___ 73
3부 ___ 111
4부 ___ 151
5부 ___ 187
6부 ___ 227
7부 ___ 267
8부 ___ 305
9부 ___ 341

시놉시스
/
# 사랑은 거짓말을 하지 않는다

집필의도

기획의도

등장인물

… 성격과 관계를 중심으로

… 주요 인물 간의 스토리를 중심으로

• 시놉시스(synopsis) - 주제, 기획 및 집필의도, 등장인물, 줄거리라는 네 가지 기본 요소가 구체적으로 포함된 작품의 의도를 의미한다. 〈거짓말〉은 위의 네 가지 기본 요소뿐 아니라 인물 간의 미묘한 감정선까지 담아내어 후배 드라마 작가들에게 모범이 되는 시놉시스를 제시했다는 평을 받고 있다.

이 드라마에는 멜로가 있고, 불륜이 있다. 그리고 부모 자식 간의 사랑이 있고, 남자와 여자의 우정이 있으며, 여자와 여자 사이, 남자와 남자 사이, 즉 인간에 대한 믿음이 있다. 이즈음의 드라마는 편을 가른다. 우리 편과 남의 편이 있고, 강자가 있고 약자가 있으며, 좋은 자가 있으면 나쁜 자가 있다. 그러나 〈거짓말〉에는 편도 없고, 누구나 약하면서 누구나 강하다. 누구나 상처를 주면서 누구나 상처를 받는다. 작가는 〈거짓말〉을 구상하는 내내 한 가지만 생각했다. 그리고 집필하는 내내 이 한 가지 생각만 하려고 한다.

사랑이란 얼마나 사람을 깊어지게 하는가, 사랑이란 얼마나 슬프도록 아름다운 것인가!

이 드라마의 제목은 〈거짓말〉이다. 그러나 이 드라마에는 단 한 씬도 거짓말이 섞이지 않을 것이다. 작가는 이 드라마에 부제를 달라고 하면 기꺼이 다음과 같은 부제를 달겠다.

'거짓말 같은 진실'

각박한 세상, 믿음이 무너지고 사랑이 작아지는 세상에 따뜻하고, 가슴 저리는 드라마를 쓰겠다. 이 드라마를 통해, 사는 것이 얼마나 아름다운가를, 사랑이란 얼마나 슬프도록 아름다운 것인가를 보여주고 싶다.

1

사랑의 의미를 다각적인 면에서 깊이 있게 조명하여 감동적인 드라마를 만든다.

대부분의 사랑은 이기적이다. 내가 주체가 되어 사랑하기 때문에 남이야 어찌 되든 상관이 없다. 불륜일 경우에는 더욱 그러하다. 그러나 〈거짓말〉에는 이기적인 사랑이 없다. 이기적인 마음으로 다가서지만 결국 자기가 한 사랑에서 이기심은 뺀다. 그러니, 아름답다. 때로는 오해하지만, 사랑하기 때문에 이해한다. 이해하고 싶지 않지만, 종국에는 자신도 모르게 이해하는 사랑을 한다. 아마 대개의 사람들은 불륜이 아름답다는 것에 대해, 외도하는 남편을 사랑한다는 것에 대해, 중년이 가슴 저리게 사랑한다는 것에 대해, 가진 자와 없는 자의 사랑에 대해 모두가 해피엔딩으로 끝난다는 사실을 이해 못할 것이다. 그러나 생각해보라. 진정으로 사랑한다면 경계와 편견이 왜 작용하겠는가? 옹졸하고 얄팍한 사랑이 아닌, 깊고 두터운 사랑을 통해 가식적이고도 인스턴트 같은 세상에 묵직한 감동을 만들어 조금이라도 이 세상을 아름답게 만들고자 한다.

2

갈등이 있는 드라마, 화해하는 드라마, 도덕과 상식과 이해가 담긴 드라마를 통해 공영방송으로서 자존심을 지킨다.

기존의 드라마는 획일적이었다. 주인공 둘 혹은 셋이 합의가 이루어지면 주변 사람들은 기꺼이 악인과 선인으로 나뉘었다. 시청자 역시 주인공들의 행태에 동조하거나 반기를 들면 그뿐이었다. 젊은 남녀 한두 쌍이 세상과 동떨어져 저희들끼리 사랑하기만 하면 그뿐이었다. 갈등과 억지가 난무해도 주인공들만 화해하면 그뿐이었다.

그러나 〈거짓말〉은 다르다. 어른이 있기에 갈등을 풀 수 있고, 현자(어른다운 어른은 대개 현자다)가 있기에 억지를 줄일 수 있다. 상처가 있기에 진실할 수 있다. 등장인물 누구나 진실하기에 욕할 수 없고, 자존심이 있기에 아프고, 아프기에 아름답다. 얄팍하지 않기에 오래도록 감동할 수 있다. 공영방송이 만드는 드라마로 손색이 없을 것이다.

3

계급과 신분, 나이와 성별을 뛰어넘어 사랑하는 사람들을 통해 사랑으로 화해되는 따뜻한 세상, 따뜻한 드라마를 만든다.

오십에도 사랑할 수 있는 영희와 현철, 살을 섞지 않고도 사랑할 수 있는 성우와 준희, 친구보다 격의 없는 부부인 준희와 은수, 보는 것만으로도 감사할 수 있는 은수와 동진, 사랑하기 때문에 이해할 수 있는 성우와 은수, 계급과 신분과 편견을 이겨나가는 동진과 세미, 그리고 진정으로 안타까워하고 걱정해주는 따뜻한 이웃인 하숙, 인정, 장어. 이들을 통해 싸우고 헐뜯는 것만이 세상을 사는 방편이 될 수 없음을 따뜻하게 역설하고자 한다.

## 등장인물
/
성격과 관계를 중심으로

### 주성우 여, 33세

인테리어 토털 매니저. 모든 예술 분야(미술, 공예, 도예 등)와 인테리어를 한데 접목시키는 직업이다. 가령 카페나 집을 만드는데 그곳에 화백이나 공예가의 작품을 전시하고, 어떻게 인테리어를 할 것인가를 판단하여 이를 주선하는 일을 말한다. 명문대 경영학부를 졸업하여 대기업 비서실에서 근무했다. 현재 근무하고 있는 '이매지'에 입사한 지는 1년 반 정도 되었다. '이매지'는 그녀의 선배인 김하숙이 운영하는 회사이며 성우는 실무 최고 책임자이다.

겉보기에는 냉정하면서도 남성적인 카리스마를 지니고 있는 것처럼 보이지만, 내면을 들여다보면 상처와 아픔만이 아니라 넓은 이해심과 한없이 부드러운 여성성을 감추고 있다. 이렇듯 그녀가 이중적인 성격을 가지게 된 것은 과거의 영향 때문이다.

유년 시절 그녀는 편모슬하에서 자랐지만 언제나 당당했다. 남들 하는 만큼 공부도 했고, 과부 티를 내지 않는 엄마가 있었으며, 무엇보다 거친 세상을 단숨에 뛰어넘을 자신이 있었다. 그러나 세상은 그녀처럼 편견 없이 순수하지 않았다.

그녀는 스물둘에 첫 남자를 만났다. 그는 자신이 다니던 대학의 강사였다. 일찍 철이 든 탓에, 소녀 같은 감상에 빠져 학창 시절에 국어 선생님도 좋아한 적이 없는 그녀로서는 뒤늦은 첫사랑이었다. 그러나 그는 유부남이었다. 그녀는 그가 아내보다 자신을 더 사랑한다고 믿었다. 그리고 그는 언제나 성우만을 사랑한다고 누누이 말했다.

처음에 그녀는 유부남이라는 이유 하나만으로도 비극일 수 있는 그 사랑을 받아들이지 않으려고 애를 썼다. 세상을 누구보다도 상식적으로 살고 싶었기 때문이다. 그 때문에 하루에도 열두 번씩 보고 싶은 남자의 전화를 백 번도 넘게 말없이 끊었고, 비 오는 날 집 아래 창가에서 우산 없이 서 있는 남자를 보고도 모른 척하려 애쓰며 오지 않는 잠을 이 앙다물고 청한 적도 있었다.

그녀는 그와의 줄다리기를 포기했다. 그리고 사랑을 다짐했다. 사랑하기 때문에 같이 살아야 한다고 믿었다. 결혼할 수 있다고 자신했다. 그러나 막상 그녀 입에서 '이혼'이라는 말이 나오자 남자는 아이를 들먹였다. 아내에게 상처 주고 싶지 않다고 했다. 그녀는 남자에게 물었다. '나를 처음 만나 사랑할 때도 아이가 있었고, 아내가 있었다. 그럼 왜 그때 아이와 아내를 생각하지 않았나? 허물어질 대로 허물어지고 난 지금에야 그 말을 하는 이유는 무엇인가?' 그때 남자가 말했다. '이제는 너를 사랑하지 않는다.' 성우는 그때 허물어지는 자신을 간신히 추스르고 돌아서며 그렇게 단호하게 말해준 남자가 차라리 고맙다고 생각했다. 그리고 그 어떤 사랑도 시작이 있으면 끝이 있다는 진리를 배웠다. 이후로 그녀는 더 이상 사랑을 믿지 않았다.

그러다가 스물일곱에 다시 남자를 만났다. 그는 순수했으며 나이 차도 세 살로 적당했다. 무엇보다 아내가 없고 자식이 없는 미혼이었다. 그녀는 그와 결혼하려 했다. 성격도 잘 맞았다. 무엇보다 정착하고 싶기도 했다. 그러나 이번에는 그의 집안에서 반기를 들고 나섰다. 편모슬하의 외동딸을 장손 집 며느리로 받아들일 수 없다는 것이었다. 남자는 부모를 설득하겠다고, 그러니 기다려달라고 했다. 그녀는 그런다고, 기다린다고 하고서는 기다리지 않았다. 남자가 부모의 뜻을 거스르고 자신과 살 만큼 모나지 않다는 것을 그녀는 알고 있었다.

아픈 사랑을 두 번 하고, 스쳐 지나가듯 두 남자를 더 만났다. 결국 서른을 넘기고 세 살을 더 먹었다. 이제 그녀는 영원할 수 없는 사랑에 빠져 허우적댈 만큼 자신이 순수하지 않다고 생각한다(그러나 그녀는 아직 사랑할 수 있는, 순수하고 아름다운 여자다). 사람에 대한 기대도 없다. 그런 그녀가 다시금 도망칠 수 없는 사랑에 빠졌다. 처음에는 이 사랑을 대수롭지 않게 보려고 했다. 지금까지 모든 사랑이 부질없고, 가벼웠듯이 이 사랑도 그러하리라 생각했다. 그러나 불행히도, 다행히도 이 사랑은 그녀의 생각만큼 만만하지 않았다.

### 서준희 남, 28세

인테리어 토털 디자이너. 직장인보다는 예술가로서의 삶이 더 어울리는 순수한 사람이다. 즉, 사교성이 풍부한 사람은 아니다. 그리고 성우의 부하 직원이다. 무녀독남으로 양친은 모두 청주에 계신다. 교수이자 이해심 많은 부친과 중졸이지만 따뜻하고 예쁜 모친 밑에서 평탄한 유년 시절을 보냈고, 학부 중 뉴욕으로 유학을 갔다. 은수와는 뉴욕에서 우연히 만났다(당시, 은수는 파리에서 유학 중이었는데 뉴욕으로 친구를 만나러 갔었다). 그는 친구처럼 편한 은수와 3년 동안 연애하고, 스물다섯에 결혼해서 지금까지 아무런 갈등 없이 행복하게 살았다.

은수가 이 세상에서 자신을 가장 많이 이해한다고 믿어 의심치 않았다. 그가 판화를 전공했지만 화가로 남지 못하고 취업을 한 건 사실 은수 때문이었다. 뉴욕에서 은수와 데이트를 하던 어느 날, 그녀는 약속 장소에 일찍 나와 있었다. 준희는 건널목에서 그녀를 발견하고는 손을 흔들었다. 그때 은수가 말했다. '빨리 와, 빨리!' 그는 은수를 기다리게 하고 싶지 않았다. 서둘러 건널목을 건넜다. 하지만 빨간불이었다. 그는 차와 충돌! 이후, 생활에는 지장이 없지만 판화는 할 수 없을 만큼의 수전증을 앓는다.

하지만 천성이 낙천적이고 아이처럼 순수한 그는 속으로야 어쨌든 겉으로는 괴로워하지 않았다. 아니, 차라리 그는 이렇게 생각하고 만다. '다음에 태어나면 신호등을 잘 지켜서 손을 다치지 말아야지. 그리고 꼭 판화를 해야지.' 그래서 누가 '손을 떠네요.'라고 물으면, '그쪽이 좋은가 봐요, 떨리네요.'라며 가볍게 말할 수 있는 사람이 바로 준희다. 여자라고는 엄마, 이모, 은수밖에 아는 사람이 없고 사랑한다고 느낀 여자는 미국 여배우인 오드리 햅번뿐이었다(그는 은수에게도 이 여자를 정말 사랑했다고 자신 있게 말한다). 은수와는 '임마, 점마.'라고 할 수 있을 만큼, 방위로 군 생활을 하기 전에 사창가에서 동정을 잃었다고 수줍게 웃으면서 말할 정도로 친구처럼 지낸다.

그런 그가 사랑을 한다. 누가 뭐래도 그에게는 첫사랑이다. 그는 성우와 살고 싶어 한다. 은수가 자신의 사랑을 용서했으면 한다. 자신의 아내에게 사랑하는 여자가 생겼다고 말할 만큼 그는 순수하다.

### 정은수 여, 27세

공예가이면서, 갤러리 '착한생각'을 직접 운영한다(그녀는 문화센터(주현철, 이동진이 다니는 신문사에서 운영하는) 공예 강좌의 강사로 출강을 나간다. 성우 모인 윤영희를 가르치게 된다). 2녀 중 막내로, 양친 모두 교통사고로 일찍 세상을 떠나고 언니와 단둘이 자랐다. 사업가였던 부친이 남겨준 재산으로, 일찍이 어른스러웠던 언니(현재 언니는 파리에서 현지인과 행복하게 살고 있다) 밑에서 당당하고도 바르게 자랐다.

매사에 긍정적이고, 유머도 많으며, 웃음도 많고, 무엇보다 밝다. 가령 그녀는 어려서도 누가 '너 고아구나, 안됐다.'라고 말하면, 웃으며 '안될 것도 없어, 니 부모님도 언젠가는 돌아가실 테고, 그러면 너도 언젠가는 고아가 될 테니까.'라고 말할 정도로 당돌한 면이 있으며 막힌 데가 없었다.

재학 시절에도 거침없는 성격에 이해심도 많아, 속 좁은 여자보다는 남자와 더 잘 통했다. 동진과는 유학 전 미팅에서 만났다. 그녀는 처음 동진을 보고 그와 결혼하리라 마음먹었다. 동진은 그녀가 본 남자 중 가장 남자답고도 큰 남자였다. 그러나 연애 감정이 한창 무르익을 무렵 이유도 없이 동진은 그녀를 외면하고, 유학을 종용했다. 그녀는 왜 그러냐고 묻지 않았다. 궁금하지 않은 것은 아니었지만 구차하게 묻고 싶지 않았다. 동진이 '제발 날 떠나줘.'라고 얘기했을 때 그녀가 기껏 한 말이라고는 '진심이니?' 그 한마디뿐이었다. 동진은 그 말에 고개를 끄덕이며 '우리 친구 하자.'라고 말했다. 그녀는 알았다고 했다. 그리고 그 다음 날 파리 유학길에 올랐다. 단순히 화나서가 아니었다. 자존심 때문도 아니었다. 그녀는 동진이 무슨 이유에서건 자신을 진심으로 보내고 싶어 한다고 생각했으며, 속 깊은 사람이 그리 말할 때는 내 심정이야 어찌 되건 보내주어야 한다고 생각했다. 그리고 애써 울지 않았으며, 다시 그 일에 대해 생각조차 하지 않았다. 그리고 동진과는 친구가 되었다.

과거야 어찌 되었건 그녀는 현재 준희를 가장 사랑한다. 자신 때문에 다친 준희에 대한 죄책감이 있지만 반드시 그 때문은 아니다. 그녀는 준희에게서 여러 사람을 본다. 아버지(가끔 그녀가 불같이 화낼 때 너그럽게 받아주는 준희), 아이(고른 숨소리를 내며 자는 준희), 애인(아직도 그녀는 준희를 볼 때 설렌다), 친구(그녀는 준희가 가장 만만(?)하다) 등등….

은수는 혼자 이렇게 생각한다. '부모님이 다시 살아서 돌아오신다고 해도 준희와 바꾸지는 않으리라.' 준희가 행복할 때는 은수도 행복하다. 은수의 가장 큰 바람은 준희의 아이를 갖는 것이다. 그래서 그 아이에게 이런 이름을 붙이는 것이다. '작은 준

희' 혹은 '준희 2세'. 그러나 불행히도 그녀는 아이를 가질 수 없다. 그런 그녀가 준희의 외도를 본다. 그녀는 모질게 아프다.

### 윤영희 여, 52세

성우 모. 고등학교 3학년이던 열아홉 살, 부산에서 우연히 만난 마도로스와 첫눈에 사랑에 빠져 부모의 반대를 무릅쓰고 결혼해 성우를 낳았다. 한 번 만난 남자와 목숨 걸고 사랑할 만큼 그즈음 그녀는 순수했다. 그러나 결혼 생활은 순탄치 않았다. 1년에 길게는 300일을 외지로 떠도는 남편, 숫기도 없는 스무 살에 얻은 예민한 딸아이, 젊은 날 그녀의 유일한 낙은 오지도 않는 남편을 마중 나가는 것이었다.

그러다 성우가 초등학교에 입학할 무렵 남편은 사고로 목숨을 잃었다. 그녀가 건네받은 것은 다른 여자에게 전해질 연서(戀書)와, 산만 하던 남편은 온데간데 찾아볼 수조차 없는 한 줌 뼛가루뿐이었다. 그때부터 그녀에게 한 가지에 대해서만은 거짓말하는 버릇이 생겼다. 카리스마 넘치고 바람을 일삼았던(남편이 바람을 피웠다는 사실은 그가 죽고 나서야 알아챈 것이지만 살아 있을 때도 마도로스인 남편이 그녀만을 사랑했다고 믿지는 않았다) 남편을 자상하고 이해심 많은 남편으로 꾸미는 것이다.

그러나 그녀의 거짓말은 세상을 살아가는 데 힘이 되거나 자존심을 지탱하는 방편일 뿐, 누구에게도 해가 되지 않는다. 잘난 척하는 것은 죽어도 못 보며(그녀는 친구들 사이에서 평판이 그다지 좋지는 않다. 나이 오십이면 누구나 부리는 갖은 허세를 그녀는 칼날처럼 예리하게 집어내기 때문이다. 가령 승용차를 자랑하느라 정신없던 친구를 다른 친구에게 이렇게 말한다. '우리가 이해하자. 오죽 가진 게 없으면 꼴사나운 차 한 대에 입술이 부르트게 자랑을 하겠니. 그래, 니 차 좋다. 근데 세차나 하구 다녀라.' 하는 식이다), 세상에서 딸을 가장 사랑하지만 맹목적이거나 의지하려 들지는 않는다. 딸과는 친구처럼, 동료처럼(같은 여자이므로) 지낸다. 딸이 말하지 않아도 숨소리만으로도 아픔을 가늠할 수 있는 엄마가 바로 윤영희다.

### 주현철 남, 55세

신문사 편집부장이자 칼럼니스트. 마흔아홉에 끔찍이도 사랑하던 아내를 암으로 잃었다. 아들은 둘인데 모두 결혼해 분가시키고 혼자 산다. 윤영희와는 어린 시절 만리동 한 동네에 살았다. 그는 영희의 첫사랑이다. 또한 영희가 시집가던 그해 겨울을 또렷이 기억한다. 머리에 피도 안 마른 것이 무슨 시집이냐고 부친에게 머리끄댕이를 잡히고도 '시집갈 거야, 시집갈 거야!' 하며 악을 쓰던 그녀를 그는 예쁘게 기억한다.

털털하고 말은 별로 없지만, 단순한 거짓말은 쉽게 넘겨줄 수 있을 만큼 이해심 많고 사려 깊으며, 따뜻한 인물이다. 영희의 남편과는 지극히 대조적이다. 영희가 바라는 이상적인 남자(영희의 인물 소개에서 영희가 남편을 자상한 인물로 꾸며냈다고 했는데, 주현철이 그 인물과 유사하다) 형이다. 영희에게 친구면서, 남편이 되고자 한다.

### 이동진 남, 28세

신문사 사건 담당 기자(주현철은 그의 상사이자 스승이다). 2남 2녀 중 장남. 편의점을 운영하는 부모와 함께 산다. 형제는 모두 출가했다. 능력 있고 서글서글하며, 남성적인 단호함이 있다. 그러나 은수 앞에만 서면 참 많이 아프다. 세상 누구보다도 은수를 사랑하고 아낀다.

그런 그가 은수를 가슴속에서 내치고, 친구로 만든 데는 아픈 이유가 있다. 그는 성불구(발기부전증)에 무정자증이라는 사실을 숨기며 살고 있기 때문이다. 그도 은수를 만나는 동안에는 알지 못했다. 우연히 전립선염으로 병원을 찾았는데 그때 이 사실을 알았다. 은수와 혼담이 오가던 중이었다. 그는 은수를 포기했다. 그리고 나중에 은수가 지나치듯 '그때 나 왜 찼니?'라고 물었을 때 그는 말했다. '나 장남이잖아. 울 어머니가 너 말라서 애 못 낳게 생겼다고 싫다더라(당시 그는 은수의 불임을 알지 못했다. 물론 은수도 동진의 불임을 알지 못했다).' 그렇게 그는 거짓말을 했다.

그는 은수를 떠나보내고, 은수가 준희를 만나 결혼하는 모습을 아프게 볼 수밖에 없었다. 그러나 그런 일련의 것들이 은수를 사랑하는 마음을 저해하지는 않았다. 또한 은수를 사랑하는 마음을 누구에게도 들키지 않았다. 은수에게조차도…. 그는 은수에게 미련도 없다. 그냥 친구로 남아 바라볼 수 있는 것만으로도 감사한다. 은수의 사랑을 받는 준희가 행복한 남자라고는 생각하지만 질투하지 않는다. 경계를 넘어선 우정은 영원할 수 없다는 것을 그는 잘 알고 있다. 그는 은수와 영원하고 싶다.

처음 세미를 만나서는 별 관심이 없었다. 아니 차라리 피곤했다. 철없고 거친 모습이 도무지 마음에 들지 않았다. 그러다가 그는 세미에게서 자신을 본다. 자신처럼 병들고(그는 남자의 가장 큰 의무를 배태의 의무로 보는 사람이다. 그는 자상한 남편과 아버지가 꿈이었다. 그런 꿈을 실현시킬 수 없는 자신을 스스로 병자로 여긴다), 자신처럼 뒤틀린 그녀를 보며 그는 새로운 꿈을 꾼다.

### 세미 여, 23세

사람들은 그녀를 거리 부랑아나 길거리 오렌지족이라 부른다. 지나가는 남자들과 놀아주고 하루 세 끼 밥을 얻어먹는다. 그러나 몸을 팔지는 않는다. 거칠고 사납지만, 속내는 여리기 그지없다. 돈을 못 벌면 경찰서에서 자고, 돈을 벌면 여인숙에서 잔다. 하지만 대부분은 돈을 벌기 위해 압구정이나 강남 부근을 서성인다. 엄마(세미는 엄마를 찾아 강남역을 배회한다)는 동두천 창녀였고, 아빠는 태국계 미국인이다. 돈을 벌면 엄마를 버린 아빠가 있는 미국으로 가서 죽는 것이 꿈이다. 그녀는 세상 모두를 증오한다. 중학교 중퇴지만 동두천 바닥에서 얻어들은 영어를 곧잘 한다. 그러나 읽지는 못한다.

세미라는 이름은 수세미 공장을 운영하는 양모가 붙여준 이름이다. 본명은 김여자다. 만사를 귀찮아했던 친모가 '여자니까, 그냥 여자라고 부르지, 뭐.'라며 붙여준 이름이다.

그녀는 동진을 경찰서에서 처음 보고 참 재수 없는 놈(동진은 사건 수집차 파출소에 왔다)이라 여겼다. 먹물과는 말하기도 싫었다. 밥이나 사주면 고맙고, 술이나 사주면 그만이었다. 세상에 태어나 사랑을 받아본 적도, 사랑을 한 적도 없었다. 그런 그녀가 동진을 사랑하게 됐다. 처음에는 주제도 모르는 자신이 죽도록 미웠다. 그러나 사랑은 막을 수 없었다. 그녀는 초라한 자기 신세가 죽도록 화났다. 동진을 진심으로 사랑하지만, 좋다는 말도 못 하는 그녀는, 바보다. 좋으면서도 싫다고 말하는 아름다운 스물셋 청춘이다.

### 장어 남, 25세

세미의 동두천 친구. 나이 차이는 있지만 서로 반말을 하며 세미의 곁을 그림자처럼 따라다닌다. 세미가 벌어 온 돈으로 기생하며 살지만 악의는 전혀 없다. 그는 악의를 가질 만큼 세상 물정에 약지 못하다. 세미를 위해서라면 죽을 수도 있다고 생각한다. 말씨가 어눌하고, 다리를 약간 절며, 아이같이 순수하다. 세미를 사랑하지만, 세미에게 직접적으로 사랑한다고 말하지 못한다. 그는 누구보다 자기 분수를 안다. 그리고 심장병을 앓고 있다.

### 김하숙 여, 42세

'이매지'의 대표. 만년 과장으로 직장 생활을 하는 남편이 있고, 중학교에 다니는 아들이 있는 엄마다. 성우와는 대학 선후배 사이이다. 성우와 같은 시기에 학교를 다니지는 않았지만 동문회 모임에서 커다란 사발에 담긴 막걸리를 참으로 맛깔스럽게 비워내고 김치 한 쪽을 집어먹던 성우를, 같은 여자지만 멋있게 생각했다. 이후, 성우와는 나이 차이를 잊고 둘도 없는 단짝이 되었다. 배포도 맞았고, 무엇보다 슬픈 일이 겹겹이 닥쳐도 내색 않는 성우가 예뻤다.

남편의 고등학교 후배인 준희에게 친누나처럼 대한다. 은수와도 막역한 사이이다. 능력 있고, 사리 분별이 철저하다.

### 김재석 남, 32세

'이매지'의 대리. 바람둥이에 말투는 거칠어도, 도리 바르고, 착한 데가 많은 인물이다. 심현주와는 사내 커플이다. 드러내놓고 사랑 표현을 하는, 건강한 연애를 하는 인물이다. 준희의 유일한 사내 말벗이다.

### 심현주 여, 25세

'이매지'의 여사원. 입사 2년 차로 성실하고, 발랄하다. 재석과는 끊임없이 사랑싸움을 하면서도, 그를 정말 사랑한다. 건강하고, 매너 있고, 눈치가 빠르고, 시원시원하다.

### 박인정 여, 22세

갤러리 '착한생각'의 큐레이터. 맑고 순진하다. 은수의 일을 잘 돕는다. 언제나 은수만 만나러 오는 동진을 좋아하지만 딱히 내색하지는 않는다.

## 윤영희와 주현철

영희는 몇몇 친구들과 어울려 신문사 문화 강좌에 나간다. 죽은 남편 앞으로 나오는 연금 덕분에 궁핍한 생활을 하지는 않는다. 봄 학기를 맞아 그녀는 그동안 듣던 소설 강좌를 접고 사회 문제를 다각적으로 분석해주는 사회 문제 분석 강좌를 듣는다.

그녀는 거기서 첫사랑인 현철을 만난다. 커피를 마시고, 산책로를 걸으며 그와 데이트를 시작한다. 영희는 커피를 마시고 산책을 하는 일이 늙은이들의 소일거리라고 치부하지만, 현철과의 데이트는 분명 가슴 설레는 일이다.

그런데 첫 데이트 상황이 그다지 좋지 않았다. 현철이 영희에게 '남편은 요즘 건강하냐?'라고 물은 것이다. 영희는 순간 할 말을 찾지 못하고 '응.'이라 대답하고 만다. 거짓말이 시작된 것이다. 영희는 되묻는다. '언니, 잘 있지?' 현철 역시 거짓말을 하고 만다. '그럼.'

두 사람은 이후부터 만나면 거짓말을 일삼는다. 있지도 않은 남편 자랑을 하고, 있지도 않은 아내 자랑을 하고, 집에서 기다리는 자녀도 없는데 애들 핑계, 배우자 핑계를 대며 서둘러 일어선다. 그러나 두 사람은 이미 서로가 거짓말을 하고 있음을 눈치챈다.

영희는 현철이 지저분한 와이셔츠를 입고 있는 모습을 보며, 현철은 영희가 저녁 시간이 되어도 시계를 보지 않는다는 것을 알고… 눈치챈다. 그러나 둘은 묵인된 거짓말을 이어간다. 그러다 거짓말이 들통나고 만다.

그들은 자가용이 없으면서도 있다고 거짓말을 했다. 그날도 호텔 커피숍에서 헤어진 후 둘은 각자의 승용차로 간다고 했다. 그런데, 토큰 부스에서 영희가 몇 개 되지도 않는 토큰을 모두 사고 있을 때 등 뒤에서 현철의 목소리가 들렸다. '토큰 두 개만

주세요.' 그렇게 영희와 현철은 서로의 궁핍한 면들을 발견하게 된다. 그러나 둘은 이미 서로의 거짓말을 불쌍해할 줄 아는 너그러운 중년이다.

영희는 어색하게 웃으며 말한다. '두 개면 돼? 어디서 버스 타?' 이후 둘은 편하게 만난다. 거짓말을 하지 않는다. 그러다 영희는 현철의 프러포즈를 받는다. 처음에 그녀는 농도 짙은 농담이라고 생각했다. 그 말이 어이없다고 생각했다. 여전히 달거리를 하지만, 그래서 여자란 소리를 듣지만 이는 말도 안 될 소리였다. 그래도 가슴은 설레었다. (몸이 늙었다고 마음까지 늙는 것은 아니지 않는가).

그러던 중 영희에게 폐경이 찾아온다. 그 나이 때의 여자에게는 모두 찾아오는 폐경이지만 영희는 큰 충격을 받는다. 늙는다는 것은 얼마나 서글픈 일이며, 불쾌한 것인가! 자신의 폐경을 받아들이고 나서 현철에서 말한다. '결혼이란 여자와 남자가 하는 것이다. 나는 이미 폐경을 맞은 사람이다. 나에게 나는 여자 냄새라고는 독한 화장품 냄새뿐이다. 결혼이란 말 다신 꺼내지 마라. 그건 차라리 욕이다.'

그러나 현철은 물러설 수 없다. 그는 말한다. '너랑 살 부비고 살고 싶어서 그런 거지, 늘그막에 애를 낳고 싶어서 결혼하자는 것이 아니다. 난 친구가 필요하다. 늙어서 약해지는 마음을, 늙어서 두려워지는 세상을 조금이나마 위로해줄 수 있는 사람이 필요하다. 난 너와 얘기하는 것이 좋다. 어떤 날은 회사에서 잘릴까 봐, 혹여나 중풍이나 노망이 걸리게 되면 애들한테 폐 끼칠까 봐 자꾸 불안해질 때 꼭 나처럼 늙은 너와 얘기하고 싶다. 나처럼 약한 너랑 얘기하고 싶다. 그래서 사는 데 용기를 조금이나마 갖고 싶다. 물론 결혼하지 않고 친구로 남아서 그런 위안을 받을 수도 있다. 하지만 세상이 우리처럼 단순한가. 우리가 밤새워 서로의 집에서 얘기하고 싶을 때 세상이 과연 우리를 순수하게 봐줄 것인가. 그러니까 살자는 소리다.'

영희는 거부할 수 없다. 그녀 역시 현철의 마음과 같으니까. 성우가 자신을 짐스러워할까 걱정될 뿐, 몸이야 어쨌든 얼굴에 주름이야 일든 말든 그녀는 아직 남자를 사랑할 수 있으므로 승낙한다.

현철과의 결혼을 승낙하고 난 후 영희는 성우와 마주 앉는다. 그리고 어렵게 달래듯 마치 용서를 비는 마음으로 말한다. '성우야⋯ 엄마⋯ 결혼한다. 엄마가 아저씨랑 결혼하는 첫 번째 이유는 물론 엄마 때문이다. 하지만 그것과 똑같은 비중으로⋯ 정말⋯ 너⋯ 때문이다⋯. 너 결혼할 때⋯ 식장 들어갈 때, 엄마 때문에 혹여나 다리 휘

청거리지 말고… 아저씨 손잡고 들어가라…. 엄마… 잘… 살게.'

성우는 눈물이 그렁해 대답한다. '나… 버리고… 가서… 못 살기만… 해봐라.' 성우는 눈물이 나도 엄마가 밉지 않다.

## 주성우와 서준희

준희가 '이매지'에 입사한 지 석 달이 지났지만 성우는 준희의 얼굴을 한 번도 제대로 본 적이 없다. 한 사무실에서 근무하니 굳이 보려면 볼 수도 있겠지만 어린애(?)라는 편견 하나만으로도 귀찮았다.

그리고 그녀는 신입사원을 가르칠 군번이 아니었다. 다행히 그동안 해외로, 국내로 외근 돌 일이 많았다. 그러던 어느 날, 준희와 성우는 심하게 부딪친다. 판화 화가의 작품에 가격을 매기는 일 때문이었다.

준희는 판화 화가와 회사의 배당률을 7대 3으로 나눠야 한다고 주장했다. 이는 말도 안 되는 소리였다. 통상적인 관례로도 5대 5가 정상이었다. 그리고 그 판화 화가는 무명이었다. 성우는 3대 7로 생각하고 있었다. 이에 준희가 반박을 하고 나선 것이다. 노동력 착취와 능력 착취라는 이유에서였다.

성우는 짜증이 났다. 꼬박꼬박 이랬어요, 저랬어요, 라며 말의 높낮이도 없이 차분하게, 끈질기게 달려드는 준희가, 성우는 귀찮았다. 하숙 선배가 경력도 없는 아이를 (하숙은 끊임없이 능력 있는 친구라고 말했지만 성우는 믿지 않았다) 단지 인맥으로 끌어들인 것이 싫었다. 성우는 처음에는 무시하다가 마침내는 준희를 나무라고 나섰다. '니가 사장이냐? 니가 공시지가 매기는 시청 공무원이냐? 회사 주요 경비가 얼마나 드는 줄도 모르면서… 한 달 매출액이 얼마인 줄도 모르면서, 자기가 받아가는 월급이 어디서 나오는 줄도 모르면서… 입 닥쳐라!'

준희는 그런 성우를 이해할 수가 없다. 예술과 인테리어를 접목시키는 '이매지'의 입장으로 봐도, 예술가들에게 평판이 나빠서는 좋을 것이 없었다. 그리고 무엇보다도 화가에게, 아무리 무명이어도 관례보다 적은 금액을 주는 것은 더더욱 이해가 되지 않았다. 뉴욕에서는 있을 수 없는 일이었다.

그러나 성우는 말한다. '여기는 뉴욕이 아니다.' 준희는 성우를 속물로 취급한다. 그러나 그것은 잠시 잠깐의 오해일 뿐이었다. 준희는 성우의 인간됨을 본다. 공사장에

나가서 청바지 차림으로 시멘트를 개고, 그들과 격의 없이 막걸리를 마시고, 기꺼이 여자 십장이 되어 움직이는 그녀를 보며 준희는 성우를 괜찮은 여자라고 여기게 된다.

그러던 어느 날이었다. 그날은 성우의 차가 고장이었다. 준희는 성우를 바래다주기로 한다. 그때 성우가 물었다. '시간 있냐, 있으면 데이트나 하자.' 준희는 좋다고 대답한다. 은수는 출장 중이어서 늦은 밤에나 올 것이었다.

그날 두 사람은 결혼식장을 간다. 성우가 거기를 반드시 들러야 한다고 말한 것이다. 그 결혼식은 성우의 두 번째 남자, 정민의 결혼식이었다. 성우는 그의 결혼식을 보며 이제 정말로 자신이 정민을 잊었구나, 라고 생각한다. 성우는 준희에게 거리낌없이 대수롭지 않게 자신이 왜 여기를 왔는지 이야기한다. 그리고 씁쓸히 웃으며 말한다. '저 남자는 평생 나를 사랑한다고 했었는데, 나 아니면 혼자 산다고 했었는데… 사랑은 없나 봐. 난 왜 이렇게 아무렇지 않은 거니.' 준희는 성우가 아무렇지 않다고 한 그 말이, 정말 아무렇지도 않은 것이 아님을 알 수 있었다.

준희는 이후, 성우와 급격히 친해진다. 그러다 성우를 여자로 바라보게 된다. 준희는 성우가 안쓰러웠다. 성우는 사랑을 몰랐다. 그녀는 서른셋에 이미 푸석하게 늙어버렸던 것이다.

그러나 그녀는 결코 늙지 않았다. 예뻤다. 둘은 처음에는 친구처럼 데이트를 시작한다. 성우는 준희를 동생 정도로 생각하며, 여자에 대해서 남자에 대해서 사랑의 덧없음에 대해서 일에 대해서 말했다. 준희는 아이처럼 동생처럼 성우의 말을 경청했다. 성우는 그런 준희가 좋았다. 그리고 점점 준희와 더욱 많은 시간을 같이하고 싶었다.

그러다 그것이 사랑임을 알게 됐다. 성우는 생각했다. 도망갈까. 그렇게도 해보았다. 그러나 그것은 이미 그녀의 의지로는 안 되는 일이었다. 성우는 준희를 사랑하기로 한다. 준희 역시 성우를 사랑하게 된다. 처음으로 그는 설레임과 불면을 겪는다.

준희는 자신도 모르게 은수에게 거짓말을 하고 있음을 안다. 그는 은수에게 그러기 싫었다. 그는 은수에게 솔직하고 싶었다. 자신의 감정에 솔직하고 싶었다. 그래서 은수에게 말하려 한다. 성우 선배와 살고 싶다고…. 성우는 만류한다. 그녀는 첫 번째 사랑에서 얻은 지혜를 알고 있다.

유부남은 가정을 버리지 않는다. 성우는 준희가 은수에게 사랑을 고백하겠다고 한 것을 그냥 자신에 대한 배려로 생각하고 만다. 그리고 다시 말한다. '너, 나 언제부터 봤니? 3개월이지. 부인은 언제부터 봤니? 연애 3년, 결혼 생활 3년이지. 넌 6년 만에 부인 아닌 다른 여자랑 살고 싶어진 거야. 그럼, 우리가 지금 겁 없이 이렇게 사랑하는 마음도 6년 후엔 보장받을 수 없을 거야…. 사랑, 참 덧없는 거다, 그치? 우리 그냥 만나자. 니 부인이랑 헤어지고, 나랑 결혼하고, 그리고 또 헤어지고… 번거롭게 그러지 말고… 너, 편하게 의무감 없이 그냥 날 사랑해도 돼. 그리고 싫어지면 가도 돼. 난 강해.'

준희는 자신의 사랑을 믿지 않는 성우가 안타깝다. 그는 생각한다. '때로는 끝나지 않는 사랑도 있는데… 선배는 왜 그걸 몰라요?' 그러나 준희는 고집을 내세우지 않는다. 성우가 꼭 그래야 한다면 그는 그렇게 해줄 수 있기 때문이다. 그 외에 다른 계산은 없다.

그 후, 준희와 성우는 아픈 사랑을 시작한다. 성우는 은수가 매일 집에 와 있다는 사실을 알기 때문에 언제나 준희를 집으로 돌려보냈다. 그리고 은수가 있는 시간에는 집으로 전화하지 않았다. 가끔 실수로 전화한 날에 은수가 있으면, 그녀는 준희와 회사 일에 대해 간략히 통화하고 끊었다. 데이트할 때는 차로 몇 시간을 돌아서라도 준희가 아는 사람이 있는 곳, 자신이 아는 사람이 있는 곳은 가지 않았다.

가령 준희의 친구가 연신내에 산다면 그녀는 절대 연신내에서 준희를 만나지 않았다. 그리고 공연장이나 전시회도 피했다. 준희와 성우가 아는 사람이 올 수 있는 장소는 가지 않았다. 그녀는 절대 욕심내지 않았다. 토요일이나 일요일은 준희와 만날 수 없는 날이라고 스스로 못 박았다. 그녀는 준희와의 사랑이 끝날 수 있는 사랑이라고, 대개의 경우와 같은 사랑이라고 확신했다. 그리고 끝낼 자신이 있었다. 그녀는 자신에게 거짓말 주문을 계속 걸고 있었다.

그러나 사랑은 너무 작은 것까지 궁금하게 하고, 아프게 했다. 성우는 아침에 준희가 먹는 밥과 반찬, 잠버릇, 유년 시절까지 모든 것이 궁금해지기 시작했다. 그래서 어느 날은 묻는다. '넌 무엇으로 밥을 먹니? 너 잘 때 코를 고니? 험하게 자니? 부인은 언제 만났니?'

성우는 그런 물음에서 준희와 살지 않고는 준희에 대해 알 수 없는 것들이 너무 많다고 느낀다. 그녀는 처음으로 떼를 쓴다. '니 잠버릇이 보고 싶어. 집에 들어가지 마라.' 준희는 '그럴게요.' 한다.

그리고 둘은 처음으로 하룻밤을 보낸다. 성우는 그날 샤워를 하며 생각한다. 오늘이 잠자리가 준희를 가지 못하게 하는 빌미가 되게 하지는 않으리라. 그러나 그날 둘은 안지 못한다. 성우는 처음으로 책상이나 티 테이블이 아닌 모텔 방에 앉아 있는 준희를 보며, 그를 안으면 그를 안은 팔을 풀지 않으리라는 것을 직감한다. 그날, 둘은 안을 수 없는 자신들의 처지에 참 많이 운다.

그리고 아침나절, 준희는 아픔을 안고 나가고, 성우는 다시 한 가지를 깨닫는다. 안지 않아도 그를 결코 떠나보낼 수 없다는 것을…. 성우는 자신에게 했던 모든 거짓말을 포기하기로 한다. 그리고 준희에게 말한다. '널 사랑해. 너랑 살고 싶어. 보내기 싫어…. 이 말을 해서, 내가 싫어졌으면 말해…. 내가 떠났으면 싶으면 말해…. 내가 이런 말을 해서, 그래서 니가 날 버릴 수도 있다고… 생각했어. 하지만… 헤어질 때 헤어지더라도 난 이렇게 큰 소리로 널 사랑한다고, 나도 욕심이 난다고 그렇게 말하고 싶은 걸 참을 수가 없었어.'

준희는 동요하지 않는다. 그는 마침 기다렸다는 듯이 성우에게 말한다. '그렇게 해줄게요. 그것 봐요. 참아지지 않는 사랑도 있죠.' 준희는 은수를 이해시키고 오겠다며 자리에서 일어난다.

그리고 그 후, 그는 다른 남자들처럼 전화를 하지 않는다. 성우는 생각한다. '너두, 그 남자들과 같구나.' 그러나 그것은 속단이었다. 준희는 성우를 찾아온다. 은수에게 말했다고…. 준희는 은수와 헤어질 준비를 한다.

이제 두 사람은 마치 살 것처럼, 움직인다. 그리고….

### 서준희와 정은수

벌써 몇 날 며칠 동안 은수는 준희에게 병원에 가자고 조르고 있었다(성우와 준희의 관계가 본격적으로 발전하기 전). 아이가 생기지 않는 것이 아무래도 준희한테 문제가 있어서라고 생각했다. 그러나 준희는 언제나처럼 웃으며 그냥 이렇게 살자고 한다. 은수는 기가 막힌다. 은수는 준희의 아이를 낳고 싶었다. 그녀는 어느 날, 회사 앞에서 준희를 납치하듯 끌고 병원으로 간다. 검사를 받고, 결과가 나왔다. 그러나 결과는 의외였다. 불임의 원인은 은수에게 있었던 것이다.

나팔관에서 점액질이 분비되지 않아 정자가 난자까지 갈 수 없다는 것이다. 은수는 스스로를 가눌 수 없을 만큼 실망한다. 준희의 아이를 얼마나 갖고 싶었던가. 그녀는 믿어지지 않았다. 그러나 사실이었다. 준희는 은수를 위로했다. '아길 뭐하러 키워. 매일 울고 시끄럽잖아. 내가 애기 짓 해줄까. 웃어라 은수야, 넌 웃는 게 이뻐. 청주 아버지도 괜찮대. 나두 정말 괜찮어. 나랑 둘이 있는 거 재미없니?'

그러나 은수는 웃을 수가 없었다. 준희를 위해서라면 해줄 수 없는 것이 없었는데… 정말 이번에는 웃음이 나지 않았다. 그녀는 그날 못 마시는 술을 마시며, 웃으려고 애쓰면서 말했다. '내 배 속에… 꼭 니 주먹만큼 작은… 준희를 넣어두고 싶었어.' 그리고 은수는 그 일로 더 이상 준희를 괴롭히지(?) 않았다.

다음 날 준희는 은수에게 강아지를 사주었다. 그리고 말했다. '이거 우리 애기 하자.' 은수는 그 말에 웃었다. 그리고 준희를 불편하지 않게 하기 위해, 다시 낙천적인 옛날로 빠르게 돌아왔다.

그렇게 시간이 지난 후, 은수는 준희에게 사랑하는 여자가 생겼음을 직감적으로 깨닫게 된다. 상대가 직장 선배인 성우임도 알게 된다. 그는 언제나 직장에서 일어나는 모든 일을 빠짐없이 말했었다. 그러나 준희는 이제 더 이상 그렇게 하지 않았다. 물으면 그냥 어색하게 웃기만 했다. 화장실(그들의 화장실에는 전화가 있었다)에 가면 아주 오랫동안 전화를 했다. 그리고 불면증에 시달리는 것이었다. 말수도 줄었다. 은수는 묻는다. '여자 만나?' 준희는 거짓말을 하지 않는다. '그래.' 은수는 더 이상 묻지 않는다.

그리고 부탁한다. '사람이란 짐승은 흔들릴 때도 있지. 암, 그렇고 말고. 하지만 자지는 마.' 은수는 준희가 여느 남자처럼 잠시 잠깐 외도를 한다고 생각한다. 그리고 그 정도쯤은 눈감아줄 수 있다고 스스로에게 다짐한다.

그러나 아니었다. 준희는 성우를 사랑했다. 성우와 살겠다고 요구했다. 준희는 말한다. '성우 선배가 불쌍하다. 그 여자는 한 번도 사람을 사랑해보지 못한 사람이다. 내가 상처 주면 아마도 그 여자는 아주 불행해질 거다. 남들은 나보고 못된 놈이라고 할 수도 있다. 고아로 자란 너한테, 애기도 갖지 못하는 너한테, 이혼을 요구하고. 하지만 은수야, 난 이렇게 생각한다. 넌 그 여자보다 강하다. 사막에서도 살아남을 수 있을 만큼 강하다. 난 너랑 살면서 그것을 보았다. 날 이해해라. 성우 선배는 나 같다. 나처럼 사랑을 모르고 나처럼 불안하다. 난 그 여자와 나를 자주 혼동한다. 옆에 있어주고 싶다.'

은수는 말한다. '어떻게 감히… 내 앞에서 다른 여자를 사랑한다고 얘기해.' 그러나 은수는 안다. 그녀가 준희의 첫사랑이 되고 있음을…. 은수는 준희에게 화를 내고, 심지어는 방 안에 가둬둔다.

그러나 이내 포기한다. 그러면 준희의 마음이 아프니까. 성우에게 간 준희의 마음이 돌아오지는 않으니까. 애기도 없는 여자가 남자를 잡을 수는 없으니까…. 결혼했다는 것이 사랑을 가로막을 수 있는 무기가 되지는 않으니까. 은수는 매달리기로 한다. '준희야… 우리… 그냥 셋이 살자. 난 널… 부인이라서가 아니라, 너무 사랑해서… 보낼 수가 없으니까, 차라리 셋이 살자.'

그러나 그게 말이나 되는가. 은수는 준희를 보내기로 한다. '가라.' 은수가 그 말을 한 날, 준희는 은수보다 더 많이 울었다. 그들은 이혼 수속을 밟아간다.

## 주성우와 정은수 그리고 서준희

은수는 준희와 이혼 수속을 밟고 난 후, 성우를 만난다. 은수는 이전부터 성우를 알고 있었다. 만약 준희가 사랑한 인물이 성우가 아니었다면 그녀는 감히 준희를 보낼 엄두조차 내지 못했을 것이다. 은수의 눈에도 성우는 아름다웠다. 성우 역시 은수를 알고 있었다. 성우는 은수에게 많이 미안했다. (엔딩 부분…) 은수는 성우를 만나서 참아도 참아도 흘러나오는 눈물처럼 아픈 얘기를 한다. '우리 갈라서요. 거기 때문이었다고 말하고 싶지 않아요. 준희가 문제였어요. 걘 날 사랑하지 않았으니까. 혼자 살겠다는 애, 우겨 우겨 결혼한 것도 나였으니까…. 거긴… 준희 애기 낳을 수 있죠…? 애기 낳으면, 나한테 연락 줄래요…? 준희 애기… 보고 싶어요….'

성우는 아무 대답도 할 수 없었다. 그리고 생각한다. '이 여자는 결코 준희의 기억 속에서 잊혀질 수 있는 사람이 아니다.' 성우는 단 한 번도 자신 이외의 누구에게도 거짓말을 한 적이 없었다. 그날 성우는 처음 거짓말을 한다. '… 나… 애 낳을 수… 없어요.'

그날, 성우는 은수와 헤어져 집으로 돌아와, 준희에게 전화한다. 그리고 그를 만나

마지막 거짓말을 한다. '너랑 살기 싫어. 니가 날 사랑한다는 걸 믿을 수가 없어. 니가 은수를 버린다면 그게 나 때문이었다고 해도 넌 언젠간, 나도 버릴 수 있는 사람이야. 하지만 나는 안다. 지금 이 순간, 바로 이 순간까지는 니가 날 정말 사랑한다는 걸…. 그리고 믿어줘라. 나 역시도 널 정말 사랑했다. 그리고, 고맙다…. 사랑이 없는 줄 알았는데… 사랑이 있구나. 너한테 배웠다. 이제 은수에게 가라.'

그날 밤, 성우와 준희는 참 오래도록 운다. 준희는 성우의 마음을 이미 알았으니 더 이상 묻지 않는다. 준희는 말한다.

'선배가 나한테 무슨 말을 하는 줄 알아요. 그래요, 난 은수를 잊을 수 없을 거예요. 돌아갈게요. 그리고 부탁 있어요…. 우리, 다음 생엔 반드시 둘이만 만나요…. 나 잘 보고… 내 얼굴 잊지 마요. 한 생이 지나고, 두 생이 지나도… 길거리에서 우연히 지나쳐도 알아볼 수 있게. 난 선배 잊지 않을 거예요.' 둘은 그렇게 헤어졌다.

1년 후, 그들은 서로가 서로를 모른 채 한 자리에서 부딪친다. 그날, 은수는 준희와 있었고, 성우는 아주 밝은 얼굴을 하고서 즐겁게 맞선을 보고 있었다.

### 이동진과 세미

동진은 사건 취재차 나간 파출소에서 세미를 처음 봤다. 동진의 눈에 세미는 정말 속수무책이었다. 파출소에서 잠을 재워달라니. 거기다가 순경에게 으름장까지 놓는 것이 아닌가.

'나 재워줄래요, 안 재워줄래요? 안 재워주면 밖에 나가서 유리창 박살내고, 기물파손죄로 들어오고.' 어이없는 말투였다. 그렇게 만난 둘은 이후, 동진이 관할하는 압구정 부근에서 자주 부딪친다. 그러다가 동진은 세미에게 조금씩 연민과 비슷한 감정을 갖게 된다. 자기 입에 풀칠도 못 하는 고아면서 혹 같은 장어를 달고 다니고, 한 푼이라도 생기면 행려자들과 어울려 건빵 하나라도 나눠 먹고…. 동진은 차츰 세미가 괜찮은 애라고 생각한다. 그리하여 동진은 세미에게 국수를 사주거나 여인숙비를 주려고 한다.

그러나 세미는 그런 동진이 달갑지 않다. 일하지 않고는 돈을 받지 않는다. 그것이 그녀의 좌우명이자 신조였다. 세미는 동진에게 말한다. '나랑 놀고 화대를 달라.' 동진은 실망한다. 도대체가 말이 안 되는 아이였다. 그는 거리에 세미를 두고 돌아선다. 세미는 후회한다. 그러나 사랑이 느껴지는 사람한테 동정을 받고 싶지 않다. 차라리 자신의 버릇없는 행동이 그를 단념하게 하는 계기가 되었으면 한다.

그러나 그것은 세미의 의도대로 되지 않았다. 사랑이 깊어질 즈음, 합숙소에서 만난 모친의 죽음과 행려자 단속에서 부상당한 장어 때문에 그녀는 도움이 필요했다. 결국 그녀는 동진을 찾아간다. 그리고 장어의 병원비를 부탁한다. 동진은 기꺼이 도와준다. 그날 세미는 죽어도 돈에 해당하는 보상을 해주겠다고 우긴다. 몸을 주겠다는 것이다. 동진은 나무라지만 세미는 막무가내다. '이건 내 자존심이에요.' 동진은 좋다고 한다.

그리고 그들은 여관을 찾는다. 세미가 옷을 벗을 때 동진은 말한다. '난 불구다. 여자를 안고 싶어도 안을 수 없다. 니 자존심이란 것 때문에 여기까지 오긴 했지만 넌 내 자존심을 죽였다.' 그러나 동진은 세미를 미워하진 않는다. 아니, 이해한다. 둘은 그날 야간 시장에서 아주 편하게 데이트를 즐긴다.

그리고 아침, 세미는 동진에게 말한다. '어젯밤은 미안했다. 그리고 위안이 될진 모르지만 나 역시도 완벽한 사람은 아니다. 아저씨는 속으로 병들었지만 난 속도, 겉도 병들었다. 아저씨도 알다시피. 그리고 잘 살아라. 우리 이제 만나지 말자, 난 아저씨가 좋다. 그러나 난 내 주제를 안다. 난 아저씨랑 정말 어울리지 않는 여자다. 신문기자와 부랑아의 결합을 감히 넘볼 수 있다고도 생각하지 않는다. 물론 아저씨는 내가 맘에도 없겠지만….'

동진은 이제 세미가 좋다. 하지만 그 말을 하지는 않는다. 그는 세미랑 살 자신이 없었다. 둘은 그렇게 헤어진다.

그리고 어느 날, 그는 순경에게서 세미가 죽기 위해 약을 사 모으다 걸렸다는 소식을 듣는다. 언제나 죽는 것이 소원이던 아이가 정말 죽기로 작정한 것이다. 동진은 세미의 결심에 자신이 행여나 영향을 끼친 것은 아닌지를 고민한다. 그리고 깨닫는다. 세미를 사랑한다면 잡아야 한다고…. 은수처럼 보내서는 안 된다고…. 잠자리를 하지 못한다고 해서 사랑이 지워지는 것이라면 그것은 사랑이 아니다.

그리고 그는 이제 무엇보다 자신이 생겼다. 세미 앞에서는 그도 남자였다. 따뜻하게 모든 것을 품어줄 수 있는…. 그는 세미를 찾아 나선다. 그러나 세미는 어디에도 없다. 그리고 마지막으로 세미가 갈 만한 곳을 찾는다. 이제 세미가 그곳에 없다면 세미는 정말 죽은 것이다. 그러나 그 자리에 세미가 없다. 그는 생각한다. '여자(세미의 본명)가 죽었다.' 그러나 그때 지나가는 사람들에 묻혀 보이지 않던 세미가 보인다.

여전히 그 옷, 그 차림으로…. 동진은 용기를 내어 세미의 손을 끌고 걷는다. 세미는 영문을 몰라 눈이 휘둥그레진다. 그런 동진과 세미의 모습으로 동진의 이펙트가 들린다. '여자가 살았다.'

일러두기

1. 이 책의 편집은 노희경 작가의 드라마 대본 집필 형식을 최대한 따랐습니다.

2. 드라마 대사는 글말이 아닌 입말임을 감안하여, 한글맞춤법과 다른 부분이라 해도 그 표현을 살렸습니다.

3. 말줄임표는 두 개, 세 개, 네 개 등으로 다양하게 표현되어 있습니다. 이는 대사 시 호흡의 양을 다양하게 표현하고자 한 작가의 의도를 반영한 결과입니다.

4. 쉼표, 마침표 등과 같은 구두점도 작가의 의도를 따랐습니다.

5. 드라마에서 장면을 나타내는 '씬'의 경우, 표준국어대사전에는 '신'으로 등록되어 있지만 여기서는 작가의 집필 형식에 따라 '씬'으로 사용했습니다.

6. 이 책은 작가의 최종 대본으로, 방송되지 않은 부분이 포함되어 있습니다.

# 1부

사랑이 그런 거니....

설레고, 아프고, 잠 못 들고....

그럼 사랑이 챙피할 수도 있니?

난 사랑이 챙피한데,

내가 한 사랑이 다 챙피한데....

사랑이, 있어?

## 씬 1. 회사 전경, 저녁.

성 우　(E, 화난) 다시 말해봐!

## 씬 2. 사무실 안.

성우(손에 서류 하나 들려 있는), 퇴근하기 위해 책상 정리를 하다 만 차림으로, 황당한 얼굴로 준희를 노려보고 서 있다.
준희, 답답하고, 얘기 안 통한다는 얼굴로 서서 성우를 외면한다.

성 우　(이것 봐라, 하는 느낌, 어이없는 생각이 들어 웃음이 다 난다, 그러다 이내 가라앉은 목소리로) 너, 지금 그 표정이 뭐야? (어이없는 웃음 지으며) 상관이 얘길 하는데, 고갤, 돌려? 7대, 3으로, 정했어요? 니 맘대로, 정했어, 요? (그런 준희 놓치지 않고 보며, 애써 마음의 여유를 갖고 또박또박 말한다) 내가 고른 그림을 니 맘대로 배당률을 정해? ... 그것도 말도 안 되는 산술법을 써서? 누가 너한테 회사 이익 3할만 챙기라고 갈쳐주디?
준 희　(성우를 보는데, 성우가 이해되지 않아, 안타깝다, 한숨밖엔 안 나온다)
성 우　(준희 놓치지 않고 보며, 이 자식 봐라 하는 표정이다) 너 같은 애랑 나두 말

하기 싫어, 가서, 700 가져와. 얘기 끝났어. (가방 마저 챙기는)

준 희　(성우 안 보고, 단호한) 못 하겠습니다.

성 우　(어이없어 웃음이 다 난다) 하?! .. (비웃음 띤 채) 못, 해? 니 맘대로? 못 해?

준 희　(고개 숙이고 잠시 생각하다가, 성우 보고) 작가한테 그림은 혼 같은 거예요. 혼 가지고 흥정하듯..... 그러지 말아, (요.)

성 우　(말꼬리 자르며) 그 사람한테 그림이 혼이면, 내 일도 나한텐 혼이야.

준 희　(고집스러운) 뉴욕에선 이러지 않아요.

성 우　(비아냥 섞인 웃음 짓고, 준희 보며) 미안한데, 여긴 뉴욕이 아니야.

준희(답답한 눈빛), 성우(니가 그래 봤자다, 하는 눈빛), 만만치 않은 눈빛 주고받는 것, 한 화면에 잡히고.

## 씬 3.　파출소 전경(압구정쯤 되는 번화한 길가에 있는), 밤.

발로 철제 책상 치는 소리 '쾅!' 하고 크게 나고.

순 경　(열 받는) 이 자식들이..... 여기가 니들 안방이야, 어디서 행패야 새끼들아!

## 씬 4.　파출소 안.

동진(O. L), 파출소 한쪽에 비치된 의자에 앉아, 서류를 들고, 무슨 소린가 싶어, 장 순경을 본다.
세미, 모자 눌러 쓰고, 책상에 엉덩이 걸치고 올라앉아 아픈 기색에 그 자식 되게 시끄럽네, 하는 기분 나쁜 얼굴로 있고,
장어, 그 옆에 서서 세미가 순경과 싸울까 싶어, 불안하게 서 있다.
세미, 장어 투 샷으로 보여주고, 순경으로 화면 튈 것. (다른 순경들, 오렌지족 같은 애들을 취조하고 있다. 웅성웅성한 분위기다)

순 경　(목에 넥타이 느슨하게 풀며, 세미한테 열 받은) 니가 날 그렇게 보면 어쩔 거

야, 어쩔 거야, 콱!

하고, 치려는데, 그 뒤에서 동료 순경, 팔목을 잡으며.

동 료　(턱으로 천장 가리키며(윗자리라는 뜻)) 비상이야, 치지 마.
순 경　으이, 썅! (하며, 잡힌 손목 뺀다)
세 미　(비웃음, 장 순경 안 보고 고개 돌려, 혼잣말처럼) 지랄하네, 증말. (하며, 웃고)
동 진　(그런 세미 놓치지 않고 보고)
순 경　(세미 한 소리 못 듣고, 열 되게 받았다, 장어에게, 간신히 분 삭히고) 니들 전번에도 여기서 자구 갔지? 그때도 내가 열 받는 거 간신히 삭히고 동냥하는 맘으로 봐줬더니, 이제는 뭐 초저녁부터 와서, 재워주세요?! (다시 열 받아 소리치는) 니들 여기가 어딘 줄 알어?! 여기가 거렁뱅이 합숙소야, 뒷골목 여인숙이야, 자식들아!? (발 올리며) 콱 밟아버릴까 보다, 이 새끼들 그냥!
장 어　(두려운, 울상) 그게, 그게요, 우리가 사정이 있어서, 한 번만, 오늘 하루만 재워주세요.
순 경　(팔 올리며, 칠 듯이) 그래도 이것들이 그냥.

그때, 누군가, 순경의 팔을 다시 잡고,
동진, 순경, 누군가 싶어 보면, 세미다.

순 경　!
세 미　(순경의 팔 놓고, 장 순경 보며, 장어에게) 나가자.
장 어　나가긴 어딜 나가. 오늘 밤에 비 온댔단 말이야. 내가 뉴스 봤단 말이야.
세 미　(장 순경 보고 비웃으며, 장어에게) 나가서, 이 앞 편의점 유리창, 까부수고, 들어오자.
순 경　(달려들듯) 뭐!
동 진　(세미, 뭐 저런 애가 있나 싶어 걱정스런 얼굴로 보고)
장 어　(세미 가로막으며) 때리지 마세요!
세 미　(순경 하는 짓에 어이없다는 듯 웃으며) 아저씨, 순경의 근본 임무가 뭔 줄 알어? 범죄 예방 및, 선도야. 아저씨가 임무를 포기하겠다니까, 내가 기물파손죄로 들어와, 기꺼이 별 달겠다는 거야. (비웃음) 그리고 지금 나 칠려 그래? (하고는, 책상 위에서 내려와, 장 순경 가슴팍에 머리 디밀며) 쳐! 치라고?!

동 진 (세미, 굳은 얼굴로 보고)

세 미 (순경, 가슴에 계속 얼굴 디밀며, 버럭) 왜 못 쳐, 죽고 싶은 년이니까, 제발, 쳐!

## 씬 5. 파출소 앞.

순경, 악에 받쳐 장어와 세미의 멱살을 끌고 파출소에서 나와서는 바닥에 내팽개치고 씩씩대며.

순 경 가서, 유리창 깨부셔! 그러면 여기서 재워줄 테니까, 깨부셔, 새끼들아!

동진, 파출소에서 나와 답답한 얼굴로 세미와 장어 보고.

순 경 이것들이 누굴 협박하고 있어! 니들, 제발 사고 치고 나한테 다시 와. 그땐 내가 기물파손죄뿐만 아니라 길거리 불법 매춘으로, 콩밥 질리게 먹게 해줄 테니까, 다시 와, 새끼들아!

사람들, 웅성웅성 구경하려 몰려들고,
세미, 기운 없는 얼굴로 일어나 옷에 묻은 먼지 툭툭 털고 있고,
장어, 세미를 일으켜 세우며, 순경에게, 울상이 되어 말한다.

장 어 우릴 왜 잡아넣어요? 유리창 아직 깨지도 않았는데, 왜 잡아넣어요? 우리 매춘 안 해요. 형이.. 우리 그 짓 하는 거, 봤어요? 증거도 없으면서 왜 잡아넣으려 그래요? 이거는 순경 형으로서 잘못하는 거예요. 파출소두 넓구, 소파도 큰데 자기네만 잘려 그래....... 그리고 오늘은 손님도 없는데... 씨.....

순 경 뭐, 손님? 내가 접대부냐, 손님 받게! 그리고 씨, 이?

세 미 (제 신세가 처량해 웃음이 다 난다, 쓰게 웃고는 바닥에 침 뱉는다)

동 진　(세미를 보며 쟤 몹쓸 애군, 하는 투로 보고)

순 경　(더욱 열 받아, 세미 보고)

세 미　(바닥에 뱉은 침, 신발로 문지르고, 순경 보며) 나도... 아저씨 꼴 보기 싫어서 웬만하면 이 파출소 안 올려 그랬어. (사이) 근데, 내가 오늘 돈이 없어.

동 진　?

세 미　아침부터 쫄쫄 굶었어. (그 말 하니 갑자기, 비참해진다) .... 좀, 봐주면 안 되니?

순 경　안 되니? ...... 되니? 이 기집애가, 증말.

세 미　기집애?

장 어　(순경에게) 왜 우리 세미한테 기집애라 그래요? 왜 그래요, 씨?

세 미　(장어 잡아끌며, 포기하고, 순경에게) 나, 기집애란 거 이 세상천지가 알어. 그러니까 기집애라 그러지 말어. 내가 아저씨 (강조) 사내라고, 사내새끼가 어쩌구저쩌구 그럼 기분 좋니? 그리고, 경고하는데, 나 치지 마. 뼈가 약해서, 한 방이면 전치 3주는 그 자리에서 끊어. 열 내지 말구 들어가. 들어가서, 자. (순경 째려보며, 장어에게) 가자. (하고 뒤도는데, 구경꾼 여자, 길을 가로막고 서 있다, 세미, 그 여자 보며) 아줌마, 나, 드런 년인데, 똥물 튀고 싶지 않으면, 비켜.

여자, 놀라 자리 비키고,
장어, 세미에게 끌려가는 그 와중에도 순경에게 '안녕히 계세요, 담에 올게요.' 하며 세미 뒤따라간다.

순 경　(제 분에 못 이겨, 아우, 아우 하다가 구경꾼들에게) 뭔 구경났어요! 가요!

동 진　(순경 옆에 와) 열 받지 마시고, 담배 한 대 태워요. (하며, 세미와 장어 간 쪽 보며, 담배 권한다)

순 경　(담배 받아 피우며) 와, 완전히 개망신 당하네, 이거. 아침부터 여편네가 밥상머리에서 찡찡대더니만.

동 진　저 여자애 뭐 하는 애예요?

순 경　입에 올리기도 드러운 애예요. 뭔 짓을 해처먹고 사는지도 모르고, 떠도는 말에는 역전 걸레래요, 걸레. 어디서 나타났는지 서너 달 전부터 압구정, 강남 일대 돌아다니는 게 수상한데.... 얼마 전에도, 행려자 단속에 걸려 감호소에도 갔다 왔어요. 드런 기집애..... (하다가, 동진 보며) 참, 행려자 기사 쓴다 더니, 재 잡아넣어줄 테니까, 취재하실래요?

동 진　아, 아뇨. (하고는, 세상 말세다, 하는 눈길로 세미 간 쪽 보고)

## 씬 6.　강남역, 출입구 앞.

세미, 한쪽에 기대어 추워하는 얼굴로 앉아 있고,
장어, 세미 눈치 보며 지나가는 외국인 남자에게 말한다.

장 어　(영어로) 나는 장어예요. 형, 미국 살아요? 울 엄마도 미국 사는데, 나, 미국 데려갈래요? (세미 가리키며) 쟤도 미국에 엄마 있어요. 우리 미국 좀 데려 갈래요?

외국인 남자, 뭔 소린지 모르겠다는 얼굴로 더럽다는 듯 피하며 가고,
장어, 영어로 '형, 형! 얘 아버지 미국 사람이에요, 우리 한국 사람 아녜요. 돈 안 달라 그럴게, 얘기 좀 해요.' 하며 소리치다, 기운 빠져서는 세미 옆으로 와 쭈그려 앉는다.

장 어　(세미 눈치 보며) 저 형은, 미국 모르나 봐. 대답을 안 해. (바보처럼, 코 들이 마시고, 외국인 간 쪽 보며, 무심하게) 미국 놈 아니면, 소련 놈인가? (세미 보며) 세미야, 미국이랑, 소련은 가까워, 아니면 멀어?

세 미　(자기 팔, 자기가 문지르며) 으슬으슬 추워..... 어서, 아무나 털어.

장 어　난 잘 못 털잖아..... (눈치 보며) 알았어..... 털어볼게. (하고, 일어났다가 다시 자신 없는 얼굴로 옆에 앉으며) 근데, 만약 오늘 손님 없으면...... (눈치 보며) 겉옷 벗어줄게, 지하철에서 잘래?

세 미　생리통이 심해, 따뜻한 데서 자고 싶어.

그때, 동진 그 앞을 스쳐 지나 역으로 내려갔다가, 뭔가 이상해 다시 뒤돌아 보는데, 순간 세미와 눈이 마주친다.

## '보는 드라마'를 넘어 '읽는 드라마'로의 진화!
## 미방송 분량과 시놉시스, 인물 소개가 포함된
## 오리지널 작가판 대본집!

### 그들이 사는 세상 1·2

드라마 제작국 사람들의 치열한 삶과 일상, 인간애를
노희경 작가 특유의 시선으로 그려낸 수작!

### 괜찮아, 사랑이야 1·2

드라마 사상 최초의 정신과 의학 드라마를
유쾌하고 따뜻한 로맨틱 코미디의 그릇에 담아내다!

### 그 겨울 바람이 분다 1·2

살아야 할 이유가 없는 두 남녀,
오수와 오영의 가슴 절절한 러브 스토리!
방송가의 화제를 모은 노희경 작가의 첫 리메이크 작품!

### 거짓말 1·2

국내 최초 '마니아 드라마 신드롬'을 낳은 신화적인 드라마!
사랑이 감추고 있는 '거짓말' 속에 담긴 진실을 들여다보다!

### 굿바이 솔로 1·2

상처 난 마음에 연고를 발라주는 치유의 드라마!
한국판 러브 액츄얼리!

**북로그컴퍼니**

세 미 (뚫어지게 본다)

동 진 .......

세 미 (동진 뚫어지게 보며) ....... 5만 원만 줘요..... 두 시간 놀아줄게.

동 진 (어이없다, 그리고 이내 한숨 쉬고 잠깐 생각하더니, 가방에서 수첩과 펜대를 꺼내고, 장어를 손으로 부른다) 너, 이리 와봐.

장 어 (얼어서는, 자기 자신을 스스로 가리키며) 나요?

동 진 (주머니에서 돈을 꺼낸다)

장 어 (얼른 달려가, 동진이 주는 돈을 받는다)

동 진 이 돈 갖고, 니들 나랑 얘기 좀 하자.

장 어 무슨 얘기요?

세 미 (어느새, 동진 옆으로 와서는) 아저씨, 먹물이지? .... 펜대 맞지?

동 진 (맘에 안 든다) ?

세 미 (동진을 쏘아보며, 장어의 돈을 뺏는다)

장 어 왜 그래?

세 미 (동진의 윗옷에 돈 넣어주며) 난 거지긴 하지만.... 기사 물어주는, 개방석이나 끄나풀은 아니야.

동 진 (세미 답답한 얼굴로 보고)

세 미 (돈 넣은 동진의 주머니를 툭 치며) 이걸로, (사이, 비웃으며 강조) 맛난, 엿이나 사 먹어.

동 진 (어이없어, 벙찐 얼굴로 보고)

## 씬 7. 준희의 빌라 앞.

은수, 편한 일상복 차림으로 준희를 기다리고 서 있다. 밝은 표정이다. 그때, 차 한 대 집 앞으로 오고, 은수, 혹시나 싶어 목을 길게 빼고 보지만, 준희의 차 아니다. 은수, 서운하긴 하지만 이내 다시 밝은 표정으로 길가 쪽을 보고 있다.

## 씬 8. 속력 내서 달리는 성우의 차.

## 씬 9. 차 안.

성우, 무표정하게 운전해 가고 있고,
준희, 뒷좌석에 앉아 고개 돌려 창밖만 보고 있다.
성우, 백미러로 준희 보며.

성우　(편하게) 아직 화났니?
준희　(창밖만 본다, 자기 생각에 빠졌다) ........
성우　화내지 마. 너만 손해야. 오늘도 봐라, 괜히 너 혼자 열 내서는 차 키도 안 가지고 사무실 나와, 같이 있기도 싫은 사람, 차 타고. 그리고 알아둬. 우리 사무실 닫으면 잠겨. 적어도 퇴근 무렵엔 열 내지 말란 소리야.
준희　(동요 않는) .....
성우　(백미러로 준희 보며, 말 않는 준희 짜증난다) 반말해 기분 나빠? 기분 나빠하지 마, 말투가 원래 그래, 저녁, 먹었어?
준희　......
성우　(말하지 않는 게 짜증난다, 참고) 안 먹었구나, 부인이 먹지 말랬니? 아니면, 나 기다려, 같이 먹을 생각이라도 한 거야?
준희　(창밖만 보고) .......
성우　(자길 무시하는 것 같아, 짜증난다, 핸들 확 돌리고)

## 씬 10. 도로, 3차선 정도.

성우의 차, 2차선에서 도로변으로 거칠게 선다. 그리고는 이내 성우, 차에서 내려 성큼성큼 준희가 있는 자리로 가서는 차 문을 연다.

준희　?
성우　(소리치지 않는) 너 왜 사람 묻는 말에 말을 안 해?
준희　(만만찮게 보며) ... 대답할 말이 없었어요.

성우　말 같지 않아서?

준희　(성우 보며) 지금도.... 대답할 말이 없네요.

성우　(고개 돌리고, 한 수 졌단 생각이 들어, 피식 웃음이 다 난다, 다시 준희 보고, 안 웃고) 내려.

준희　?

성우　내가 니 기사야? 앞에 타.

## 씬 11. 달리는 성우의 차 안.

준희, 조수석에 앉아 창밖만 보고 있고,
성우, 그런 준희 곁눈질해 보며, 아이 같아 슬몃 웃음이 다 난다.

## 씬 12. 준희의 집 앞에서 조금 떨어진 곳.

성우의 차 멈춰 선다. 조금 멀리 은수가 보인다.

## 씬 13. 차 안.

성우, 준희의 하는 양을 물끄러미 보고 있다.
준희, '태워주셔서 고맙습니다.' 하며 안전벨트를 풀고, 목인사만 꾸벅하며 차 문을 열려 하는데.

성우　서준희.

준희　(보면)

성우　(편하게) 우리 사이좋게 지내자. 고객들이 뉴욕파 그림들을 원해. 도와줘. 너랑 틀어져서 하숙 선배, 아니 사장님한테 문책받고 싶지 않아. 친해지자. 내 말 따라줄 수 있지?

준희　미안해요. 난 아직 이해가 안 가요. 조심해 가세요. (하고 나가고)

성우 (헛웃음이 난다, 혼잣말) 쟤 잡으려면 힘 좀 빠지겠다. 언니도 참, 나 없는 사이에 큰일도 저질렀다. 어떻게 저런 애를 뽑았어. (하고는 차 몰아 가는데 백미러 슬쩍 보면, 준희에게로 달려오는 은수 보이고)

## 씬 14. 길거리.

은수, 준희를 보고는 반갑게 뛰어와 팔짱 끼고는.

은수 차는?

준희 회사에 두고 왔어.

은수 왜 이렇게 늦었어?

준희 (편하게 웃으며) 그냥.

은수 그냥 늦으면 안 되지, 이유가 있어야지. 이유 있어?

준희 (웃음) 그래.

은수 그럼 이유 들으러 가자.

준희 그래. (하며, 성우 쪽으로 무표정하게 시선 튼다)

성우 (차 안에서 준희와 은수 보고는 흐뭇한 웃음 지으며, 차 몰아 간다)

은수 (성우의 차 쪽으로 시선 틀며) 뭘 봐?

준희 (무표정하게 보다가, 은수 보고 웃으며) 아무것도 안 봐. (하며, 은수 어깨 감싸 안고 들어가고)

## 씬 15. 성우의 차 안.

성우, 스피커폰(휴대폰)으로 전화하고 있다. 신호음 가다 신호 떨어지면.

성우 (편하게) 윤 여사?

영희 (E) 엉.

성우 (편하게, 입가에 웃음 머금고) 지금 뭐 하시나....?

영희 (E) 암것도 안 해.

성우 (웃음) 진지는 드시고?

## 씬 16. 영희의 집(아파트), 거실.

영희, 담배 피우며 무선전화 받고 있다. 일상적이다. 소파 없는, 다리 낮은 테이블과 등받이 의자만 있는 거실이다.

영희 (담배 피우며, 제 손톱을 유심히 보면서, 건성으로) 그래, 그래..... 아니. 내가 널 왜 기다려. 안 기다려.

성우 (E) 정말?

영희 그래. (사이, 웃음) 야, 주성우, 서방처럼 굴지 마. 딸이면 딸처럼 굴어. 이게 나이 들더니, 애미랑 맞먹어. (웃음, 사이, 부정하며, 버벅대며) 아니, 안 펴. (사이) 정말 안 펴. (자신 없는) 담배, 안 펴.

성우 (E) 피는데. 목소리가 떨리는데.

영희 (들켰다 싶다, 탁자 놓인 물 마시며) 물, 물 먹어.

성우 (E) 담배 안 먹고?

영희 그렇다잖아. (물 내려놓는데, 손에 든 담배에서 재 떨어지고, 난감하고)

성우 (E) 알았어요. 지금 고가 타니까, 한 삼사십 분 후면 도착할 거예요.

영희 그래.

하고는 전화 끊는다, 그리고는 탁자에 놓인 티슈 뽑아서는 침 뱉어, 담배 비벼 끄고는, 다시 쪼그려 앉아 손가락에 침 묻혀, 재를 집으며, 구시렁.

영희 자식이 젤로 무섭다드니, 그른 말이 아니네. (하고는 웃음기 밴 얼굴, 휴지로 재를 닦는다)

## 씬 17. 달리는 성우의 차 안.

성우, 무표정하게 운전해 가고 있다. 그러다가 라디오를 켜려는데, 지지직 잡음이 심하다. 성우, 라디오 끄고 한 손으로 머리 쓸어 올리며 담담하게 생각하며 운전해 간다.

## 씬 18. 준희의 안방.

준희, 트렁크 차림으로 침대맡에 앉아 있다. 그때, 은수 잠옷 차림으로 준희를 흐뭇한(?) 얼굴로 보며 화장대(준희와 마주 본 상태) 의자에 앉아 있다.

은수　(O. L, 걱정스레) 아까 그 여자가 주 실장이야?
준희　응.
은수　그 여자가 힘들게 해?
준희　힘든 정돈 아닌데..... 좀 이상해.
은수　연애하재?
준희　(웃음) 아니. 일을 좀 이상하게 해.
은수　이상한 여잔가 보다, 그러니까 일을 이상하게 하지. 준희야.
준희　(보면)
은수　내 얘기 잘 들어. 한국 나와서 느낀 건데, 생각을 아주 단순하게 하는 거야. 이상한 사람은 이상한 짓을 하는구나. 나쁜 사람은 나쁜 짓을 하는구나. 그런 사람들하곤 놀지 말자. 상관하지 말자.
준희　(웃음) 어떻게 그래.
은수　그렇지? 그럴 순 없지, 맨날 보는데. (잠시) 그럼, 이러는 거야. 집에 오면 회사 일은 잊는 거야.
준희　(웃으며, 고개 끄덕이며 침대맡에 있는 물을 마시는데, 손이 떨려 물을 흘린다)
은수　(걱정) 손 아퍼?
준희　(잔 내려놓고, 입가 닦으며) 아니.
은수　(편하게) 오늘 내가 유난히 이뻐 보이지? 그래서 더 떨지?
준희　(웃음) 그래.
은수　(떠보듯) 그럼, (장난스레) 우리 오늘, 잘래? (발로 준희 툭 치며) 우리, 자자.
준희　(웃으며, 고개 흔든다)

은 수　(작게) 자자.
준 희　(은수 쪽으로 고개 작게 틀고 웃으며) 잠만, 자자.
은 수　(눈 휘둥그레지며) 누가 뭐래? 으이그, 겁쟁이. (하며, 웃으며 준희 머리를 마구 헝클어뜨린다)

## 씬 19. 욕실.

성우, 세수를 하고, 수건으로 얼굴 닦고 있다. 그러다, 거울에 제 모습 비춰보다가, 손 뒤로 하고 멀뚱히 그 옆에 서 있는 영희 보고 웃으며.

성 우　왜 그러고 있어?
영 희　(외면하며) 그냥.
성 우　(탐색하듯) 하실 말씀 있어요? 얼굴이 그냥이 아닌데... 용돈 드릴까?
영 희　(머뭇대며) 아니.
성 우　이번엔 무슨 강좌 등록했어요?
영 희　(성우 보며, 무심하게) 이 험난한 사회를 분석해주는.... 강좌랜다.
성 우　그거 괜찮네. 근데, 쓸 덴 없겠다.
영 희　재민 있겠더라.......
성 우　(웃으며, 거울 보고 로션 바르려 뚜껑 여는데)
영 희　(작심하고) 성우야.
성 우　(보면) ?
영 희　(담담하게) 정민이한테 청첩장 왔더라.........
성 우　(영희 보는) ?
영 희　(성우, 걱정스레 보다, 청첩장 앞으로 내민다) .... 받어.
성 우　(답답한, 뭐라 말하고 싶지 않은 얼굴로 받는다)

## 씬 20. 성우의 방.

성우, 멍한, 착잡한 얼굴로 책상 앞에 앉아 청첩장을 보고 있다.

인서트 - 청첩장 내용.

모 월 모 시 모 성당에서 박정민과 이인숙이 결혼한다는 내용의 청첩장이 보인다.
성우, 물기 고인, 그러나 애써 아픔 참는 얼굴로 청첩장 보다가 그 청첩장을 들고 있는 손에 끼인 반지에 눈이 간다.

인서트 - 몽타주, 음악 흐르는.

1. 비 오는 거리, 어두운.
성우와 정민, 신문지 한 장 뒤집어쓰고 잔뜩 웃음 머금고서 달리고 있다, 그러다 한 건물 처마에 뛰어들어가 성우, 옷에 묻은 물기를 털어내는데, 그 옆에 있던 정민, 성우에게 입을 맞춘다.

2. 보석상 안.
정민, 성우의 손에 작은 링 반지 하나 끼워준다. 성우, 감동해 눈가 그렁한 채 반지 끼워주는 정민을 보고 있다.

3. 회사 앞, 밤.
정민, 인적도 끊긴 어두운 밤인데도 낮과 같은 자세로 성우를 기다리고 있다. 카메라 위로 올라가면, 회사 안에서 성우, 그런 정민 멍한 얼굴로 내려다보고 있다.

4. 버스 안, 비 오는 밤.
성우, 창가에 얼굴을 기대고 멍하니 있다. 눈물이 주룩 흐른다.

그 그림 위로, 노크 소리 똑똑 들린다.

현실.

성우, 눈가가 그렁해, 손에 낀 반지 힘들게 빼서는 청첩장 안에 넣고, 청첩장을 접는다.
영희, 문 열고 그런 성우 보며, 서 있고.

성우　(애써 담담하려 하며, 영희 안 보고) 엄마, 나 여기 가야 돼?
영희　(성우, 놓치지 않고 보며) 글쎄, 그건 내 소관이 아닌 거 같으네. 너 알아서 해.
성우　(청첩장 만지작거리며, 영희 안 보고) .....
영희　야.
성우　(청첩장 보며, 서글프게 웃으며) 엄마, 이 자식 되게 못됐다, 그치?
영희　성우야.
성우　(청첩장 책상 위에 내려놓고, 맘 아프게 팔짱 끼고, 영희 안 보고) 네.
영희　우리, 화투 칠래?

## 씬 21. 영희네 거실.

거실 창 쪽에 스탠드만 켜져 있을 뿐, 형광등 불빛은 없다. 스탠드 불빛 아래서 영희, 성우, 화투를 치고 있다. 둘 다 아주 무심하다. 화투 치는 목적은, 화투가 아니다. 두 사람 다 머릿속엔 딴생각만 가득하다.

성우　(무심히, 화투 치며) 엄마.
영희　(화투 치며, 보면)
성우　(영희 안 보고, 바닥만 보며 무심하게) 언젠가 이런 영활 봤다.
영희　......
성우　(생각하는 듯한) 옛날에 너무너무 사랑했던 두 남녀가 헤어졌다가, 우연히 한 사람의 결혼식장에서 만나게 됐는데, 다시 눈이 맞아서, 이어지는 거야. 엄마 그게, 가능하다고 생각해?
영희　(성우가 말하는 이유를 알겠다, 화투 치며) 아니.
성우　(영희 보고)
영희　(성우 안 보고) 난, 아니라고 생각해. 니 아버지 다시 살아, 곁에 온다고 해도,

엄만, 아니야.

성우 (화투 치며, 생각에만 빠져 영희 안 보고) 왜?

영희 왜? (사이, 단호한) 아무 미련 없으니까.

성우 (화투판 보며, 멍하게)

영희 글쎄 난 그런 거 같더라. 사춘기 때 말이다, 아슬아슬하게 손도 못 잡고 헤어졌다면 모를까, 불처럼 사랑하고, 미워도 했다가 증오도 했다가 독해졌다가 약해졌다가...? 그러고 나서 헤어진 연인 사이라면, 글쎄 그건 다시 만나서 될 일이 아닌 거 같애. 불꽃 사그라든 연후에, 재까지 보고, 그 재 치우고 날려버린 마당에, 미련이 있겠니? 영화 속에서 다시 만난 사람들은, 미련이 있는 사람들 아닐까?

성우 그렇지. (웃으며 대답하다가, 갑자기 얼굴 굳어지며 눈빛 그렁그렁해진다)

영희 (그 눈빛 알아채고) 정민이한테, 미련 있니?

성우 (눈물 보이지 않으려 짐짓, 눈 크게 뜨고 화투를 친다)

영희 (그런 성우 놓치지 않고 보며) 성우야.

성우 (눈물이 나려는 것 엄마한테 보이기 싫다) ....

영희 (안타깝다) 성우야.

성우 (눈물 나는지, 고개 돌려 눈가 닦으며) 엉. (그 얼굴 위로 영희 이펙트)

영희 너, 똥 쌌어.

성우 (뭔 말인가 싶어, 화투판 보면)

인서트 - 같은 화투 세 장이 겹쳐 있다.

성우, 화투판 보고, 영희 보며, 어이없어 웃고,
영희, 입가에 웃음은 짓고 있어도 성우의 맘 아는지라 걱정스런 눈으로 성우 보고, 화면 어두워지고.

## 씬 22. 회사 1층 전시실 전경, 오전.

하숙의 웃음소리 들린다.

## 씬 23. 회사 1층 전시실 안.

인부들 바삐, 사진이나 각종 공예품들을 새로 세팅하고 있고, 한쪽으로 가면 성우와 하숙이 커피를 마시며 즐겁게 얘기하고 있다.

하숙 하하하. 야, 야, 애 놀랬겠다. 웬간히 다루지. 그러다 애 경기 들면 어쩔라 그러냐?

성우 (웃음기 밴 얼굴로 커피 마시다, 눈 휘둥그레지며, 하숙 보며) 어머, 걔가 애야? 어려? 나이 스물일곱에, 결혼까지 했는데, 어려?

하숙 (웃으며, 차 마시고)

성우 (걱정스런) 언니, 걔 잘못 컨택했어. 걔, 어린 게 아니라 사회성이 없는 애야. 걔 판화 했댔지? 나무나 파서 그림이나 찍어대면 딱 좋겠던데, 언니, 언니 그 헤픈 인정 좀 버려. 걔 형부 후배랬지? 충고하는데, 연줄로 사람 일 시키는 거 아냐.

하숙 (웃음) 넌 줄 아니냐? 대학 후배 아니었으면, 너두 여기 못 들어왔어.

성우 그래? 그럼 잘러. 딴 데 좀 가게.

하숙 (웃음, 커피 마시고 내려놓으며) 성우야, 걔 잘 좀 봐줘라. 걔, 그림 못 해.

성우 ?

하숙 걔, 준희 손 떠는 거 못 봤니?

성우 ?

하숙 뉴욕 있을 때, 교통사고를 당했는데 손목을 심하게 다쳤었대, 일상 생활하는 데는 별 지장이 없는데 판화라는 게 워낙 섬세한 일이잖냐? 그래도 지는 어떻게든 하려고 시도도 했었는데, 잎 달린 나무를 판다는 게 잎 떨어진 나무를 파고...? 불쌍하게 생각해라. 하지만 난 불쌍해서 걔 쓴 거 아니고, 작가들도 많이 알고, 그림 보는 안목이 아주 별나게 좋아. 잘난 니가 코치 좀 잘해줘라. 안됐잖아.

성우 (별로 맘에 두지 않는) 가지가지다. (커피 마시고) 그런데, 지금은 걔보다 내가 더 불쌍하게 생겼어.

하숙 ?

성우 (쓴웃음) 정민이...... 결혼한대. 집으로 청첩장 보냈더라.

하숙　(답답해진다) 그 자식 그거... 미친 거 아니냐? 지가 어디라고 청첩장을 보내.

성우　(무표정) .......

하숙　주성우. 잊은 줄 알았는데...... 아니야?

성우　몰라. 긴 것도 같고 아닌 것도 같고. (쓴웃음) 그래서, 정말 내 감정이 어떤지, 가볼까 해. 가서, 아니면 다행이고, 기면, (쓴웃음) 확인 사살하는 거지 뭐.

하숙　(떠보듯) 괜찮은 거지? 위로해야 되는 거니?

성우　(웃음) 아니.

성우, 서글프게 웃는데, 그 얼굴 위로 준희 목소리 들린다.

준희　(굳은 얼굴) 저 부르셨어요?

성우　(돌아보고)

## 씬 24. 완공 덜 된 건물 앞 + 차 안.

준희의 차, 멈춰 선다.
성우, 차에서 내리려다가, 자기를 보고 있는 준희에게.

성우　안 내려?

준희　(주변 둘러보며) 여기가 어디예요?

성우　사람 꼬시는 데, 너 꼬실려고 데려온 거야, 내려. (하고는 차에서 내려 문 닫고, 건물 안으로 성큼성큼 들어가버린다)

준희　(들어가는 성우 보고)

## 씬 25. 건물 안.

아직 내장 공사 중이다. 미장들 몇몇 시멘트를 건물에 바르고 있다.
준희, 한쪽에 서서 성우가 뭐 하나 싶어 보고 있다.
성우, 팔을 걷어붙이고 쭈그리고 앉아 시멘트 갠 그릇을 짜증스레 보고 있다.

미장일 하는 오씨, 성우 옆에 앉아 있다.

성우　아저씨 증말 이렇게 일할래?
오씨　왜 그러냐, 또?
성우　(O. L, 친구처럼) 왜 그래? 시멘트 땜에 그래.
오씨　시멘트가 뭐가 어째서?
성우　오씨 아저씨, 시침 떼지 마. 다 아시면서, 능청맞게... (시멘트를 손으로 들어, 오씨 앞에 보이며) 이게 뭐냐, 이게.
오씨　그게 뭐긴.
성우　그렇게 자꾸 시침 뗄래요? 시멘트 많이 쓰라 그랬죠? 시멘트가 이렇게 질면, 반년도 못 가, 타일 있는 대로 떨어져요. 막걸리 값 삥땅 치고 싶으면 나한테 말하랬잖아. 일 이렇게 하면 안 되지.
오씨　(머리 긁으며, 멋쩍다) 주 십장, 여기 올 때 제발 전화 좀 하고 와라. (준희 쪽에 대고) 야, 거기 시멘트 부대 하나 들고 와.
준희　?
성우　너 귀먹었어? 옆에 시멘트 부대 안 보여?
준희　?
성우　(서서, 손뼉 치며, 일하는 사람들에게 말하는) 아저씨들, 현재 미장된 데라도 마른 시멘트 좀 더 뿌려요, 어서요, 어서!

## 씬 26. 건물 다른 공간.

성우, 준희, 인부들, 컵라면에 막걸리 먹고 있다.
준희, 성우를 신경 쓰며 컵라면 바닥에 내려놓고 먹고,
성우(O. L), 막걸리를 한 사발 맛나게 비워내고는 잔을 오씨한테 주고 술 따라준다.

오씨　(잔 받으며) 이봐, 주 실장.
성우　십장이라고 불러요.
오씨　당신이 왜 십장이야, 내가 십장인데.

성우 (웃음기 밴) 또 돈 얘기하실 모양이네. 오씨 아저씨 나한테 돈 얘기할 때만 실장이라 그러잖아요. (라면 국물 먹고)

준희, 인부들한테 두 손으로(손 떨지 않으려 애쓰며) 술 따라주고.

오씨 시집을 왜 안 가나 했더니, 귀신이라 안 데려갔구만. 거두절미하고, 우리 인부 셋만 더 쓰게 해줘.

성우 (라면 국물 먹다 보면) ?

오씨 이달 말까지, 이 건물 전체 미장하고 타일 깔고 이 인원으로 안 돼. 그렇다고 야근비도 안 주는데, 주구장창 밤일 시킬 수도 없고. 기술자들이라곤 모두 나만 한 노친네들뿐인데, 좀 해주라.

성우 (장난, 애교) 내가 파스 사드리면 안 될까?

오씨 (답답하다) 장난 말고.

준희 (성우가 뭐라 얘기한다) ....

성우 안 돼요.

준희 (실망)

성우 근데......

준희 (성우 보고)

성우 (오씨에게) 세 명은 무리고 두 명만 써요.

오씨 (좋다) 그렇게라도 해줄래?

성우 그 대신, 기한 확실히 지키는 거예요. 그리고, 우는소리 좀 하지 말아요. 노친네들 우는소리에 젊은 나, 맘 아퍼서 일이 안 돼.

오씨 (기분 좋고, 입가에 막걸리 자국 있는)

준희 (성우, 보고)

성우 (오씨, 입가 소매로 닦아주며) 아이고, 노친네 이게 뭐야, 칠칠맞게.

준희 (성우 보는, 뭔가 맘이 움직이는)

## 씬 27. 화장실(건물 안에 있는 완공된) 수돗가.

성우, 손을 닦으며 구시렁대고 있고,

준희, 문가에 서서 성우를 보고 있다.

성우　가는 곳마다 죽는소리들이네. (준희 안 보고, 준희에게) 서준희, 너 저 아저씨들이 한 달에 가져가는 돈이 얼만 줄 아니?

준희　(왜 그러는지 모르겠다) ......

성우　(안된 생각에) 150이 안 돼.

준희　.......

성우　30년 기술잔데, 150이 안 돼. (고개 돌려, 준희 보며) 넌 내가 속물처럼 보이지?

준희　?

성우　(손수건으로 손 닦으며, 시선은 준희에게 두고) 우리 어디 가서 차 한 잔 마실래?

준희　!

## 씬 28. 카페 전경 + 카페 안.

카메라, 카페 한 바퀴 돌아 성우, 준희 보여주는.

성우　(커피 들어 한 모금 마시고, 준희 보면) ....

준희　(커피 잔을 들어, 조금 떨며 차를 마신다)

성우　(걱정) 손 많이 떠는구나.

준희　(작게 웃음) 좋은 사람 앞에서는 조금 더 떨어요.

성우　나 사람 잘 꼬시지? 너 나한테 넘어왔어. 전번처럼 얼굴에 독기가 없어.

준희　(편하게) 내가 독기가 있었어요? (차 마시고)

성우　김 대리도 그랬어. (재석 말 흉내) 선밴 속물 중에 젤 속물이에요. 그래서 현장엘 데려왔지, 그랬더니 대뜸 지금 너처럼 독길 풀더라. (웃음) 왜 그런지, 여기만 데려오면 다들 약발을 세게 받대.

준희　(작게 웃음)

성우　난 니가 이렇게 이해해줬으면 좋겠어. 다, 먹고살려고 하는 짓이다. 가끔은 나도 그런 생각해. 내가 작가들한테 너무 심한 거 아닌가. 그런데, 미장 아저씨들이나 목수 아저씨들 보면, 아니다, 도리질 쳐. 물론 돈으로 매길 수 없이 값나가는 그림도 있지. (도리질 치며) 사실 나두 혼란스럽다. (사이) 오늘 이 작가한테 모질게 하면서, 속으론 그렇게 빌었어. 제발 잘나가는 작가 돼서 나한테 원수 갚아라. (고개 들어) 서준희.

준 희　(보면)

성 우　하숙 선배도 먹고살아야지. 자선사업하는 거 아니잖아. 이번 달 어음 막을 것만 해도.. 그만하자.

준 희　하지만 7대 3은 너무했어요. 그 작가, 형편도 안 좋고. 무엇보다 그림이 정말 좋아요. 좋은 그림에 대한, 공정한 대가 계산해줬어야 해요.

성 우　공정한 대가? (쓴웃음) 그래, 나도 그런 세상이 왔으면 좋겠다.

준 희　(성우 보는)

성 우　(씁쓸한 웃음 띠고) 공정한 대가가 오가는 공정한 세상 같은 거, 상처 준 사람은 상처받기, 상처받은 사람은 상처 낫기. 뭐, 그런 세상. (문득 다시 정민 생각이 나, 답답해진다, 차 마시고)

준 희　(그런 성우를 놓치지 않고 본다)

성우, 준희 있는 모습 한 화면에 잡히고.

## 씬 29.　신문사 문화센터.

## 씬 30.　강의실 복도.

주부들 몇몇 지나쳐 가고, 영희와 유란, 강의실 찾는지, 두리번거리는데, 선주, 신나서 말하는.

선 주　야, 야, 강사 봤니, 우리 강사 봤어?

영 희　(상대하기 싫다)

선 주　등치도 좋고, 인품도 좋고, 아주아주 괜찮게 생겼더라. 강의 들을 맛 나겠더라, 얘.

유 란	(너그러운 웃음 지으며) 저런, 저런, 걱정이다. 나이 쉰둘에 아직도 남자가 남자로 보이고, 가슴 설레고, 민망하다, 민망해. 니 애들이 너 그러구 다니는 거 아니?
선 주	알면 되니? 안 되지. 너두 나처럼 과부 돼봐라. 처녀랑 다를 바 없이, 남자가 남자로 보이지. 그리고 남자가 남자지, 여자니?
영 희	(짜증난다, 선주에게) 야, 송선주.
선 주	(반갑게) 왜?
영 희	정신없어, 좀, 조용히 좀 해.
선 주	(새침) 미안하다, 난 가만있고 싶은데, 입이 자꾸 말을 하네.
영 희	(안 웃고, 어이없어 웃는 유란에게) 나, 얘 정말 싫어.
유 란	(그러지 말라고, 영희의 옆구리를 툭 친다)
영 희	(선주, 보며) 너, 분명히 공예반 간다고 했지? 거기 왜 안 갔어?
선 주	그냥.
영 희	나, 공예반 가고 싶은데, 너 피해서 여기 온 거야. 그거 아니?
유 란	(영희 말리며) 그만해라. 또 투닥거린다.
영 희	(유란에게) 나 정말 얘 피곤하단 말이야. 내가 고등학교 때부터 얘 어떡하면 떼놓을까, 그 궁리로 산 거 너 알지?
선 주	(입을 삐죽인다)
유 란	(난감하다)
영 희	내가 대학 안 간다고, 자기도 안 간 애야, 얘가. 지 남편 죽었다고, 내 남편 죽으라고 고사까지 치렀잖니, 얘가.
선 주	(기도 안 찬다) 얘가, 말을 해도 해도 너무하네, 증말.
영 희	(선주 보며) 너 나 싫지? 그럼, 딴 반 갈래?
선 주	(딴청 피듯, 영희에게) 왜 안 오니? 왜 안 올까? 기대되지? 솔직히 기대되지?
영 희	(고개 숙이고, 한 손 머리에 대고, 열 받는다, 유란에게) 6개월을 어떻게 참냐? 벌써, 혈압 오르는데. 나, 쓰러지면 장례비(턱으로 선주 가리키며) 얘 보고 내라 그래라. 이건 유언이야.

## 씬 31. 강의실.

영희, 선주 때문에 짜증나 여전히 고개 숙이고 앉아 있고, 그때, 문소리 나고,
현철, 너그럽게 웃는 낯으로 들어온다.
선주, '안녕하세요.' 하며 호들갑을 떤다.
현철, 웃고.

영 희　(고개 더 숙이며, 유란에게) 쪽팔려 살 수가 없어, 증말.
현 철　네, 안녕하십니까.
선 주　선생님 오늘 우리 공부 말고, 자기소개 하고 시간 때워요, 네?
현 철　그래도 돈 내고 오셨는데, 그럼 되나요. (하며, 칠판에 '개혁과 혁명'이라고 쓴다) 자, 오늘 첫 시간은 요즘 많이 쓰는 이 단어에 대해 한번, 얘기해봅시다. (하며, 앞자리에 앉은 주부에게) 이게 뭔 줄 아세요?
주부 1　(주눅 든) 개혁과 혁명이라고 쓰셨네요.
현 철　뜻을 아세요?
주부 2　대충밖에 모르는데... 개혁은 개혁이고... 혁명은 혁명이고...?
영 희　(O. L, 여전히 고개 숙이고, 유란에게 작게) 뭐라 그러는 거야, 저 여자?
현 철　(O. L) 어렵게 생각 마시고, 이렇게 한번 생각해보세요. 맘에 안 드는 남편이 있는데, 바가지를 긁어서라도 살고 싶다. 이건 개혁하겠다는 의집니다. 근데, 영 안 되겠다, 이 인간하고 헤어져야 내가 살겠다, 이런 생각이 들면, 그건 혁명에 해당합니다. 혁명이 개혁보다 위험하죠.

사람들, 재미있다는 듯 웃고 수군거리고.

영 희　(유란에게) 이거 받아써야 하니?
선 주　하하하. 말씀도 재미나게 하시네. 선생님 우리, 존함이나 알고, 수업해요.
주부들　그래요.
현 철　(웃는) 그럴까요. 전 주현철이라고 합니다.
영 희　(그 말에 노트만 보다가, 순간 고개 들었다가, 가슴이 철렁해 다시 고개 숙인다)

## 씬 32. 복도.

벨소리 나고, 주부들, 함박웃음 띠며 강의실을 빠져나온다.

## 씬 33. 강의실 + 복도.

현철, 문 앞에서 주부들 웃는 낯으로 배웅하고 있다.
선주, 현철(어색하게 웃는다)의 손을 잡고 '만나 봬서 너무너무 반가워요, 선생님, 강의가 너무 재밌어요.' 등등 하고,
영희, 자리에서 고개 숙이고(현철이 볼까 싶어서) 쭈뼛거리다, 유란이 가방 챙기고 '안 가?' 하는 바람에 '가.' 하며 출입구 쪽으로 와서는 불편하게 모로 고개 까딱하고 빠져나간다.
현철, 그런 영희 놓치지 않고 보고, 복도로 나온다.
선주, 따라 나오고,
영희, 서둘러 한 손으로 얼굴 반쯤 가리고 복도를 빠져나가고,
현철, 입가에 반가운 웃음 번진다.

선 주　(영희 간 쪽 보고는) 재 아세요?
현 철　저 양반, 아세요?
선 주　알죠, 친군데.
현 철　저, 저, 혹시 저 양반 성함이...?
선 주　왜요? 재한테 관심 있으세요? 전 송선준데.
현 철　?
선 주　(실망, 건성) 나 말구 재 이름이요? 재, 윤영희예요. 윤영희. 오빠 이름은 철수고, 지 집 강아지 이름이 바둑이였대요, 부친은 국어 선생이었다지, 아마.
현 철　(입가에 반갑고 편한 웃음 번지고)

영희, 복도를 꺾어들자마자 머리에 올렸던 손 내리고 한숨 몰아쉰다.

유 란　(걱정) 야, 너 왜 그래?
영 희　야, 저 오빠..... 왜 저깄니?

유 란　?
영 희　이거 무슨 일이야? (가슴이 콩닥콩닥 뛰는 걸, 한숨 몰아 진정시키고, 다시 걸어가고)

## 씬 34. 신문사 주현철 사무실.

현철, 책상에 앉아 담배 피우며 입가에 잔잔한 미소 번져 있다.

현 철　(혼잣말, 웃음기 여전히 번져 있는, 우물우물 작게) 윤영희....... 윤영희......

그때, 노크 소리 나고 동진, 가방을 메고 들어온다.

현 철　(고개 들고 동진을 보고, 어색하게) 어?
동 진　(현철 책상 앞으로 와서는, 편하게) 무슨 좋은 일 있으세요?
현 철　(여전히 웃는) 어..... 응.
동 진　잠시 앉아도 되죠?
현 철　어, 그래, 여태 서 있었냐?
동 진　(현철 앞에 놓인 의자에 앉으며) 좋은 일 있으세요, 왜 그렇게 웃으세요?
현 철　좋은 일? (웃음) 있지?
동 진　(눈치 보며) 제가 알면, 알아도 되죠?
현 철　으응.. 어릴 때 동네 친구를 만났어.
동 진　여자 친구분이세요?
현 철　(작게 소리 내 웃으며) 여자? 그래, 여자지. 동생뻘이었는데, 이젠, 맞먹어도 되겠대. (사이) 그래, 넌 취재 가냐?
동 진　네. 퇴근 안 하세요?
현 철　(손가락으로 위를 가리키며) 저 자리가 퇴근을 안 하네.
동 진　(웃음, 가방을 뒤지다 말고) 아차, 오늘 사모님 제삿날, 아니에요?
현 철　맞어.
동 진　눈치 보지 말고 들어가세요.
현 철　여편네 제삿날 남편 할 일이 뭐 있다고, 애들이 다 지내는데. 칼럼 맡은 것도 있고… 근데, 쓸 게 없네.

동 진 (가방에서 자료철 내놓으며) 이거 한번 보세요.

현 철 ?

동 진 (약간 멋쩍다) 칼럼 자료로 괜찮을지 모르겠어요. 제가 선배님 드리려고, 좀 모아봤는데….

현 철 (쓴웃음) 번번이… 무능한 상사 만나서 고생하지?

동 진 (가방 닫고, 일어서며) 그런 말씀 마세요. 제 기사 톤, 누구한테 전수받은 건데요?

현 철 옛말이지, 이젠 내가 글을 써도 무슨 말을 쓰는지 모르겠어.

동 진 (위로) 아니에요. 아직도 너무 좋으세요. 아니, 갈수록 좋으세요.

현 철 (쓴웃음) 나가봐라, 늦겠다.

동 진 네. 낼 뵙겠습니다. (하고, 인사하고 나가고)

현 철 (자료철 들어 넘겨보다 다시 담배 피워 물고)

## 씬 35. 신문사 보이는 거리.

영희(아직도 불에 덴 듯, 가슴이 설렌다), 서둘러 걸어가고 있고,
선주, 유란 '영희야.' 하며 뒤따라간다.
영희, 한참 들은 척도 않고 걸어가다 갑자기 뒤돌아서며.

영 희 (약간 언성이 높은) 왜 이렇게 사람을 불러, 창피하게!

선 주 ?

영 희 니들 집에 가. 우리 같이 사니? 아니잖아. 나, 응암동 살어, (선주 보며) 너, 상계동이지? (유란 보며) 평창동이지? 그럼 따로 가도 되는 거 아니니? 난, 버스 타고 가. 니들 택시 타지? 그럼 여기서 각자 헤어져도 되잖아. 우리 따로 가. 제발 따로 가자. (하고, 뒤돌아간다)

유 란 재 왜 저러니?

선 주 (기분 나쁜 표정으로) 잘난 척하는 거지, 뭐겠니?

유 란 무슨 말이야?

선 주 남자 생겼다, 이거지 뭐. 나쁜 기집애, 내가 빼어버리고 말 거다.

유 란　(선주의 말이 어이없다) 이거, 친구 사이에 남자 때문에 피 터지겠군. 볼 만하겠다. (하다가, 선주 놀림조로) 근데...? 재가 너한테 뺏길까?

선 주　(유란 밉게 보고)

## 씬 36. 정류장.

영희, 멍하니 넋 나간 듯 서 있다. 그때, 동진이 '택시!' 하는 소리 들리고, 카메라 돌아가면,
동진, 택시를 잡아타고 간다.

## 씬 37. 은수의 작업실.

은수, 용접 기계(마스크 하고, 앞치마 하고)로 금속공예를 하고 있다.
그때, 인정, 문 열고 즐거운 목소리로 '선생님!' 하고 부른다.
은수, 그것 알지 못하고 일을 한다.

인 정　선생님!

인정, 은수가 듣지 못하자, 다가와 은수 어깨를 툭 치고는.

인 정　선생님!

은 수　(놀라, 산소기 불 끄고 뒤돌아보며) 아휴, 놀래라?

인 정　(동진이 와서 좋다) 이 기자님 오셨어요, 이 기자님.

은 수　갠 또 왜 왔니?

## 씬 38. 은수의 갤러리 안.

한쪽 테이블에서 은수는 케이크를 먹고 있고, 동진은 그런 은수 보며 담배

를 피우고 있다.

은수 (케이크를 입안 가득 넣고 우물거리며) 담당 구역을 이곳으로 바꿨으면 이제 자주 오겠네.
동진 (그런 은수 보며) 지금까지 밥도 안 먹고 일한 거야?
은수 응.
동진 그 돈 다 벌어서 뭐 하냐, 밥이나 먹지.
은수 작품은 돈 때문에 하는 게 아냐. (크림 묻은 손가락 빨며) 준희가 같이 먹자 그래서 대충 때우는 거야.
동진 (조금 굳은) 그래?
은수 (동진 보고) 왜 얼굴이 씁쓸해? 준희 얘기만 나오면 꼭 그러더라. 그렇게 샘나니?
동진 (웃으며) 샘낼 것도 많다. (무심히, 건성으로) 참, 준희 씨는 일할 만하대?
은수 상관이 꼴통이래. 그래서 상관들이 하는 짓은 상관하지 말랬어.
동진 (은수가 하는 말은 안 듣고, 은수만 본다)
은수 (케이크 다시 먹으려다가 동진의 눈빛 알고) 그렇게 보지 마. 분명히, 니가 먼저 나 차서 나 준희랑 결혼한 거야. 니가 내 프러포즈 오케이 했으면, 난 지금 분명 너랑 살고 있을 거야.
동진 (서글프게 웃는다)
은수 어? 너 그런 웃음 질 때마다 내가 무슨 생각 드는 줄 아니? 내가 너 찼나? 분명 니가 나 찼는데? 헷갈린단 말이야.

동진, 웃고,
그때, 인정, 주스 가져온다.

은수 (인정에게) 인정아, (동진 가리키며) 얘 아직 나 좋아하는 거 같지 않니?
인정 (동진 눈치 보며, 작게) 네.
동진 (웃으며) 걱정 마, 임마. 나, 너 안 좋아해. 제비 말고 유부녀 좋아하는 총각이 어딨냐?
은수 (장난) 고마워. 그럼 내가 너 보기 부담 없지. (하며, 케이크 먹는데)
인정 (동진에게 머뭇대며) 정말, 우리 선생님...... 이젠 안 좋아하세요?

동진　?

은수　?

인정　그럼 제가 이 기자님 좋아해도 돼요?

은수, 그 말에 놀라 케이크 입 밖으로 쏟고.

## 씬 39. 성우의 사무실, 밤.

준희, 업무 보며 성우에게로 자기도 모르게 눈길 간다.
성우, 전화하고 있다.

성우　(웃으며) 네, 네. 알지, 내가 이 작가님 처질 왜 몰라요, 그런데 솔직히 그림 값, 좀 오바했잖아…. (사이, 웃음) 네, 네, 어쨌든 고맙습니다. 다음에 또 거래하자구요. 네네. 끊습니다. (하고, 전화 끊고는, 언제 웃었냐는 듯이, 얼굴 굳어져서는, 서류 챙기며 직원들 안 보고) 어서들, 퇴근해, 지금이 몇 신데, 꾸무적대?

현주　그럼 먼저 갈게요.

성우　(서류만 챙기며) 그래.

카메라, 준희 쪽으로 옮겨가면, 준희 다른 작가와 전화하는지, '네, 네, 그럼요.' 등등 하고 있고, 그 옆에서 퇴근 준비하는 현주와 재석.

재석　(현주에게) 야, 우리 국수 먹고 가자.

현주　(가방 챙기며) 국수만 먹곤 못 가지. 술 한잔한다면, 가주고.

재석　(맘에 안 든다) 넌, 딴 남자들한테도 이렇게 헤프니?

현주　내가, 김 대리님한테 뭐 퍼줬어요?

재석　전번 날에.. 키... 키... (하다가, 주위 둘러보고) 국수 안 먹어. (그냥 나가고)

현주　(상관없다는 듯, 웃으며, 준희 툭 치고) 갈게요. (하고, 가고)

준희　(전화기 든 채, 고개만 까딱하고)

카메라, 서서 서류 챙기는 성우에게로 오면,
준희, 어느새 '저, 있잖아요.' 하며 서 있다.

성우　(올려다보면)
준희　(편한 얼굴로, 성우 안 보고) 고마워요.
성우　뭐가?
준희　이 작가, 판화 제 말대로 해주신 거요.
성우　(가방 챙기며, 건성건성) 고마울 거 없어. 난 그 그림 안 쓰고, 아예 딴 그림을 걸까 했는데, 고객이 그 작가 그림 아니면 죽어도 싫대, 울며 겨자 먹기로 하게 된 거야. 신경 쓰지 마. 참, 전에 말한 뉴튼 그림 있지? 그건 3대 7로 해. 잘나가는 작가니까, 잘 보여야지.
준희　(성우에게 실망하고 가고)

성우, 준희 상관없이 자리에 앉는데, 책상 위에 있는 달력이 팔에 걸려 뚝 떨어진다.

인서트 - 떨어진 달력, 토요일에 빨간 표시 되어 있다.

성우, 달력을 보고 조금 짜증난 얼굴로 가방 거칠게 챙긴다.

## 씬 40. 계단 내려가는.

준희, 답답한 얼굴로 생각하며 계단을 내려가고 있다.

현주　(E) 서준희 씨, 회사엔 능력 없는 사람과 능력 있는 사람만 있을 뿐이에요. 주 실장님은 능력 있는 사람이고. 나쁘게 생각 말아요.
재석　(E) 주 실장한테 성질이 나두, 참어. 그 사람만큼 일 못할 거면 참으라고, 그게 세상이야.
준희　(착잡하다)

## 씬 41. 주차장.

성우, 자신의 차 앞에서 짜증난 얼굴로 안 열리는 문을 열려 하다가, 손바닥으로 짜증스레 차를 탁 친다, 그런 일련의 행동들 하며.

성우　(답답한 얼굴로, 혼잣말) 박정민..... 박정민...... 넌, 평생, 평생 도움이 안 돼.

건물 뒤에서 준희의 차 나오고,
성우, 차 소리에 고개 돌려 준희 보고,
준희 차 멈춰 선다.
성우, 준희의 차로 오고,
준희, 차 문 내려 성우 보면.

성우　집까지, 태워다줄래. 지난번 너처럼, 키를 위에 두고 왔어.
준희　?

## 씬 42. 도로 + 차 안.

달리는 준희의 차,
차 안, 성우, 아무 생각 없이 멍하니 옆자리에 앉아 있다.

성우　(딴생각하며, 불쑥) 서준희.
준희　네.
성우　세상에, 사랑이 있니?
준희　(보면)
성우　앞 봐, 앞 봐야 차 몰지.
준희　(차 몬다)
성우　있, 니?
준희　몰라요.

성 우　(앞만 보며, 입가에 서글픈 미소 띤) 왜 몰라. 부인 사랑 안 했어?

준 희　(작게 미소 띤) 좋아해요.

성 우　(고개 돌려 보며) 넌 니 부인한테도 그렇게 대답해주니?

준 희　(편한 웃음) 네. 난 걜 보면, 즐거워요. 걘 그 말을 좋아하구요.

성 우　(여전히 앞만 보며, 작게 웃음) 별나다. 그럼 넌 사랑한 사람 없어?

준 희　있어요.

성 우　누군데.

준 희　오드리 햅번요.

성 우　(보면) 오드리 햅번? (웃으며) 뉴욕에서 그 여자 옆집에 살았니?

준 희　(웃는다) ........

성 우　나두 리처드 기어를 사랑하지만, 남들한텐 그런 식으로 말 안 해. 돈 애 같잖니.

준 희　정말이에요.

성 우　(창밖만 본다) ....

준 희　(입가에 선한 웃음 번진 채) 나한테 사랑은, 가슴에 피멍 들도록 아프고, 그 사람 때문에 잠 못 들고, 자고 나도 보고 싶은 건데, 난 정말 그 여자 때문에, 그래봤어요. 장난 아니에요.

성 우　(준희 얘기 안 듣고 있었다, 창가 보며, 딴생각하며) 사랑이 그런 거니.... 설레고, 아프고, 잠 못 들고, 그리고 또 뭐라구? 너, 많이 아는구나. 그럼, 사랑이, 챙피할 수도 있니? 난 사랑이 챙피한데. 내가 한 사랑이 다 챙피한데....

준 희　(보면)

성 우　(서글픈, 혼잣말) 사랑이, 있어?

준 희　(성우, 보고)

그런 두 사람 보여주고.

## 씬 43. 준희의 집, 주방.

준희(트렁크에 러닝 차림), 식탁에 앉아 뉴스를 보고 있다. 그때, 갑자기 전원 꺼지고, 준희 왜 그런가 싶어, 옆을 보면,

은수, 리모컨 깔고 앉아, 준희 또랑또랑 보며.

은 수　얘기해. 티브이 그만 보고.

준 희　뉴스만 보자.

은 수　낼 신문 봐. 아까 한 말 계속하자, 병원 갈 거야, 안 갈 거야?

준 희　(안 보고, 작게 웃으며) 가기 싫어.

은 수　(손으로 준희 얼굴 돌려세우며) 왜 싫어? 너만 가라 그러는 것도 아니고, 공평하게 나두 간다는 건데.

준 희　난 문제없어.

은 수　난 문제 있고? 그렇게 말하면 안 되지?

준 희　정말이야, 문제없어.

은 수　누가 니 애 가진 적 있니?

준 희　(웃고)

은 수　서준희. 경고하는데, 이번엔 피할 생각 절대 하지 마. 낼은 내가 고삘 매서라도 병원에 끌고 갈 테니까. 준희야, 이건 피할 일이 아니야. 너랑 나랑 그간 잠자리, 암만 못 해도, 3년 동안(열 손가락 접다가) 셀 수가 없네.

준 희　(웃고)

은 수　그런데도 애가 안 생기는 건, 둘 중 하나가 문제가 있단 얘기야. 근데, 난 아니거든. 그럼 누구겠어?

준 희　난 문제없어. 그냥 우리 이렇게 살자.

은 수　(고개 흔들며) 안 돼. 넌 문제 있어, 분명히 있어, 남자가 되어가지고 잠자리 싫어하는 것부터가 문제 있는 거야. 병원 가자.

준 희　(웃음 안 멈추고) 난, 그냥 너 보는 게 더 좋아.

은 수　(굳은 얼굴이지만, 장난기가 가득하다) 난 안는 게 더 좋아.

## 씬 44. 거실.

은수, 준희의 무릎에 앉아 있다.
준희, 뒤에서 은수를 안고 있다.

준 희　병원 가는 거, 안 무서워?

은 수　난, 여잔 안 무서워. 의사가 여자래. (고개 돌려, 준희 보며) 근데도 싫지? 내가 다른 사람 앞에서 다리 벌릴 생각하니까, 좀 그렇지?

준 희　아니. 의산데, 뭐.

은 수　(준희 앞가슴 때리며) 질투 좀 해라. 언니 말이 맞어. 남자가 좋아서 결혼해야 하는 건데, 내가 맨날 밑져. 이제부턴 안 좋아할 거야.

준 희　(웃는다)

은 수　참, (하더니 가슴속에서 사진 하나 꺼내준다) 이거.

준 희　?

은 수　니가 좋아하는 오드리 햅번이야.

준 희　(보면)

**인서트 - 오드리 햅번 늙은 사진이다.**

은 수　실망스럽지? 너무 늙었지? 싫지, 그치?

준 희　(사진 보며, 웃는) 좋아. 그래도 오드리 햅번이잖아.

은 수　(정색) 넌 내가 여자로 안 보이니? 나두 질투할 줄 알어. 너, 얼굴 긁히고 싶니?

준 희　(콱 안으며, 웃으며) 아니.

은 수　아퍼!

## 씬 45. 침실.

준희, 은수 팔베개하고 누워 있다. 준희, 생각하는 눈빛.

은 수　(졸린) 무슨 생각하느라, 안 자?

준 희　(생각하며) 성우 선배.

은 수　(무심히) 또 까탈 부려?

준 희　아니. 그냥 아까 오드리 햅번 얘기했거든.

은 수　(졸리다, 건성) 그랬구나......

준희　(천장만 보며, 제 생각에 빠져, 천천히) 능력 있는 게 뭔지 모르겠어. 능력 있는 사람은 순할 수 없는 거니? 성우 선밸 보고 있으면, 난 그 사람이 능력 있게 보이는 게 아니라, 꼭 이 세상 전부한테 화를 내고 있는 사람처럼 보여. 화 내지 않고, 세상을 살 수도 있는데, 그치?

은수　(가물가물) 뭐라, 그래.......

준희　(고개 돌려, 은수 보며, 따뜻하게) 졸리구나. 어서, 자.

은수　(졸려 입이 다 안 벌어진다) 응, 졸려.......

준희　(천장 보고, 생각하는) .......

은수　... 근데, 준희야, 다른 여자 생각하지 마. 미워하는 사람도, 자꾸 생각하면, 그 사람이, 맘에, 들어온대. 다른 여자, 생각하는, 거...... 나... 싫어.

준희　(천장만 보며) ...... 근데, 은수야......

은수　(자고) ...?

준희　(은수 자는 것 모르고) 자꾸..... 자꾸... 생각이 나.

하는, 준희 얼굴에서 엔딩 타이틀 오르고.

# 2부

나는 봄이 싫어. 마음이 너무 설레. 너무 이뻐.
사람들은 바보야. 이렇게 이쁜 계절에 결혼을 하고.
그럼 자기 여자나 남자를 보느라, 계절을 못 보잖아.
바보들...... 봄인데 봄을 보지.

## 씬 1. 준희의 집 전경, 깊은 밤에서 아침 되는.

우유 배달부 그 앞을 지나가는.

은수 (E) 왜 빤스만 입고 설쳐?

## 씬 2. 준희의 집, 침실.

은수(출근 준비한), 준희(속옷 차림에 침대맡에 앉아 고개 숙인)의 옷을 이것저것 꺼내 보이며 묻고 있다.

은수 (O. L, 옷을 들어, 준희 코앞에 대고) 뭐 입을 건지 말해, 골덴 바지? 아님, 청바지?

준희 (고개 작게 흔든다)

은수 (밝게, 꼬시는) 내가 애기 낳으면 존댓말 써줄게. 애기두 없이 소꿉장난두 아니구. (다시, 밝게) 우리 가는 거다. 응? 간다? 간다? 간다?

준희 (은수, 하는 양이 예쁘다, 웃으며) 양복, 줘.

은수 왜? 양복 싫어하잖아?

준희　청바지 입고 가면 의심해. 혼전 관계처럼 보이는 거 싫어.

은수　(심각하게) 너, 총각처럼 안 보여, 오해하지 마. 나두 시장 가면 새댁이나 아줌마라 그런다. 걱정 마. (하고는, 청바지 주며) 입어.

준희　(입으려 하면)

은수　(뺏으며) 아니다. 양복 입어라. (하고는 양복을 꺼내려 하고)

준희　(그런 은수 예쁘고)

## 씬 3.　주방.

준희랑, 은수, 우유에 빵 먹으며 얘기하고 있다.

은수　(O. L) 만약 의사가 당신 애 낳을 수 없어요 하면, 의기소침해하지 말고, 어떡하라고?

준희　(은수 하는 양, 예쁘다, 편하게 웃으며) 네, 그럴 줄 알았어요, 하고, 당당하게 나오라 그랬어.

은수　그리고, 챙피하니까. 그 병원 바로 옆 병원 가서 고치자 그랬지? 절대 의기소침해하면 안 돼. 애기 못 낳아도 내가 너 안 버릴 거니까, 알았지?

준희　(어이없게 웃으며) 난 낳을 수 있어.

은수　(넥타이 매주며) 그럼 범인이 나란 거야? 이봐, 본인은 생리 양도 많고, 날짜도 아주 칼처럼 정확해, 둥근달이 뜨는 보름부터 닷새간. 범인은 불행히도 그댈 거야.

준희　근데, 은수야, 꼭 가야 되니?

은수　(안 되겠다 싶어, 나가버린다)

준희　?

## 씬 4.　거실.

은수, 전화기를 들고, 다이얼 누른다.
준희, 나와서는, 전화기 잡으려 하며, '그러지 마.' 하고,

은수, 전화기 안 뺏기려 몸 피하는데, 신호음 가고 신호 떨어진다.

은 수　아, 아버님이세요? 네, 저 은수예요.

준희, 결국 지고, 소파에 앉아 담배 피워 물고, 못 당하겠다는 듯 웃으며 본다.

은 수　(준희 보고 여우처럼 웃으며) 네, 네, 저흰 너무 잘 지내요. 아버님은, 건강하시구요? 요즘도 강의 많이 하세요? 제가 엊그제 아버님 어머님 스웨터 사 보냈는데, 벌써요? (웃고) 고맙습니다. 사실 몇 날 며칠 고른 거거든요. 참 아버님 오늘 저희 병원 가요. 전 별 탈 없는 거 같은데, 준희, 아니 준희 씨가.... 너무 걱정 마세요. 요즘 불임 거의 100프로 고친대요. 준희 씨요? (준희 보며) 지금 화장실 갔는데..... 네, 네, 건강하세요. (하고는 전화 끊고, 준희 본다) 어쩔래?

준 희　(고개 절레절레 흔들며, 웃으며) 갈래...... (웃고)

## 씬 5.　준희 집, 현관, 앞.

준희, 양복 입고 조금 어색하게 서 있고,
은수, 현관문을 키로 잠그며.

은 수　남잔 100프로래. 정자가 많이 안 나오면, 주사기로 그걸 추출한대. 그래서 배 속에 넣는대. 정자가...

준희, 은수 툭 치고,
위층 사람 내려오다 은수 말을 듣고는 웃으며 간다.

은 수　(가는 위층 사람 들으라고) 오늘, 고등학교 동창 정자 만날 거야.

준 희　(웃고)

은 수　갔지?

준희 그래, 갔어.

은수 그럼, 빨리 뽀뽀해.

준희 (편하게, 은수 볼에 입 맞추고)

은수 열 시쯤에 내가 데리러 갈게.

준희 말하기가 그런데.

은수 (무섭게 보고)

준희 (져주며, 웃는) 말할게.

은수 (준희 안고, 좋아하며) 아이고, 착해라.

준희 (웃고)

## 씬 6. 영희의 집, 주방.

영희, 성우(출근 준비한 상태), 밥을 먹고 있다.

성우 (O. L, 국 먹으려다가) 첫사랑?

영희 (국에 밥 말아 먹으며, 무심히) 그래.

성우 (어이없게 웃으며, 안 믿는다는 듯 고개를 흔들며 다시 국 먹는다)

영희 (나름대로 심각한, 장난기 있는) 그거 무슨 뜻이야?

성우 엄마, 거짓말시킬 걸 시켜라. 엄마, 아버지랑 열아홉에 결혼했는데, 첫사랑이 어딨어. 코흘리개 때, 동네 오빠는 첫사랑이라고 할 수 없지.

영희 (뻐기듯, 웃으며) 난 조숙했어.

성우 ?

영희 난, 정확히 열다섯부터 그 오빠가 좋았었어. 엄마두, 너처럼 과거 있는 여자야. 엄마가 지금 얼굴이 이렇다고, 너 우습게 보지? 니 아버지가 그냥 구제하듯 선심 써서 나랑 결혼한 줄 알지? 나두 왕년엔 괜찮았어. 그러지 마, 주성우. 너두 늙어. 내 주름살 아이 팩, 너두 쓰지, 뻐기지 마라. 같이 늙어가는 처지에....

성우 (귀엽다는 듯 웃고, 물 마시다가, 굳어지며, 장난기) 엄마, 그 아저씨 주씨랬지? 나두 주씨구? 그럼, 혹시, 나, 그 아저씨가 낳았어?

영희 (벙찐다) 넌, 상상을 해도, 야, 이 나라 주씨가 한두 명이니? 이 나라 주씨가

다 니 아버지야? (정색) 너, 니 아버지 얼굴 기억 안 나?

성 우　(웃음) 중학교 때 돌아가신 양반이 왜 기억이 안 나. 농담이야. 엄마두 이제 늙나 보네, 농담도 못 알아듣고.

영 희　(반찬 집어 드시고) 그럼, 늙지 안 늙어? 말 마라, 전번에 버스 탔는데, 운전사가 요금 안 냈다고 날 개 잡듯 닦달하더라. 그래서 난 냈다고 악을 썼지. 그렇게, 악랄하게 버티고 억울해서 주먹을 부들부들 떨면서 정거장에서 내렸는데, 웬걸, 불끈 쥔 주먹에 요금이 있는 거 있지?

성 우　(웃고)

영 희　내 손모가지만 아니면(왼손으로 오른 손목 잘라버리는 시늉하며) 야, 늙으니까, 왜 이러니, 완전히 똥배짱만 늘고, 우기기는 왜 그리 우기는지, 그날 이후로, 내가 내 별명 지었잖니.

성 우　(웃으며) 뭔데?

영 희　윤, 배 째라.

성 우　(물 먹다, 푸하하하, 터뜨리고)

## 씬 7.　주차장.

성우, 차 안에서 문 열고,
영희, 서서 배웅하고 있다.

성 우　(웃음기 밴) 이건 경곤데, 엄마 바람피는 거 싫어.

영 희　그 아저씨, 여편네 있는 사람이야. 설마, 열다섯 때 날 못 잊고 여적 혼자겠니?

성 우　내 소원이 뭔 줄 알아요?

영 희　뭔데?

성 우　(장난) 나두 혼자, 엄마두 혼자, 모녀 둘이 손잡고, 무덤까지 멋지게 같이 가는 거야.

영 희　(맘에 안 드는, 약간은 꾸짖는) 애미 앞에서 멋지게 어딜 가? 장난질 칠 게 따로 있지.

성 우　(웃으며) 죄송해요.

영희 (머뭇대다 눈치 보며) 너, 오늘 정민이 결혼식 갈 거니?
성우 (외면하고, 시동 걸고, 어렵게 영희 보며) 네.
영희 (답답하다, 괜히 땅바닥 보며) 맘, 다치지 마.
성우 (차마 못 보고) 네... 갈게요. (하고, 가고)
영희 (성우의 차, 멀뚱히 보고)

## 씬 8. 사무실.

현주, 영어로 손님과 상담하고 있다.
한쪽에서 인부들, 재석과 타일을 보며 뭐라 뭐라(색이 떨어진다, 유치하다 등등) 얘기하고 있다.

현주 (영어로, 웃으며) 이건 계약 위반이에요. 무턱대고 화낼 일이 아니잖아요. 나도 화낼 수 있어요. (짜증난다) 이봐요, 데빗, 데빗!

성우, 현주의 고함에 서류 보다가 고개 들어, 현주 본다.
준희, 한쪽에 앉아서 서류 보다, 현주 보고 성우 눈치 보고(무슨 일 날까 싶은 정도) 있다.

현주 (영어로) 데빗, 일단, 일단 내 말 좀 들어요.
성우 심현주 뭐야?
현주 (송화기 손으로 막고) 벽 색깔이 맘에 안 든다고. 벌써 세 번인데, 완전히 막가파예요.
성우 웃기네. 계약 기간 끝났어, 어제부로. (한쪽에 있는 서류 들어 보이며) 계약서류 여기 있으니까, 언제든지 오라 그래. 끊어.
현주 데빗, 굿바이. (하고, 끊어버린다)
성우 (어이없다) 야, 심현주 그렇게 거두절미하고... 진짜 끊냐?
현주 (서류 들척이며, 상관없다는 듯) 선배가 하라며요.
재석 (인부들에게, 이걸로 다시 색 올려서 찍으세요, 하고 지시하고는, 현주 보며 맘에 안 든다) 저, 저, 화상.

현주　(재석 보며) 김 대리님, 나랑 아침부터 한판 붙고 싶니?
재석　웃통 벗고 붙자면 붙는다. 붙을래?
현주　웃통은 약하고 홀딱 벗고 붙자면 붙을게.
재석　(열 받는다) 어후, 어후, 저것두 여자라고, 넌 챙피도 모르냐?
현주　챙피? 울 엄마가 안 갈쳐줬어. 울 엄만 무조건 당당해라 그랬거든.
재석　어후, 저누무 주둥아리.........
현주　(장난기, 입술 내밀며) 뽑고 싶지?
재석　야, 돈다, 돌아. 너, 따라와, 창고에서 그누무 주둥아리 뽑히도록 힘들게 일해 봐, 나와! (하며, 나가버린다)
현주　(웃으며) 오케이. (하고, 따라 나가고)

성우, 두 사람 하는 양 보며, 다시 서류 보려다가, 이상해 고개 들면, 준희, 머뭇대며 서 있다.

## 씬 9.　사무실 복도.

성우, 준희(머뭇댄다), 서 있다.

성우　(아이한테 하듯) 말해. 사표 얘기 아니면, 다 들어.... 아니다, 장담 못한다. 무슨 일인데?
준희　(말하기 난감하다) 저, 저요. (사이) 오늘... 오, 오전에....
성우　(웃음) 말을 왜 더듬어? 내가 무서워?
준희　(멋쩍은, 웃음기 밴, 작심하고 어렵게) 저, 오늘요, 은수랑, 병원, 가기로 했는데... 오후에 다시 들어올게요.
성우　(놀리듯) 부인 애 가졌니?
준희　(수줍게 웃으며, 고개 못 들고) 아뇨, 상담하러요.
성우　(준희 귀엽다는 듯 보고, 너그럽게 웃으며) 그게 그렇게 챙피해?
준희　(멋쩍어, 웃는데)

그때, 하숙 경쾌한 걸음걸이로 오며.

하 숙　니들 거기서 뭐 해?

## 씬 10. 전시실 안.

성우, 테이블에서 차 마시고 있고,
하숙, 같은 테이블에서 전화하고 있다.

하 숙　(O. L) 물론 적금 넣지? 보험? 말해서 뭐하니, 은행 가는 길에, 내가 그것만 빼고.... 그럴 리가 없잖아. (달래는) 여보, 임 과장님. 여보... 알았어, 알았으니까, 그만 고정하시고, 전화 끊어요. (귀가 안 들리는 척) 뭐라구? 뭐라구? 안 들려?

성 우　(하숙 하는 양 보고, 웃고)

하 숙　어어, 들려. 만나서 얘기하자고? (밝게) 좋지. 그래, 끊어. 여보, 안녕. (하고, 전화 끊고)

성 우　(차 마시며, 입가에 잔뜩 웃음기가 밴)

하 숙　(한숨 쉬며, 차 마시다, 성우 보고) 뭐가 그렇게 좋냐?

성 우　어, 서준희, 애가 아직도 귀여운 데가 있더라.

하 숙　나이 든 티 내네.

성 우　(웃고) 형부는 왜 그러는 거야?

하 숙　내가 엊저녁에 하두 힘들어서, 집안청소를 파출부 시켰거든. 그랬다고, 밤새 나를 살림 못하는 여자로 들들들들 볶더니, 그래도 분이 안 풀려서 저러잖니. 날이 갈수록 왜 저런지 모르겠다.

성 우　자격지심이야. 형부 만년 과장 벌써 몇 년째야.

하 숙　자격지심? 얘가... 너, 임 과장 우습게 보지 마. 저 사람, 이 세상에 젤 잘난 사람이야. 요즘 같은 불경기에 안 잘리는 것도 능력이야. 자격지심 같은 거, 절대 없는 사람이야.

성 우　(흐뭇한) 형부가 그렇게 좋아?

하 숙　그 사람이 하늘이면, 난 땅이야. (성우 눈치 보듯, 장난) 다만, 그 사람이 쫀쫀한 건, 우리끼리만 알자.

성 우　(웃고)

하 숙　오후에 우리 신랑이랑 밥 먹자. 토요일 오후에 노처녀 할 일도 없을 테고, 괜찮지?

성 우　아니. (하숙 눈길 피하며) 오늘, 정민이 결혼식이야.

하 숙　(걱정스런) 몇 신데?

성 우　(외면하며) 세 시. 잔무 남은 것 좀 보고, 가보게.

하 숙　쇼크받지 마.

성 우　(외면하며, 쓰게 웃으며) 내가 사람한테 한두 번 차여봐? 괜찮아. (하면서도, 답답한 얼굴로 창가 쪽으로 고개 돌리고)

하 숙　(성우, 깊게 보고)

## 씬 11. 산부인과 병원 전경.

## 씬 12. 병원 복도.

준희, 대기석에 잔뜩 긴장한 채 앉아 있다.
임산부들, 혹은 다른 환자들 주룩 앉아 있다. 그때, 진찰실 문 열리고,
은수, 진료복 차림으로 밝게 얼굴 디밀고는.

은 수　준희야!

준 희　(보면)

은 수　(손짓하며) 선생님이 너, 들어오래.

## 씬 13. 진찰실.

은수(충격받은, 뭐가 뭔지 아무것도 모르겠다), 준희(굳은 얼굴로) 앉아 있다.
남자 의사 난감한 얼굴로 설명하고 있다.

의 사　자궁근종이 심합니다. 계란이나 주먹만 한 크기라면, 자궁에 손상 없이 떼낼 수 있겠지만, 그 정도가 아니에요. 만약 이런 경우, 무리하게 애가 생긴다면, 애가 근종에 눌려 사산될 수도 있습니다. 자궁 절제술을 해야 합니다.

은 수　(눈가 그렁한, 애써 웃으려 하지만 잘 되지 않는다) 무슨, 무슨 수술을 해요?

준 희　(걱정스런) 은수야.

은 수　(눈가 붉어져, 준희에게 소리치는) 가만있어! (의사 보며, 당돌하게) 전 선생님이 무슨 말씀하시는지 잘 이해가 안 돼요. 생리 양두 많고, 주기도 한 번도 거른 적이 없어요. 내 몸에 그렇게 큰 혹이 있었으면, 내가 모를 리가 없어요. (사이) 검사, 다시 해요.

준 희　(답답하다)

의 사　생리통 심하셨죠?

은 수　아뇨.

준 희　심했어요.

은 수　(준희 보며, 눈물 그렁해, 큰소리) 너, 가만있어! 제발, 가만있어. 소리치기 전에 가만있어! (의사 보며, 가라앉은) 참을 만했어요. 참을 만했어요.

의 사　(한숨 쉬고, 준희 보며) 지금 당장 수술을 할 필요는 없습니다. 언제 편하신 날, 오세요. 미리 전화 주시면, 날짜 잡아놓겠습니다.

준 희　(의사 보고) 근종이 더 크게 자란다든가, 악성으로 변하는 일은 없죠?

의 사　없습니다.

준 희　됐습니다.

은 수　(소리치는) 뭐가 됐어! 니 맘대로 뭐가 됐어!

준 희　(은수 보고, 안쓰러운 얼굴로 보고, 한숨 쉬고, 외면하고) ....

은 수　검사 다시 해요.

의 사　더 이상 검사는 없습니다.

준 희　(차마 은수 못 보고, 손잡으며) 가자. (하고, 일어나려 하는데)

은 수　(준희 손 뿌리치며, 눈물 주룩 흐른다) 인공수정 해요. 그럼 되죠?

의 사　(답답한) 자궁이 문제면 인공수정 못합니다. 대리모를 쓰실 건, 아니잖습니까?

은 수　(이 앙다물고, 눈물 참으려 천장 한 번 보고, 다시 의사 보며) 대리모..... 어디서 구하면 되나요?

### 씬 14. 병원 복도.

은수(옷 제대로 입은 상태), 눈물 그렁한 채 이 앙다물고 진찰실에서 와, 빠른 걸음으로 걸어간다. 잠시 후, 진찰실 문 열리고,
준희, 뛰어나와 은수의 팔을 잡으며.

준 희 은수야, 이러지 마.
은 수 (준희 안 보고, 다부지게 눈물 닦고) 밤에 얘기해.
준 희 (기분 풀어주려, 달래는) 난, 애 필요 없어. 너두 앤데, 애 둘이나 필요 없잖아. 요즘 사람들 자기들끼리 사는 게 좋아서 일부러도 애 안 갖는대, 이러지 마. (하고는 얼굴 만지려 하며)
은 수 손대지 마.
준 희 (손 내리며) 울지 마. 전하고 다른 거 없어. 화내지 마. 무섭다.
은 수 안 내. (하고, 고개 피하고, 다시 눈물이 그렁하게 차오른다, 애써 참으며, 준희 보고) 회사 가.
준 희 (은수, 안타깝게 보다, 안고)
은 수 (이 앙다물어, 눈물 참고, 준희 떼어내며) 남들 봐. 나, 오늘 늦어. 주물공장 들러야 돼. 가. 밤에 얘기해. (하고, 가고)
준 희 (그런 은수 보고)

### 씬 15. 병원 앞, 주차장, 몽타주성.

은수, 서둘러 나와 차 타고, 가는,
준희, 병원에서 나와 그렇게 가는 은수 보고.

### 씬 16. 달리는 은수의 차.

눈물이 그렁한데도, 애써 안 울려고 입술을 깨물었다.

은 수　(오기 있게, 혼잣말) 괜찮아... 지금까지... 애 없어도.... 잘 살았어..... 괜찮아.....

## 씬 17. 길거리.

준희, 담배 피우며 걸어간다.

회상 1.
은수, 배에다 베개 넣고 아기 밴 흉내 내며, 그 위에 접시 올려놓고 라면 먹고 있다.
준희, 라면 먹다가 그 모습 너무 우스워, 베개를 빼고,
은수, 그 베개 잡으려 하다, 두 사람 장난치고.

회상 2.
1부, 씬 43.

준 희　(웃고)
은 수　그런데도 애가 안 생기는 건, 둘 중 하나가 문제가 있단 얘기야. 근데, 난 아니거든. 그럼 누구겠어?

회상 3.
아기 옷 방을 유리창 너머로 구경하는 은수와 준희,
은수, 즐거운 얼굴로 아이처럼 엄지손가락을 입에 물고 있고,
준희, 그런 은수 보며 웃고,

현실.

준희, 걸어가다가, 공중전화 앞을 지나친다. 그러다 다시 멈춰 서서 공중전화 보는.

## 씬 18. 갤러리 앞, 주차장.

은수, 주차하고 시동 끄려는데, 휴대폰 울리고, 안 받으려다가 스피커폰 누른다.

준 희　(E) 은수야, 아직 울어? 은수, 울면 미운데, 난, 얘기 필요 없어. 맨날 울고, 칭얼대고.. 귀찮아.

은 수　(눈가 그렁해진다, 생각하듯 듣고 있다) ......

준 희　(E) 은수야...? 준희, 은수 많이 좋아해. 공장 가면, 열두 시 넘어 오겠다. 조심하고, 집에서 보자. 너 안 울지? (사이) 목소리 한번 안 들려줄래? (체념하는) 밤엔 웃으면서 보자. 끊을게. (끊고)

은 수　(눈물, 북받치는)

## 씬 19. 공중전화 안.

준희, 전화를 걸고 있다.

준 희　(맘 아픈, 눈가 그렁해, 이 앙다물고) 네, 네... 제가 안 된대요. 그러게요. (어렵게) 포기하세요, 힘든가 봐요. (사이) 은수, 걔가 원래 너그럽잖아요. 봐준대요. 죄송해요. (마음 아픈, 창가로 시선 트는, 말을 못 잇겠다) 아니에요, 다투긴요, 은수요? 전혀요, 전혀 문제 없어요. 네. (F. O)

## 씬 20. 문화센터, 복도.

강의 끝나는 음악 들리고.

## 씬 21. 강의실.

강의 다 끝나고, 현철, 칠판 닦고 있고, 주부들 '월요일에 봬요, 안녕히 계세요.' 등등 하며 나가고 현철, 고개 까딱까딱하며 '네, 네.' 하고, 그러다, 강의실 뒤쪽(영희 있는 쪽)으로 시선 돌리고,
영희, 조금은 부자연스럽게 고개 숙이고, 가방에 노트며, 필통 등을 넣고는, 일어나 뒷문을 여는데, 문이 안 열린다.
현철, 어느새 와서는.

현철 (입가에 웃음기 머금은) 이쪽 문은 안 열립니다.
영희 (철렁, 하고, 여전히 고개 숙이고) 아, 네. (하고, 숙인 채 앞으로 가려 하면)
현철 저.....
영희 (등 돌린 채) ....
현철 오늘... 친구분들은 안 오셨나 봐요?
영희 네. (하고는 다시 가려는데)
현철 저, 제가요. 거길 조금 아는 거 같은데.... (하며, 머리 긁으며, 영희 앞으로 다가와) 혹시 이름이, 윤영희 아니세요?
영희 (고개 숙인 채) 네, 에.....
현철 (반가운 웃음, 번지고) 저, 저 모르시겠어요? 저, 만리동에 살던 주현철이라고 하는데, 모르겠어요?
영희 (고개 숙인 채 가만있다가, 빼꼼히 눈만 들어 보며) 알아요.

## 씬 22. 호텔 커피숍.

영희, 창가 보며 망연하게 앉아 있는데,
현철, 뛰어오듯 와서 앉으며.

현철 일 좀 마무리시키느라.... 많이 기다렸냐?
영희 아니. 나두, 막 왔어.
현철 (영희 바로 못 보고, 선보는 사람처럼 어색하게 웃으며) 이거, 영 쑥스럽네.... 뭐라고 불러야 될지도 모르겠고... 윤 여사라고 불러야 되나... 허허, 참.... (하

며, 웃고)

영 희　(현철 못 바라보고, 짐짓 데면데면하면서) 뭐라고 부르긴.. 이름이 영희니까, 영희라고 부르면 되지. 그리고 내가, 대사 부인도 아닌데... 여산 무슨 여사....

현 철　그래도 되겠냐?

영 희　벌써, 반말하면서 뭐.

시간 경과.

아가씨, 차 놓고 가고,
영희, 새침스럽게, 커피 제 앞에 놓고, 마시다, 너무 급히 마셔, 입안이 데었음에도 불구하고, 아닌 척,
현철(인삼차 후후 불어, 소박하게 마시는데), 눈치 보며, 내려놓고,
영희, 현철 보고 싶어도 안 보려 하며, 창밖 보고.

현 철　(잔 내려놓으며, 영희 보며) 인삼찰 제대로 끓였네. 너두 인삼차 마실 걸 그랬다.

영 희　난 인삼 싫어.

현 철　(웃으며) 여전하구나. 그 투덜거리는 버릇.

영 희　(커피 마시며, 자꾸 현철 안 보려 고개 돌리며) 기억하나 보네.

현 철　(웃으며) 안 늙었다, 남편이 잘해주나 보다.

영 희　어? 어.... (하다가 커피 잔 든 제 손에 반지 안 낀 것 알고는, 황망히 잔 내려놓고, 손을 숨긴다)

현 철　(영희 하는 양 못 보고) ... 남편 배 탄다고 들었는데, 요즘도 배 타냐?

영 희　(난감하다) 어? 어....

현 철　(차 마시며, 조금은 씁쓸한) 마도로스라...? 멋있는 직업이야. 나두 배멀미만 없으면 배 타고 싶었는데....

영 희　(거짓말했다는 게, 기분 안 좋고) ...... (탐색하듯) 언니, 잘 있지?

현 철　(얼떨결에 인삼차 확 마시고, 캑캑댄다)

영 희　?

현 철　(황망하게 물기 입가에서 털어내며) 그, 그럼, 잘 있지.

영 희　(탐색하는) 여전히.... 이쁘지?

현 철　(어색하게 웃으며, 차마 못 보고) 이, 이쁘긴.... 느, 늙었지.

영 희　(답답하다) 그래, 만리동은 언제 떠났어?

현 철　너, 결혼해서 떠나고도 한참 있었지. 거기서 큰놈 낳고 떠났으니까. 멀리 떠나지도 않았어. 아직도 그 근처에 산다, 공덕동에 살아.

영 희　언니...... 친정이.. 거기랬지, 아마.

현 철　(쓰다) 그..... 그래.

영 희　(답답하다, 일어난다)

현 철　(놀라) 왜, 왜? 가려구?

영 희　아니... 집에 전화 좀 하려구...... 그이가, 기다릴까 봐. 일주일 전에... 일 마치고, 집에 와 있거든.... (눈치 보며) 하긴 오늘 친구 만난다고 하긴 했는데....

현 철　그.... 그래. 만약 친구 만나러 나갔으면 나랑 저녁이나 하고 가자.

영 희　?

현 철　(버벅거리며) 어, 우리 마누라... 치, 친정이 이사 갔는데... 어디냐, 거기가... 그래, 전라도, 순창...? 고추장 유명한....... 거기 갔거든.

영 희　그, 글쎄.... 일단 남편한테... 물어보구. 남편이 안 된다, 그러면 안 되구. (하며, 홀로 나간다)

현 철　(머리 긁으며, 혼잣말, 입맛이 쓰다) .....

## 씬 23. 화장실 안.

영희, 넋 나간, 힘없는 얼굴로 소변을 보고 있다.

영 희　(O. L, 구시렁) 어떻게 평생을 혼자 있질 않냐? 생긴 건 멧돼지처럼 생겨갖고 재주도 좋아. 젊어서도, 그렇게 주변에 여자들만 득시글거리더니 (사이) 그 언니는 단명한다고, 그 집안에서 오지게 반대도 했는데.... 그 점쟁이, 용하다더니 용치도 않네. (투덜투덜, 밑 닦으며) 배 터져 죽는 줄 알았네. 사람 급한데, 왜 그렇게, 말을 시켜. 나중에 물어도 될 말을.... 성질두 여전히 별나지....

그때, 노크 소리 요란하고.

여 자 (E) 안 나와요!

영 희 (짜증, 작게) 나간다, 기집애야. (하며, 물 내리고 일어나고)

## 씬 24. 호텔 커피숍.

영희, 커피 마시다, 벙찐 얼굴로 있고,
현철, 생각 없이 무심히 말하고 있다.

현 철 하하하... 그때 정말 볼 만했다. 그때 니가 열아홉이었나? 고등학교 졸업 막 했을 때니까...... 대단했지. 시집갈 거야! 시집갈 거야! ..... 하하하.... 니 아버지한테 그 긴 머리 잡히고도, 악을 쓰던 모습이라니..... 그래, 그렇게 시집가니까... 좋디?

영 희 (커피 잔 기분 나쁘게 내려놓고, 가방 들고는) 오빠, 이상하다?

현 철 ?

영 희 기분 나빠서, 더는 같이 차 못 마시겠어. 갈래!

현 철 야.. 야... 너, 왜 화를 내?

영 희 (일어서며) 내가 그 얘기 듣기 싫댔지? 듣기 싫다는 얘길 꼭 그렇게 해? 가뜩이나 짜증나 있는 사람한테. 오빤, 오빠 마누라한테도 그렇게 짓궂어?

현 철 (난감하다) 난 그냥... 옛날 생각나서...... 사실, 니 아버지가, 니 머리끄댕이 한두 번 잡았냐? 부모 반대 무릅쓰고 결혼해서, 지금은 남 보란 듯 잘 살면..... 됐잖아.... 웃자고 하는 얘기다. 화 풀어. 옛 친구 만나서, 옛일 말하는 거, 그거 흉잡는 거 아니야. (하고, 엉거주춤 일어나 팔 잡으며) 남편두 늦는다는데, 밥 먹고 가자.

영 희 (손 뿌리치며) 오빠, 증말 이상하네.

현 철 ?

영 희 주부 강좌 하더니.... 오빠, 여기 나오는 유부녀들 모두한테 이렇게 해? 아무나, 팔 잡고, 밥 먹자고 늘어져? 제비처럼? 홀애비도 아니고, 가정 있는 사람이?

현 철 그게...... 그게.... 그건 아니구, 너 오랜만에 만나서, 반가워서 그냥 헤어지기 서운해서 그래서 그러지. 나, 정말 아무나한테 그러는 사람 아니다. 그리고... 뭐,

뭐 제비? 야, 이렇게 후줄근한 제비두 있냐? 너, 애두 다 컸다 그러구.... 밥 먹고 가자. 남편두 늦는데, 집에 가서 할 일 없잖아.

영 희　(외면하며) 우리 남편은 내가 오래면...... 지금 당장이라도 와. 갈게. 월요일에 강의실에서 봐. (하고, 나간다)

현 철　영, 영희야..... (답답해져 입맛 쓰게 다시며, 난감해지고)

## 씬 25. 현관문 나서기 전.

영희, 투덜거리며 가고 있다.

영 희　뭐한다고 듣기 싫은 소릴 자꾸 해. 내 머리 뜯긴 게 뭐 그리 재미난 일이라구..... 지들 사고 쳐서 결혼한 거, 내가 모를 줄 알고. 지금 그 말 꺼내면 지는....... (하다가 뒤돌아, 구시렁) 여편네가 얼마나 해 먹였으면 저렇게 피둥피둥 살이 쪘을까. 지 재미나게 산다고, 자랑하는 거야, 뭐야. 배 사장처럼 배 디밀고, 웃긴 왜 그렇게 웃어, 칠칠맞게. (하고, 뒤돌아 나가려다가, 문 열리는 바람에 그 문에 얼굴 부딪치고, 손으로 얼굴 가리고 너무 아파 소리치려다가 유리문에 비친 현철 모습에, 간신히 참고 '죄송합니다.' 하는 남자한테 낮은 목소리로 '가요.' 하고, 손 내리고, 가방 고쳐 메고는, 밖으로 나간다)

## 씬 26. 호텔 앞(도어맨 있는).

영희, 나와서 가려는데,
현철, 성급히 나와서는 영희에게.

현 철　여, 영희야.

영 희　(보면)

현 철　잘 가라고..... 화내지 마라. 내가 너무 반가워서....

영 희　(실망) 알았어. 벌써.... 잊었으니까.... 오빠 갈 길 가.

현 철　그래... 차, 가져왔니?

영 희　어, 으응.

현 철　(겸연쩍다) 그, 그래.

영 희　오, 오빠 찬 어딨어?

현 철　(머리 긁으며) 어... 나, (손짓하며) 저기 저... 아래 지하 주차장에.....

영 희　그, 그래. 그럼 가. 난, 뒤로 돌아가면 바로 주차해놨어. (하고, 거짓말하고서도 찝찝하다)

현 철　그래. 그럼 다음에 보자. (하고는 성큼성큼 지하 주차장 쪽으로 가고)

영 희　(가는 현철, 서운하게 보고는, 머뭇대며, 도어맨에게, 괜히 쪽팔려하면서) .... 버스, 버스 정류장이 어디예요?

## 씬 27. 지하 주차장(차 나오는 곳).

현철, 풀이 죽어 굳은 얼굴로 괜히 뒤를 돌아보며 털레털레 걸어 들어간다. 그때, 주차권 받는 곳에서 주차원 소리친다.

주차원　(놀란) 아니, 아니, 아저씨, 거기로 왜 들어가요!

현 철　(놀라, 보면)

주차원　거기 차 나오는 길인데, 사고 나요. 차 가지러 가실 거면, 거기 뒤로 돌아 들어오세요.

현 철　아, 네..... (하고, 멋쩍게 고개 인사하고, 뒤돌아 가려다가, 주차원 쪽 보며) 저, 아저씨, 그런데, 여기 공덕동 가는 버스 어디서, 타야 해요?

## 씬 28. 성우 사무실.

사무실, 텅텅 비었다.
성우, 서서 옷 입으며 전화 받고 있다.

성 우　(O. L) 네, 네, 심현주 씨, 퇴근 벌써, 벌써 하셨습니다. 월요일에 다시 전화하세요. (끊고, 다시 옷 입다가, 준희 쪽 보며) 서준희, 퇴근 안 해?

준희 (인테리어, 컬러 도면 보고 있다가, 고개 들고) 네... 먼저 하세요.
성우 (슬리퍼에서 신발 갈아 신으며) 왜, 넌 집에 안 가?
준희 낮에 못 한 일이 좀, 밀려서.....
성우 (어이없게, 웃으며) 야, 니가 할 일이 뭐 있어? 집에 부인 어디 갔니?
준희 (작게 웃음 띤) 출장 갔어요. 밤늦게 온대요.
성우 (장난기) 너, 갈 데, 없지?
준희 (웃으며) 네....
성우 (동생한테 하듯) 그럼, 프리네. 잘됐다. 나랑 데이트할래? 내 차, 아까 보니까, 기름이 간당간당해서 그래, 싫음 말구.

## 씬 29. 성당 전경.

웨딩마치, 오르간 소리 나고.

## 씬 30. 성당 안(명동성당 정도로 큰).

성우(O. L), 문 쪽에 기대 멍하니, 서 있다.
카메라, 성당 앞 무대로(?) 이동하면, 어린 남자 사도, 오르간을 치고 있다. 식이 다 끝난 다음인지, 식장 어질러져 있고, 청소부들 두엇 청소하고 있다.
준희, 성우 옆에서 두리번거리다가, 뭔가 이상해하며.

준희 여기서, 누구, 결혼..... 했어요?
성우 (쓴웃음 지으며, 고개 외면하고)
준희 (성우 괜히 멋쩍어져, 자기도 문에 기대, 딴청 피운다)
성우 (이 앙다물고, 맘 다잡고, 애써 웃으며) 서준희.
준희 (보면)
성우 (준희 보며, 편히) ........ 배고프다. 뭐... 먹을래?

## 씬 31. 도로 + 차 안, 어슴푸레한 저녁.

준희, 묵묵하게 차 몰아 가고,
성우, 팔짱 끼고 앞만 보며, 입가에 쓴웃음 짓다가, 그러다 이내 허탈한 느낌 들고, 서글프고, 창가로 고개 돌리고,
준희, 그런 성우, 간간이 백미러로 보며, 자기도 모르게 굳어지고, 그렇게 가는 두 사람.

## 씬 32. 은수의 갤러리.

인정과 동진, 얘기하고 있다.

동 진 (웃으며) 너두 어린앤데, 어린애가 싫다는 말은 좀 그렇다, 야.
인 정 (밝게) 난 생긴 것만 이렇지, 실상은 하나도 안 어려요. (둘레 살피고, 동진 앞으로 바짝 얼굴 들이밀며, 살짝) 나요, 포르노도 봤어요.
동 진 (어이없는 웃음) 야... 너 그런 거 보면 안 돼. 감정에두 세포가 있는데, 그런 거 보면, 그 세포가 다 죽어서.... 사람이 향기가 없어지는 거야. (동생한테 하듯) 절대 그럼 안 돼, 알았지?
인 정 네.
동 진 정말이다.
인 정 정말이라니까요. (새끼손가락 내밀며) 약속할래요? 난 약속한 건 반드시 지키는 버릇이 있는데....
동 진 좋아. 약속해.

하며, 손가락 건다.
동진, '이제 됐다, 약속 지키는 거야.' 하고 손가락 빼려는데,
인정, 손가락을 풀지 않는다.
동진, 순간 놀라 인정 보면,
인정, 밝게 웃으며.

인 정　나, 손가락 힘 되게 세죠, 아저씨? (그리고 손가락 푼다)

동 진　(귀엽다는 듯 웃고) .... (둘레 살피며) 니네 선생님은 어딜 갔는데, 이렇게 늦냐?

인 정　어디 안 갔어요.

동 진　?

인 정　작업실에서 지금 작업하세요.

동 진　아까 없댔잖아?

인 정　갤러리에 안 계신댔죠.

동 진　(일어나며, 야단치듯, 장난기) 이 자식, 맹랑하네. 실없이 바쁜 사람 갖고 놀리고..... 에이 나쁜 놈.

## 씬 33. 작업실.

은수, 멍하니 앉아 있고,
동진, 그 옆에 답답한 얼굴로 앉아 있다.

동 진　준희 씨가 너한테 뭐 잘못했니?

은 수　잘못했으면 니가 때려줄래?

동 진　못 때려줄 것도 없지, 뭐.

은 수　(건조하게, 동진 보며) 너, 그때 나, 왜 찼니?

동 진　?

은 수　말해.

동 진　(난감하게 웃으며) 그만두자.

은 수　왜 찼어?

동 진　(은수 못 보고, 장난기) 그냥... 그냥, 우리, 사실 서로에 대해 너무 잘 알잖아. 그냥... 질렸어.

은 수　(동진만 보는)

동 진　(애써 웃으며, 얼버무리는) 그냥..... 나, 장남인데, 우리 엄마가... 너 보고, 엉덩이 작다고, 대 못 잇겠다고....

은 수　(외면하며, 말꼬리 자르며) 니네 엄마 선견지명이 대단하구나.

동진 (웃음 순식간에 가시고, 은수 보고)!
은수 (눈가 그렁해지는 것, 참는다)
동진 (어두운) ...... 무슨 일이야?
은수 ..... (동진 보고, 눈가 그렁해져, 애써 웃으며) 나.... 애.... 못 갖는다.
동진 !

시간 경과.

은수와 동진 앉아 있다.
동진, 넋이 나간 듯하고, 은수는 눈물 그렁해 말하고 있다.

은수 난 준희가 불안해. (동진 보고, 애써 웃으며) 걔가... 자꾸 날 떠날 것 같애. 나, 어떡하니, 동진아.
동진 (고개 숙이고 한숨만)
은수 (맘 아픈 것 참으며) 그래서 애기....... 갖고 싶었어. 준희.... 나 안 사랑한다.
동진 (보고)
은수 걘, 나랑 결혼하기도 싫다, 그랬었어. 근데, 내가 막 우겼다, 결혼하면, 잘해주겠다고, 난 돈두 많다구, 그냥 옆에만, 옆에만 있어주면 된다고, 내가 막 막... (울음이 입 밖으로 터져 나올 것만 같다, 참기가 힘들다, 그래서 참으려 애쓰고) 꼬시고, 졸랐다. 넌, 내가 너한테 차이고, 그래서 유학 가서 홧김에 걔 만난 줄 알지만.... 아니야......
동진 (차마 못 보고) 알... 어.
은수 난 있잖아. (웃으며, 울며) 아직도....... 준희 보면, 설렌다.
동진 (맘 아프게 눈 감고)
은수 3년을 같이 살았는데도... 지금도 걔가 너무 좋아서, 가슴이 콩닥콩닥해...... 걘 그냥 혼자 살면서..... 작업이나 했으면 좋겠다고...... 그 작업, 나 땜에 못 하게 된 거 너 알지?
동진 (맘 아파, 외면한다)
은수 뉴욕에 있을 때, 나 만나러 오는 중에, 건널목 건널 때... 내가 막 빨리 오라고.... 내가 조바심나게 손짓만 안 했어두, 걔... 안 다쳤을 텐데. (눈물 터뜨리고 마는) 근데 말이야. (눈물 닦고, 동진 보며) 난 걔가 다쳐서 차라리 좋았다. 신났었어.

동 진　(보면)

은 수　왠 줄 알어? 내가, 책임져줄, 수 있으니까. 나, 나쁜 년이지?

동 진　(보고) .....

은 수　(복받치는) 동진아, 나 불안해. 너 걔가 얼마나, 얼마나 이쁜지 모르지? 걔 내 옆에 묶어두고 싶어. 그래서, 애 갖고 싶었어. (눈물 닦고) 이젠, 걜.... 영원히 잡을, 빌미가, 없어졌어.

동 진　(못 보고, 고개 숙이고) .........?

은 수　(눈물 닦고, 짐짓 밝게) 정말..... 넌 나...... 왜 찬 거야?

동 진　(천천히, 차마 은수 못 보며) 그땐...... 그냥... 니가...... 싫었어.

은 수　!

## 씬 34. 전철 안(씬 34. 초입까지, 몽타주성).

동진, 좌석에 넋 나간 듯 앉아 있다.

## 씬 35. 은수의 갤러리 앞, 주차장.

인정, '선생님 안녕히 가세요.' 하고 인사하고 가고,
은수, '그래.' 하고는 피곤한 듯, 차 문 열고, 운전해 나가고.

## 씬 36. 강남역 에스컬레이터.

동진, 허탈한 쓴웃음 지으며 가고 있다.

## 씬 37. 길거리.

동진, 허탈하게 쓴웃음 지으며 거리를 걸어가고 있다. 그런, 동진의 모습 위로, 순경의 호각 소리 요란스레 나고, 동진, 무슨 소린가 싶어, 고개 들면, 야타족 같은 여자애들 악, 악, 괜히 괴성을 지르며 동진 앞으로 돌진해 달려오고, 동진 피하면 여자애들, 우르르 역내로 뛰어 들어간다.
순경들, 네댓 명 멀리서 호각 불며 애들 쫓아오고 있다.
그때, 세미와 장어 손을 잡고 죽자 사자 뛰어오고 있다. 그러나 다리 아픈 장어는 세미의 걸음을 맞추기가 역부족이다.

장 어　(헉헉대며) 아퍼, 아퍼, 가슴 아퍼, 다리 아퍼, 아퍼!
세 미　잡히면, 철창이야, 어서 와.

세미, 장어 그렇게 동진 앞을 스쳐 가고,
동진, 답답한 얼굴로 세미 일행 보는데,
그때 순경 1, '니들 서!' 하며 뛰어오자,
동진, 발을 걸어, 순경 1을 넘어뜨린다.
순경들, 순경 1을 '장 순경.' 하며, 일으켜 세우고,
동진, '아이구, 죄송합니다.' 하며, 일으켜 세우며, 곁눈질로 세미 간 쪽 본다.
세미와 장어는 한쪽 가게 건물에 바짝 기대서 있다.

순경 1　(짜증난) 아이구, 다리야, 아이구, 다리야! 염병! 다리야!
동 진　이런, 죄송합니다, 죄송합니다. 장 순경님 괜찮으세요? (하면서, 세미 쪽 보고)

장어, 뭔가 싶어 보려 하면,
세미, 장어를 말리고 더욱 벽에 붙게 하고,
카메라, 동진 있는 곳으로 가면, 순경들, '먹자골목 쪽으로 돌자고.' 하고,
순경, '아이, 재수 없어, 이 기자님 제발 있을 자리에 있어요.' 하며 투덜거리며 가고,
동진, '죄송합니다, 죄송합니다.' 하며 굽신굽신 절하고, 뒤도는데,
세미, 장어 어느새 옆에 서 있다.

세 미　돈 있으면… 밥 좀 사주세요.

## 씬 38. 분식집.

장어, 세미, 밥을 먹고 있다.
동진, 장어 보고.

장 어　(밥 먹으며) 우린 정말 아무 짓도 안 했어요. 어떤 못된 여자가요, 남자랑 잤대요, 그리고는… 지갑을(동진의 옷에서 꺼내는 시늉하며) 이렇게 했대요. 우린 정말 안 했고요. 어떤 못된 여자가, 그런 거예요.

동진, 짜증스런 얼굴로 시선을 세미에게로 돌린다.
장어, 국물을 마시다 동진에게.

장 어　(웃으며) 우리 세미 디따 이쁘죠, 형?
동 진　(장어 보며) ?
세 미　(밥 먹으며) 장어는 남잔 무조건 형, 여잔 무조건 나 빼고 모두 나쁜 년이에요. 찐득거리는 거 아니니까, 신경 안 써도 돼요.
동 진　(조금은 짜증 섞인) 니들 도대체 뭐 해 먹고 사냐? 밥은 맨날 어디서 먹고, 잠은 도대체 어디서 자?
장 어　밥은요….
세 미　(말꼬리 자르며, 기분 상한) 이거 취재예요, 취조예요?
동 진　(뭐 이런 게 다 있나 싶다) …..
세 미　(동진을 째려보며, 냅킨을 물에 적셔 손가락을 닦고는 입안에 깊게 넣는다)
장 어　세미야….
동 진　(세미 손목 잡으며, 버럭) 뭐 하는 짓이야?!
세 미　(동진 눈 피하지 않으며) 오바이트하려구요.
동 진　(어이없다, 손목 놓고, 지고 만다) 좋아, 안 물을게. 아무것도 안 물을게, 됐냐?
세 미　됐어요. (하고, 다시 밥 먹다가) 아저씨, 돈 많으면 만 원만 줄래요?

동 진　(찝찝한 얼굴로 잠시 생각하다가, 지갑에서 돈을 꺼내준다)

세 미　(지갑 보며) 돈 많네.

장 어　(벌떡 일어나 지갑 안 보고, 돈 많은 걸 알고 기분 좋아 앉으며, 세미에게) 돈 많다. 이, 형 부잔가 봐. 돈 많어, 분명히 봤어.

세 미　(동진에게, 꼬나보며) 돈 많으면, 나랑 놀래요? 술두 마셔주고 춤도 춰주고 그러는데, 5만 원밖에 안 하는데.

동 진　(황당하다) 너, 몇 살이야?

세 미　스물둘, 미성년자 아니에요, 걱정 마세요.

동 진　(짜증나는 것 참고) 너, 이렇게 사는 거 아니야. 동생 같아서 하는 말이야.

세 미　(비웃음) 어떡하냐? 난 아저씨 동생이 아닌데.

동 진　(가방 챙겨 일어나며) 너, 상종 못할 기집애구나.

세 미　(쓴웃음)

장 어　(놀라) 형, 왜 그래요? 왜, 우리 세미한테 기집애라 그래요? 기집애는 욕인데, 왜 욕해요!

동 진　(돈 놓고, 주인에게) 계산하세요. (하고, 문 쾅 닫고 나가버린다)

장 어　형!

세 미　(장어 잡는다) 놔둬.

장 어　(세미 팔 끌며, 동진 간 쪽 보며) 세미야... 우리 저 형한테 빌붙자. 우리 안 싫어하는데... 기자면, 쉘리, 멜리 얘기하고 돈 좀 달래자. 걔들 잡아가게 하고.... 우리 걔들 땜에 장사도 안 되고, 불쌍하게 보이자, 그래서 돈 조금만 더 얻자.

세 미　먹물 싫어.

장 어　(앉으며, 세미 눈치 보며, 다리 주무르며) 나, 다리 아퍼. 찬 데서 자서, 그런가 봐.

세 미　(물 먹다가 짜증스레, 탁 내려놓고) 어후!

## 씬 39. 거리.

동진, 저벅저벅 걸어가는데,
세미, 숨을 헉헉대며 뛰어와 '아저씨, 잠깐만.' 하며 동진의 앞을 가로막는다.
동진, 짜증스레 보면,

세미　살인사건, 살인사건 범인을 알아요.

동진　?

## 씬 40. 편의점 앞.

장어, 주스를 마시고 기분 좋게 두 사람의 얘기를 듣고 있다.
세미, 캔 맥주를 벌컥벌컥 마시고 있다.
동진, 그런 두 사람 별로 내키지 않게 보며 수첩과 펜 잡고 앉아 있다.
세미, 맥주 내려놓고, 입가를 기분 좋게 닦는다.

세미　(장난기 가득한) 동두천 곰보 아줌마 집에서 지지난주 수요일 새벽 세 시 반경에, 잭슨이란 흑인 미군 살해사건 난 거 아시죠?

동진　(수첩에 펜 대고 내키지 않는 눈빛으로 세미 보며, 의심하는) 기억나.

장어　(좋아서, 세미에게) 기억난대, 세미야.

세미　(동진만 보며) 그 사건 범인이 잭슨이랑 동거했던 스완이란 애였던 것도 아세요?

동진　알어. 걔가 도주해서, 강원도 삼척에 박혀 있는 걸, 인근 주민 신고로 3일 만에 잡힌 것도 알고, 그거 알려주려고 그랬어?

세미　아뇨. 그 사건 진범, 스완이 아니에요. 걘 내 친군데, 그런 짓을 저지를 만한 애 못 돼요.

동진　(별로 믿기지 않는) 그럼, 누군데?

세미　난 진범을 알아요.

장어　(동진에게, 자랑하듯) 세미는 되게 많이 알아요. 중학교도 나왔어요. 20등도 했어요. 내가 봤어요.

동진　(세미 보며) 그래, 진범이 누구야?

세미　조나단. 잭슨, 호모였어요. 잭슨의 파트너가 조나단인데, 걔가 죽인 거예요.

동진　(약간 믿기는) 니가 봤어?

세미　(맥주 마시며, 딴청) 뭘요?

동진　조나단이, 잭슨 죽이는 거 봤냐구?

세미 (동진 심각한 게 재미나다, 동진의 눈 뚫어지게 보고)
장어 (세미, 천진난만하게 보며) 세미야, 아는 대로 말해드려.
세미 (동진 보고 여전히 웃는다)
동진 조나단이 정말, 잭슨을 죽였어?
세미 (놀리듯 웃으며) 죽였어요.
동진 누가 그래? 니가 보지 않았다면 그걸 본 사람이 있을 거 아니야.
세미 (손바닥 내밀며) 돈 없인 말 못 하지.
동진 (세미 보다가, 돈 주며)
세미 (받아 넣고)
동진 누구야, 본 사람이.
세미 (웃음 터지려는 거 참으며, 턱으로 장어 가리키며) 장, 어.
동진 (받아쓰려다가, 고개 들고) ........
세미 (웃음 참으며, 동진에게서 눈 안 떼고 맥주 먹으며) 꿈속에서, 봤대요.
동진 (짜증난다) 이 자식들이, 증말.
장어 (웃다가, 갑자기 얼굴 굳어진다)
세미 (여전히, 웃음기 밴, 비웃음은 아니다) 살인사건 하나 더 아는데. 그건 만 원에도 얘기할 수 있는데.
동진 (기가 막히고, 차라리 귀엽다 싶어, 껄껄껄 웃어버린다)
장어 (동진 웃는 것 보고 괜히 히히히 웃고)
세미 (맥주 마시다, 문득 동진을 뚫어지게 보고)
동진 (웃다가, 느낌이 이상해 세미 보고)

## 씬 41. 영희 집, 거실.

영희, 아무 생각도 없이 대걸레(단정한)로 거실을 닦고 있다. 그 얼굴 위로.

현철 (E, 편한) 남편은 잘 있니?
영희 (E) 어... 어..... 잘 있어.

영희, 고개 절레절레 젓고 혼잣말.

영 희　다 늙어서, 무슨 치장을 할 거라고 거짓말을..... 주책이지. 나두, 이제 아주 막 가네. 막가. 오늘따라 왜 이렇게 사는 게 지겨워. (하다가, 문득 현철 생각하고) 그.... 오빠는 뭐 하나, 이 시간에.

## 씬 42. 현철의 집(원룸 식), 베란다.

현철, 속옷 차림으로 속옷 빨래를 널며 무선 전화기로 전화 받고 있다.

현 철　나한테 너무 신경 쓰지 마라. 민철인 잘 있지? 나... 어제 봤는데.... 괜찮아. 김치? (냉장고 쪽 보며) 많어. 니들 자꾸 나한테 살갑게 하면, 죽은 애미 더 생각나. 걱정 마. 그래, 다음 주 토요일에 보자. 어어, 끊는다. (하고, 전화 끊어, 바지춤 앞에 꽂고, 빨래 마저 널고) 이 자식은 꼭 바쁠 때만 전화를 걸어. 한가할 때 걸면 좀 좋아. 얘기도 많이 하고. (빨래 다 널고, 돌아서 나가려다 베란다 유리문에 자기 모습 비치는 걸, 물끄러미 보다, 머리 쓸어 넘기며) 되게 많이 늙었네. 내 얼굴이지만 참 보기 싫다. (하고는 화분 밑에 숨겨둔 담배를 피워 물고, 베란다(바깥으로 난 문) 열고, 담배 연기 날리다, 문득 입가에 웃음기 밴다) 윤영희...... (그러다, 문득 얼굴 굳어지며, 약간 짜증스런) 밸 빠진 놈, 남의 여편네 이름 부르며, 뭐가 좋아, 헤죽거려. (하다가, 다시 영희 생각난다) ..... 이거 큰일 났네. 작은 일이 아니네. 되게 보고 싶네. 허허, (머리 긁으며) 난리 났네. (하며, 생각하는)

## 씬 43. 영희의 집, 베란다.

영희, 베란다에 기대 골똘히 생각하며 서 있다. 거실에서 '어쩌다 생각이 나겠지, 냉정한 사람이지만.'으로 시작하는 가요 흘러나온다.

영 희　(넋 놓고, 한숨 쉬며, 혼잣말) 연애... 하고... 싶다.

## 씬 44. 레스토랑 전경, 아담한 느낌의 세검정 알프스 정도.

## 씬 45. 레스토랑 안.

성우, 와인을 마시며 준희(와인 안 마시고, 차 마시는)를 탐색하듯 보고 있다, 무척 귀여워하는 얼굴이다.
준희, 전화하고 있다.

준 희　(웃으며) 혼자는, 성우 선배랑 있어.
성 우　(준희가 예쁘다)
준 희　공장에서 언제 떠나? ..... 서울엔 한 시쯤 돼야 오겠네. 잠깐. (하고, 성우에게 자기 손목에 찬 시계를 들어 보인다)
성 우　(작게) 너, 가고 싶을 때.
준 희　(은수에게) 한 시간쯤 후에. 은수야, 너, 웃고 다니지?

## 씬 46. 은수네 거실.

평상복 차림으로 소파에 다리 올리고 앉아 있는 은수, 자기 휴대폰으로 전화 받고 있다.

준 희　집에서 보자.
은 수　(건조한, 가라앉은) 그래, 집에서 보자.
준 희　(E) 그래. (전화 끊고)

은수, 전화기 내려놓고 머리 쓸어 올리며 앉아 있다. 은수의 얼굴 위로 의사, E.

의 사　(E) 아이, 가질 수 없습니다.

은수, 답답하고, 그때, 전화벨 울리고, 은수, 전화기 본다. 신호음 가다 응답기 돌아가면 '(준희가) 저희는 지금 절대 전화를 받을 수 없습니다. (은수가) 메시지를 남겨주세요.' 한다. 그리고 '삐.' 소리 나면.

동 진 (E) 은수야, 집에 없니? 나, 동진인데 걱정돼서 전화했다.

은수, 전화 받지 않고, 눈가가 그렁해 아무 생각이 없는 얼굴로 앉아 있는.

## 씬 47. 레스토랑 안.

준 희 (차 마시는데, 손이 떨린다)

성 우 (준희, 손에 눈길 가고) 손, 언제 다쳤니?

준 희 (고개 숙이고, 편하게) 뉴욕에서, 건널목을 잘못 건너서요.

성 우 많이 아팠어?

준 희 (고개 끄덕이다, 문득 고개 들고 선하게 웃으며) 하지만, 한 가지 크게 배운 게 있어요.

성 우 (너그러운, 웃음 띤) 뭔데?

준 희 (선하게 웃으며) 다음에 다시 태어나면, 건널목 신호등을 잘 지켜서 건너야지. 그래서 절대로 손 같은 데 다치지 말아야지. 그리고, (맘 아픈) 판화.. 해야지. (하고, 환하게 웃다가, 굳어지며 왼손으로 자기 오른손 만지며 창가로 눈길 돌리고)

성 우 (그런 준희 홀린 듯 보고 있고)

준 희 (고개 돌려) 참, 오늘 간.... 그 결혼식 누구 결혼식이었어요?

성 우 (잠에서 깨어난 사람처럼, 애써 웃으며) 어, (준희, 못 보고) 그 사람, (준희 보고, 웃으며, 사소하게) 내, 옛 애인. 정확히, 두 번째 남자.

준 희 ?

시간 경과.

인서트 - 창밖에서 본, 두 사람.

준 희　(성우 보는)

성 우　첫 번째 사람은 조건이 안 맞았어. 유부남이었거든. 두 번짼 조건이 맞았지. 잘생기고, 학벌도 좋고, 직업도 좋고……… 무엇보다, 부인 없는 총각이었어. 우린 사랑했어. 결혼할 줄 알았어. 사랑하고, 정말, 그는 날 사랑했으니까. 근데, (준희 보고 웃으며) 그 집에서 반대했어.

준 희　.....

성 우　(가볍게) 내가 홀어머니에 외동이라고, 안 된대. (안 보고) 그 사람은 부모를 설득시킨다고 자신했어. 기다리라고 했지. 그런데 안 기다렸어.

준 희　?

성 우　(서글픈 웃음) 그 사람은 부모를 버릴 사람이 아니었거든. 내가 하두 만나주질 않으니까, 어느 날은 집 앞에서 꼬박 열여섯 시간을 기다리더라. 그날 그 사람은.... 이 봐라, 난 이렇게 인내심이 많다, 너두 나처럼 이렇게 질기게 인내심 있게 기다려줘라. 부모님 설득시켜, 다시 오마. 그리고 3년이 지났는데(짐짓 가볍게 웃으려 해도, 물기 가득 밴) 안 오드라. 기다리지 않는다고 그때도 분명, 난 그렇게 말했는데, 그 3년 동안 난 아무래도, 기다린 거 같애. 그런데, 청첩장이 온 거야.

준 희　.....

성 우　(준희 보고, 어색하게 웃으며) 바보 같지. 안 기다린다고 했으면 그랬어야 하는데, 왜 기다려. (서글픈 웃음 지으며, 잔 들며) 서준희, 오늘 주성우 술 마셨다.

준 희　네.

성 우　(서글프게 웃으며, 머리 쓸어 넘기고)

준 희　(그런 성우 보고)

## 씬 48. 레스토랑 앞.

성우, 약간 취한 얼굴로 그래도 흐트러지지 않은 채 서 있다.
준희, 그 옆에서 차를 기다리고 있다.

성우 나, 택시 잡아주고 가라.

준희 (성우, 약간 고개 숙여 보며, 걱정스레) 차 타고 가세요. 종업원이 차 갖고 나온다고 했어요.

성우 아니, 됐어. 너두 피곤해. 몇 시간을 내 얘기 듣느라, 벌서구. 쏘리. (하고, 목인사하다 약간 휘청거리고)

준희 (성우, 팔 잡으며) 괜찮아요. 팔 잡아드릴게요, 괜찮죠?

성우 (고개 들고, 준희 보며, 대견하다는 듯 웃으며) 넌, 어떤 여자한테도 이렇게 친절해?

준희 친절하게 대할, 아는 여자가 없어요. 여자라곤 엄마하고, 이모하고, 은수밖엔 모르는데요, 뭐.

성우 아니.

준희 (보면) ?

성우 넌 이제 주성우도 아는 거야.

준희 (약간 굳어 있다, 웃고) 네.

## 씬 49. 도로.

거리의 풍경, 달리는 준희의 차.

## 씬 50. 차 안.

성우, 조수석에 앉아 무표정하고 쓸쓸한 얼굴로 차창에 기대 바깥의 백미러를 보고 있다.

준희, 무표정한 얼굴로 운전해 간다. 성우가 조금은 신경(마음이 가는) 쓰인다.

성우 (혼잣말하듯) 난, 봄이 싫어. 마음이 너무 설레. 너무 이뻐. 사람들은 바보야. 이렇게 이쁜 계절에 결혼을 하고, 그럼, 자기 여자나, 남자를 보느라, 계절을 못 보잖아. 바보들.... 봄인데 봄을 보지.

준희 ......

성우 (또박또박, 조금은 장난처럼) 내 나이 서른셋, 술을 한잔 마시고, 기분이 조금 가라앉은 상태입니다. (준희 보며) 너 남자 아니지?

준희 (성우가 안쓰러운 마음에 작게 웃고)

성우 (다시 창가 보며) 유부남은 남자가 아니야. 어린앤, 남자가 아니지. 고로 난 남자가 아닌 인간하고 얘기하는 거야. (그러다, 다시 자기 생각에 빠진다, 천천히 머리 쓸어 올려 손 머리 위에 두고, 그 자세 그대로, 눈물 그렁해지며) 서준희.... 내 생각인데......

준희 (보면)

성우 내, 생각인데...... (눈물이 날 것 같아, 입술이 다 떨린다, 모질게 참고, 강하게) 사랑은... 없어.

하는, 성우의 얼굴에서 엔딩 타이틀 오르고.

# 3부

사랑은 교통사고와 같은 거야.

길 가다 교통사고처럼 아무랑이나 부딪칠 수 있는 게, 사랑이야.

사고 나는 데 유부남이, 할아버지가, 홀아비가 무슨 상관이 돼?

나면 나는 거지.

## 씬 1. 성우의 아파트 앞, 밤.

준희의 차 와서는, 멈춰 선다.

## 씬 2. 차 안.

준희, 엔진을 끄고 성우를 본다.
성우, 고단한 얼굴로 잠들어 있다.
준희, 성우 어깨 흔들어 깨우려다가 어깨 잡기가 뭐한 기분이 들어, 머뭇대다 클랙슨을 울린다.
성우, 그 소리에 피곤하게 눈뜬다.

성우 (손으로 얼굴 한 번 부비고) 다 왔니?
준희 네. 피곤하신가 봐요?
성우 (건성으로 대답하며, 안전벨트 풀고) 그래, 그래. 차, 주차시키고 가라.
준희 제 찬데요.
성우 (어이없게 웃으며, 자기 입에 손가락 갖다 대며) 맞아, 맞아. 나 취했다, 취했어. 옴팡, 취했다. (손가락 내려놓고, 웃으며) 잘 가.

준 희　(웃음 밴, 성우 안됐다) 네.

성 우　(안전벨트 풀고, 내리려다가, 준희 보며) 너, 남자지?

준 희　?

성 우　오늘 내 취한 모습, 잊을 수 있지?

준 희　(웃음 띤) 네.

성 우　낼 보자. (하고, 문 열고)

준 희　낼 못 봐요. 일요일이에요.

성 우　(웃음) 정말 취했네. (준희 보고, 농담조) 야, 그냥 좀 넘어가면 안 되냐? 치사하게 꼭 확인을 시켜야겠어?

준 희　(웃고, 다시 재시동 걸고)

성 우　(문 열고 나가고)

## 씬 3. 아파트 앞.

성우, 한쪽에 서서 준희를 배웅하고 있다.
준희, 차창 열고, 성우 보며.

준 희　쉬세요.

성 우　그래, 오늘 고마웠다.

준희, 가고,
성우, 가는 준희, 조금은 서운하게 보고.

인서트 - 영희, 베란다에서 빨래 널다가 성우 내려다보며, 혼잣말.

영 희　누구야......

## 씬 4. 도로.

달리는 준희의 차.

## 씬 5. 차 안.

준희, 운전하며 생각하는.

회상 1.
레스토랑에서 눈물 그렁해 술 마시며, 창밖 보는 성우.

회상 2.
1부에서 인부들과 웃으며 술 마시던 성우.

회상 3. (2부, 엔딩 씬)
성우, 조수석에 앉아 있고, 준희 차 몰아 가고 있다.

성 우 (천천히 머리 쓸어 올려 손 머리 위에 두고, 그 자세 그대로, 눈물 그렁해지며) 서준희, 내 생각인데, 내, 생각인데. (눈물이 날 것 같아, 입술이 다 떨린다, 모질게 참고, 강하게) 사랑은, 없어.

현실.

준희, 담배 피우며 운전해 가고 있다, 성우 생각한다.

영 희 (E) 성우야, 성우야....

## 씬 6. 거실.

테이블 위 칵테일 잔에 흰 술 담겨 있고, 비스킷 접시 놓여 있다.
영희, 비스킷을 하나 넋 놓고 집어 먹고 있다가.

영 희　(화장실 쪽 보며) 성우야.

그때, 성우 화장실에서 수건으로 얼굴 닦으며 나오며.

성 우　뭐 하는 거야?
영 희　술 한잔하자구.
성 우　(영희 옆에 앉으며) 웬 양주야?
영 희　(테이블 옆에 놓여 있던 소주병 들어 보이며) 소주야.
성 우　?
영 희　(소주병 내려놓으며) 소주병 앞에 놓고, 분위기 잡기 그렇잖아. 그래서, 칵테일 잔에 따랐다. (잔 들어 보이며) 분위기 살지 않니?
성 우　(웃으며) 가지가지예요. (장난) 근데 어쩌지? 난 벌써 한잔했는데....
영 희　(술잔 입에 갖다 대며) 어디서, 무슨 술 마셨는데?
성 우　(자랑하듯) 분위기 좋은 데서, 와인. 난 짬뽕은 안 해. 와인 없지?
영 희　잘난 척은. 야, 어차피 배 속에 들어가면 그거나, 이거나야. 너, 음주 측정기 불어봤어?
성 우　아니.
영 희　그거 불어봐. 그거 불어보면, 술은 모두 알콜 농도로 잡혀. 거기에 와인이다, 맥주다, 양주다, 그렇게 기록 안 돼. 배 속에 넣어봐, 취하긴 마찬가지니까. (하며, 술잔 입안에 홀짝 털어 넣고, 다시 잔에 술 따른다)
성 우　(영희, 걱정스레 보며) 무슨 일이에요? 엄마, 오늘 이상하다.
영 희　이상하긴 뭐가. (빼꼼히 보며) 마실래, 안 마실래?
성 우　(눈치 보며) 울 엄마 딸내미가 안 놀아줘서 기분 상하셨나 보구나. 화내지 마요, 마실게. (하고, 술잔 들어 마시다, 캬 하고, 소리 내고, 쓴 얼굴로, 입가 닦으며) 어우, 칵테일 잔에 따라도, 소주는 소주네. 캬, 소린 못 속이겠다, 김치라도 갖다놓자.

시간 경과.

**인서트 – 김치 종지.**

성우, 고개 숙이고, 영희의 얘기 듣고 있다.

영 희　(쓴웃음) 성우야, 엄마 젊어서 소원이 뭐였는지 아니?

성 우　(시무룩하게, 고개 흔든다)

영 희　니가 빨리 어른이 되는 거였어. 그래서, 너랑 이렇게 마주 앉아 술두 마시고, 인생이 이렇더라 저렇더라 그렇게 얘기하고... 헌데, 지금은 니가 이렇게 훌쩍 큰 게 싫다.

성 우　(영희, 따뜻하게 보며) 왜요? 난 좋은데, 엄말 이해할 수 있어서....

영 희　(성우 보며) 내가 할 일이 없잖아. 너 혼자 다 알아서 하고.... 심심해.

성 우　(그 마음 알겠다) 죄송해요, 일찍 다닐게요.

영 희　(쓴웃음) 그런 말 아니고..... 오늘 나, 현철 오빠 봤다. 차두 한잔 마셨어. 근데 반갑기는커녕 왜 그렇게 서글퍼만 지는지. 우리 둘 다 참 너무 많이 늙었더라. 사람이 늙는다는 거, 참 불쾌하고도 서글픈 일이다.

성 우　(안됐다) .....

영 희　얼굴에 진 주름이 서글픈 게 아니라, 이왕 늙을 거면 몸 따라 마음도 같이 늙지.... 마음은 청춘인데, 몸만 늙는 게 서글퍼. 엄마 나이, 쉰둘이다. 그런데, 오늘 그 오빨 보는 순간, 내가 꼭 열 몇 살 같더라. 그때, 그 나이에 내가 가졌던 꿈들, 그 생기발랄했던 모습들, 호기심, 설렘, 작지만 내 딴엔 아팠던 기억들... 왜 그리 또렷한지. 그러다 문득 (성우 보며) 그런 생각이 들더라. 우리 딸은 어땠을까?

성 우　(고개 숙이고, 가만 술만 마신다) ......

영 희　너, 정민이 결혼식에 간다고 했을 때, 난 지난 일이니까, 괜찮겠지 했었어. 아니었지?

성 우　(잔 내려놓는다)

영 희　엄마가... 혼자가 아니었음, 니 아버지 잡아먹지 않았음, 너, 정민이랑 결혼했을 텐데.... 그치?

성 우　(차마 영희 못 보고, 얘기하는) 그런 말이 어딨어. 엄마가 아버질, 뭘 잡아먹어. 그냥... 우리가..... (외면하며, 눈물 그렁한) 덜 사랑했던 거예요.

영 희　(술 마시며, 성우 안됐게 보고)

## 씬 7. 영희의 방.

영희, 성우 나란히 천장 보고 누워 있다.

성우 엄마랑 오랜만에 잔다, 그치?

영희 그런가. (성우 보며) 참, 아까 그 남자 누구니? 너 태워다준 사람.

성우 (천장 보며) 그냥, 회사 친구예요. 신경 안 써두 돼요. 유부남이야.

영희 (장난기) 사랑은 교통사고와 같은 거야. 길 가다 교통사고처럼 아무랑이나 부딪칠 수 있는 게, 사랑이야. 사고 나는 데, 유부남이, 할아버지가, 홀아비가 무슨 상관이 돼? 나면 나는 거지.

성우 (웃음)

영희 그래도 유부남은 안 돼. 유부남은 가정을 버리지 않는다. 연애만 한다. 그게 유부남들이야. 니, 아버질 봐라, 그렇게 바람을 펴도, 가정은 안 버렸잖니. (농담) 현철 오빠도 유부남이니까, 잊어야겠지?

성우 (웃음기) 정말, 그 아저씨, 맘에 있으신가 보네?

영희 걱정 마라. 나이 들면 머리로 다 해. 몸으로 과감히 옮기게 되질 않는다구. 머릿속으로 상상 속으론, 나 벌써 심각한 상태까지 갔다. 하지만, 현실은, 니 옆에서 괜한 소리 지껄이는 보통 엄마지.

성우 (쓴웃음 밴, 천장 보며, 딴생각)

영희 난 성우 니가 현실에서 가능한 사랑을 했으면 해. 보고 싶을 때 보고, 만지고 싶을 때 만지고, 그렇게 맘껏 욕심내는 사랑을 했으면 해.

성우 (딴생각하며) 엄마... 오늘... 나... 조금, 불안하다.

영희 (고개만 돌려, 성우 보는)

성우 (천천히) 나, 이대로 사는 게 뭔지, 기쁜 게 뭔지도 모르고, 늙어버리는 건, 아닐까. 얼굴도 마음도 윤기 없이 버석버석, 그냥 이대로 늙어버리면 어쩌지? 나 정말 늙었나 봐, 이렇게 재미없는 생각이 다 들구... 그치, 엄마?

영희 애미 앞에서 별소릴 다 하네.

성우 (일어나, 앉아, 영희 안 보고, 물기 밴 눈빛과 목소리로, 짐짓 가볍게) 눈물이 머리끝까지 차 있는 거 같애. 엄마 내가 정말 슬픈 게 뭔 줄 알어?

영희 (앉는다) ....

성 우　내가, 아무도 사랑하지 않았다는 거야. 정민이는 물론, (눈물 그렁해지며) 나 자신조차도. 배신이라면 배신인데, 노엽지도 않고, 아프지도 않고, 사실, 나 개 별로 그립지도 않았어. (눈물 주룩 나고, 짐짓 밝게 웃으려 애쓰며, 눈물 닦고) 엄마, 나 정말 왜 이러니.... 취했나 봐.

영 희　(성우 머리 만져주며) 그래, 취했어. 울지 마. 간 놈은 간 놈인 거야. 울지 마, 그럴 수 있지?

성 우　(눈 감고, 손으로 눈물 닦고, 영희 보고 애써 웃으려 하며) 자신 없어. 엄마, 자신 없다. (하고, 고개 돌려 울지 않으려 이 앙다물고)

영 희　(한쪽에 둔 물 잔 들어, 마시고)

성 우　(눈물 닦으며, 영희 보고 애써 웃으며) 미안해. 엄마. 그러니까, 술 마시지 말랬잖아. 미안해.

영 희　(성우 안 보고) 울고 싶으면 울어. 나, 니 애미야. (물 마신다)

성 우　(눈물 다시 그렁해져, 영희 안으며, 웃으며) 엄마가 있어서, 성우는 너무 좋다. (행복하게 눈 감는데도, 눈물은 나고)

## 씬 8.　준희네 주방.

준희, 속옷 차림에 앞치마 하고, 라볶기를 하면서, 가끔 은수 보고 흐뭇하다.
은수, 평상복 차림으로 멍하니, 식탁 의자에 앉아 있다.
준희, 일하면서 무심히.

준 희　(은수 안 보고) 언제 왔어?

은 수　(준희, 놓치지 않고 보며) 너 오기 10분 전에....

준 희　공장 안 갔구나.

은 수　갔었어. 그 여자랑 무슨 얘길 그렇게 했어?

준 희　(무심히) 음, 그냥. 별 얘기 안 했어.

은 수　넌 나 없이도 살겠다.

준 희　(돌아보면) ?

은 수　(외면하며) 나 없이도 잘 놀잖아. 재미있었나 보다, 이렇게 늦게까지. 난 오늘 하나두 안 재미있었는데....

준희, 은수 미안하게 보고, 접시에 음식 담아 테이블에 놓고 앉는다.

은수　(포크 집어 건성으로 한 점 집어 먹고, 포크 내려놓고) 너무 짜.
준희　물 넣어서 다시 볶을까?
은수　됐어. (하고는 일어나 주방을 나간다)
준희　(은수 안된 맘으로 보고)

## 씬 9. 욕실.

은수, 무표정한 얼굴로 양치하고 있다.
그 옆에, 준희, 안타까운 얼굴로 서 있다.

준희　(주저하며, 말하는) 병원에 전화했는데, 너 근종 수술하는 거 말이야. 그렇게 급하게 하지 않아도 된대. 너 편한 시간에 오래.
은수　......
준희　(안타까운) 은수야, 너 아직 화, 안 풀렸니?
은수　(양치 헹구고, 수건으로 입 닦으며, 준희 쏘아보듯 보며) 내가 언제 화났어? (나가려 한다)
준희　(팔을 잡는다) 은수야, 이러지 마.
은수　(눈가 붉어져, 준희 보며) 이러지 않으면, 돌 것 같은데, 어떡하니?
준희　(안타깝다, 웃으려 하며) 은수야...
은수　오늘 나, 혼자 잘래. 서재에서 자. (하고, 나가버린다)
준희　(한숨 난다).

## 씬 10. 안방, 침실.

은수, 침대맡에 멍하니 앉아 있다.
문밖에서 노크 소리 난다.

## 씬 11. 침실, 밖.

준희, 노크하지만 아무 대답 없다.

준 희　은수.... (다시 노크하고, 부르려다가, 하지 않고, 문에 손대고 한숨 쉬고, 따뜻하게) 은수야, 나 서재에서 잘게. 자다가, 보고 싶으면, 깨워. 아침엔 웃으면서 보자.

## 씬 12. 침실.

은수, 침대에 누워 눈물 그렁해 주먹 물어뜯으며 있다가, 눈 감고.

## 씬 13. 도로를 급하게 사이렌 울리고 달려가는 동진의 차 + 차 안.

동진, 초초한 얼굴이다.

## 씬 14. 건물 사이 골목.

경찰 사이렌 요란하고, 근처에 순경과 기자들, 뭇 사람들 북적북적하다. 접근 금지선 보이고, 금지선 안에 변사체, 거적에 덮여 있고, 기자들, 사진 찍으려 아우성치고 순경들 그들을 저지하고 있다.
동진, 사람들 틈에 접근 금지선 너머 변사체를 보려 고개를 길게 뺐다. 긴장한 얼굴이다.
그때, 동료 기자, 동진을 툭 친다, 동진 돌아보고. 동료, 따라오라는 시늉한다. 동진, 왜 그런가 싶고.

## 씬 15. 한적한 다른 골목.

동진과 기자, 조바, 담배를 피우며 다른 사람 의식해가며 얘기하고 있다.

기 자 (조바에게, 묻고 있다) 그러니까, 니가 분명 봤단 얘기지?

조 바 (눈 동그랗게 뜨며) 그럼!

동 진 (의심쩍게 기자 보면)

기 자 (동진 보며) 여관 조바야.

동 진 (조바 보고)

조 바 정말, 분명 봤어요. 보면, 단박에 알 수 있어요.

동 진 (조바를 눈여겨본다)

조 바 네 시에 관에 들어와서요, 한 시간인가 있었나.... 여자는 키가 보통에 머리가 길었구요. 남잔 등치가 컸어요. 전문적으로 손님 받는 애들은 아닌 것 같구... 뜨내기들 같더라구요. 요즘 골 빈 애들 많거든요.

동 진 ?!

조 바 둘이 한 존 거 같더라구요. 남자가 손님을 뒤에서 잡고 여자가 찔렀어요.

동 진 (뭔가 짚이는, 불안한) !

인서트 - 세미와 장어, 어깨동무하고 웃으며 걸어가는 모습.

동 진 (기자에게) 형, 먼저 들어가. 나 들를 데가 있어. (뛰어가고)

기 자 동진아, 너 어디 가!

## 씬 16. 지하도 입구 + 안 + 다른 쪽 입구.

동진, 빠르게 지하철 입구로 뛰어들어가 사방을 두리번거리고, 다시 지하철 다른 계단을 뛰어 올라간다(1부에서 세미, 장어 있던), 그리고 다시 사방을 두리번거리며 세미, 장어를 찾는다. 어디에도 없다, 허탈하게 뒤도는데, 그런 동진의 모습 위로.

세 미　(E) 택시!

동진, 순간 뒤돌면, (동진의 시선으로)
길 건너편에서 세미, 장어, 남자 한 명과 택시를 잡고 있다.

동 진　(긴장한 얼굴로, 소리치는) 야!

길 건너편, 세미, 장어, 그 소리에 동진 보고,
동진, 불안하게 오가며, 세미, 장어에게 소리치는.

동 진　(소리치는) 니들 거기 서! (도로를 뛰어 건너가려, 불안한 눈으로 사방 살피는)

길 건너편, 세미, 장어 함박 웃으며, 손 흔들고,
동진, 어찌 할 줄 몰라 하며, '거기 서!' 하며 다시 지하도 안으로 뛰어 들어간다.

## 씬 17. 지하도 안.

동진, 헉헉대며 뛰어가고.

## 씬 18. 길 건너편의 지하도 입구.

동진, 헉헉대며 지하도 안에서 뛰어나오는데,
카메라, 세미와 장어, 남자 있는 데로 가면,
남자, 택시 안에 타고, 세미, 장어 타고,
동진, 그 모습 보고, 놀라, 택시 세우려 소리치는.

동 진　(뛰어가며) 서!

택시, 가고,
동진, 뛰다 지쳐 멈춰 서서, 보면,
택시 뒤, 유리문에 장어, 세미 모습 보이고, 세미, 장어 함박 웃으며 손을 흔들며 가고 있다.
동진, 허탈하게 한숨 쉬고.

## 씬 19. 준희의 집, 전경, 아침.

우유 배달 자전거, 가는.

## 씬 20. 서재.

준희, 푸석한 얼굴로 옷을 입고 있다.

## 씬 21. 주방.

준희, 소시지를 볶고, 가스레인지 위에서 끓는 국을 간 보고, 파 썰어 넣고, 김치 써는 등등 일련의 모습이 보인다.

시간 경과.

준희, 음식들을 그릇에 담아 상을 차리다가, 문득, 고개 돌려 보면,
은수, 주방 벽 쪽에 기대 준희 물끄러미 보고 있다.

준 희　(웃으며) 잘 잤어?
은 수　(외면하며) 못 잤어.

준희 (걱정스런) 왜?

은수 (준희 보며) 니가 옆에 없으니까.

준희 ?

은수 (준희 못 보고) 인제부턴 화 안 내기로 했어. 화내면 나만 손해란 것도 알았고.

준희 ?

은수 (멋쩍어, 바닥을 발로 긁으며) 보고 싶은 얼굴 못 보잖아. 세어보니까 꼬박 여덟 시간 손해 봤더라구. (서운한, 장난기) 야, 서준희. 서재에서 자란다고, 진짜 가서 자냐?

준희 (맘이 놓인다, 밝게 웃으며) 정말, 화 풀렸구나?

은수 (식탁에 앉으며, 기분 풀린) 풀렸음, 어쩔 건데?

준희 (앞치마 풀어 주며, 장난) 니가 밥해.

은수 못 해. (하며, 손으로 반찬 집어 먹고, 편하게) 맛있다, 너무 맛있어. 난 이렇게 맛있는 반찬 할 자신, 죽어도 없어. (엄지손가락 들어 보이며) 미치게 맛있다. (다시, 음식 집어 먹고) 자기야, 내가 신랑 할게, 자기가 신부 할래?

준희 (편하게 웃고)

## 씬 22. 시장 풍경, 몽타주.

1, 나물 파는 행상 아줌마 앞에서, 나물 사는 은수, 돈 내는 준희.
2, 생선 행상 앞에서 이거 살까, 저거 살까 고르는 은수, 준희.
3, 오뎅 파는 아저씨한테서 오뎅 사서 하나씩 먹으며 걸어가는 은수, 준희.
4, 준희, 손에 이것저것 들고, 기분 좋아 가고 있고, 은수, 준희의 팔짱 끼고 기분 좋게 구경하며 걸어가고 있다, 그 화면에서 이어지는.

준희 (입가에 환한 웃음) 재밌다. (은수 보며) 재밌지?

은수 별루.

준희 안 재밌어? 난 재밌는데?

은수 넌 전생에 아무래두, 여자였던 거 같애. 무슨 남자가 무, 배추만 보면 입이 헤 벌어지니?

준 희　(웃으며, 보며) 내가 그랬니?

은 수　그랬어. 지금도 기껏 파 한 단에 나물 두 가지, 꽁치 한 마리 들고 서서, 너 기분 너무 좋잖아. 김장 끝낸 아줌마처럼.

준 희　(웃으며) 재밌잖아.

은 수　퍽도 재미있다. 이제부터 너 별명, 서 주부로 해라. 살림 잘하는 주부, 서 주부.

준 희　(웃으며) 그래.

준희, 웃으며, 은수 팔짱 끼고 가려는데, 성우 그 옆을 스쳐 간다.
준희, 멈춰 서서 돌아보면,
은수, 의아해, '왜 그래?' 하고,
준희, '잠깐.' 하고는 성우(?) 쪽으로 걸어간다.
은수, 이상하고,
준희, 성우 쪽으로 가서, 등 뒤에 대고.

준 희　저기요.

여 자　(돌아보면, 성우 아니다) .......

준 희　(멋쩍다, 인사하며) 죄송합니다.

여자, 이상한 사람 다 있네, 하는 얼굴로 가고,
은수, 준희 옆에 와서는.

은 수　왜 그래?

준 희　(어색하게 웃으며) 어, 성우 선밴 줄 알았어. 가자. (어깨에 손 올리고 가고)

은 수　? (뒤돌아, 가는 여자 보고)

## 씬 23. 시장 다른 일각.

준희, 뭔가를 두리번거리며 찾고 있다.
은수, 왜 그런지 모르겠다.

은 수　뭘 찾아?
준 희　(계속 찾으며) 그냥...
은 수　성우 선배란 여자 찾니?
준 희　(은수 보며) 아니.
은 수　그럼 뭘 그렇게 찾아?
준 희　(두리번거리다) 찾았다! (하고, 먼저 가고)
은 수　?

## 씬 24. 강아지 파는 행상 앞.

준희, 강아지 한 마리를 들고, 기분 좋아서는 은수에게 보인다.

준 희　이놈 이쁘다, 그치?
은 수　(그런 준희 보며, 얼굴 굳은) .......
준 희　(웃으며) 애기 대신 키우자.
은 수　(참담한 기분으로 돌아선다)
준 희　(잡으며, 영문 몰라) 왜 그래? 안 이뻐?
은 수　(차가운) 안 이뻐. (눈가 그렁한) 너, 사람을 왜 이렇게 비참하게 만들어?!

## 씬 25. 준희 집, 거실, 저녁.

은수, 소파에 다리 올리고 앉아 있다. 준희 원망스레(?) 보고 있다.
준희, 은수 옆에 앉아 은수의 두 뺨을 두 손으로 잡고 달래고 있다.

준 희　(달래는) 사람 힘으로도 어쩔 수 없는 게 있어. 그런 일은 마음에 담아두는 게 아니야. 그게 현명해. 너 똑똑하잖아. 그럴 수 있지?
은 수　(쏘아보는) 그럴 수 없어. (외면하고) 그리고 난 똑똑하지 않아.
준 희　(은수 보며) 나 봐, 내 눈 봐봐. 이건 억지야. 너답지 않어.

은수 (화난) 뭐가 나다운 건데? 맨날 너보고 배알 없이 실실거리는 게 나다운 거야? 애기 대신 강아지 안고, 그것도 좋아서 펄쩍펄쩍 뛰어야 나다운 거니?

준희 (차분하게, 따뜻하게, 설명하는) 은수야. 난 니가 애기야. 다른 앤 필요 없어. 넌 니가 나한테 한 말 잊었는지 모르지만, 난 기억해. 너, 내가 니 남편이고, 아버지고, 애인이고, 애기랬잖아.

은수 (눈가 붉어져, 준희 못 보고)

준희 (은수 안타깝게 보다가) 너 이러는 거, 나 마음 아프다. 낯설어, 첨 보는 것 같애. 어쩔 수 없는 일 때문에, 서로 등 돌리고 안 보고.... 니 말대로 이러면 손해야. 못 보고.. 손해야... 너무 손해잖아.

은수 (준희 손 뺨에서 떼어내고, 눈물 그렁한) 넌 내 마음 몰라.

준희 (안타깝게 보는) ....

은수 (울먹이는) 내 배 속에, 내 배 속에 (주먹을 들어 보이며) 이만한, 이만한 너를 꼭 닮은 작은 준희. 나, 정말 넣어두고 싶었다. 넌 너무 커서 넣어둘 수 없으니까.

준희 (맘 아퍼, 고개 숙이는)

은수 (고개 숙인, 준희 보며) 난 너랑 잠자리한 거, 그냥 한 거 아니었어. 단 한 번도, 하늘에 맹세하고, 욕심 때문에, 아니었어. 넌 내가 밝히는 앤 줄 알지? 그래서 맨날 자자 그런 줄 알지? 아냐. (복받치는) 난 너랑 누우면서, 그 자리가, 그 시간이, 얼마나 성스러웠는데, 얼마나 기도했는데, 너랑 있는 걸, 얼마나 감사해했는데..... 넌 지금도, 나 사랑하지 않지?

준희 (은수 보며, 맘 아프게) 아니.

은수 (못 보고) 아니, 아니. 니 인생에서는 언제나 그림이 우선이야. (준희 보며, 물기 밴, 원망 섞인) 너, 아직도 빨리 죽고 싶지? 나 두고, 어서 빨리 죽어, 다시 태어나, 그림 그리고 싶지?

준희 (은수 두 손, 제 손 안에 쥐고, 눈물 나려는 것 참고, 애써 웃으며, 은수 못 보고) 아니, 아니. 정말 아니. 난 정말 니가 편해. 너랑 있는 게 즐거워. 아마 지금, 내가 혼자 있었다면, 난 이렇게 즐겁지 못했을 거야. 니가 얼마나, 이쁜데... 너 못 봐서, 병두 났을 거야. (하며, 은수의 한 손, 자기 머리 위에 얹어 놓는다)

은수 ?

준희 (고개 숙인 상태로) 내 머리, 아기 쓰다듬듯 쓰다듬어봐. 그리고 내가, 애기려

니.. 그렇게 생각해. 내가 야기 해줄게.

은수　(다시 눈가 그렁하게 차오른다, 맘 아프게 머리 쓰다듬어주며) 준희야, 나 봐.

준희　(보면)

은수　나.... 떠나지 마....... 애기 못 낳는다고 버리면 안 돼.

준희　(눈 떠, 은수 보고, 은수 안고, 등 다독여주며) 애기 안 그런다. 애기 안 그런다.

은수　(눈물 나고)

준희　(다독이며, 어른스레) 우리 애기 자꾸 울면 미운데... 안 되겠다. (품에서 떼어내어, 은수 보며) 내다 버린다.

은수　(눈물 닦으며, 그래도 눈물 나고, 아이처럼 꺽꺽대며) 맘대로 해라, 뭐.

준희　(일어나, 은수를 달싹(아이 들듯) 들어 창가로 가며) 버리자, 버리자.

은수　(놀라) 어어, 내려놔.

## 씬 26. 거실.

한쪽에 강아지 집 보인다.

은수, 그 앞에 무릎 양손으로 싸안고 쪼그려 앉아, 강아지 집을 보려 고개 숙이고, 손 넣어, 강아지를 집에서 꺼내 한 번 이리저리 보고는, 다시 바닥에 내려놓는다. 그리고는 옆에 있는 개밥을 손바닥에 집어 강아지 앞에 내놓고.

은수　먹어. 먹어봐.

강아지가 먹지 않고.

은수　(개밥 바닥에 놓고, 다시 무릎 싸안고) 넌, 그냥 개야. 작은 준희 아니야...... (하다가, 다시 강아지 톡 건드려보고) 넌, 모르지. 내가 얼마나 얼마나, 우리 준희를 사랑하는지.......... (자기 무릎에 얼굴 기대고, 눈가 그렁해지며) 아무도 몰라. 아무도 몰라. (그 모습에서 F. O)

## 씬 27. 성우의 회사 전경, 아침.

## 씬 28. 사무실.

성우, 서글서글하게 전화 받고 있다.

성우　(웃음 밴) 알죠, 알죠.... 그러게.... (사양하는, 설명조) 나두, 물론 아는데... 요즘 우리 형편이 외국 자재 쓸 형편이 아니에요. (웃으며, 사이) 김 국장님, 나두..... 말 좀 해요. (사이, 웃음) 그럼 쓰죠. 국내 제품 들어오면, 다시 한 번 연락 주세요. 물론 만나드리죠. 네, 끊습니다. (하고, 전화 끊고, 머리 흔들며) 아주 난리구나, 난리. (하다가, 서류 보려다가, 고개 든다)

카메라, 사무실 안 비추면,
인부복 입은 사원 하나와, 사환(이제부터, 미선)만 자리에 앉아 있고, 현주와 재석 자리는 어지럽게 서류 펼쳐져 있고, 준희 자리는 비어 있다.

성우　미선아.
미선　(고개 들어, 성우 보며) 네?
성우　오늘, 일요일이니? 왜 이렇게 자리가 썰렁해? 모두 어디 간 거야?
미선　김 대리님하고, 현주 언니, 모닝커피 마시러 가셨는데, 데려올까요?
성우　(서류 보며, 무심히) 서준희 씬?
미선　출근 안 하셨는데, 집에 전화 드려볼까요?
성우　(잠시 생각해보더니, 다시 서류 보며) 아니... 됐어.

## 씬 29. 사무실 앞.

재석, 현주를 벽에 몰아놓고 취조하듯 다투고 있다.

재석　말해, 어디 갔었어?

현 주　(만만치 않게 보며) 갈 데 갔었다.

재 석　(비아냥) 갈 데 가? 그 말은 갈 데까지 갔다의 준말이냐?

현 주　이봐, 김재석 씨... 너, 인간이 왜 그렇게 꼬였니?

재 석　(대답 않고) 언 놈 만났냐? 어디 갔었어?

현 주　때 베끼러 목욕 갔었다. 이제 됐니?

재 석　너, 나랑 입 맞춘 거 첨 아니지?

현 주　(답답하다) 첨이야.

재 석　(비웃음) 첨 하는 입맞춤이, 그렇게 세련됐냐? 남자 목을 다 조르고, 웃기지 마라. 첫 키스를 그렇게 진하게 하는 여자가 어딨냐? .. 그렇고 그런 게...

현 주　(기분 상하지만, 참고) 너, 자격지심 있니?

재 석　?

현 주　널 만나는 여잔, 다 그렇고 그런 여자야? 괜찮은 여잔 널 만날 수 없는 거야? 김재석, (또박또박) 니가 처음이 아니라고, 막간다고, 이 심현주도 막갈 거라는 생각하지 마.

재 석　(비웃음) 그래서? 그래서 내가 니 첫사랑이라고?

현 주　니가 첫사랑이란 얘긴 안 했어. 짝사랑은 열 번도 더 했으니까. 근데, 몸이란 게 그렇게 중요한 거니? 넌 안 그러면서, 니 상대는.... 그렇게 중요해?

재 석　(듣기 싫다, 답답한) 나, 이런 말.. 하는 거 우스운 줄 아는데, 내 프러포즈, 잊어라. 나 종갓집 7대 독자야. 7대 독자 며느리감으로 넌(손가락으로 가위표 그리며) 아니야. 왜? 너무 발랑 까졌으니까.

현 주　(꼬나보며) 내가 너한테 순순히 입 맞춰준 게 문제였단 얘기네. 그러니깐 니 여자 될 사람은, 너 같은 바람둥이가 입 맞출 때, 아이고 부끄러워라 내숭 떨며, 이렇게(발로 정강이 까며) 해야 된단 얘기네.

재 석　아! 아! (맞은 다리 문지르며, 현주 보면)

현 주　미안하다, 니가 좋아하는 내숭과가 아니라서. 그런데 난 이해가 안 돼. 사랑하는 사람한테, 왜 내숭을 떨어야 돼. 내숭 떠는 기집애 골라, (다시, 정강이 까며) 키스할 때마다, 처맞구 다녀라. (하고는 사무실로 들어가버린다)

재 석　(아파, 죽을 지경이다, 그러다 고개 들어 복도 오는 준희 보고는) 야, 서준희!

준 희　(고개 들고) ?

재 석　(괜한 짜증) 일찍 다녀!

준 희　(머리 긁으며, 눈치 보며) 네.

## 씬 30. 사무실.

성우, 서서 무심히 이것저것 서류를 챙기고 있다.
준희, 성우 책상 앞에 서서 미안한 얼굴로.

준희 죄송합니다. 늦었어요.
성우 (보지 않고, 서류 챙기며) 미건화랑 계약 서류 서준희 씨한테 있지?
준희 네.
성우 (안 보고) 가지고, 전시실로 내려와. (나가고)
준희 ....

## 씬 31. 전시실.

성우 (서류 보며, 차 한 모금 마시고, 무심히) 너, 왜 이렇게 늦었어? 밤일했어?
준희 (차 마시다, 놀라, 성우 보고, 편히 웃으며, 잔 내려놓으며) 아뇨.
성우 (준희, 빼꼼히 보고 안 웃으려 하며) 왜 웃어? 웃으면 다 돼? 얘 웃기네, 갈수록 능청이야.
준희 (웃으며, 차 마시고)
성우 (서류 뒤적이며) 경기도 안 좋은데, 출근은 제때 해줘야지. 왜 늦었는지 물어도 돼? 공적인 건 아니고, 사적으로 묻는 건데?
준희 늦잠, 잤어요.
성우 (걱정스레) 어디 아퍼?
준희 아뇨. (하며, 주머니에서 예쁜 사탕 몇 알 탁자 위에 놓으며) 이거 드세요.
성우 뭐야?
준희 (수줍게, 외면하고) 은수가 혼난다고, 이거로, 뇌물 드리라고. (성우 보고)
성우 (사탕 집어 보며, 편하게 웃으며) 니 부인, 참 재밌다. (준희 보며) 이거 아까워 먹겠니, 이뻐서? 니 부인 이쁘니?
준희 (웃으며) 네.

성우　몇 살이야?
준희　스물일곱이요.
성우　좋은 나이다. 나도 그땐 이뻤는데.
준희　지금도 괜찮아요.
성우　(어이없는 웃음) 괜찮아? 고맙다, 괜찮게 봐줘서. (약간 멋쩍은, 진심) 그리고, 지난 토요일, 고마웠다.
준희　속 괜찮아요?
성우　응. (하며, 사탕 보고)

그때, 하숙, 작업복 차림으로 들어오며.

하숙　(밝은) 야야, 거기 분위기가 왜 그러니? 위험하다, 위험해.
준희, 성우　(하숙 있는 쪽 보고)
하숙　(목장갑 손에서 빼고 앉으며, 준희에게 악수 청하며) 서준희 씨, 오랜만이야. 한 직장에 있어도 보기 힘드네.
준희　(일어나, 악수하고, 다시 앉으며) 네.
성우　(차 마시며, 하숙에게) 공장 찾아간 일, 잘 됐어요?
하숙　(차 마시며) 정인가마라는 곳을 찾았는데, 다섯 대나 내려왔대. (테이블에 놓인 사탕 먹으며) 맨날 냄비 뚜껑 같은 사람들이 만드는 얄팍한 작품만 보다가, 그거 보니까, 시쳇말로 뻑가드라. 700장만 우선 가져왔다.
성우　꽤 맘에 들었나 보네.
하숙　(준희 보며) 준희 씨, 요즘 김 작가 건 맡고 있죠? 잘 돼요?
준희　네.
하숙　언제 우리 임 과장님이 식사 한 번 하자시는데.
성우　언니, 임 과장님이라고 좀 부르지 마라. 남편한테 임 과장님이 뭐냐?
하숙　어때서? 우린 잠자리에서도 임 과장님이라고 부른다. (장난) 임 과장님, 옷 벗으세요. 임 과장님 저, 이불 속에 들어가도 될까요.
성우　(밝게, 웃으며) 정말?
준희　(성우 보고)
하숙　그래. (사탕 까 먹으며) 말 마라. 너 그 사람 말단으로 7년 있은 거 알지? 말단으로 7년 있다, 과장 발령받던 날, 그 감격스런 모습이라니..... 너 봤으면 울었을 거야. 난 그 이후로, 다짐했다. 부하가 상관 모시듯, 이 남잘 모셔야지, 해서, 복종하는 맘으로 잠자리에서도 난 최선을 다한다.

준희, 성우　(깔깔거리며, 웃고)

그때, 인부(앞과 다른) 문 열고 소리친다.

인부 1　김 사장님, 물건 좀 같이 내려놓자니까, 사람 불러온다드니 뭐 해요?

하 숙　저 아저씨가..... (뒤돌아보며) 아저씨 내가 잡부야, (준희 가리키며) 여기 이 남자나 데려가요.

준 희　(일어나며) 그렇잖아도 일어났습니다. (하고, 하숙의 장갑 들고) 이거 껴두 되죠?

## 씬 32. 전시실 밖.

트럭 세워져 있고,
성우, 사람들 들어가게 문 열어주고 있고, 인부 서넛, 물건 상자, 안으로 옮기고 있다.
준희, 등에 박스 여러 개 지고, 성우 앞 지나쳐, 들어가는,
성우, 그런 준희 보고.

하 숙　(성우에게) 야, 재 힘세다. 힘이 장난 아니네, 사내다, 야.

성 우　(웃으며) 술 한잔해보니까, 사내드라고.

하 숙　지들만 먹고.

성 우　다 됐는데, 들어가자.

하 숙　먼저 들어가. 착한 사장 소리 듣게 앞마당 좀 쓸고 갈 테니까.

성 우　같이 쓸까?

하 숙　그 차림으루? 난, 노동복 입었잖아. 들어가.

성 우　(웃으며, 들어가고)

하숙, 주차장 쪽으로 돌아서는데, 고급 승용차(외제차), 전시실 앞에 멈춰 서

고,
이 교수, 부인, 내린다.
하숙, 그 사람들 보고, 반갑게.

하 숙　어디 오세요? (전시실 가리키며) 여기죠?
이 교수, 부인　?
하 숙　(손바닥, 옷에 문지르고 다가서며) 반갑습니다.

## 씬 33. 전시실.

준희, 부인에게 전시실을 구경시켜주고 있다, 스쳐 지나가듯.

준 희　장오인 씨 작품이에요. 거실에 놓으면, 아주 좋을 겁니다.
부 인　(어색하게 웃으며) 저희가 쓸 게 아니라, 선물할 건데... 그리고 이건 너무 크네요.
준 희　그래요. 작은 소품들만 카달로그 만들어둔 게 있는데 보실래요?

카메라, 테이블 쪽으로 옮겨 가면,
하숙, 이 교수, 편안한 웃음 지으며 얘기하고 있다.

하 숙　생각 잘 하셨습니다. 갈비짝 들여다줘봤자예요. 먹으면 그뿐인데, 정년 퇴임 선물로 작품보다 더 좋은 선물, 없습니다.
이 교수　아내가 워낙, 알뜰해요. 이번에도 큰 결심한 겁니다.
하 숙　그래요. (하다가, 준희 보며) 서준희 씨!

준희, 부인 모시고 2층으로 가려다가 고개 돌려 보면.

하 숙　주 실장님 좀 모셔 와요.
준 희　네. (하고, 가려는데)

성우, 서류철 들고 내려온다.

준 희　사장님이 찾으세요.

성 우　(부인에게 목인사하고, 준희에게) 목소리가 얼마나 큰지 위까지 들려. (준희 만 듣게, 살짝) 위에 가서 현주한테 일 넘겨. 말 잘 못하잖아.

준 희　(수줍게 웃으며) 네.

성 우　(하고, 가려다 하숙 쪽 보고는 얼굴 굳어진다, 이 교수와 하숙은 서로 얘기하느라 성우 못 본다)

준 희　(가려다가, 성우 보며) 왜 그래요?

성 우　(어색하게) 아, 아니. (하고, 한숨 쉬고 내려간다)

준 희　(성우 보고, 시선 이 교수 쪽으로 주고)

## 씬 34. 전시실 테이블.

성우, 조금은 굳은 얼굴로 서류를 보고 메모하고 있다.
이 교수, 어색한 얼굴로 차 마시고 있다.

하 숙　(이 교수 보며) 우리 주 실장님한테 설명 들으세요. 전 원래 노가다, 아니 막 일하던 사람이라 말을 잘 못해요. (일어나며) 좋은 쪽으로 일이 마무리되면 좋겠네요. 돈 좀 벌게. (성우 툭 치며) 갈게. (하고, 나가고)

이 교수　(하숙, 어색하게 웃고 보내고, 굳은 얼굴로 성우에게로 시선 둔다) .....

성 우　(서류만 보며, 사무적으로) 작품 어디다 두실 거예요? 거실에 놀 거면, 조명이 필요한데, 조명이 없으시면, 저희가 업체를 소개해드리겠습니다.

이 교수　(답답한) 여깄는 줄, 몰랐다.

성 우　(서류만 보며, 무관심한) 물론 아셨으면, 피해 가셨겠죠.

이 교수　정말이야.

성 우　(서류만 보며) 저도 이 교수님이, 여기 오실 줄 몰랐어요.

이 교수　(주머니에서 명함 꺼내 성우 앞에 밀며) 연락해라.

성 우　(눈만 들어, 이 교수 본다. 어이없고, 황당하다) ......

이 교수　만나서 얘기하자. 다시, 만나고 싶다.

성 우　(조소 섞인 웃음 입가에 슬며시 내비치고) 왜요? 왜 날 만나고 싶어요?

이 교수　(달래는) 성우야...

성 우　(눈가에 분노 일지만, 간신히 참고) 만나서, 왜요? 또, 차려구?

이 교수　(성우, 답답하게 보고)

성 우　(웃으려 하지만, 잘 되지 않아, 입가가 파르르 떨린다)

## 씬 35. 성우 사무실 앞.

준희, 부인과 사무실에서 웃는 얼굴로 나온다. '다음에 연락 드릴게요, 그러세요.' 등등의 인사 오가는 중이다.
성우, 복도 저 끝에서 성큼성큼 화난 얼굴로 걸어온다.
준희, 부인(성우 못 보는)을 엘리베이터에 태우고, 성우를 본다. 엘리베이터 닫히고 있고,
성우, 사무실로 들어가려다가 엘리베이터에 시선 둔다. 굳은 얼굴,
준희, 사무실로 들어가려다 성우 보고 멈춰 선다.
성우, 준희 외면하고 사무실로 들어가고.

## 씬 36. 사무실 안.

성우, 한숨 쉬고, 머리 쓸어 올리며 간신히 화 참고 컴퓨터 치고 있다.
준희, 서류에 뭔가 적으면서도 성우가 자꾸 눈에 들어온다.

## 씬 37. 문화센터 강의실 복도.

강의실에서 들려오는 왁자지껄한 분위기.

## 씬 38. 강의실 안.

영희, 가운데 두고 선주, 유란 앉아 있다. 강의 시작 전이다. 군데군데 모여 앉은 주부들 작게 소란 피우고 있다.

선주　(호들갑스럽게, 손뼉을 치며) 어머머머, 어머머머, 이게 무슨 일이니? 이게 웬 일이니? 동네, 동네, 오빠! 어머머머나. 웬 동네 오빠! (하며, 손뼉을 치며, 혼자 신났다)

영희　(선주를 맘 안 들게 보며, 구시렁) 원숭이가 따로 없네. 손뼉 치고, 입 벌리고...... (노트 보고)

유란　(웃음 띤, 선주에게) 그만해. 남들 봐.

선주　(아랑곳 않고, 영희에게, 흥분된 목소리로) 그 선생님, 아니 아니, 너한테 오빠니까, 나한테두 오빠지, 그 오빠...... 혼자래?

영희　(선주 맘 안 들게 보며) 혼자면, 뭐 하려구?

유란　(웃고)

선주　묻는 말에만 대답해, 혼자래?

영희　(말하기 싫다) 둘이래.

선주　(실망하지 않고) 그 오빠, 고등학교 때 공부 잘했니? 반장 했어?

유란　별걸 다 묻네.

영희　(선주 보며, 떨떠름하게) 몰라...... 그 오빤 남자 학교 다니고, 난 여자 학교 다녀서.... 몰라. 그건 안다. 그 오빠 아버지가 동네 통반장 하셨어. 됐니?

선주　아버지도 멋지시네. 근데, 내가 보기엔 그 오빤 분명 반장 했을 거야. 얼굴 봐라, 완전 반장감이지. 멋있다, 얘.

영희　(한심스럽다) 이제 니 궁금증 다 풀렸지? 야, 송선주, 너 내가 묻는 말에 모두 답해주면, 비밀 지킨다고 했지, 그거 잊지 마. 그거 안 지키면 너 나한테(주먹 들어 보이며) 죽어.

유란　(너그러운 웃음기) 잘 논다.

선주　(영희, 떠보듯) 영희야, 너 그 오빠한테 왜 과분 거 숨겨? 챙피해?

영희　(말하기 싫지만) 챙피해. (쏘아보며) 들통 안 나게 해.

선주　(잘난 척) 글쎄, 난 이렇게 생각해. 거짓은 오래 못 간다. 반드시 뽀록난다.

영희　난 그렇게 생각 안 해. 니 입만 잠재우면, 이건 완전범죄 될 수 있어. (떠보듯) .... 너, 그 오빠 좋아하지?

유 란　(영희에게 말리며) 민망두 하다. 그만들 해.

영 희　(유란 가만히 있으라고 툭 치며, 선주에게) 그 오빠... 환심 사고 싶지?

선 주　(잘난 척) 솔직히.... 조금.

영 희　환심 살 방법.... 갈쳐줄까?

선 주　?!

영 희　나, 남편 있다고 하면, 그 오빠가 혹여 나한테 맘이 있다고 해도 설마 감히 유부녀를.....?

선 주　(솔깃하는) 근데?

영 희　니가 그 오빠한테 이러는 거야. 영희는 유부녀다, 그러나 나 송선주는 임자 없는 과부다, 나랑 연애하자.

유 란　(어이없다) 아이고, 아이고, 갈수록....... 태산이다.

선 주　(영희에게 눈 반짝이며) 과부라면.... 좋아할까?

그때, 벨 울리고 현철 들어서며, 영희에게 슬며시 눈길을 준다.
영희, 고개 숙이고 있고,
선주, 현철 보고 영희 보며.

선 주　(작게) 야, 저 오빠가 너 봤어.

영 희　(짜증나고)

## 씬 39.　신문사 내 커피숍.

영희, 유란에게 이끌려 커피숍 들어서고 있다. 영희, 가방 들고 가려 하고, 유란, 자리에 앉히려 하고 있다.

영 희　(뿌리치며) 유란아, 너까지 왜 이래, 정말?

유 란　(영희 앉히려 하며) 앉아. 우리가 그냥 간 줄 알면, 선주 개가 또 얼마나 우릴 씹을까. 잠시 앉았다가, 차 한잔 마시고 가자.

영 희　이불 빨래해야 돼, 싫어, 갈 거야.

유 란　(억지로 앉히며) 앉어. 그래도 선생님인데, 오시래놓고 가면 예의니?

영 희　난, 그 오빠 오라고 그런 적 없어.

유 란　그래도 있어. 그게 예의야. (농담) 그리고 나도 덕분에 외간 남자랑 차 한번 마셔보자. 맨날 보기 싫은 남편 얼굴만 보자니, 나도 질린다, 얘.

영 희　어쨌든 난 싫어, 갈 거야. (하고, 일어나 돌아서는데)

문 열리고, 선주, 현철을 끌다시피 해 들어온다.
영희, 굳은 듯 그 자리에 서고.

선 주　오래 안 잡을게요, 차 한잔만, 차 한잔만 하고 가세요, 선생님.

현 철　(팔 빼려 하며) 알겠습니다, 알겠으니까, 이거 놓으시고.....

난감한 얼굴로 고개 드는데, 영희 보고, 영희 무표정하게 현철 보고.

시간 경과.

선주, 유란 사이에 현철 앉아 있고, 영희, 현철과 마주 보고 앉았다. 영희는 떨떠름한 표정으로 차 마시고, 유란은 재미있다는 표정으로 차 마시고, 선주는 현철에게 질문 공세를 하고, 현철은 선주의 말에 억지로 답하면서 영희 간간이 보고 있다. 모두들 찻잔 앞에 놓고 있다.

선 주　(현철에게 바짝 다가앉아) 어머머머, 지금, 지금 공덕동, 공덕동 사신다고 하셨어요?

현 철　(억지웃음에 영희 눈치 보면서) 네... 네.

선 주　(신났다) 어머머머.. 우리 친정이 그쪽이에요. (영희 보며) 야, 야, 너두 알지, 너두 알지, 울 엄마 공덕동 왕발인 거, 잘하면, 울 엄마, 오빠 알겠다.

현 철　(오빠라는 소리에 놀라) ?

영 희　(황당하다) !

선 주　(아랑곳 않고) 공덕동 로터리에서 아현동 쪽이세요, 아님 용마루 쪽이세요?

현 철　용, 용마루 쪽입니다.

선 주　어머나! 우리 엄마두 용마루 쪽인데 어떻게 이런 인연이 다 있니?

유 란　(웃다가, 차 흘리고, 입 닦으며, 현철 보고) 죄송합니다. 좀 웃겨서... 죄송합니다.

영 희　(딴청 하며, 떨떠름한) 좀 웃기긴, 많이 웃긴데.

현 철　(영희 보고)

선 주　(영희 보며, 아무것도 모르겠단 얼굴로) 무슨 소리야? 뭐가 많이 웃겨?

영 희　(선주 똑바로 보며) 너 말이야. 너 많이 웃긴다고. 여기 이 오빠, 아니 주 선생님이 니네 엄마랑 한동네 사는 게 뭐 그리 대단한 일이라고 호들갑을 떠니, 너? 옛날에 우리 동네에, 조용필, 나훈아 다 살다 갔어. 그렇다고, 그 사람들하고 나하고 그렇고 그런 사이라고 말할 순 없지. 이 좁은 나라에 여기 아니면, 저기 살겠지. 그게 뭐 별난 일이라고 방정을 떨어, 떨긴. (가방 들고, 일어나며) 나 일어날래. (하고, 나가려 한다)

현철, 유란　(난감한 얼굴로 영희 보고)

선 주　(싫은) 재가..... 야, 8번 너 거기 서!

영 희　(돌아보면)

선 주　(새침 떨며) 반장 명령이야, 앉아. (현철에게) 재 학교 다닐 때 8번이었어요. 키가 좀 작잖아요.

유 란　(선주 눈치 주며) 얘가, 얘가 또 시작이네. 우리들끼리 하는 짓을..... 남 앞에서.... 왜, 이름 놔두고, 번호 불러, 죄수처럼.

영 희　(선주 꼬나보며, 성질 참고) 줄반장, 8번 간다. 잘 있어. (하고, 가버린다)

현 철　(서운하고, 답답하고)

유 란　(난감하다, 가방 들며) 얘, 영희야, 같이 가. (하고, 현철에게 인사하고) 저두 가볼게요. 차 드시고, 가세요.

하고, 일어서려는데, 선주 잡으며.

선 주　앉아. (유란 손 안 풀고, 현철에게) 영희가요, 왜 저렇게 과민하게 된 줄 아세요?

유란, 현철　?

선 주　(속삭이듯) 재요, 과부예요, 과부. 원래두 별나긴 했지만, 남편 죽고, 더 별나졌어요.

현 철　(차 마시려다가) ?!

유 란　(선주 황당해, 보고는, 벌떡 일어나) 야.... 너.... 너.... (더는 말을 못 잇고) 나 갈

래. (하고 나가고)

선 주　(유란에게) 야, 유란아, 어디 가!

현 철　(골똘히 뭔가 생각하다, 영희 간 쪽 보는)

## 씬 40. 신문사 앞.

영희, 씩씩대며 가며.

영 희　(구시렁) 주책, 주책, 주책바가지.....

유란, 뒤좇아 뛰어오며.

유 란　영희야..... 영희야.....

영 희　(아랑곳 않고, 가고)

유 란　(영희 잡으며, 헉헉댄다) 여, 영희야.......

영 희　(짜증스레 보며) 왜 그래?

유 란　선주가..... 선주가....

영 희　선주 얘기 내 앞에서 꺼내지도 마. 나, 그 기집애랑 다신 말두 하기 싫으니까.

유 란　그게 문제가 아니야. 그게 문제가 아니야.

영 희　그럼, 뭐가 문제야? (돌아서고)

유 란　(불안한) 있잖아. 선주가....

영 희　(돌아보고) ?

유 란　선주가, 그 푼수가..... 그 선생한테... 불었어.

영 희　!

유 란　(걱정스레) 너 혼잔 거, 과분... 거.....

영 희　(정신이 나갈 지경이다, 가라앉은) 뭐, 라구?

유 란　어, 어쩌니? 여, 영희야.....

영 희　하! (너무 황당해, 어이가 다 없다, 한숨 쉬고, 돌아서 가는데 눈물이 다 그렁하다)

## 씬 41. 은수 갤러리 문 앞(실내).

은수, 손님 1, 배웅하고 있다.

은 수 (문 열어주고) 고맙습니다. 그럼, 낼 오전 중에 배달해드릴게요.
손님 1 결제는 그때 합시다.
은 수 (인사하며) 네, 안녕히 가세요.

하고, 문 닫고 테이블로 돌아와 널려 있는 포트폴리오 챙기는데,
인정, 작업실에서 작업복 차림으로 나와 은수 앞에 와 말한다.

인 정 (눈치 보며) 이 기자님, 안 오셨어요?
은 수 (보며) ?
인 정 문소리 나는 것 같던데?
은 수 (웃으며, 챙기며) 넌 작업하면서도 문소리가 들리니, 그러니 작업이 제대로 될 리가 있어?
인 정 (눈치 보며) 오늘 안 오세요?
은 수 (보며) 걔가 허구헌 날 여길 왜 와? 여기가 걔 직장이니, 집이니?
인 정 싸우셨어요? 지난번에 두 분 만나셨을 때, 기분 별루로 보이던데....
은 수 (장난기) 그래, 싸웠다, 어쩔래?
인 정 (밝게) 제가 두 분 화해시켜드릴까요?
은 수 니가 어떻게? (놀리듯) 너, 동진이한테 전화하고 싶어서 그러지?
인 정 할까요? (전화기 들고) 메모리 2번이죠? (전화기 버튼 2번 누르고)
은 수 (그런 인정, 밉지 않게 보고 웃고)

## 씬 42. 신문사 사무실.

부산한 신문사 실내,
동진, 컴퓨터로 기사 쓰고 있는데, 책상 앞 전화벨 울린다. 동진, 전화 받고.

동 진　네, 이동진입니다. (사이) 여보세요?

은 수　(E) 인정아, 너 어디 가?

동 진　은수니?

은 수　(E) 그래 나야.

동 진　왜 전화 걸고 말을 안 해.

## 씬 43. 은수 갤러리.

은수, 전화 받으며 작업실 쪽 보고 있고, 작업실 문 안쪽에서 인정, 빼꼼히 은수 쪽을 보고 있다.

은 수　내가 건 게, 아니라 인정이가 건 거야. 오해하지 마. 뭐가 수줍은지, 니 목소리 듣자마자 전화기 놓고 도망쳤다야.

인정, 웃으며 문 닫고, 작업실 안으로 들어가 안 보이고.

은 수　(편하게 장난스럽게) 그때 얘긴 그만하자. 솔직히 다신 너 안 볼라 그랬어. 사람 맘 안 좋은 줄 뻔히...... 너 너무 잔인한 거 아니니? (웃음기) 아이고... 아이고... 뭐? 니가 나 좋다 그럼, 내가 너보고 연앨 하잘까 봐 그랬다고? 뻥두 잘 쳐, 암튼. (하면서도 웃고)

## 씬 44. 동진의 사무실.

동 진　(편히 웃으며) 이제 너답다. 고맙다. 빨리 제자리로 돌아와줘서, 오늘? 오늘은 기사 쓰는 날이야.... 별 사건두 없구.....

그때, 동진 옆자리에 사진기자 앉으며, 동진에게.

기 자　술 사라.

동 진　? (송화기에 대고) 은수야, 잠깐만. (기자 보며) 뭐야, 형?

기 자　(은밀하게) 세미라는 튀기 여자애 찾았다며? 걔 금수장에 있대, 확실한 정보통이야.

동 진　!

기 자　빨리 뛰어! 영국 선배도 걔 찾는다더라, 유력한 용의자라구.

동 진　(수화기에 대고, 급하게) 은수야, 낼 다시 전화하자. 그래, 그래. 끊는다. (끊고, 가방 들고 총알처럼 뛰쳐나가고)

## 씬 45. 신문사 복도.

동진, 급하게 뛰어나간다.

## 씬 46. 성우의 사무실 앞.

현주(무표정), 재석(현주 의식하는), 미선, 퇴근하기 위해 사무실 문 열고 나와 걸어간다.
재석, 현주 괜히 툭 친다.
현주, 모른 척한다.
재석, 다시 현주를 툭 친다.
현주, 꼬나보며.

현 주　김 대리님, 저한테 할 말 있으세요? 왜 사람을 툭툭 치고 그래요?

재 석　(장난치는) 그냥...

미 선　(눈 흘기며) 두 분 또 싸우시네. 으이그, 싸우는 거 보기 싫어, 나 먼저 갈래요. (가고)

재 석　(현주를 또 툭 친다)

현 주　자꾸 왜 그러세요?

재 석　(놀린) 왜 그러긴, 못 먹는 감 찔러나 보는 거지?

현 주　그러세요, 전 감이 아니라, 고슴도친데, 잘못 찌르시면 다치실 수도 있는데.. 경고예요, 조심하세요.

재석, 또 툭 치려는데, 현주, 이때다 싶게 치는, 재석의 팔을 있는 힘껏 꼬집는다.

재 석　악!
현 주　(손바닥 벌려, 재석 오지 못하게 하며) 우리 따로 가죠, 남들이 붙어다니는 거 보면, 오해해요. 따로 다녀요.
재 석　(아픈 얼굴로) 싫어.
현 주　그럼 맞는다. (하며, 발로 정강이 걷어차고)
재 석　악!

## 씬 47. 사무실. 밤.

성 우　(O. L, 무섭게 가라앉은) 지금 뭐라는 거예요?
이 교수　(E) 만나자. 만나서 얘기하자. 성우야, 난 아직 안 끝났어.
준 희　(성우 안색 살피는) ?
성 우　(한숨 몰아쉬고, 가라앉은) 난 끝났어요. (사이) 이 교수님? 나, 서른셋이야. 내가 교수님 만났던 게 스물둘이었던 거, 기억해요? 그땐, 무슨 잘못을 해도, 용서될 수 있었던 나이예요. 근데, 지금은, 아니야. (비웃음 띤) 오늘 교수님 부인이, 집 전화번호를 남기고 가셨어요. (또박또박) 이제는, 당신이 전화하면... 부인한테 전화해..... (강조) 당신 남편, 바람났다. 그렇게 얘기할 수 있을 만큼, 나 독해졌어. 거래 안 해도 좋아. 전화하지 마. (하고, 끊는다)
준 희　(걱정스레 성우를 본다)
성 우　(컴퓨터 치려다, 한숨 쉬고, 전화선 뽑아버리고, 다시 컴퓨터 치며, 준희 시선 느끼고, 안 보고) 뭘 자꾸 봐. 보지 마. 어서, 가.
준 희　낮에, 왔던 분 누구예요?
성 우　(웃지 않고, 담담한) 가라. 넌, 뭐가 그렇게 나에 대해 알고 싶은 게 많아. (일하는)

준 희　(고개 숙이고, 한숨 쉬고, 멋쩍게 작게 미소 띠고) 그러게요.

성 우　(고개 들고, 보는) ?

준 희　(고개 못 들고) 저, 좀, 이상해요.

성 우　(무슨 말하는지 모르겠다) ......

준 희　(작게 미소 지으며, 성우 못 보고) 그냥, 자다가 아니면, 길을 걷다가.... 운전하다가... 자꾸.....

성 우　?

준 희　(고개 들고, 성우 보고, 담담하게) 자꾸, 선배가 보여요.

성 우　(준희 보는) ?!

준 희　(성우 보는) .......

그런 두 사람 한 화면에 잡히고.

## 씬 48. 번화한 거리, 밤.

동진, 출구 주변을 두리번거린다, 그러나 세미, 장어 어디에도 없다. 동진, 한숨 몰아쉬고, 이번에도 놓쳤다 싶은데.

세 미　(E) 내놔!

동 진　(뒤돌아) ?

## 씬 49. 강남역 부근, 나이트클럽 앞.

사람들, 더럽다는 듯 슬쩍슬쩍 피해 가고, 세미(얼굴에 매 맞은 상처, 옷 찢기고, 맨발), 뛰어와, 신사복 입은 젊은 남자의 넥타이를 잡은 채 싸우고 있다. 장어, 세미의 윗옷 들고, 울며 나이트클럽에서 뛰쳐나와, 가슴 아픈지 헉헉대며, 세미의 발 한쪽을 안고 쓰러지듯 주저앉아 '세미야, 세미야.' 하며 울고 있다.

세미 (무섭게 가라앉은) 내놔.

남자 뭘 내놔? 썅!

세미 치료비 내놔!

남자 치료비? (칠 기세) 이걸 그냥, (참고) 야, 니가 맞을 짓 안 했는데 내가 쳤냐? 너, 쓰리꾼이지?

세미 (고개 흔들며) 아니야.

남자 웃기지 마. 니들 같은 애들, 열이면 열이 다 쓰리꾼이야. 너 같은 기집애 한두 번 상대해본 줄 알어? 내가 화장실 들어갔을 때, 내 주머니 슬쩍하고 토낄라 그랬지?

세미 (무섭게 가라앉은) 그런 적 없어.

남자 근데, 어떻게 내 지갑이 테이블 위에 뒹굴어?!

세미 지갑이 지 발로 걸어 나왔나 보지. 난, 쓰리 안 쳤어.

장어 (울면서) 우린 정말.... 정말.... 쓰리꾼..... 아니야.... 형.....

세미 (장어 보고, 화나는 것 참고, 눈가 그렁해지고, 이 앙다물고, 남자 보며) 좋아, 치료비 필요 없어, 거래하던 거, 마저 해. 놀던 거 마저 놀아.

남자 (장어 보고, 세미 보며 야비하게) 놀자구? 좋지? 단, (장어 보며) 저 자식 여기서 보내. 홀엔 물론, 근처에도 얼씬거리지 못하게 해.

장어 (세미 발목 잡고, 울며) 세미야... 나 버리지 마........ 버리지 마라.....

세미 (장어 보고 맘 아픈 것 참고, 넥타이 놓고 눈물 그렁해, 남자 보며) 좋아, 좋아.

남자 (야비하게, 웃으며) 그럼 가자.

하고, 가려는데 누군가 남자의 팔을 붙든다. 남자 돌아보면, 동진이다.

남자 넌 뭐야?

동진 (무섭게 보며, 조용한) 꺼져.

세미 (동진 보고, 입술 파르르 떨리고) 거기가 무슨 상관이야.....

동진 (남자 보고, 무섭게, 가라앉은, 세미 보고, 남자 보며) 재 진단 5주짜리야. 5주면, 너 구류 족히 4주는 살어.

남자 뭐?

동진 재 감방 갈 애야. 너까지 처넣기 전에 (큰소리) 꺼져! (넥타이 잡아당기며)

가, 드런 자식아!

남 자　(무섭다) 뭐, 뭐야, 너... (뒷걸음치며) 이것들, 전부 한 팬가 보네..... 에이... 재수 없어.... (하고, 가고)

세 미　(남자 따라가려 하며) 거기 서!

동 진　(세미, 팔 잡으며) 너, 나 따라와.

세 미　(몸부림치며) 이거, 놔!

동 진　(거칠게 뺨 치고)

세미(분노), 장어 놀라 동진 보면.

동 진　(세미, 잡아 제 얼굴 앞에 바짝 잡아당기며, 무섭게, 큰소리) 내가, 이렇게 살지 말랬지?! 동생 같아서, 충고한다 그랬지?! 니들 무슨 짓을 저지른 거야. (버럭) 무슨 일을 저지른 거야!

세미와 동진, 팽팽한 눈빛 주고받는 데서, 엔딩!

# 4부

나한테 사랑은 그 사람 땜에 잠 못 자고, 가슴 설레고,

참 많이 아픈 거예요.

사랑이 뭔지 나도 잘 모르겠지만...

그래도 내 생각에는요, 사랑은 있어요.

## 씬 1. 강남역 부근.

장어, 세미의 다리 한쪽을 붙들고 울고 있고,
동진, 세미 서로 팽팽하게 보고 있다.

장어 (울면서) 싸우지 마. 싸우지 마. 형, 집에 가. 형, 형네 집에 가라. 염병, 집에 가.....

동진 (무섭게 가라앉은) 니들, 무슨 일을 저지른 거야?

세미 (동진, 뚫어져라 본다, 비참한 기분에 아무런 말도 하고 싶지 않다) ... 가세요.

동진 너, 네 시에 어딨었어? 다섯 시에, 어딨었어?

세미 (참담한 기분에 비아냥거리며) 왜요? 또 무슨 사건 났어요?

동진 말해.

세미 (동진에게서 눈길 안 피하고, 주머니에서 명함 꺼내 보이며, 또박또박) 네 시엔, 이 아래, 서브랜드에서 놀았어요. 거기서 삼만 원 벌었구.... 다섯 시엔.. 방금 그 손님이랑, (턱짓으로 나이트클럽 가리키며) 저기서, 놀려다가 틀어져서, 지금, 여깄어요. (비아냥거리며) 이제 됐어, 기자 나리?

동진 (고삐 안 늦추고) 어제 삼보여관에 갔어, 안 갔어?

장어 (여전히, 울면서) 형, 집에 가라. 형, 집에 가.

세 미　(장어 내려다보고, 동진 보는데, 처량 맞은 생각에 눈물이 그렁해지는 것 참으며) 나, 그 사람 안 죽였어, 모르나 본데, 범인 아까 잡혔어.

동 진　(안도의 한숨 쉬고) 당분간, 이 근처 얼씬거리지 마. 괜히, 다치지 말고. 행려자 일대 단속 있어. (한심스레 장어 세미 보고, 돌아서고)

세 미　(그런 동진 보고, 화나, 눈가 그렁해지며) 야.

동 진　(돌아보면, 기분 나쁜) ?

세 미　니가 뭐야? (버럭) 니가 뭔데 날 그렇게 봐!

동 진　(한 대 치고 싶다) ?

장 어　세미야.. 그러지 마, 소리치지 마.

세 미　(눈가 그렁한) 니가 뭔데, 날 버러지, 쓰레기 보듯 해? 내가 너한테 돈을 달랬어, 밥을 먹여달랬어?!

동 진　(한심하게 본다, 열 받아 대꾸하기도 싫다) ......

세 미　(눈물 나는, 악에 받친) 우리가 이렇게 사는 데, 니가 뭐 보태준 거 있어? 너 잘산다고, 너, 잘났다고 재는 거야, 뭐야? 우리도 부모 잘 만났으면 이러고 안 살어. 우리라고 이러고 살고 싶어, 사는 줄 알어?

동 진　(세미 바로 보고) 이렇게 살고 싶지, 않아? .... 그럼 안 살면 되잖아. 부모를 잘못 만나, 그래? 부모 잘못 만난 사람들은 다, 너처럼 사니? 그게 이렇게 사는, 변명이야?!

세 미　(눈물이 머리끝까지 찬다) 그래, 변명이야. 한 가지 물어요. 아저씨는, 아저씨 형제가 죽어가면, 약이 없어, 약값이 없어 죽어가면.... 어쩔래요?

동 진　?

세 미　(악 받치는) 나처럼, 얼굴이라도 팔아서, 아니... 몸이라도 팔아서, 살리고 싶지 않겠어?!

동 진　!

세 미　(크게 한숨 쉬고, 머리 쓸어 올리며) 더 이상, 구차해서 말하기 싫어. 전번에 준 5만 원, 잘 썼어요. 다신 길거리에서 부딪쳐도 우리 아는 척하지 마. 여기까진 한두 번 본 안면 때문에 대꾸해준 거예요. 하지만, 다음부턴 안면이고 뭐고 없어.

동 진　(세미가 한 말 무슨 말인지 몰라, 상관하기 싫어, 돌아서려는데)

세 미　장어야!

동 진　(돌아보고)

세미, 자신의 다리 잡고 있던 장어(다리 잡고, 땀 흘리며 기절한)를 부둥켜안고 흔들며 소리친다.

세 미　(하고, 장어에게) 장어야, 너, 왜 그래, 정신 차려! 정신 차려!
동 진　(어느새 세미 옆으로 와, 장어 보고, 세미 보며) 얘, 왜 이래! 왜 그런 거야!
세 미　(장어 안고, 동진에게 울며 소리치는) 저리 가!
동 진　!

## 씬 2. 성우의 사무실, 전경.

## 씬 3. 사무실, 안.

성 우　(눈만 빼꼼히 들어, 준희 보는) 너... 지금 뭐라 그랬어?
준 희　(괜히 얼굴 긁으며(긁는 손 조금 떠는), 어색한 웃음 지으며) 그냥요... 선배 생각이 난다구요. (성우 안 보며, 어이없는 웃음) 선배 닮은 사람한테, 말을 걸었는데, 챙피당했어요. (편하게, 성우 보며) 선배가 좋은가 봐요, 선배 생각이 자꾸 나는 거.... 보니까......
성 우　(입가에 웃음 지으며, 동생한테 대하듯) 얘 봐라, 야, 나 좋아해서 뭐 할려구......
준 희　(성우 보며) 선배로서 좋다구요. 오해하지 마세요.
성 우　(조금 장난기 있는) 물론 선배로서겠지, 설마 여자로서겠니? 하지만, 난, 너 별로야. 그리고 특히, 난, 유부남은 아주 별로야. 왜냐? 심하게 당한 경험이 있거든. (그러다, 갑자기 이 교수 생각이 나서 입안이 쓰다, 작게 한숨)
준 희　(성우 보고, 걱정스런) 낮에, 온 사람이에요?
성 우　(애써 웃음 띠려 하며) 둔하게 봤더니 눈치가 있네. 엎친 데 덮친다는 말 있지? 세상일이 정말 그렇다. 으른들 말씀 틀린 게 없어. 아주, 오래된 일인데.... 하두, 하두, 안 부딪히길래 죽은 줄 알았었는데... 평생 안 보게 될 줄 알았었는데.....

준 희　(할 말 없어, 말꼬리 돌리는) 저녁 안 먹었죠, 라면 먹을래요?

성 우　(멋쩍게 웃고, 장난기 가득한) 또 데이트하자구? 우리 애지간히 서로 붙어 다니자. 보면 정들고, 정들면 큰일 나. (협박하듯, 웃으며) 난 한 번 사랑하면 목숨 걸고 사랑하거든.

준 희　(성우 그 말에, 편하게 웃고, 자리에서 일어나 갈 준비하고, 성우 본다) 우유라도 한 잔 드시고 일하세요.

성 우　(편하게) 그래. 참, 너, 공예작가, 메탈 쪽으로 아는 사람 있니? 한번 알아봐. 세검정, 이효진 여사가, 양수리 쪽에 샵을 내는데, 느낌을 그쪽으로 잡더라. 있어?

준 희　한 사람밖에 모르는데.....

성 우　누구?

준 희　은수가 메탈 해요.

성 우　낼 회사로 들어올 수 있니?

준 희　(멋쩍은 웃음) 걔 좀, 비싼데....

성 우　(웃으며) 얘 정말 웃긴 애네. (장난기) 명령이야. 7대 3으로 뽑아. (일하고)

준 희　성우 선배.

성 우　(고개 들어 보면)

준 희　(어렵게) 선배가 전에 그랬죠? 사랑 같은 건 없다고.

성 우　?

준 희　(말하기 쑥스럽고, 어렵다) 내가 한 말 기억하는지 모르겠어요. 나한테 사랑은 그 사람 땜에 잠 못 자고, 가슴 설레고, 참 많이 아픈 거라고 했던 거... (성우 보며) 성우 선밸 보면, 이상하게 내 맘이 참 (어렵게) 아퍼요.

성 우　(무슨 말인지 모르겠다) ?

준 희　(성우, 눈길 피하며, 웃으려 하지만 잘 안 된다) 사랑이 뭔지 나도 잘 모르겠지만, 경험도 별로 없고, 그래서 성우 선배처럼 단정적으로 자신 있게 말할 자신은 없지만 그래도 내 생각에는요.

성 우　(가라앉은) 니 생각에는?

준 희　내 (생각하는) 생각에는... (단호한) 사랑은 있어요.

성 우　(준희, 보는)

## 씬 4. 복도.

준희, 사무실 나와 걸어가다가 문득, 다시 사무실 쪽 보는.

## 씬 5. 사무실 안.

성우, 낮에 준희가 준 사탕을 이리저리 보며, 생각 많은, 그러다, 출입구 쪽으로 시선 가고.

## 씬 6. 은수의 갤러리 안.

은수와 인정, 인부 서넛, 지방으로 갈 건지, 작품들을 포장하느라 분주하다. 인정, 은수, 한쪽에서(창가 쪽) 땀방울이 송골송골 맺혀 일하고 있다.

인 정 (힘든, 은수에게) 너무 힘들다. 선생님, 이거 저 아저씨들보고 다 하라 그러면 안 돼요?
은 수 (인정 보고)
인 정 우리 토껴요? 잠시 쉬어요. 목욕 가요, 네?
은 수 (말 같지도 않다) 인정아.
인 정 (반갑게) 네?
은 수 너, 짤리고 싶니?
인 정 (얼버무리듯 웃으며) 아뇨. 선생님, 우리 일해요. (하고, 다시 일하고)

은수, 웃는데, 유리문 노크하는 소리 들린다. 은수, 보면,
준희, 손 흔들며 유리문 밖에서 환하게 웃고 있다.

## 씬 7. 여관 전경, 밤.

## 씬 8. 여관 안내실.

동진, 돈 계산을 하며, 방 쪽을 물끄러미 본다.

## 씬 9. 여관방 안.

세미, 벽에 기대 넋 놓고 앉아 있고,
장어, 죽은 듯 모로 누워 있다.
잠시 후, 문 열리고 동진 방 안으로 들어와 앉아, 담배 피워 문다.

세 미 (동진 안 보고) 고마워요. 방값은 나중에 돈 벌어 갚아드릴게요.
동 진 (담배만 피우고)
세 미 가세요.
동 진 쟤 왜 저런 거야?
세 미 (건성) 몰라요.
동 진 (세미 맘에 안 드는) ?
세 미 아파서 그렇겠죠, 뭐.
동 진 좀, 진지하게 말 못해?
세 미 (동진 보며, 비아냥조) 진지하게 말하면, 뭐가 달라져요?
동 진 (세미 보고, 가라앉은) 쟤 어디가, 어떻게 아픈 거야?
세 미 맘이요. 맘이 아프대요.
동 진 ?
세 미 (동진 안 보고, 건성으로) 옛날에... 날 아주 이뻐한 사람이 있었어요. 돈 많은 아저씨였는데, 맨날 맨날 나한테 잘 보이려고 무던히 애를 썼어요. 밥두 맛난 것만 사주고, 용돈두 많이 주고, 그리고도 모자라 맨날 넌 뭘 갖고 싶니? 넌 소원이 뭐야? 그랬어요.
동 진 .....
세 미 (쓴웃음 지으며) 그래서, 어느 날 말했죠. 난 장어가 병 낫는 게 소원이다. 제발 좀 고쳐달라, 그랬더니 순순히 '그러마.' 그러대요. 그리곤, 무슨 병이냐고 묻더라구요. 말했죠. 잰 맘이 아퍼요. 심장병이죠.

동진　?!

세미　(대수롭지 않게) 그 다음부터, 그 아저씬 날 찾지 않았어요. (동진 보며, 비아냥조) 아마 그 사람은 내가 무좀 같은 걸로 고민하고 있다고 생각한 것 같아요.

동진　(착잡한, 등 돌려 자는 장어 보며 담배 피우는)

세미　(동진 보며) 어떻게 해줄 것도 아니면서, 그렇게 슬픈 척하지 마세요, 역겨우니까.

동진　(고개 돌려 조금은 짜증스레, 세미 본다)

세미　(니가 보면 어쩔 거야, 하는 눈빛으로 동진을 본다)

동진　(기분 가라앉히고, 설명하듯) 세상 사람들은 니가 생각하는 것만큼 돈이 많질 않아. 도와줄 수 없다고, 걱정도 해선 안 되니? 말로라도 걱정해주고, 위로해주고, 그러는 게 사람들 간의 정이고, 도리야.

세미　(비아냥거리며) 그래서 걱정했다, (비웃음) 감사해요.

동진　(말이 안 통한다 싶은지, 한숨 쉬고, 담배 끄고, 주머니에서 지갑 빼, 돈을 꺼내 몇만 원 바닥에 놔주고, 세미 보며) 약값에 보태라. 미안하다. (한숨 쉬고) 니들도 나 보고 싶지 않겠지만, 나도 진짜, 다신 니들 안 봤으면 좋겠다. (일어선다)

세미　(따라 일어난다)

동진　(보면)

세미　마지막, 보는 건데, 배웅 정도는 해야죠.

동진, 씁쓸하게 문 쪽으로 가서 문 여는데,
세미, 그사이에 동진 윗옷 주머니에서 지갑을 슬쩍한다.
동진, 그것도 모르고 세미 한 번 쓰게 보고 문 닫고 가고,
세미, '안녕히 가세요.' 하고 문 닫고, 지갑을 열어, 카드 하나를 빼고, 자기한테 있던 다른 카드를 끼워 넣는다. 그리고는 지갑 접다가, 다시 열어 동진의 명함 하나를 꺼내 주머니에 넣고, 문 연다.

## 씬 10. 여관 복도.

동진, 허탈하게 걸어가는데,
세미, 방문 열고 얼굴만 내밀고 소리친다.

세 미 기자 아저씨!
동 진 (돌아보면)
세 미 (웃으며, 지갑 흔들며) 이걸 두고 가셨네.

하고는 던지고, 동진 얼떨결에 그것 받고,
세미, 동진 보고 씩 웃으며, 문 닫고,
동진, 닫힌 문 보고 주머니에 넣고, 가고.

## 씬 11. 여관방 현관.

세미, 주머니에서 지갑 꺼내, 다른 카드 하나를 꺼내어 버리고, 동진의 카드를 넣고, 동진의 명함을 보며, 회심의 미소 짓는.

## 씬 12. 갤러리 앞.

인정, 가방 메고 나오고, 은수 마중하고 있다.

은 수 괜히 택시 타지 말고, 전철 타. 밤길 위험하니까.
인 정 택시 탈 돈도 없어요. 갈게요. (가고)
은 수 그래, 잘 가. (하고는 갤러리로 들어간다)

## 씬 13. 갤러리 안.

준희, 은수, 떡볶이를 먹고 있다.

은수　순대는 왜 안 사 왔어?

준희　다 떨어졌대.

은수　(먹으며) 응.... (갑자기 웃으며) 야, 너 기억나니? 우리 뉴욕에 있을 때, 내가 순대 먹고 싶다니까, 니가 아시안 골목 전부 다 뒤져서, 사다 준 거?

준희　응.

은수　그때 그거 너무 맛있었는데.... 내가 그때 결심했잖아. 아, 이 사람이랑 살아야지.

준희　(웃으며) 그랬어. 참, 낼 성우 선배가 너 좀 보자드라.

은수　왜, 너 사고 쳤니?

준희　(웃으며) 내가 어린애야, 사고 치고 부모님 모셔 가듯 널 데려가게?

은수　그럼, 왜 날 보재?

준희　거래처에서 금속공예 쪽을 원하나 봐. 나보고 추천하라는데, 그쪽은 내가 너밖에 모르잖아. 자세한 얘긴 성우 선배한테 들어. 괜찮은 사람이야.

은수　(무심히) 별로 안 괜찮던 여자가 왜 갑자기 괜찮아졌어?

준희　(웃음, 물 마시고)

은수　(떠보듯) 웃는 게 수상하다, 혹시 좋아하는 거 아냐? 좋아해?

준희　(웃는다) 그냥, 재밌어.

은수　(철렁한다) 재밌어? (눈치 보며) 너 맨 처음 나 만날 때도, 재밌다 그랬는데.... 재, 밌, 어?

준희　(무심히) 응.

은수　(물 마시며, 떠보는) 그 여자 이쁘니?

준희　(편하게 웃고)

은수　(눈치 살피며) 낼 몇 시에 가면 돼?

준희　퇴근 무렵에 와. 같이 퇴근하자.

은수　그래. (하며, 물 마시며, 준희 보고)

## 씬 14.　갤러리 앞.

은수, 옆에 서 있고,

준희, 셔터를 내리고 있다.

은수 신랑 있으니까, 엄청 좋다. 손 하나 까닥 안 하고.
준희 (손바닥 부딪쳐 탁탁 털며) 나 땜에 일 너무 빨리 접은 거 아니니?
은수 아니야. 다른 건, 모레 아침까지만 발송하면 돼. 빨리 가자.
준희 내가 해줄까? 다 하고 가자. 아까 보니까, 박스가 무겁던데. (하고, 다시 셔터 열려 하면)
은수 (팔 잡으며) 안 돼. 우리 아들 찾으러 가야 돼.
준희 ?
은수 (눈 흘기며) 벌써 잊었어? ... 개야.
준희 ?
은수 동네 동물병원에 맡겼잖아. 문 닫기 전에 찾으러 가야지.
준희 개... 키우기로 한 거야?
은수 어떡해, 버릴 수도 없고. 별수 없이 키워야지. (준희 보고, 웃으며) 근데, 되게 보고 싶다, 너두 그렇지? 꼭 애들 놀이방에 맡겼다 찾으러 가는 기분 같지, 않니?
준희 (은수 보고, 편하게 웃는) ....
은수 뭘 봐?
준희 넌 천성이 맑은 거 같애. 니가, 좋아.
은수 (그 말에 서글퍼지는, 괜히 머리 쓸어 올리며, 쓰게 웃고) 고마워, 좋아해줘서. (하고는 차로 가서, 문 따고)
준희 (그런 은수, 짠한 마음으로 웃음 지으며 보고)

성우, 웃음소리 이펙트.

## 씬 15. 성우의 집, 주방.

성우, 영희, 식탁에 신문 펴놓고 앉아 마늘 다듬고 있다.

성우 (뭐가 웃긴지, 안 웃으려고 애쓰면서도 웃음을 못 참고, 킥킥대고 마늘을 까

는데도 웃음 나고)

영희 (그런 성우 물끄러미 보며, 마늘 까며) 배꼽 빠지네, 배꼽 빠져? 뭐가... 웃겨?

성우 (그래도 웃음 못 참고, 눈물이 나게 웃고)

영희 (기막히다) 어, 어... 얘 봐, 얘 봐.... 너, 뭐 해, 마늘 껍데기 날리게... 성우야, 그만 웃어.

성우 (웃음 멈추려 애쓰며) 알았어, 알았어, 그만 웃을게. (영희 보며) 엄마, 이제 어떡할 거야?

영희 (시큰둥하게 마늘 까며) 뭘?

성우 (웃음기 밴) 그 아저씨, 아니, 현철 오빠, 이제 어떻게 볼 거야?

영희 (답답한) 몰라.

성우 그러니까, 거짓말을 왜 해요? 사람 사는 데, 진실만큼 커다란 무기는 없는 거야. 그게 영원히 안 들킬 거라고 생각했어?

영희 (마늘 까며, 답답한) 그냥... 그게... 그냥.... 얼떨결에.... (성우 보며) 내 머리로 무슨 계획이나 짤 줄은 알고? 이누무 주둥아리가... 지 혼자... 모르겠다.

성우 (아이 보고 웃듯) 그래서, 이제 어쩔 거예요?

영희 강의... 안 나갈 거야.

성우 (안 웃고) 돈 선불 한 거 아니었어?

영희 (마늘 까며, 답답한) 지금 돈이 문제냐? 니 엄마, 생각보다 얼굴 그렇게 안 두꺼워. (마늘 놓고, 한숨 쉬며) 살다 살다 이렇게 시쳇말로 쪽팔리긴, 난생처음이네.

성우 (달래는) 괜찮아요. 사람이 살다 보면 그럴 수도 있지. (하다가 영희 관찰하듯 보며) 혹시 엄마, 그 아저씨 맘에, 있어요?

영희 맘에 있긴 뭐가 맘에 있어, 없어. (무표정하게 넋 놓고 가만있다가) 엄마, 담배 한 대 피우자.

성우 (웃지 않고, 가만 보는)

영희 (성우 안 보고) 오늘은 니가 허락 안 해도 담배 한 대 피워야겠다. 말리지 말어. (하고, 일어나, 찬장으로 가서 담배, 라이터 꺼내 한 대 피워 물고, 재떨이 가지고 다시 자리로 와 앉는다)

성우 (영희 눈치 보며, 마늘 까고)

영희 (담배 깊숙이 빨고, 성우 안 보고) 마음이 답답하다. 단순히.. 얼굴 팔려서는 아니고... 뭐랄까, 내가 그렇게 처량 맞을 수가 없더라. 그 오빠한테, 남편 있어, 그렇게 거짓말하면서 (서글픈 웃음) 순간, 엄마... 기분 괜찮았다. 당당했다고 할까.... 혼자 있다는 게 부끄러울 것도 없는데, 인명은 재천인데, 내가 죽인 것도 아니고, 남편 없는 게 뭐 어떻다고. (담배 피우며, 성우 보며) 성우야, 너 엄마 담배 언제 배웠는 줄 알어?

성우 (편안하게, 마늘 까며) 글쎄... 우리 한옥 살 때, 어느 날, 학교에서 돌아오니까 툇마루에서 엄마가 담배 피고 있더라. (영희 보며) 언제 배웠어?

영희 (생각하듯) 니 아버지 죽고 나서.... 멀쩡한 줄만 알았던 사람이... 한 줌 재로 돌아오고.... 유서라고 건네받은 게... (쓴웃음) 니 아버지가 다른 여자한테 쓴 연애편지였어. 사랑한다, 보고 싶다, 거기까지 읽었을 때, 내 맘이 어땠는 줄 알어? 나 버려두고, 바다만 좋다더니 아니었네. 20년 설움이 봄눈 녹듯 스르륵.... 그런데 맨 마지막 줄에... 숙정에게. (차라리 웃는)

성우 (영희 보는)

영희 그렇게 간 사람인데도 불쑥불쑥 생각이 나더라. 한 번 생각이 나면, 죽어서 만나고 싶을 정도로... 그때 배웠어. 니 아버지, 담배 좋아했잖아. 담배 피고 있으면, 니 아버지랑 얘기하는 기분이... (말 못 잇고, 서글프게 웃으며) 헌데 이젠 담밴 담배일 뿐야. (담배 피우고) 그래도 오늘은, 니 아버지다.

성우 (안됐게 보는)

영희 넌 담배 배우지 마. (하고, 끄며) 몸 상해.

성우 몸 상하는 줄 알면서... 엄마두 그만 펴.

영희 난 필란다. 가끔은, 위로가, 되거든.

성우 위, 로?

## 씬 16. 성우 집, 거실, 어두운.

사이, 성우 문 열고 물 마시러 잔 들고 방에서 거실로 나온다.

## 씬 17. 주방.

성우, 냉장고에서 물 따르려다가, 문득 담배 있는 찬장에 눈길이 간다. 성우,

냉장고 문 닫고, 다시 방으로 가려다가, 뒤돌아 잠시 생각하더니 물 잔, 식탁에 놓고 찬장으로 가서 담배 하나 꺼내 물고, 머리 타지 않게 손으로 잡고 가스레인지에 불을 붙인다.

## 씬 18. 베란다.

성우, 베란다 문 열어놓고, 쪼그리고 앉아 담배를 넋 놓고, 한 모금 깊게 빤다. 콜록이지 않는다. 다시 한 모금 빨고 생각하는, 그러다, 입맛 다시며 재떨이에 비벼 끄며 혼잣말.

성 우　거짓말... 이게 무슨 위로가 돼.

## 씬 19. 준희네 거실.

은수, 준희, 침대에 잠옷 바람으로 앉아 강아지하고 놀고 있다.

은 수　(강아지에게) 손! (하면, 개, 발 주고) 아이구, 이뻐라. (하고, 입 맞춰주고, 개 준희 주며) 자기두 해봐.

준 희　(개 앞에 손 내밀며) 손! (개, 손 안 주고) 손! (여전히 안 주고, 이상하다는 듯 고개 갸웃하고, 은수에게) 야, 이거 똥갠가 봐. (하곤, 개 머리통을 툭 치며, 장난) 너, 똥개지?

은 수　왜 때려? 아직 아긴데. (하며, 강아지 품에 안고 머리 쓰다듬어주며 준희에게 눈 흘기며) 보기보다 성질 못됐어, 아주. 애 낳았으면, 빽하면 때렸을 거야. 운다고 때리고, 말 안 듣는다고 때리고, 어쩐다고 때리고.....

준 희　(웃으며) 재가 니 말만 듣잖아. 남자라고, 여자만 밝히고.

은 수　(눈 흘기며) 그런다고 때려, 애를? (강아지에게) 애는 그렇게 다루면 안 되지. ... 그럼 더 말 안 듣지. ... (하고, 개 쓸어주며, 준희 보고) 나... 애 낳으면, 정말 잘 키울 것 같지?

준 희　(은수 보며 따뜻하게) 그래.

## 씬 20. 침실.

은수, 준희의 팔 베고 누워 자고 있다.

은수 나, 낼 몇 시에 가?
준희 언제 편한데?
은수 다섯 시쯤?
준희 그래. (하고는, 은수 팔베개해주고, 눈 감는다)
은수 (생각하는 눈빛, 준희 안 보고) 준희야.....
준희 (눈 감고) 응.
은수 너 주 실장한테 왜 실장님이라고 안 하고 선배라고 불러?
준희 선배가, 선배라고 부르래. (하며, 은수 쪽으로 살짝 돌아눕고, 자는)
은수 (생각하는 듯한) 그 여자.. 똑똑하니?
준희 (졸린) 응.
은수 섹시하니?
준희 (졸린, 눈 감고 웃는) 몰라.....
은수 그 여자 결혼, 왜 안 했대? 나이가 몇이야....?
준희 많어.....
은수 사귀는 사람 있대, 없대?
준희 그만, 재워줘라. 졸려. 은수, 안녕.... (하고, 은수 팔로 안고, 잠들고)
은수 그래, 자. (하고, 다시 성우 생각하고)

## 씬 21. 성우의 집, 아침 전경.

## 씬 22. 현관 앞.

성우, 방에서 나와 '갈게요.' 하며 슬리퍼 벗고 신발 찾아 신고 있다.

영희, 성우 관찰하듯 보고 서 있다.

성 우　(신 신으며, 무심히) 엄마, 왜 그래? 아침 내내 한마디도 안 하고?
영 희　(건조하게) 너, 힘든 일 있어?
성 우　아니. (무심히, 신 신으며)
영 희　힘든 일도 없으면서, 왜 담밸 펴? 베란다에 재 떨어져 있더라.
성 우　(신 신다가, 고개 들고 보고, 멋쩍다, 괜히 머리나 만지고)
영 희　(단호한) 담배 피지 마. 아무리 힘들어도 그런 데, 의지하는 거 아냐. 특히 처녀가. 청승맞고, 볼썽사납게. 너, 맘에 안 들어. 한 번 더, 그런 모습 보여. 엄마가 아주 혼쭐을 내줄 테니까. 가. 오늘 화나서 배웅 안 해. (하고는 방으로 들어가버린다)
성 우　(영희 들어간 방, 미안한 맘으로 보고)

## 씬 23. 달리는 성우의 차.

성우, 운전해 가다 콘솔 박스에 손 넣어 구취제 꺼내 입안에 뿌리고는 다시 넣고, 대수롭지 않게 혼잣말.

성 우　(좌회전해 가며, 혹은 우회전해 가며) 그래, 그래. 주성우, 그런 데 의지하지 말자, 그런 건 아무런 도움이 안 돼. 하지 말자......

## 씬 24. 성우네 거실.

영희, 거실 바닥에 쪼그려 앉아 걸레질하며 전화 받고 있다.

영 희　안 나가.
유 란　(E) 왜?
영 희　(걸레질 멈추고) 몰라 물어?
유 란　(E) 나가. 그깟 일로, 공부까지.... 사람이 경우에 따라 실수도 하고 그러는 거지, 그걸 가지고 뭘 그래? 선주가 너 안 나가는 거 알아봐라, 또 그 수다스런 애 난리 난다, 난리 나. 이러쿵저러쿵 없는 말도 지어내서, 주 선생한테 전하고. 그럼, 너만 더 우습게 된다고.

영 희　안 보면, 그뿐이지, 뭐가 대수야.

유 란　(E) 나두, 너두 만나 수다 떠는 게 유일한 낙인 사람들인데.... 거기라도 안 가면, 생전 가도 만나게 되니? (사이) 집에 있음 뭐 해? 먼지 하나 없는 집, 걸레질밖에 더 해?

영 희　(걸레 내려놓고, 답답한) 생각해볼게.

유 란　(E) 생각해보긴.... 지금 당장, 준비하고 가. 선주 며느릿감 본다고, 센타 못 간다드라. 나두, 영감이 오랜만에 친정 가자고 맘을 내서, 거기 가야 돼. 우리 없을 때, 두 사람이 깨끗이 해결 봐.

영 희　내가 알아서 할게. 끊어. (사이) 그래, 끊자. (하고, 전화 끊어 옆에 내려놓고, 걸레 집어 닦으면서, 생각하는)

## 씬 25. 성우 사무실, 큰 테이블.

하숙, 성우, 준희, 현주, 재석, 미선, 작업복 입은 젊은 사원 두엇, 커피 앞에 두고 회의하고 있다.

하 숙　(서류 보며) 지난달, 총수입이, 3억 9천만, 6백 4십이었어. 수입 좋지? (커피 마시고) 문젠 지출이야. 전달이 보너스 달인 걸 감안해도, 지출이 너무 엄청나. 2억 8천 5백 8십. 결국 이번 달에도 흑자 경영은 어렵단 얘기야.

현 주　그건 아니죠.

재 석　(말하지 말라고, 현주 툭 치는)

현 주　(아랑곳 않고) 들어온 게 3억 9천이고, 나간 게 2억 8천이면, 1억 이상 번 거잖아요.

하 숙　(성우에게) 주 실장, 재 좀, 내보내라.

재 석　(현주에게 눈치 주며) 끼지 마.

현 주　(민망하고)

하 숙　(성우에게) 자꾸, 이렇게 되는 문제가 뭘까, 주 실장?

재 석 제 생각엔 결제 방법보단 우리 주 거래선이 더 문젠 거 같아요. 회사 일보다 개인 일이 많은 게.......

성 우 (재석 보며) 난 그 반대야. 지금은 회사 쪽보단, 개인을 상대로 거래하는 게 낫다고 봐. 첫 번째 이윤, 현찰이 잘 돌고, 두 번째 이윤, 덩치에 비해 이윤이 높단 거야. (하숙 보며) 현재까지, 우리 회사의 대외 이미지는 단순한 인테리어에 국한돼 있는데, 그걸, 말 그대로 토탈 인테리어로 심어주는 일이 시급하다고 봐요.

하 숙 좋아, 좋아. 우리 한번 다시 고민해보자구. 그리고 이달 말부턴, 다른 데서 받아논 어음 싸놓지 말고, 그걸로 결제해. (성우에게) 참, 세검정 건 어떻게 진행되고 있어?

성 우 인테리어 쪽은 현주 씨랑, 김 대리랑 뛰고 있고, 작가 건은 서준희 씨가 섭외하고 있어요.

하 숙 (차 마시며, 준희 보며) 섭외할 게 뭐 있어? 메탈이면, 뉴욕에서도 둘째가라면 서러워했던 은수 있는데.

준 희 (웃으며) 그렇잖아도, 오늘 들어오기로 했어요.

성 우 (준희 보고)

하 숙 몇 시쯤?

준 희 (하숙 보고, 성우 보며) 다섯 시쯤으로 했는데, 어떠세요?

하 숙 (서류 챙기며) 난 봐봤자지, 뭐. 주 실장이 만나. 난 우리 애 사고 쳐서 학교 들어가봐야 돼. (성우 보며) 요즘 우리 애 사춘기야. 난 오춘긴데, 아주 감당이 무감당이다.

성우, 준희 (서류 챙기며, 웃고)

시간 경과.

성우, 일하는 모습부터 훑어서 현주, 재석까지 오는,
현주(입술 부르튼), 도면 보고 있는데(현주 양옆으로 준희, 미선 앉아 일하고),
재석, 현주 책상에 걸터앉아 말 걸고 있다.

재 석 (비아냥거리며) 야, 심현주 너 회사 생활 몇 년인데, 아직 경상수지란 말도 모르냐, 챙피한 줄 알어라. 모르면 물어나 보지, 사장님 앞에서, (준희에게) 서준희 씨, 얘 (목 베는 시늉) 이래버릴까?

준 희　(웃고)

현 주　(일만 하고)

재 석　(현주 보고, 혀 차는) 쯔쯔쯧, 한심 지경이다, 증말. 어쩌면 몰라도 그렇게 모르냐?

현 주　(너무한다 싶어, 재석 눈만 보고)

재 석　기분 나쁘냐? 그럼 사표 써, 당장에 수리해줄게.

현 주　수리할 능력이나 되고? 나 없으면, 결재 서류 하나 못 만들면서..... (일하고)

재 석　(주위 눈치 보고, 현주 툭 친다, 작게, 떠보듯) 우리 다시 만날래?

현 주　누구 맘대로?

재 석　다시 만나자. 결혼은 너나 나나 별로 안 어울리는 거 같고, 심심풀이로, 어때?

현 주　(그 말에 주변 눈치 본다, 준희, 미선 모두 일하고 있다, 작게) 입 닥치고, 가셔.

재 석　뭘 눈칠 보냐, 우리 둘 애지간한 사인 건, 세상이 다 아는데.

현 주　(짜증난다) ..... 나한테서 갈 때는 그대 맘이었지만, (억지웃음) 다시 올 땐, 아니지. 난 한 번 아니면, 죽어도 아냐. 업무 태만으로 고소하기 전에 가셔.

재 석　너 그새 누구 만났니? 입술이 왜 그래? (뽀뽀하는 시늉) 했냐?

현 주　(짜증) 했음, 어쩔 건데.

성 우　(컴퓨터 보다, 고개 들어, 웃지 않고) 그만 안 해. 회사가, 놀이터야. 노처녀 히스테리 부리기 전에, 그만해. (일하고)

현 주　(재석 눈치 주고)

재 석　(일어나며, 그래도 현주에게 농지거리) 그 자식, 누군지 힘 되게 쎈가 부다...... 근데, 너무 서툴지 않냐?

현 주　(열 받고)

재 석　(성우에게 굽신거리며) 외근 나갔다 오겠습니다. (하고, 나가고)

현 주　(준희 팔로 툭 치고)

준 희　(웃으며, 보면)

현 주　저 자식, 망치 있으면, 아주 쳐주고 싶지 않아요?

준 희　(웃으며) 난, 몰라요, 묻지 마세요. (하고는 자료 들고, 성우에게로 가서는) 사인 좀 해주세요. 작가료 결젭니다.

성 우 (사인하며) 오후에 미건화랑 들렀다, 늦지 말고 와.

준 희 네.

성 우 (결재 서류 준다)

준희, 결재 서류 받으려다가, 우연히 성우의 손잡고,
성우, 보면,
준희, 잠시 머뭇대다 서류 받아, 목인사하고 자리로 가서 안고,
성우, 작게 웃으며 그런 준희 보다가, 컴퓨터 치다가, 자기도 모르게 다시 준희 일하는 것 보는.

## 씬 26. 문화센터, 전경.

벨 울리는.

## 씬 27. 문화센터 강의실, 복도.

주부들, 우르르 나온다.

## 씬 28. 강의실 안.

영희, 일어서서 노트를 가방에 넣다가, 필통을 잘못 쳐서 펜들 우르르 쏟아진다. 영희, 난감한 얼굴로, 다시 펜들을 줍는다.
현철, 그런 영희 눈치 보며, 칠판을 지우고 있다.
영희, 쭈그려 앉아 펜들을 주워 필통에 담고, 가방에 넣으려는데, 어느새 현철 그 앞에 주위 둘러보며 멋쩍은 얼굴로 서 있다.

영 희 (보고) ……

현철　저, 영희야. 너, 나랑 차 한잔하자.

영희　(가방에 필통 넣으며, 현철 안 보고) 나, 오늘 바빠.

현철　(답답한) 그러지 말고. 차 한잔하자.

영희　(가방 챙기다, 그 말에 기분 상해, 현철 보는, 서운한 맘에 입술이 다 떨리는) 그러지... 말고? 오빠, 지금 그 말투, 그게 뭐야?

현철　?

영희　(서운한, 화난) 과부 주제에, 빼지 마라, 그 소리야? 남편두 없으면서, 집에 가서 할 일도 없으면서? (서운한 웃음) 남편 없는 여자한텐, 이렇게 언제나 함부로 해?

현철　(답답한) 영희야.

영희　(화나는 것, 참느라 눈물이 다 날 것 같다) 나, 여기 오빠한테.. 거짓말한 게 면죽스러워서, 사실 안 올라 그랬어. 그랬는데, 생각해보니까, 그럴 필요 없겠더라. 누구나 한 번쯤은, 거짓말 같은 거 할 수 있는 거 아냐? (가방 지퍼 닫으며) 강의료도 아깝고..... 그래서 온 거니까, 다신 아는 척하지 마.

현철　너 별것도 아닌 것 같고... 예민하게.. 정말 왜 그러냐?

영희　(현철 보며, 서운한) 별게 아냐?

현철　.....

영희　오빤 뭐든, 별게 아니지? 과거에, 내가 오빠 좋아 죽는다고, 약 먹었을 때도... 오빠, 울 엄마한테 별거 아니니까, 놔두세요. 그랬지?

현철　(버벅대는) 그거야, 니가 그땐, 어려, 어려서......

영희　됐어. (가방 메고, 착잡해져) 오빠 말처럼, 세월이 흐르니까, 다 별게 아니드라. 이번 일도 시간 가면 별거 아니겠지. 하지만, (현철 똑바로 보며) 내 나이 쉰둘이야..... 어려서는 어려서라고 쳐도, 이 나이에 들키고 싶지 않은 모습 들켰어. 나한텐 이 일이, 아무것도 아닌 일, 별것도 아닌 일 아냐, 비켜. (하고, 현철 밀치고 가려 하면)

현철　(팔 잡는다)

영희　(보면)

현철　(팔 멋쩍게 내려놓고, 답답하단 얼굴로) 야.... 영희야.... 옛 친구, 오빠 동생 좋다는 게 뭐냐? 약한 모습, 들키면 좀 어때? 그 작자 먼저 간 게, 니 탓은 아니잖냐. 먼저 간 자식이.. 나쁘지, 남은 니가 무슨 죄야?

영희　그 작자? 자식?

현철　?

영희　무슨 표현이 그래? 오빠가 우리 그 사람 언제 봤다고, 막말이야?

현철　(불똥이 왜 그리 튀나 싶어, 입이 다 벌어진다) ......

영희　그 사람, 죽었어도... 내 남편이야... 그리고, 내 기억에 분명히 오빠보다 한 살 많어. 자기보다 위인 사람한테, 그 작자? 그 자식?

현철　(답답한) 야, 그건....

영희　(말꼬리 자르며) 내가 오빠 부인보고, 그 여자 저 여자 그러면, 오빤 기분 어떻겠어? 좋겠어? (눈물 그렁해지며) 죽은 사람이지만, 그렇게 막, 상스럽게, 불릴 사람 아니야. 이제부턴, 정말 아는 척도 하지 마. 아는 척하면, 나 강의 들으러 여기 안 와. (속상하다) 성질이 별스러워서, 노인대학도 못 나가고, 동네 친구 하나 만들지 못했어. 여기 나와서, 하루 서너 시간 친구들 만나 수다 떠는 게 내 유일한 소일거리고, 낙이야. 아는 척 말아줬으면 좋겠어. (하고, 나가버리고)

현철　(답답한, 한숨 쉬고) 정말... 그 자식... 말도 많네. 어떻게 사람한테 말할 기횔 안 줘. 나, 참... 사람이 안 변해도, 어쩌면 저렇게 안 변하나, 그래. (한숨 쉬고, 문 쪽 보고)

## 씬 29. 길거리.

영희, 눈가 그렁해 터덜터덜 가고 있다. 그러다, 토큰 가게 스쳐 지나가고, 문득 멈춰 서서, 다시 뒤돌아 토큰 가게 길게 줄 서 있는 사람들 뒤쪽에 가 선다. 가방에서 손수건 꺼내 코 한 번 풀고는, 다시 넋이 나간 듯 서 있다.

## 씬 30. 신문사 현관 + 신문사 앞.

현철, 서둘러 나와 사방을 두리번거리며, 영희를 찾지만 영희 없다. 현철, 난감한 얼굴이다.

## 씬 31. 토큰 가게 창구.

영희, 앞사람 토큰 사서 가고, 영희, 작은 동전 지갑에서 꼬깃꼬깃한 만 원권, 천 원권 지폐며, 백 원짜리 동전 세고 있다.
카메라, 위로 가면, 현철, 고개 숙이고, 주머니에 손 찌르고 터덜터덜 걸어오고 있다.
두 사람 다, 서로를 보지 못한다.
영희, 창구에 돈 넣고 말한다.

영 희　토큰 열 개랑, 좌석표 열 개 주세요.
창 구　(토큰과 좌석표 주고)
영 희　(토큰 받아 들고, 동전 지갑에 넣고 돌아서는 순간) !
현 철　(영흰 줄 모르고, 돈 내며, 토큰 가게에 대고 말한다) 토큰 두 개만 줘요.

그러다, 뭔가 이상해 고개 들면 영희다.
현철, 굳은 채 서서 아무 말 못 하고.

창 구　토큰 다 떨어졌는데요.

영희, 현철 동시에 창구 쪽 보고, 영희, 현철 보고,
현철, 멋쩍어, 영희 못 보는데.

영 희　(현철 보는, 비아냥거림은 아니다) .... 왜, 애? ... 차 있다며?
현 철　(쓴 입맛 다시고)
영 희　(지갑에서 토큰 두 개 꺼내 내밀며, 현철 보고) 이거면 돼? 버스 어디서 타?
현 철　(고개만 들어 영희 보는) ?

## 씬 32. 현철이 탄 버스 안.

현철, 서서 무표정하게 가고 있다. 이런저런 생각이 참 많은 얼굴이다.

씬 33. 영희가 탄 버스 안.

영희, 버스에 앉아, 창밖을 물끄러미 내다보고 앉아 있다.

씬 34. 현철이 탄 버스.

현철, 빈자리가 나자 앉아서, 이런저런 생각하다가 소매 끝을 본다, 와이셔츠 단추가 떨어질 듯 말 듯하다. 현철, 그걸 이리저리 보더니, 심란한 얼굴로, 머리 한 번 긁고, 팔짱 끼고 눈을 감아버린다. 답답한 마음이다.

씬 35. 영희가 탄 버스.

영희, 창가를 물끄러미 보며, 생각 없이 손톱을 물어뜯고 있다가, 이내 손 내리고 다시 무표정해지다가, 눈가 그렁해지며, 애써 웃으려 하며 혼잣말.

영 희　사, 는, 게.. 왜 이렇게... 구차스럽니.......

씬 36. 성우의 사무실 복도.

사이, 사무실 문 열리고 준희, 먼저 나와 문을 열고 서 있다.
성우(서류 든), 웃으며 나오면서, '매너 좋다.' 하며 나온다.
준희 웃고, 성우 웃으며 걸어가다가, 뭔가 이상한지 멈춰 선다. 준희 보면.

성 우　(고개 약간 갸웃하더니) 너, 잠깐 저리 가서 앞만 보고 서 있어.
준 희　?
성 우　빨리.
준 희　(왜 그런가 싶지만, 묻지 않고 걸어가 앞 보고 서 있다)

성우 (준희에게, 말하며, 살짝 스타킹 올린다) 뒤돌지 마.

준희 ......

성우 (스타킹 다 올리고, 옆에 와 걸어가며) 가자.

준희 뭐 했어요?

성우 (웃음 밴) 할 짓 했어. 묻지 마.

준희 (웃고)

성우 (멈춰 서서, 고개 갸웃갸웃한다)

준희 (두서너 걸음 가다가, 뒤돌아 성우 본다) 왜 그래요?

성우 (자기도 모르게 슬며시 웃음 나는) 이거, 이상하다. 니 부인 오는데, 내 신랑 오는 것처럼, 왜 이렇게 가슴이 설레니? 오랜만에, 정말, 가슴이 쿵탁쿵탁(고개 갸웃하며) 이상하다, 야.

준희 (환하게 웃고)

성우 왜 웃어?

준희 웃겨서요.

성우 너, 웃지 마라. 처녀 가슴 설레게....

준희 왜 설레요?

성우 (무표정해지며) 글쎄. (다시 웃으며, 준희 옆으로 와 가며) 부인 이름이 은수랬지?

준희 (가며) 네.

성우 (가며) 무슨 은수?

준희 (걸어가며) 정은수요.

성우 (가며) 정은수?

## 씬 37. 전시실, 테이블 앞.

은수, 성우, 물 잔 앞에 놓고 앉아 얘기하고 있다.

성우 (편하게 웃는) 말씀 많이 들었어요. 서준희 씨가 부인 자랑이 이만저만이 아니더라구요. 제 얘기도 많이 하죠? 악랄한 상관이라고?

은수 (편한 웃음 띤) 네. 쪼금요.

성우 (고개 갸웃하며, 서글서글한) 아닐 텐데, 많이 할 것 같은데....

은수 (웃으며) 준희, 아니 준희 씨 잘 좀 봐주세요. 사회 경험이 부족해서 처세를 몰라요. 워낙, 그림만 하다가.... 다루기 힘드시죠? (작게, 흉보는) 꼴통 같은 데가 있거든요.

성우 (주위 둘러보고, 작게 장난스럽게 흉보는) 아세요? 아주, 꼴통 같은 데가, 없진 않거든요.

은수 (크게 웃다가, 웃음 가신) 아셨구나, 벌써.

성우 (크게 웃으며, 물 잔 들고) 우리 이 얘기, 절대, 절대 비밀로 해요, 은수 씨. 부하 직원 욕하는 것도, 이 회사에선 징벌 사유가 되거든요. 사장도 꼴통이거든. (하고, 웃으며, 물 마시는)

은수 (웃음 띠지만, 물 마시는 성우의 손, 놓치지 않고 보며, 참 예쁘고, 부럽다는 생각을 하다가, 괜히 제 손을 잠깐 보고, 탁자 아래로 숨기며, 둘레 보며, 웃음 띤) 인테리어가 참 좋아요. 치장도 별로 안 했는데, 심플하고.

성우 (말하는 은수, 머리며, 귓불이며, 목걸이, 웃음들을 놓치지 않고 보며, 참 부럽다는 생각이 들어, 서글픈 웃음 짓는다, 그러다, 기분 바꿔 편하게) 이제 일 얘기 본격적으로 해볼까요?

은수 (밝게 웃으며) 그럴까요? (하며, 가방 열어 포트폴리오 꺼내는데)

성우 (은수를 부럽다는 듯, 대견(?)스러운 동생 보듯 물끄러미, 따뜻한 시선으로 본다)

은수 (포트폴리오, 꺼내놓고, 고개 들어, 성우 보고, 느낌이 이상하다) 왜.. 그러세요?

성우 (들켰다 싶어, 어색하게 웃으며) 아... 마담이..... (웃으며) 차를 안 가져오네요.

그때, 준희, 커피(조금 떠는, 애써 안 떨려고 하는) 들고 자리로 와 앉는다.

준희 전시실에 커피포트가 안 돼서, 사무실에서 가져오느라.

은수 (찻잔 내려놓으며, 준희 손 떠는 것 보고 걱정) 팔 아프겠다, 커피 좀 흘리면 어떻다고....

성우 (그제야 생각나서, 은수에게 조금 황당한, 미안한) 어머.. 미안해요. 손 아픈 걸, 잠깐 잊었어요.

준희 손, 안 아퍼요. 조금 떨리는 것뿐이지... (하며, 작게 웃으며, 자리에 앉고)

은수 (웃으며, 밝게) 죄송하지만, 조금만 부려먹어주세요. 실은 이 사람 저도, 너무 아까워서 잘 안 부려먹거든요. (하며, 커피 마시고는, 준희 보며, 웃음 밴, 일상적으로) 니가 타서 그런지, 너무 맛있다. (하며, 커피 더 먹고)

준희 (은수 편하게 웃으며 보며, 커피 마시고)

성우 (두 사람 눈빛 주고받는 것 보며, 예쁘기도 하고, 부럽기도 하고, 편하게 웃으며 보고)

## 씬 38. 전시실 밖.

은수, 성우에게 포트폴리오 보이며 뭔가 열심히 설명하는,
준희, 그 옆에서 두 사람 얘기 듣는,
셋이 아주 친해 보이는.

## 씬 39. 전시실 안.

은수, 성우에게 포트폴리오 설명하는.

은수 요즘은 이 작품처럼 안티 모던 쪽이 유행이에요. 유행이라곤 하지만, 쉽게 질리지 않고, 시간이 가면 갈수록, 정이 가죠. 앞에 보신 것보단, 이 느낌을 권하고 싶은데, (옆으로 고개 돌려, 성우에게) 어떠세요?

성우 (고개 끄덕이며, 웃음 밴) 괜찮네요.

은수 (성우 보며, 열심히 설명하는) 큰 작품을 설치하려는 게 아니면, 벽에 안각을 넣거나, 조명으로 작품을 살리는 게 좋아요. (차 마시며) 참, 그 샵 실평수가 어떻게 돼요? 전, 큰 작품보다는 소품에 강한데.

성우 (은수 보며, 따뜻하게) 80평 정도? 평수로 봐서, 소품 쪽인 것 같던데. 언제 한번 이 사장하고, 서준희 씨랑 자리 마련해서 만나봐요, 은수 씨 편한 시간으로.

은수 실장님은요?

성우 전 그쪽 담당 아니에요, (손짓하며, 웃으며) 이번 일은 사인만 할 거예요.

은수　결제, 실장님이 하세요? 그럼 잘 보여야겠다, (물 마시는) 저, 좀 비싸거든요.

성우, 웃고, 고개 숙여 포트폴리오 다시 한 번 보는데,
은수, '어머.' 하는 소리 나고,
성우, 그 소리에 고개 들면,
은수, 자기 손에 물을 살짝 쏟았다. 은수, 손바닥에 묻은 물을 '이크.' 하며 살짝 핥아 먹고,
준희, '또 덤벙댄다.' 하며 웃고,
성우, 그런 두 사람 따뜻하게 보며, 커피 마시고.

## 씬 40. 주차장.

성우, 가방 메고 앞서 걷고 있다. 준희 사는 모습을 본 때문인지, 입가에 참 묘한 서글픔이 밴, 부러움이 밴 웃음 지으며 걸어가고 있다. 그 뒤에 준희, 은수 손잡고 얘기하며 걷고 있다.

은수　니 차 놔두고 내 차 타고 가자.
준희　(웃음 밴) 그래.
은수　니 차 팔까? 내가 출퇴근시켜주면 되잖아.
준희　(아이한테 하듯, 편한 웃음 지으며) 니가 나보다 항상 늦으면서..... 퇴근을 어떻게 시켜줘. 거래처 들를 일도 많고, 안 돼.
은수　나, 가게 때려치고, 여기 취직할까?
준희　그럼 좋지. 할래?
은수　(성우 의식해 멈춰 선다)
준희　(보면) ?
은수　(작게) 니가 우리 가게 올래?
준희　(웃는) 말 되는 소릴 해라. 임마 내가 거기 가서 무슨 일을 해?

성우, 어느새 자기 차 앞에서 멈춰 선다.
준희, 은수 그 옆에 와 서고,

성우, 두 사람 보고 편하게 웃음 뱉.

성우　(은수에게) 다음에 또 봬요.
은수　네, 들어가세요.
준희　낼 봬요.
성우　(너그러이 웃으며) 그래, 낼 보자. 어서 가.
은수　(목인사하고) 조심해 가세요.
성우　(목인사하고, 차 문 열며 얼핏 고개 돌려 준희 보는)

준희, 은수 차로 가서 은수가 탈 수 있게 차 문 열어주고, 은수 타면 닫아주고, 자기 자리로 와 차 타고, 출발해 성우의 차 앞을 스쳐 지나간다.
성우, 차 안에서 그런 두 사람 보며, 목인사해서 보내고, 시동 걸고, 음악 틀고, 서글픈(부러운) 웃음 입가에 작게 지으며 차 출발해 간다.

## 씬 41. 성우의 차 안, 저녁.

성우, 음악 들으며, 준희와 은수 생각하는지, 가끔 슬몃슬몃 웃음을 짓는데, 그 웃음이 몹시 외로워 보인다, 생각을 바꾸려는 마음에 창문을 내리고 바람 맞으며 가고.

## 씬 42. 준희의 차 안.

준희, 편하게 운전해 가고 있고,
은수, 준희 보고 밝게 수다 떠는.

은수　나, 아무래도 땡잡은 거 같애. 로비두 안 하고, 열 점씩이나.... 너, 우리 메탈 쪽은 큰 거보다, 작은 거 하는 게 돈 더 많이 버는 거 모르지? 난, 아까 주 실장님이 샵에 이미, 안각도 계산했다는 말에, 마음이 붕 떴다. 큰 작품은 만들어봐야, 재료비 땜에 본전 건지기도 힘들거든. 내가 만약, 가격 책정 잘 이뤄지면, 너 뭐 사줄까? 형부 입는다는, 형광 빤스 사줄까? 아님, 용돈 듬뿍 줄까? 한, 3만 원 정도, 어때? 굿? 베리, 베리 굿?

준 희　(웃으며) 좀, 입 좀 가만있어, 은수야. 운전하는데, 정신 하나도 없다.

은 수　(눈 흘기며, 투덜) 운전을 몇 년을 하는데, 여적 옆 사람 말에 방해를 받냐?

준 희　(웃으며, 앞만 보며, 운전하고)

은 수　(조용히, 창가 보다가, 다시 준희 눈치 보며) 너, 성우 선배 손 봤니?

준 희　(앞만 보며) 손? 글쎄.....

은 수　(고개 돌려, 창가 보며, 생각하는 듯한, 혼잣말처럼) 손이 참 이쁘드라. 길구, 피아노 했나? 하긴 다른 데도 다 이쁘드라.. 키두 크구......

준 희　(웃음 띤 채, 운전만 하고)

은 수　(눈길만 돌려, 준희 살피는)

## 씬 43. 도로, 신호등, 노란불에서 빨간불로, 정지하는.

준희의 차, 정지선에 멈춰 선다. 잠시 후, 건너편에 성우의 차, 멈춰 선다. (여기부터, 성우의 시선으로 카메라 쫓아갈 것)

카메라, 준희 차로 가면, 준희는 앞만 보고, 은수(무표정하게, 아주 일상적이고, 편하게)는 창가에 머리 기대고 준희만 보고 있느라, 성우의 차 옆에 와 있는 줄을 모른다.

카메라, 성우 차로 오면, 성우, 테이프 갈려다가, 준희 차 보고, 가슴이 쿵 한다.

잠시 후, 신호등 바뀌고 정지선에서 준희의 차 출발하고,

성우, 준희의 차보다 늦게 출발한다. 성우, 자기도 모르게 자꾸 준희의 차로 시선이 간다. 자기도 모르게 고개가 갸웃할 정도로 마음이 이상하다, 싱숭생숭하고, 착잡할 지경이다. 그렇게 한참을 가는데, 이번엔 준희 차 그 옆을 스쳐 지나가고, 성우, 스쳐 지나가는 준희의 차 보고는 다시 가슴이 철렁한다. 성우, 숨 한 번 크게 들이켜고, 준희의 차 앞질러 달려서는 한쪽 도로변에 차 세운다. 성우, 차 세우고, 준희가 볼까 싶어, 고개 옆으로 돌리고 있고, 준희 차, 그 옆 스쳐 지나가 계속 달려가고, 성우, 가는 준희의 차 보며, 문득, 생각이 든다.

인서트 - 3부 씬 47.

준 희　(작게 미소 지으며, 성우 못 보고) 그냥, 자다가 아니면, 길을 걷다가... 운전하다가... 자꾸.....

성 우　?

준 희　(고개 들고, 성우 보고, 담담하게) 자꾸, 선배가 보여요.

성 우　(준희 보는) ?!

준 희　(성우 보는) .......

현실,

성우, 가슴 답답해진다. 다시 생각하는.

인서트 - 4부 씬 3.

성 우　(가라앉은) 니 생각에는?

준 희　내 (생각하는) 생각에는... (단호한) 사랑은 있어요.

현실,

성우, 자기 마음을 자기도 모르겠다. 작게 한숨 쉬고, 머리 쓸어 올리고, 다시 시동 거는데, 시동 잘 안 걸린다. 성우, 다시 시동 걸어보지만, 역시 잘 안 걸린다. 성우, 한숨 쉬며, 의자에 몸을 기댄다. 다시, 준희 생각이 난다. 성우, 정신 차리려는 듯 고개 강하게 한두 번 젓고, 가만 생각하며 있다가, 힘주어, 혼잣말.

성 우　주성우.. 너, 왜 이래........

## 씬 44.　성우의 집 전경, 밤.

## 씬 45. 성우네, 거실.

영희, 심드렁하게 앉아 빨래 개고 있다.
성우, 같이 빨래 개며.

성우　말해봐요. 하루 종일 집 안에서 혼자, 입 꽉 닫고 계셨을 텐데, 그러다 입안에 곰팡이 생기면, (약간 장난, 아이 달래듯) 난 책임 못 지는데, 말하지?

영희　.......

성우　(눈치 한껏 보며) 오늘, 강좌 갔었어? 현철 아저씨, 만났어?

영희　(안 보고 일만 하며) 물론 만났지... 만나서, 얼굴에 똥바가지 쓰고 왔지.

성우　?

영희　(여전히, 안 보고) 들통이 나려니까, 된통 나드라. 어젠, 남편, 오늘은 차.

성우　차? 차가 왜? 혹시... 차두 있댔어?

영희　있다 그런 게 아니라.... 망신을 당할라니까, 혀가 꼬이드라. 있냐? 물어서, 나두 모르게 (고개 까딱거리며) 고개가 까딱까딱... 이랬지, 뭐.

성우　(아이처럼 보고 웃으며) 엄마, 차 사줄까?

영희　(그제야 성우 보며) 돈 많다, 할 일도 없는데, 차는... 그리고 차 살 돈이나 있어? 지두, 월부로 사서 몰고 다니매. 관둬.

성우　차 사고 싶음 사요. 아버지 연금 받는 거, 좀 모아뒀다며? 모자르면 내가 좀 보태구.

영희　쓰러진, 자존심이 그깐 걸로, 세워지냐.

성우　(안된) 자존심, 상했어?

영희　(일하며) 아니. 내 나이에 무슨 자존심... 그냥 다 허세지, 허세.

성우　(짐짓 밝게) 엄마, 우리 차 마실까?

## 씬 46. 베란다, 창문 열린.

영희, 물끄러미 아래를 내다보고 서 있다.

카메라, 주방 쪽으로 가면, 성우 커피 잔 양손에 들고 베란다 와서는 영희에게 하나 건네주며.

성우　(짐짓 밝게) 커피 맛 죽인다. (차 마시며) 먹어봐, 진짜, 죽인다.
영희　(웃으며) 말본새 봐라. 이거 먹고 엄마 죽어.
성우　(웃으며, 아이처럼 어리광 섞인) 아니... 살어. 나랑 딱 100년만 더.
영희　아이고. 징그러. 100년? (고개 저으며, 웃음 머금고, 창밖 보고)

카메라, 창밖에서 두 사람 잡으면, 봄바람이 슬쩍 불어, 두 모녀의 머리카락을 날린다.

성우　(마음이 싱숭생숭하다) 봄바람 좋다..... 맘이 싱숭생숭하네.... 엄마도 그렇지....?
영희　아니. 난 싱숭생숭은커녕 찝찝하다. (차 마시고)
성우　(영희 보며) 봄 되면 꽃 볼 거라고... 엄마가 먼저, 좋아했으면서....
영희　(앞만 보며, 서글픈 웃음 띤) 꽃? 그래, 꽃 이쁘지. 봄? 좋지. 하늘은 푸르고, 비 오면 흙냄새도 풀풀, 아지랑이 피워대고.... 솜털 달린, 나뭇잎이, 여기저기 쑥쑥 나고.. 좋지, 좋아.... 그런데, 그런 걸 보다가, 잘못해서 말이다.
성우　(영희 보는) ?
영희　지나가는 길거리 유리창에 비친 내 모습을 보게 되면 말이다. 하, 왜 그렇게 초라한지. 길거리 개나리한테도 시샘이 나고.... 성우야, (차 한 모금 마시고) 엄마, 사는 거, 정말 재미없다.
성우　(가만 찻잔 만지며, 자기 생각에 빠져) 나두.
영희　(성우 보는, 왜 그런가 싶다)
성우　(창밖 보며, 편안하게) 오늘 아주 이쁜 부부를 봤어. 난 결혼하는 거, 나 아닌 다른 사람 만나 사는 거, 그거 재미없는 일이라고 생각했었어요. 정민이 사귈 때도 (어렵게) 엄마, 기억하기 싫겠지만, 이 교수 만날 때도, 나, 한 번도 좋았던 적이 없었잖아. 결혼한 친구들 보면서도 부럽기보단, 어떻게 비위 맞추고 사나, 힘들겠다, 그랬었어. 엄마, 아버지 사이 안 좋았었던 것도 영향이라면, 영향이고.....
영희　(성우 물끄러미 보는)

성 우　(영희 안 보고, 입가에 부러운 웃음 지으며) 근데 정말 이쁘게 사는 부부도 있더라. 여자가 남자를 보는데 (생각에 푹 빠진, 여전히 부러운 웃음 진) 어쩜 진짜, 황홀하드라. (자기 생각에 빠져 웃는)

영 희　(차 마시며, 성우 보며) 그 남자가... 누군데...?

성 우　(영희 안 보고, 찻잔만 보며) 남자? .... 친구? (다시, 생각하고 다짐하듯) ... 그래, 친구.

영 희　(성우 놓치지 않고 보는, 무표정하게) .....

성 우　(제 생각에 빠져) 그 친구를 보는, 여자를 보면서, 오랜만에 부러운... 생각이 들었어. 나두, 누구한테 저런, 눈빛, 한번, 줄 수 있었으면.... (작게 한숨) 나두 누구한테 저런 눈빛 한번 받아봤으면..... (영희 안 보고, 작게 웃음 띤, 부끄러운, 짐짓 장난처럼) 엄마, 나..... 사랑하고 싶다. (하고, 차 마시는데)

영 희　(그런 성우 보는데, 가슴이 철렁한다) ..........

성 우　(베란다 틀에 몸 숙이고, 아래 내다보는, 눈 뜨고, 꿈꾸는 사람 같다, 입가에 작고 선한 웃음 맑게 머금은 채)

영 희　(성우 넋 놓고, 보는, E) 지금.... 이 아이한테.... 무슨 일이.. 있다.

카메라, 성우 모습, 영희 모습 번갈아 잡고, 다시 성우와 영희 한 화면에 잡히면서, 엔딩 타이틀.

# 5부

나한테 사랑은 행복이야. 그 사람과 아스팔트 길을,
진창길을 걸어도 구름 위를 걷는 것처럼, 편안한…
현실에 발붙이지 못해서 욕을 먹어도… 아프지만 않다면.

## 씬 1.　베란다, 창문 열린(밤, 4부 엔딩 씬 연결).

성우, 베란다 난간 틀에 몸을 기대고 있다. 산들산들 부는 봄바람에 이마 위로 흘러내린 머리카락이 나풀거린다. 입가에 잔잔한 미소 띠우고, 골똘히 제 생각에 빠져 있다.
영희, 그런 성우 물끄러미 보고 있다. 조금은 걱정스레 그러다 아니겠지 생각하며 커피를 한 모금 마시려는데.

성 우　(제 생각에 빠진 채) ....... 엄마.....
영 희　(고개만 돌려 성우 보면) .....
성 우　(영희 안 보고) ....... 봄...... 이야..... (웃음 지으며)
영 희　(불안하게, 성우 보는)
성 우　(입가에 여전히 웃음 머금은 채, 제 생각에 빠져 있는)

## 씬 2.　준희의 집, 전경, 밤.

준 희　(문 두드리며 안타까운, E) 은수야..... 은수야...... (좀 큰) 은수야! (쾅쾅 문 두드리는)

## 씬 3. 준희의 집, 화장실 앞.

준희, 답답한 얼굴로 화장실 문을 열려 하면서,

준 희 (안타까운) 은수야.... (달래는) 은수야... 문 열어라, 응... 은수야.......

## 씬 4. 화장실 안.

은수, 변기에 앉아 아픈 얼굴로 킁킁대고 있다.

은 수 (준희에게 미안하다, 짐짓 밝게) 나, 괜찮아...... 안 아퍼.... 쪼끔만 기다려... 곧 나갈게..... 알았지? (하며 애써 참으며, 인상 쓰고, 휴지를 풀고)

## 씬 5. 거실.

준희, 소파에 앉아 고개 숙이고, 착잡하다.
은수, 화장실에서 나와 준희 눈치 보고, 옆에 앉아, 준희 팔로 툭 치며.

은 수 (눈치 한껏 보는, 조금은 애교스런) 화났어?
준 희 .......
은 수 화..... 났구나? .... 화, 내지 말지.... 무서운데.......
준 희 (한숨 쉬고, 고개 돌려 은수 보는)
은 수 (장난) 아구..... 무섭다.
준 희 (어두운) 너... 왜 그래? 너 왜, 병원 안 가?
은 수 (눈치 보며) .... 바빠서.
준 희 솔직히 말해. 너 요즘 바빠? ... 안 그렇잖아..... 그리고 바빠도, 이렇게 아파하면서.... 너, 이러다 정말 큰일 나.

은수 참을 만하단 말이야....

준희 참을 만하긴 뭐가 참을 만해. 번번이 생리할 때마다, 한 움큼씩, 진통제 먹고... 오늘도, 벌써 몇 시간째 화장실을 들락거리는 거야..... 지금이 몇 신 줄은 알어?

은수 (벽시계 보고, 준희 보고) 새벽 한 시.

준희 그래, 새벽 한 시야. 우리, 집에 여덟 시에 들어왔어.

은수 (고개 숙이고, 착잡한)

준희 너..... 얼굴이 반쪽이야...... (달래는) 은수야... 수술 받자.

은수 (준희 외면하고, 어렵게) 나.... 준비가.... 덜... 됐어.

준희 무슨 준비? 무슨 준비가 필요해? .. 니가 수술하는 것도 아닌데... 넌, 하루 시간 내서 병원만 가면 돼....... 고집 부리지 마라.

은수 (준희 못 보고, 맘 아픈, 어렵게) 그렇게 쉽게 말하지 마... 넌....... 몰라.... 여자한테 자궁 들어낸다는 게, 어떤 의민지.... 넌 몰라. (눈물 나는 것 참는다)

준희 (은수 안타깝게 보는)

은수 (애써, 담담하게) 물론... 지금 내가, 자궁이 있다고 해서... 애를 낳을 수 있는 건 아닌 줄 알어.... 하지만, 자궁이 있다는 건, (입술이 다 떨리는) 아직은 그래도 내가 여자라는 거야.... (눈물 나고, 손바닥으로, 눈가며 코 밑이며 닦아내고, 여전히 준희 안 보고) 이제...... 이거 들어내면, 난 아무것도 아냐..... 남자도 아니고, 여자도 아니고...... 니가 보기 좀 힘들겠지만, 내가 준비될 때, 수술할래.

준희 (안타깝다) 언제 준비가 되는데? 어리석게 좀 굴지 마. 넌 태어날 때부터 여잔데, 그게 없다고, 어떻게 여자가 아니니...... 난 니가 정말 좋아... 여자라서가 아니라... 은수라서...... 니가 참, 좋은 사람이라서.... 넌, 나한테 아주 소중한 사람이야.... 이 세상 둘도 없는 친구구..... 난 니가 하나두, 안 아펐으면 좋겠어. 통증이 심하다는 건, 몸이 그만큼 상하고 있다는 얘기야. 제발 말 들어라. 너, 아픈 거 싫어.

은수 (눈 내리깔고, 오른손 손톱으로 왼손 손톱 괜히 뜯으며, 입술이 떨리는) ...... 알어...... 그래서.... 나 증말 안 아퍼.

준희 (작게 한숨 쉬고, 은수, 맘 아프게 답답하게 본다)

은수 (눈만 들어, 준희 보고, 다시 외면하고) 바보. (다시 준희 보며, 입술 떨리는, 서운한) 넌 내가 하는 말 하나도 귀담아 안 듣고 있어. 왜, 그래? 왜 내 말 안 들어?

준희 은수야....

은수 (서운한) 내가 무슨 말을 하고 있는지, 정말 몰라? (눈물이 주룩 흐르는, 닦고) 막말로, 누가 너한테 거세하라면 하겠니? ....... 아니지? ..... 못하겠지? ... 다 그치지 말란 말이야. 정말 실감이 안 간다구..... 나한테 여자 기능이 없다는 게, 인정이 안 돼. 첫 생리 시작하고, 10년을 훨씬 넘게... 여자다, 여자다, 그렇게 교육 받으면서 살았어. 근데, 하루아침에 여자가 아니라, 니 말대로 그냥 난, 인간일 뿐이다, 이렇게 인정하는 거, 어려운 일이야. 차라리 그걸 인정하느니 아픈 게 골백번 낫단 말이야.

준희 (마음 아펴, 고개 숙이고 외면하고 마는)

은수 보기 힘든 거 알어. 그래서, 어제두, 그제두 아팠는데... 말 못 했어...... 너, 화낼 줄 아니까......... (훌쩍이며) 매달.... 하던 생리가 어느 날부터 안 나오는 거, 생각만 해도 끔찍해... 아플 땐, 건강할 땐, 그런 게 귀찮아서, 확 들어내버릴까, 그런 웃긴 생각도 안 한 건 아닌데..... 이젠 아니야..... (눈물 닦으며, 맘 아픈) ... 준희야... 화내지 마라...... 나, 니가 그럼, 더 힘들어.....

준희 (은수 보는)

은수 (답답하고, 맘 아프고)

## 씬 5-1. 베란다에 있는 테이블.

봄바람 들어오고 두 사람 마주 앉아 있다. 차 마시는.

준희 (그런 은수 손잡고, 잡은 손만 보며, 작게 한숨 쉬고, 어렵게) ..... 내가 얘기했지... 처음 여자를 만났을 때 얘기 말이야.......

은수 (준희 보는) .....

준희 군대 가기 전날이었어. 경수 선배가... 총각 딱지 떼고 가라고 끌다시피 허름한 사창가로 날 데려갔어..... 그 일 말했지.....

은수 엉.

준희 여자랑, 돈을 주고 잠을 자고... 새벽에 도망치듯 나왔다는 얘기도....

은수 응.

준 희　그때 내가 거기서 나오면서, 무슨 생각을 했는 줄 알어? ...... 다신 여자를 만나지 말아야지, 아니, 이렇게 잠자리 때문에 여잘 만나진 말아야지, 사람을 만나야지, 친구를 만나야지, 인간을 사랑해야지.... 여자로서만은 사랑하지 말아야지.... 난 니가 편하고, 좋았어. 사람으로. 여자라서 니가, 이뻤던 적은 한 번도 없었어. 뭐든지, 얘기할 수 있어서, 어떤 얘기도 오해하지 않아서 좋았어. (입가에 잔잔한 미소 띤) 어쩌다 사람들이 니가 어떤 사람이냐고 물으면, 나는, 그는 아주 좋은 친구다. (은수 어깨 돌려 보며) 나는 그와 아무 짓도 안 하고 밥만 같이 먹어도, 좋다. 그랬어. (은수 따뜻하게 본다)

은 수　(눈가 그렁해 준희 보는)

준 희　아프니까 수술한다, 그렇게 생각해라. (은수 안으며) 그리고, 그래. 니가 편할 때 수술하자. 하지만, 그 결정이 빨리 내려졌으면 좋겠다. 진통제 먹는 거 안 좋대.

은 수　(몸 빼고, 준희 보고, 아이처럼) 니가 그렇게 말하니까, 이젠 정말 하나도 안 아퍼. 못 믿겠어. 배 때려봐라, 참을 수 있지.

준 희　(은수 얼굴 만지며, 너그러운) 안 아프면 됐어. (사이, 미소 띤) 업어줄까? 너, 업히면 잘 자잖아. 업자. 업혀서 빨리 자자. 아픈 거 잊게. (등 보이고)

은 수　(그런 준희 울먹이며 보다, 씩씩하게 업히며) 아우, 좋다..........

## 씬 6.　준희의 침실.

준희, 자고,
은수, 앉아서 준희 물끄러미 보다가, 아픈지 인상 잠깐 쓰고, 머리맡에 있는 병에서 약 꺼내 한 알 삼키고, 준희 팔에 머리 기대고 눈을 감는다.

## 씬 7.　성우의 집, 전경.

새벽에서 환한 아침 되는,
전화벨 소리 요란하게 울린다.

## 씬 8. 거실.

영희, 서서 열 받지만, 간신히 참고 전화하고 있다.

영 희 전화 끊어. 식전 댓바람부터 니 목소리 듣고 싶지 않아. 끊어.
선 주 (E) 너........ 유란이한테 무슨 소리 들었니? .... 유란이가 내가.. 실수한 거.... 꼰질렀니?
영 희 걔가 꼰지르지 않으면, 내가 니 수준을 모를 것 같니?
선 주 (E) 그때 그 상황이.. 야, 내가 지금 갈 테니까, 너 꼼짝 말고 집에 있어. 가서 얘기하자.
영 희 웃기네. 나 할 일 많어, 꼼짝 말고 못 있는다고. 좋게 말할 때, 오지 마.
선 주 (E) 갈게. 갈래.
영 희 오지 마.

그때, 성우 출근 차림으로 나와서, 영희 툭 친다. 영희 보면.

성 우 (웃으며 작게) 선주 아줌마?
영 희 전화 끊어, 우리 딸내미 배웅해야 돼.
성 우 (웃으며) 그냥 전화하세요, 갈게요. 저녁에 봬요. (하고, 나가고)
영 희 (나가는 성우 보고, 짜증난다) 야, 송선주, 너, 나랑 무슨 웬수가 져서 이래? 30년 딸내미 아침 배웅하는 걸, 낙으로 사는 사람, 그 짓도 못 하게 하고. (사이) 나, 너 안 보면 그뿐인 사람이야. 뭐, 너무해? 야, 내가 만약 너한테 그 짓거리 했어봐, 넌 모르긴 몰라도 아마 내 머리털 닭털처럼 뽑았을 거다. (크게 한숨 쉬고) 나, 지금 참고 있어.... 내가 이렇게 참는 건..... 고등교육이라도 받았기 때문이야. 너, 내가 중퇴만 했어도 (버럭) 죽었어, 이 기집애야!

## 씬 9. 주차장.

성우, 자신의 집, 올려다보고, 웃으며 차 문 열어, 타고, 주차장 빠져나가고.

## 씬 10. 아파트 단지 입구 + 차 안.

성우의 차, 빠져나와 우회전해 가려는데, 누군가 불쑥 그 앞을 가로막는다. 성우, 놀라 클랙슨 울리며 서고, 놀란 얼굴로 고개 들어 앞을 보면, 이 교수다.

성우, 한숨 쉬고, 차에서 내려 이 교수 무섭게 보며, 가라앉은.

성 우 뭐 하는 짓이에요?

이 교수 얘기하고 싶어서 왔다.

성 우 나 지금 출근길이에요.

이 교수 아는데... 우리 얘기하자. (하고는 성우의 차, 운전석에 탄다)

성 우 (기도 안 찬다, 차 문 잡고 서서) 나와요. 이게 무슨 짓이야.

이 교수 (앞만 보며) 옆에 타.

성 우 (가라앉은) 좋은 말할 때, 내려요. 아침부터 소리치고 싶지 않아.

그때, 어느새 뒤에 차 한 대 와 클랙슨을 울린다.

이 교수 사람들 본다, 타라.

성 우 나... 일하러 가야 돼요. 나한텐, 당신하고 얘기하는 것보다, 일이 중요해. 내려요.......

이 교수 .......

성 우 당신은 강의 있을 때, 내가 죽어 뒤로 넘어진다고 해도, 나 안 만나줬으면서... 나한테.... 이래도 돼?

이 교수 나 오늘 강의 있어, 빠지고 온 거야, 타.

성 우 (화난)

## 씬 11. 달리는 성우의 차 안.

이 교수, 앞만 보며, 운전해 가고 있고,
성우, 답답하고 화난 얼굴로, 창밖만 보고 있다.

이 교수　(앞만 보며) .... 회사에 못 나간다고 전화해.
성 우　(이 교수 보는) .....
이 교수　할 얘기 길어. 오늘 안에 못 들어갈 거야.
성 우　(가라앉은) ....... 당신..... 정말.... 하나두.... 안 변했어.
이 교수　(앞만 보고, 무표정) ....
성 우　언제나.... 멋대로야.
이 교수　......
성 우　(체념하고 마는, 가방에서 휴대폰 꺼내 전화한다)

통화, 가고.

준 희　(E) 네, 이매집니다.
성 우　(가라앉은) 나... 주성운데, 사장님 계셔?

## 씬 12. 사무실 안.

준 희　출근.... 왜 안 해요? 혹시 아파요?
성 우　(E) 사장님 바꿔줘.
준 희　(잠시 머뭇대다가, 성우 자리에 앉아 서류 보는 하숙을 쳐다본다)
하 숙　(일하다가 준희 보고) 주 실장이야?
준 희　네.

하숙, 전화 받고, 준희, 전화 내리고, 답답하고 조금은 굳은 얼굴로 서류를 들척인다.

하 숙　나다. 너 안 오고 뭐 해? ... 뭐? .... 아퍼? ..... 감기? 큰일 났네, 큰일 났어. 야, 요즘 감기, 살인 감기야.... 회사는 걱정 말고 병원 들렀다가 집에 가 쉬어. 걱정 마. 오늘 나갈 일은 김 대리가 대충 알고 있잖아. 그래, 몸조리 잘하고.... (끊고, 한숨 쉬고 서류 보며) 많이 아픈가 보네. 웬만해선 아프다 소릴 안 하는 앤데..... (서류 보다, 고개 들어) 김 대리 이리 와봐.

김 대리, 하숙 자리로 오면.

하 숙　(하숙, 서류 보이며) 이거, 결제했냐?

재 석　(머리 긁적이며) 한 것도 같고.... 안 한 것도 같고... 결제 대장 뒤져볼까요?

현 주　(자리에서) 용주 건 결제 어제 오후에 주 실장님이 하셨는데요.

하 숙　했는데, 왜 미결로 남아 있어. 뭔가 문제가 있나 본데.... (입맛 쓴, 재석 보며) 이거 김 대리 담당 아니야?

재 석　(눈치 보고)

하 숙　보기 싫어, 가. (서류 보며, 구시렁) 내가 사장인지, 주성우가 사장인지 모르겠네, 내 회사 일을 내가 감을 못 잡으니, 낼은 나와야 할 텐데.

준 희　(서류 접고, 일어난다)

## 씬 13. 복도.

준희, 담배를 피워 물고 물끄러미 창밖을 내다보고 있다. 심란한 얼굴이다.

## 씬 14. 달리는 성우의 차.

창가만 보며, 답답한 얼굴로 가는 성우.

## 씬 15. 식당 안.

준희, 현주, 재석, 미선, 부대찌개 놓고 점심을 먹고 있다.
재석, 현주 서로 자기 앞에 반찬을 갖다놓으려고 반찬 접시 맞잡고 실랑이를 벌이고 있다.

재석 이거 내가 좋아하는 거란 말이야.

현주 나두, (옆 좌석에 앉은, 준희 턱으로 가리키며) 여기 서준희 씨두 좋아하는 거야.

재석 치사하게, 어서 놔..... 감히, 7대 독자를..... 놔라.

현주 못 놔.

재석, 잡아당기고,
현주, 장난치듯, 접시 잡아당겼다 탁 놓으면,
재석, 접시 들고 뒤로 휘청해 반찬 다 놓치고.

미선 ..... 으른들이 먹는 것 가지고... 증말 왜 그래요?

현주 (미선에게) 우린 싸우는 게 취미라 그래. (준희에게) 서준희 씨! 김재석 씨, 성격에 대해서 어떻게 생각해요?

준희 (웃음 띤) 나한테 묻지 마요. 난 이기는 편이 우리 편이에요.

현주 저 성격 갖고 바람을 폈다니, 여자들 골이 벼도 한참 볐지.

재석 (현주 꼬나보며, 짜증나지만 참고) .. 내가 참는다. 성질 같아선 콱 치고 싶지만, 참는다. (하고, 밥 한 숟가락 크게 떠먹고, 현주 보고) 야, 너 울 엄마가 좀 보잔다.

현주 (재석 놀리는) 왜 보시잘까? 보험 하신다드니, 보험 들라고 하시려나?

재석 (눈 부라리며) 이걸 그냥!

미선 근데, 우리 주 실장님 문병 가야 하는 거 아니에요?

재석 문병은 무슨? .... 감기 같은 건 문병 가는 거 아냐. 그러다 옮으면, 서로 고생이라고.

현주 (재석 밉게 보는)

미선 한 번도 편찮으신 적, 없었는데. 모른 척하긴 그렇잖아요. (준희 보며) 준희 아저씨.....

준희 (미선 보고)

미선 오늘 시간 괜찮으시면 같이 문병 가요.

현주 (국 떠먹으며) 그래, 여섯 시쯤 칼 퇴근해서 잠깐이라도 들렀다 가자.

재석　(그러지 말라고, 식탁 밑에서 발로 현주를 툭 친다)
현주　치지 마.... 말로 해. 발로 하지 말고. 어쩜 인정머리라곤.....
준희　(재석, 현주 보며, 일어난다)
미선　(재석 밉게 보다, 일어선 준희에게) 벌써 다 드셨어요?
준희　(웃음 띤) 네.... 계산 오늘은 제가 할게요. (하고, 카운터로 간다)

## 씬 16. 성우의 차 안 + 고속도로.

성우, 운전하는 이 교수를 화난, 그러나 간신히 잠재우고 보고 있다.

성우　도대체, 어딜 가는 거예요?
이 교수　(가만) ......
성우　(어이없다, 작게 고개 끄덕이며, 체념하는) 좋아... 좋아... (이 교수 보며) 그래, 갈 데까지 가봐.

## 씬 17. 종합병원, 약국 창구 앞.

세미, 장어, 의자에 앉아 약 타는 번호판을 보고 있다.
그때, 번호판에 불 들어오고 방송 나온다.

방송　116번 손님 약 나왔습니다.
장어　(벌떡 일어나며) 나다.

## 씬 18. 창구 앞.

세미, 창구에서 약을 타고, 꾸깃꾸깃한 돈을 낸다.
장어, 그 옆에서 세미가 하는 양을 보며, 기분 좋아한다.

세 미　(창구에 대고) 땡큐. (하고는 돌아서서, 약봉지 장어에게 선물하듯 두 손으로 준다, 기분 좋다)

장 어　(황홀한 표정으로 약봉지 받아서는 주머니에 넣고, 주머니를 탁탁 친다)

세 미　(기분 좋고) 좋아?

장 어　엉..... 근데 이거 며칠 치야?

세 미　(자랑하듯) 하루.... 아니, 15일 치.

장 어　와우.... 그럼 15일은... 나 안 아플 수 있겠다. (하며, 주머니 열어, 다시 약봉지 보고)

세 미　(그 말에 마음 짠해진다, 짐짓 밝게 장어 어깨에 손 두르며) 오늘, 기분두 기분인데, 옷 사러 가자.

장 어　(세미 보며) 그런데 세미야, 너, 증말 돈 있어?

세 미　그래. (하고 웃으며 가려는데)

장 어　(세미 팔 잡고는, 머뭇대며) 너... 돈.... 어디서 났어?

세 미　(대수롭지 않은) 오랜만에 카드 슬쩍했어.

장 어　누.... 구 거? .... 전번에 놀아준, 형 거?

세 미　(건성) 그래, 그래... 이제 됐지, 가자... (하고, 기분 좋아 가고)

장 어　(미심쩍은)

## 씬 19. 옷 매장 계산대 앞.

옆에 옷가지 산더미처럼 쌓여 있다.

세미, 벙찐 얼굴로 판매원 보는, 얼굴 오버랩 된.

세 미　(O. L) ....... 비..... 비밀번호?

판매원　(웃는) 네.

장 어　(무섭다)

세 미　옛날엔.... 그거 몰라도 옷 샀는데......

판매원　법이 바뀌었어요. 비밀번호 모르면, 카드를 받을 수가 없네요.

세 미　(열 받는다, 머리를 긁적이다가, 옷가지를 보고, 판매원 보고) 내가 돈 없어 보이니까.... 혹시나, 쓰리 한 거 아닌가 해서 확인하고 줄려는 거지, 지금?

판매원 (굳은 표정으로, 세미 보는, 알겠다 하는 얼굴이다)
장 어 (겁먹은 얼굴로, 두 사람 번갈아 보는)
세 미 (판매대에 있는 카드 집어 주머니에 넣고, 판매원 보며) 간다. 그리고 여기 다신 안 올 거야. (하고는 돌아서려다, 옷 보고, 그것 바닥에 내팽개친다) 이깟 옷, 안 사면 그뿐이야!

## 씬 20. 백화점 앞.

세미, 씩씩대며 나오고 있다.
장어, 뒤쫓아 나와 그런 세미 팔 잡는다.

장 어 세미야, 세미야, 나... 새 옷 안 입어도 돼, 화내지 마.
세 미 (장어 보며, 버럭 짜증) 알어! 나 같은 애, 새 옷 입을 자격 없는 거 알어!
장 어 (놀랐지만, 짐짓 침착하게) 우, 우리 지하철역 가자.... 거기 가면, 형 있을지도 모르잖아.
세 미 무슨 형? 어떤 형?
장 어 기, 기자 형.... 우리 그 형한테 밥 사달래자.
세 미 (짜증스레 본다)
장 어 그 형이, 우리 이뻐하잖아. 그래서 여관비도 내주고, 약 사 먹으라고 돈도 주고... 밥 사달라면 밥도 사줄 거야, 가자.... 오늘은.... 니가 (눈치 보며) 사람들하고 안 놀았으면 좋겠어.... 형, 찾으러 가자.
세 미 (화나서 비아냥거리며) 그 사람이, 니 친형이나 되는 거 같다. 미안하지만, 이젠 다시 그 기자 (강조) 형, 못 봐.
장 어 왜?
세 미 (버럭) 카드 그 사람 거, 훔쳤단 말이야, 알어?!
장 어 나빠.... 그 형이 우리한테 얼마나 잘해줬는데, 말두 시켜주고, 밥도 사주구..... 너, 나빠. (눈가 붉어지고, 소매로 닦는)
세 미 그래, 나 원래가 나쁜 년이야, 울지 마, 지겨우니까, 울지 마. (버럭) 울기만 해, 길거리에 아무 데나 버리고 갈 테니까!
장 어 (물기 밴 목소리) 잘해주는 사람한테 그럼 안 돼..... 너, 자꾸 왜 삐딱해져.....

니네 엄마두, 그래서 도망간 거 알면서........

세 미　(몹시 화나, 차라리 가라앉은) 엄마? .... (장어의 가슴을 밀치듯 치며) 너 내가 울 엄마 얘기하지 말랬지? 좋아. 너두 나한테서 도망가. (버럭) 울 엄마처럼 제발 도망가!

장 어　(울며) 그러지 마...... 난 너 없으면 하루도 못 살아.... 밥두 못 먹는단 말이야....

세 미　시끄러.. 입 다물어. 너랑 끝났어. (돌아서려는데)

장 어　(잡으며, 울먹이는) 우리... 돌려주자..... 그 형한테 가서... 돌려주자...... 그리구 친하게 지내자. 세, 세미야.... 난 사람들하고...... 얘기하고 싶단 말이야...... 형은 우리 드럽게 안 보고..... 얘기하잖아..... 안 피하잖아..... 얘기하고... 싶어... 말하고 싶단 말이야......

세 미　(눈가 그렁해지며, 발악하듯) 아악!

## 씬 21. 문화센터 복도.

동진, 인쇄지와 펜 들고 강의실을 이리저리 찾는다. 마침, 강의실 팻말 눈에 들어오고, 들어간다.

## 씬 22. 강의실 안.

현철, 텅 빈 강의실, 학생 의자에 앉아 생각이 많다.
동진이 들어서도 현철 모른다.

동 진　(놀란 맘으로, 현철을 치며) 위원님!

현 철　(고개 돌려보고 덤덤한) .... 너 왔냐?

동 진　안 놀라셨어요?

현 철　놀랄 일도 많다. 전쟁이 난 것도 아닌데... 앉아라.

동 진　(옆에 앉으며) 무슨 생각이 그렇게 많으세요?

현 철　뭐..... 이런저런 생각... (미소 띤, 장난) 죽은 여편넨, 하늘나라서 새서방 만났을까? .. 뭐 그런 쓸데없는 생각..... (동진 보며) 나 찾아왔냐?

동 진　네.

현 철　(동진 손에 든 종이 보며) 기사 썼냐?

동 진　네. (현철 앞에 놓으며) 모레 날짜 나갈 건데, 편하실 때 한 번 봐주세요.

현 철　내가 글 볼 줄 아냐.... (종이 주머니에 말아 넣으며) 토씨 몇 개 고쳐주마.

동 진　(눈치 보며, 웃음 띤) 설마..... 외로우세요?

현 철　자식.... 외롭긴.... 내가 기집애냐?

동 진　여자만 외로운 건 아니잖아요.

현 철　임마, 남잔 그런 표현 쓰는 게 아냐. 넌 그러니까, 기사가 맨날 그 모양이야.

동 진　남잔... 왜 그런 말 쓰면 안 되는데요. 난 가끔, 정말 외로운데. 외로우면 외롭다고 해야 하는 거 아니에요?

현 철　(앞만 보고, 서글프게 웃으며) 아니야. 남잔 말이다....... 외로울 줄 모르는 동물이 되어야 한다. 왜냐면? ..... 남잔 으른이거든. (동진 보며) 너, 사내 남자가 일하는 동물이란 뜻인 거 알지?

동 진　네.

현 철　그 말을 곱씹으면 말이다. 남잔, 여잘 먹여 살리는 위치다, 그런 뜻이거든, 다시 말해, 번민 같은 건, 일하는 데 아무런 도움이 안 된다, 하니 하지 말아야 한다 그거거든..... (서글픈 웃음 띠며) 한데...

동 진　(현철 물끄러미 보며) 그런데요?

현 철　여편네 죽고, 내가 밭을 갈아 얻은 쌀을 멕일 사람이 없어지니까...... 그게, (동진 보고, 웃으며) 외롭다...... 난, 이젠.... 정말 남잔 아닌갑다.

동 진　(보는)

현 철　난..... 이제 상관 눈치나 보며, 퇴근 시간이나 지키는..... 늙은, 늙은 놈팽이다.

동 진　그런 말씀 마세요. 위원님 칼럼 나가는 날은 판매 부수가 10프로는 뛴다는데.... 기운 좀 내세요.

현 철　자식..... (일어나며) 어쨌거나 오늘은 좀 사내다워지고 싶다. (허세) 그래서, 상관 눈치 안 보고, 어제처럼 난 퇴근한다. (그러다, 서글프게) 칼럼 쓰는 게 책상머리에 앉았다고 써지는 것도 아니고, 누가 물으면 도서관 갔다 그래라.

동 진　(일어나며, 편하게 웃으며) 그러세요. 퇴근하세요. 하지만, 제가 아는 한 맹세코, 주 위원님은 남잡니다. 기운 좀 내세요.

현 철　(동진 어깨 툭 쳐주고, 웃으며) 이 자식이.. 나한테 가르치려드네. 너 임마, 내 제자야, 알어?

동 진　물론 제자죠.

현 철　너, 왜 장가 안 가냐?

동 진　........ (생각하더니) 남자가 아닌가... 보죠.....

현 철　웃기지 마. 넌 남자야. 남잔 남잘 보는 눈이 있어. 니 속에 무슨 생각이 많은 줄 모르겠지만, 가끔은 단순해져라.

동 진　네.....

현 철　가자.

## 씬 23. 문화센터 사무실.

현철, 책상 앞에 서서 뭔가를 기다리고 있다.
여사원, 서류철을 들고 와, 현철에게 준다.

현 철　(받으며) 수고했어요. (하고는, 안경 꺼내 쓰고)

여사원　그런데, 수강생 명부는 왜 찾으세요? 혹시 사고 친 사람 있어요?

현 철　(서류 보며) 아뇨.... 강의를 하려면, 학생들에 대해 잘 알아야 되거든요. (하고, 보다가 뭘 발견했는지 유심히 보며) 여깄구나.

## 씬 24. 영희의 집, 거실.

영희, 기분 나쁜, 고개 옆으로 틀고 앉았다.
선주, 유란은 눈치 보는, 커피 마시며 얘기하고 있다.

선 주　(영희 보고, 애교스럽게) 영희야.....

영 희　(찻잔만 보며, 덤덤하게) 결정했어. 이젠 다시 니들하고 어울려서, 그런 데 안 나가. 가봐. (차 마시는)

유 란　왜 나까지, 한 무더기야. 난 니 편인데.

선 주　(유란 꼬집고)

유 란　아야! (아파하고)

선주　(유란 아랑곳 않고, 영희 보며, 애교스런) 니가 안 나가면, 우리가 무슨 재미로 거길 나가니. 우리 열일곱에 만나서, 지금까지 한 번도 떨어져 다닌 적, 없었잖아.... 아무리 화가 난다고 친구 연까지 끊으려 하고..... 이러면 안 돼. 남자한테 말 한 번 실수한 것 가지고.....

영희　(열 받는다, 차라리 웃음이 다 난다) 너 지금 날 가르치냐? (굳은 얼굴) 야, 송선주 너나 잘해. 이젠 증말 떨어져 다니고 싶어. 너 도대체 나랑 붙어 다니려는 저의가 뭐냐?

선주　(말하려 말문 열면)

영희　입 닫어. 평생 내 뒤만 있는 대로 따라다니면서, 초 치고, 침 뱉고. 끊임없이 나를 경쟁 상대로 생각하면서..... 송선주, 남들이 들으면 웃어. 다 늙어빠진 유부남 사이에 두고, 과부 둘이서, 줄다리기하는 것도 아니고..... 난 손 턴다. 그 오빠 너 가져. 됐지?

선주　(짐짓 기죽은) 안 됐어.... 되긴 뭐가 돼. 미안해, 영희야. 나 너랑은 정말 죽어서 저승까지 같이 가고 싶어. 내가 너를 얼마나 좋아하는데...... 그 오빠한테, 그 말한 건, 솔직히..... 샘이 나서...... 너는 뭐랄까, 나보다는 지적인 데가 있잖니....

영희　(비아냥거리며) 무슨 적? 지적? (유란에게) 얘가 지금 아주 날 가지고 논다?

유란　(외면하며, 말하기도 싫다) 난 모른다......

영희　송선주, 난 널 미안하게도 너무너무 잘 알어. 넌 내가 좋은 게 아니라, 다만 혼자 있질 못할 뿐이야. 너, 니 남편 살아 있을 때 우리 안중에나 있었니? 옛날에도, 걔 누구냐, 눈 쪽 찢어지고 말 상스럽게 하는 애, 용순인가, 용숙인가 하는 기집애랑 너 붙어 다닐 때도, 우리 아는 척도 안 한 애야, 너. 이제 용숙이는 지 남편이랑 오순도순 지내고, 니 자식은 신부 만나, 니 곁 떠날려니까, 우리한테 붙어가지고, 갖은 친한 척을 하려나 본데.... 혼자 살아봐. 친구도 없이, 방바닥이나 덕덕 긁으면서, 혼자 살아보라구. (외면하고)

유란　(영희 치며) 그만해. (하며 선주 보라고 영희 친다)

선주　(고개 숙이고, 슬픈 얼굴로 눈물을 훔치고 있다)

영희　(기도 안 차다) 쇼를 하네, 쇼를 해. 아주 캉캉 춤을 춰라. 울어? 야, 나보고 그걸 믿으라고? 톡 까놓고 얘기해서 왜 붙어 다녀야 하는데, 우리가 사귀니?

선주　(슬프게) 사귀진 않지만.... 우린 친구잖니?

영희　친구? 하! 말이 좋아 친구다. 의리라곤 눈곱만치도 없는 게.... 내가 너 같은 애가 뭐가 아쉬워 만나? 니 옆에서 푸대접받으면서, 미쳤니? 니가 공주야? 내가 왜 니 수행을 들어야 되냐구? 고등학교 때도 변소간도 혼자 못 가서, 공부하는 사람 들들 볶아, 기어이는 변소 문 지키게 하고...... (말하다 열 받아, 일어나 버럭) 내가 너 때문에 대학도 떨어졌어, 기집애야! (유란에게) 얘 데려가. 얼굴만 봐도 소름끼쳐. (하며, 방으로 성큼성큼 들어가 문 쾅 닫아버린다)

유 란　(한숨 쉬고, 선주 보며) 꼴좋다. 이제 너 어떡할래?

선 주　(고개 숙이고, 잠시 있다가, 킥킥거리며 입을 막고 웃는다)

유 란　..... 얘가... 얘가.... 너, 왜 웃어?

선 주　(입가에 손가락 대고) 쉬! (하고는 웃음 띤 얼굴로 작게) 우리 가자.

유 란　?

선 주　(작게) 쟤 화 풀렸어. 다다다다 말 많으면, 화 다 풀린 거야. 이제 참회하는 척 하고, 가면, 낼부턴 히히닥거릴 수 있어. (하고, 일어나 영희 문 쪽으로 간다, 문 쪽에 대고, 힘없는 척 말을 한다) 영희야.... 나 갈게...... 낼은 꼭 보자. (하고는 유란 보고, 함박 웃으며, 작게) 가자.

유 란　(어이없다)

## 씬 25. 영희의 방.

영희, 안경 쓰고 바느질을 한다.

영 희　(혼잣말처럼, 구시렁) 예나 지금이나 그저 남자만 보면, 눈이 벌게가지고 추저워, 추저워. 증말, 추저워. (하다가, 바늘에 손 찔리고) 앗 따거!

그때, 마침 전화벨 울리고, 영희, '뭔 전화야.' 하며 전화기 들고.

영 희　네, 여보세요?

현 철　(E) ...... 저..... 영희냐?

영 희　?!

현 철　(E) 나 현철이다...... 저, 니네 집, 유정아파트 맞냐?

영 희　.... 그, 그런데, 왜?

현 철　(E) 지금 그 아파트 앞에 와 있다.

영 희　(놀라) 어, 어딜 와?

## 씬 26. 아파트 공원.

현철, 벤치에 앉아 고개 숙이고 담배 피우고 있다.
카메라, 입구 쪽으로 가면 영희, 서서 현철을 물끄러미 보고 있다가, 자신을 한 번 내려다본다. 평상복에 슬리퍼 차림이다.

영 희　(머뭇대는, E) 신발이라도 갈아 신고 올 걸 그랬나...... (현철 보고, E) 더 이상 내 본전에 쪽팔릴 것도 없지...... 그래 밑질 것도 없다. 연앨 하잘 것도 아니고.....

하고, 터벅터벅 와서는 현철 옆에 말도 안 걸고 앉는다.

현 철　! (고개 돌려 보고, 웃음 띤) 어... 왔냐?

영 희　(덤덤하게, 현철 안 보고) 왜 왔어?

현 철　왜, 왜 오긴, 너.... 보고 싶어 왔지.

영 희　(어이없어 보며) 오빠....... 언니가 나 만나고 이러고 다니는 거, 알어?

현 철　(혀로 입술 적시며, 어렵게) 정말이야.

영 희　(기도 안 찬다) 늙으니까 말만 느나 보네. 우리 집 전화번혼 어떻게 알았어?

현 철　(멋쩍어, 계속 머리 긁으며) ..... 센타... 사무실에서.......

영 희　(작게 눈 찌푸리며) 무슨 머릴 그렇게 득득 긁어, 안 감았어?

현 철　(놀라, 머리 긁던 손 내리며) 감았어. (영희 얼굴에 머리 들이밀며) 봐라, 감았지.

영 희　(피하며) ... 어디다 뭘 들이밀어.... (별로 기분 나쁘지 않은 웃음, 고개 돌리고 웃으며) .. 참 내.... (하다가, 다시 현철 보고는) 오빠 머리 일주일에 한두 번 감지? ... 매일 감어. 요즘 공기가 안 좋아, 시내 나다니면 금방 더러워져.

현 철　(고개 숙이고, 영희 얘기 안 듣고 있다) ......

영희　(그런 현철 보고는 왜 그런가 싶지만, 묻지 못하고 딴청하며) 왜 왔어?

현철　(영희 못 보고, 어렵게) 영희야..... 나, 사실은..... 말이다.

영희　(보면)

현철　(머뭇대며) 나... 사실은.... (영희 보고, 말을 못 하고 괜히) 나, 아들 둘이다.

영희　난 딸만 하나야, 누가 뭐래?

현철　다들 장가갔어.

영희　그래서?

현철　손주도 둘 있다.

영희　.... 누구 부아 지를 일이 있냐? 내 딸은 시집도 못 간 노처녀다. 그래서 난 손주도 없다. 어쩔래 오빠가?

현철　그게 아니라....

영희　그럼, 뭐?

현철　(머뭇대다) 에이.....

하며, 씁쓸한 얼굴로 다시 담배 피우고, 머리 심하게 긁는데, 그 바람에 소매 끝 와이셔츠 단추가 떨어져 영희의 슬리퍼 위에 튕겨진 후, 굴러간다.
영희, 뭔가 싶어, 굴러가는 단추에 눈길 주고,
현철, '이런.' 하며 자리에서 일어나 굴러간 단추를 찾아 서너 걸음 간 후에, 주워서는 다시 자리로 온다.
영희, 그런 현철을 보는데, 바지 밑단이 흩어져 있는 게 보인다. 이상하다 싶다.

현철　(단추 보며) 이게 드디어 떨어졌군. (하며, 주머니에 넣고, 영희 못 보고 어렵게) 영희야.....

영희　(이상하다) 잠깐만.

현철　(영희 보는) ?

영희　오빠 나한테 할 얘기 있지?

현철　(왜 그런지 모르고) 그래, 있어.....

영희　(하늘 보고, 어이없는 웃음) 하, (황당하다, 다시 현철 보고) 오빠.... 홀애비..... 지?

현철　(어이없는 웃음 슬며시 지으며, 멋쩍게 고개 끄덕이는데, 웃음이 절로 난다)

영 희　(웃음 띤) 우리.. 비긴 거지?
현 철　(고개 끄덕이며, 멋쩍게 웃고)
영 희　(조금은 놀라 현철 보다, 어이없이 웃고, 다시 현철 보고)

그런 두 사람 한 화면에 잡히고.

## 씬 27. 호숫가 + 성우의 차 안.

성우의 차, 서서히 와서는 멈춰 선다.
잠시 후, 이 교수, 차에서 내린다. 이 교수, 성우 쪽으로 가서는 차 문 열고.

이 교수　나와라.
성 우　(굳은 얼굴로 가만히 앞만 보며 앉아 있다)
이 교수　나와.
성 우　(이 교수 한 번 보고, 차에서 내려 차 문을 쾅 소리 나게 닫는다)
이 교수　(성우 보고)
성 우　(작게 한숨 쉬고) 말해요. 나왔으니까.
이 교수　기분 풀어라. 그래야 편하게 얘길 하지.
성 우　미안해요. 말하라곤 했지만, 난 들을 얘기가 없어요.
이 교수　지금 이런 모습 너 같질 않다. 나무토막처럼.... 툭 치면 부러질 사람처럼... 왜 그래?
성 우　(어이없는 웃음 짓고 보며, 비아냥거리며) 왜 그래? 당신이...... 이렇게 만들어 놓고....... 왜 그래?

시간 경과.

성우, 이 교수 조금 떨어진 채 차에 기대 강가를 보고 있다.

이 교수　(O. L, 담배 피워 물고, 어렵게) 아내가.... 많이 아팠었다..... 아픈 사람 놔두고, 너한테 갈 수 없었어.

성 우　(호수만 보며, 무관심한, 담담하게) 그랬겠지.....

이 교수　내가.... 두 아이 아버지인 거, 이해해야 한다. 내 입장을 이해해줘야 해.

성 우　(무관심한, 건조한) 물론 이해했어요. 그래서 안 찾은 거구. 그럼 된 거 아냐?

이 교수　너한테 늘 미안했어........ 많은 시간이 흘렀는데도... 그 마음이 사그라들질 않았어.... 그 사그라들지 않는 마음이, 첨에 단순한 미안함인 줄 알았다..... 그런데, 아니었어. 널 다시 본 순간, 내가 아직도 널 사랑한다는 걸 확인했다.

성우, 어이없어 웃음이 다 난다. 들을 말 없다 싶어, 차 문을 열려 한다.
이 교수, 성우의 팔목을 잡는다.

이 교수　얘기 안 끝났어.

성 우　(가라앉은) 이 손 놔.

이 교수　(놓는다) 얘기하자.

성 우　(조롱 섞인 웃음이 난다) .... 날 아직도 사랑해? .... 어떡하지, 난 아닌데? .... 남자들은 참 몰라, 남자가 변하면 여자도 변할 수 있어..... 당신도 그걸 몰라. 당신은 언제나, 당신만 먼저 시작하고, 먼저 끝낼 수 있다고 생각하지? .... 우스운 생각이야. 미안하지만, 난 당신이 한 번도 안 그리웠어. 안 그리울 만큼 정 뗐어.

이 교수　(성우 무표정하게 보는)

성 우　(비웃음) 아내가 아팠다구? 그런 사람이 그 다음 날, 부인하고 여행을 가? .... 아이 아버지라고? .... 지금은 아냐? ..... 미안해. 당신 잊었어.

이 교수　넌 날 잊지 않았어. 사랑은 언제나 쌍방의 합의야. 내가 잊지 못했다면, 너도 잊었을 리가 없어.

성 우　(차라리 귀엽다는 듯 웃으며) 당신은.... 당신 자신한테 그렇게 자신이 있어? 당신이 버린 여자가, 끊임없이 당신을 그리워하면서 살 거라고..... 생각했어? 사람 잘못 봤어...... 당신 헤어지고, 바로 연애했어..... 불행히 그 남자도 당신처럼 진실하지 못해서... 이뤄지진 않았지만, 당신은 잊었어. (비아냥거리며, 또박또박) 이 교수님, 사람 잘못 봐도 한참 잘못 보셨어요.

하고는, 차 문 열고 차 안에 탄다,
이 교수, 문 열고 옆자리에 앉고.

성 우　(이 교수 보고) ......

이 교수　........

성 우　(팔짱 끼고, 비웃음이 가득한) 내가.... 당신을 다시 만날 수 없는 이유, 열 가지만 말해줄까?

이 교수　....

성 우　(이 교수 뚫어지게 보며, 비웃음 섞인, 또박또박하긴 하지만, 힘주어 말하지 않는) 첫째, 당신은..... 아내가 있으니까, 둘째, 당신은... 아이가 있으니까.... 셋째, 그렇기 때문에 내가 시간이 나는 토요일에 우린 만날 수 없으니까.... 넷째, 내가 필요할 때 당신에게 전화할 수 없으니까.

이 교수　(담담하게 문 열고 담배 피우는)

성 우　다섯째, 외로워도 당신 앞에선 울 수 없으니까, 여섯째, 당신은 내가 사준 넥타이를 맬 수 없으니까, 일곱째, 난 당신이 사준 반지를 낄 수 없으니까, 이유? 당신 부인 것과 같아서, 자존심이 몹시 상하므로. 여덟 번째, 나는 당신과 내가 좋아하는 야구 구경을 갈 수 없으니까, 혹여나 누가 볼지도 모르니까. 아홉 번째.... (입가에 웃음은 있으나, 조금은 독기 어린)

이 교수　(성우 보면)

성 우　이번에도 당신은 이혼하지 않을 테니까. 열, 번, 째. 이제 난, 당신을 정말로, 정말로 사랑하지 않으니까.

이 교수　(성우의 말을 다 듣고, 참담한 얼굴로 외면하고)

성 우　(잔인하게) 어쩌나... 당신의 그런 모습조차도..... 가짠 거 같애. 내려요. 차가 없는 곳이라, 안됐긴 했지만, 같인 못 갈 것 같네.

이 교수, 담담하게 차에서 내려 차 문 닫아준다.
성우, 매몰차게 운전해 가고,
이 교수, 답답한 얼굴로 한숨을 쉰다.

## 씬 28. 달리는 성우의 차 안.

성우, 화난 것 참고 이 앙다물고 가는데, 서서히 눈가에 눈물이 차오른다. 애써 안 울려 하지만, 눈물 나는, 가라앉은.

성 우　........ 등신..... 이왕.... 버리고 갔으면... 차라리 행복하게...... 살면..... 누가 뭐래..... 얼굴이 그게 뭐야..... 천치 같은 사람........

## 씬 29. 성우의 사무실.

준희, 컴퓨터로 인테리어 공간을 보고 있다. 열심이다.
카메라(현주와 재석은 인부복 입은 사람들과 서서 모형을 보며 얘기하고 있다), 돌아서 성우 자리에 있는 하숙에게로 간다.
하숙, 자리에서 일어나 서류를 정리하며.

하 숙　퇴근들 합시다, 퇴근들 해. 내 눈치 보지 말고, 어서들 가요.
재 석　(하숙 보며) .... 일이 남았어요.....
하 숙　일이야 물론 남았지, 낼 망할 회사도 아닌데, 설마 할 일이 없을라고. 그냥 접고 가. 사람들이 왜 그렇게 당당하질 못하냐, 주 실장 있으면 벌써 퇴근했을 거면서, 사장 있다고.... (서류 마저 챙기며) 남 일이 아니다. 우리 신랑도... 지금쯤 상관 눈치 보며........ 사는 게 이렇게 힘이 드나. (하다가, 미선 보며) 미선아, 오늘 주 실장 집에 병문안 간댔지?
미 선　(재석, 현주 눈치 보고)
재석, 현주　(미선 보고, 눈짓 주고, 자라목 되고)
하 숙　뭐 해들?
미 선　(억지웃음) 아녜요... 가.... 가요.
하 숙　(미선에게로 오며) 가서, 피곤하게 하지 말고, 일찍들 일어나. 나두 가고 싶은데, 애들하고 약속이 있어.
미 선　네.
하 숙　(문 열고, 인부들에게) 어이, 총각들 빨리 가자.
인부들　네, 네. (하고)
인부 1　(재석에게) 아침에 다시 보자. 위치를 좀 바꿔야 할 것 같애.
재석, 현주　가세요.

하 숙　그래. (준희에게) 서준희 씨, 낼 보자.

준 희　(일어나서, 인사하고) 네.

하 숙　씨 유, 낼 아침. (하고, 인부들과 나가고)

준 희　(자리에 앉아, 컴퓨터 치고)

현 주　(재석을 툭 치며, 작게) 니가 말해.

재 석　니가 말해.

현 주　남자가 해야지.....

재 석　그럴 때만 남자지?

현 주　(눈치 주고)

재 석　알았어. (하고는 준희 앞으로 가서, 머뭇대며) 저.... 서준희 씨.

준 희　(컴퓨터 하다, 보면) ?

재 석　저, 어떡하냐? 현주 씨랑 나랑은 오늘 병문안 못 갈 것 같은데..... 오늘 현주 씨 우리 집에 간다고.

현 주　(옆에 와서는) 내가 언제 간댔어. 막무가내로 어머님이 오랬지.

재 석　(눈치 주고, 준희에게) 우리 어머님이 말이야, 벌써 음식을 다 했다네...... 음식 버리면 벌 받는 거, 서준희 씨도 알지.... 그래서 가야 할 거 같애.

현 주　죄송해요.

준 희　(자리 치우며, 웃음 띤) 아니에요. 미선 씨랑 가죠 뭐. (미선 보며) 미선 씨, 괜찮지?

미 선　저..... 저두.... 약속이.... 친구가 극장표 끊었다구. 같이 보러 가자구.

재 석　그 친구, 매너 없네. 묻지도 않고. 표 찢어버리라 그래. 암표 팔든가.

준 희　(머뭇댄다) .... 어쩌냐.....

현 주　안 가면 사장님이 뭐라 하실 텐데.... 집 알아요?

준 희　(어색한) 알긴 아는데.....

미 선　(준희 앞에 쪽지 주며) 이거 주 실장님 댁 전화번호거든요.

준 희　(머뭇대며, 쪽지 받고)

## 씬 30. 은수의 갤러리.

손님, 공예품을 보고 있다.

은수, 그 옆에서 설명하고 있다.

은 수　정원 쪽은 이 작품하고 안 어울리는데, 낼쯤 새로 작품이 들어오는데, 그걸 보시는 게, 어떨까요?
손 님　난, 이걸 놓고 싶은데....
은 수　(애매한 웃음, 약간은 짜증스런) 이건, 정원용이 아니에요.

그때, 전화벨 울리고, 은수, 전화기 있는 테이블 쪽을 보고, 작업실 문 쪽을 본다. 전화벨 계속 울리고.

은 수　(인정이 안 나오나 답답한데, 작게 혼잣말) 인정이... 앤 어디 간 거야....
손 님　전화 먼저 받으시죠?
은 수　고맙습니다. (하고, 테이블로 가 서며, 구시렁) ... 작품 놓을 데도 구분 못 하는.... 무식한 자식, 콱 안 팔까 보다. (전화 받는, 피곤한) 네, 착한생각, 정은숩니다.
준 희　(E, 장난) 전 나쁜 생각, 서준휩니다.
은 수　왜?

## 씬 31. 준희의 사무실.

준희, 가방에 물품 챙기며 전화 받고 있다. 텅 비었다.

준 희　뭐 해?
은 수　(E) 일해, 왜 걸었어?
준 희　(웃음 띤) 왜 걸긴, 목소리 들으려고 걸었지.
은 수　(E) 바쁘단 말이야.
준 희　오늘.....
은 수　(E) 오늘 나 늦어.

## 씬 32. 은수의 갤러리.

은 수　　긴말 못 해.

준 희　　(E) 주 실장님이 아프셔.... 병문안 갈려 그러는데... 같이 갈래?

은 수　　(주 실장이라는 말에 약간, 아주 약간 기분 상해서는) 그 사람 병문안에 내가 왜 가? (사이) 감기? 대단한 병두 아닌데... 자기나 갔다 와. 동진이 만나기로 했어.

준 희　　(E) 같이 가고 싶은데....

은 수　　손님 있어. 나 일할 때, 전화하는 거 싫어하잖아. 끊어. 집에서 봐. 끊는다.

## 씬 33. 준희의 사무실.

준 희　　은수야.....

하는데, 전화기에서 삐, 하는 부저음 들리고, 천천히, 전화기 내려놓고, 눈길 성우의 자리로 주고.

## 씬 34. 동진의 신문사 안 로비, 어두운 저녁.

동진, 휴대폰 받으며 나오고 있다.

동 진　　(웃음 띤) 오늘? .... (멈춰 서서 생각난 듯) 아, 오늘이 내 생일이었어..?

은 수　　(E) 얘 봐라, 우리 이쁜 신랑 두고 만나려고 했더니, 그럴 필요 없는 거 아냐.

동 진　　미안.... (사이) 그래. 아버지 가게서 보자. (하고, 전화 끊고, 문으로 가고)

## 씬 35. 신문사 밖.

카메라, 돌아가면, 한쪽에 세미와 장어 서 있다.

세 미　(명함 보며) 여기 맞는데.....
동 진　(신문사 안에서 나와, 갈 길 가고)
장 어　(두리번거리다) 혀, 형이다. (하고, 따라가려 하면)
세 미　(장어 잡는다)
장 어　?
세 미　(입가에 장난스런 웃음 띤) 우리 저 사람 미행할래? 어차피 오늘은 일두 못 하고.... 남아도는 시간도 때우고.... 재밌을 것 같지 않니?

## 씬 36. 전철 타는 곳.

동진, 타고, 다른 입구에서 장어와 세미 탄다.

## 씬 37. 전철 안.

동진, 서서 신문을 접어 읽고 있다.
세미, 장어, 동진과 조금 떨어진 곳에 있다.
장어, 동진을 힐끗힐끗 보고,
세미, 고개 돌려 동진을 물끄러미 무표정하게 보고 있다. 동진이 좋다.

장 어　(작게) 세미야.....
세 미　(동진만 보며) 응.....
장 어　저 형 신문 읽는다. 신문엔 한문도 있는데 그치?
세 미　(동진에게서 눈 안 떼고) 그... 래....
장 어　대학 나와도 부자는 아닌가 봐? 차두 없이... 약간만 부잔가 봐.... 그치?
세 미　(여전히 동진 보는) ......... 그래.......
장 어　(맑게 웃으며, 둘레 보며) 참..... 재미나다.....

장어(둘레 구경하는)와 세미(동진 보는), 동진(신문 읽고), 한 화면에 잡히는.

## 씬 38. 편의점 앞.

세미, 장어, 둘레를 두리번거리고 있다.
사람들, 그 앞을 분주히 지나가고.

장 어 어... 형, 어디 갔냐? ...... (세미에게) 여기로 왔는데... 분명히 일로 왔지?
세 미 (입맛 쓰다) 가자. (하고 돌아서, 두어 걸음 가는데)
장 어 (세미 뒤에서) 형, 형이다!
세 미 (그 말에 순간 뒤돌아 보면)

동진, 평상복 차림으로 편의점 안으로 들어가려 문 여는데,
그때, 은수의 차, 그 앞에서 클랙슨을 울린다.
동진, 돌아보면, 잠시 후, 은수 내리고, 동진, 반갑게 '왔어.' 하고 두 사람 어깨 동무하듯 하고는 편의점 안으로 들어간다.
세미, 부러운 듯, 화난 듯, 그런 두 사람을 보고.

## 씬 39. 편의점 안.

동진, 카운터 테이블 안에서 손님이 산 물건을 계산하고 있고,
은수, 그 앞 의자에 앉아 맥주를 마시고 있다.
손님, 계산 다 하고 나가고,
동진, '또 오세요.' 하고 인사하고, 은수 따뜻하게 본다.

동 진 (자기 생각에 빠져 술 먹는 은수에게) 무슨 술을 그렇게 맛없게 먹어? 쥐포 하나 뜯을까?
은 수 아니......
동 진 아직도 기분이 안 풀리니?
은 수 (동진 안 보고, 서글픈 웃음 지으며) .... 왜 이렇게 자신이 없는 줄 모르겠어.

변한 건 하나도 없는데... 준희가 날 싫어한다고 한 것도 아니고..... 다른 남자들처럼, 애를 죽자 사자 원하는 것도 아닌데.... 걔가 조금만 이상해도..... 날카로워지고....

동 진 조금이라도...... 이상은 한 거야?

은 수 (술 한 모금 마시고, 캔을 보며) 아니..... 뭐 대단한 건 아니고...... 그 여자 얘길 자주 해.... 걔는 못 느끼는데... (동진 보고, 애써 장난기 있는) 아주 자주 해. 너두 알지? 어떤, 사람의 얘길 필요 이상 자주 하는 건, 그 사람이 마음에 조금이나마 들어와 있기.... 때문이다.

동 진 .... 과민한 반응 같은데.

은 수 (웃으며) 맞아. 난 몹시 과민해.

동 진 원래 준희 씨 성격이 그렇잖아..... 그 전에도 회사일이며, 집안일이며 너랑 자주 상의했다며? .... 자상해서 그래. 자기가 생각하는 거, 니가 다 알아야 한다고 믿는 사람이잖아. 복으로 알아라. 딴생각 있으면 그렇게 얘기하겠냐?

은 수 (고개 끄덕이며) .... 복으로 알아야지...... 아까.... 일두 바쁘긴 했지만..... 그 여자, (속상하다) 주 실장 얘길 하는데, 순간...... 나두 모르게 짜증이 나드라..... (동진 보고, 웃으며) 이럼 안 되는데. 남자들은 이런 거 싫어하는데..... 애두 못 낳는 여자가... 시기까지, 으이... 내가 생각해두 밥맛이다.

동 진 (은수, 조금은 아프게, 그래도 따뜻하게 웃으며 보는)

은 수 일하는 애 언제 와? 귀빠진 날인데, 너무 시시하다. 나가서 술 먹자.

동 진 다 커서 생일은... 걔 물건 가지러 가서 늦을 거야.

은 수 아버님은?

동 진 무릎이 안 좋으셔. 시간 날 때는 내가 자리 지켜야지. (테이블 손가락으로 가리키며) 이게 우리 집 전 재산인데....

은 수 (따뜻하게 웃는) 너 참 효자다.

동 진 두 시간만 기다릴래? 그땐 시간 낼 수 있는데.....

은 수 (가방 메고 일어나며) 돌았니? 집에 갈래. 가서 오랜만에 우리 신랑 따뜻한 밥도 해놓고.... 혹시 모르니까, 목욕도 하고......

동 진 (웃고)

## 씬 40. 편의점 앞.

동진, 은수, 나오고, 은수, 차에 타고, 동진과 인사 나누는데, 카메라 돌아가면, 한쪽에 세미와 장어, 건물 앞에 앉아 있다.

장 어　(자리에서 일어나, 동진 쪽 보고, 세미 보며 반갑게) 저 여자 간다.
세 미　(은수 쪽 서운한 눈길로 가며) 기집애가.... 차는....... 재수 없어. (일어난다)

은수의 차 가고,
동진, 은수 가는 것 보는데,
세미, 그런 동진 보며, 바닥에 침 뱉고, 기분 더러운데,
장어, 어느새 동진 앞으로 간다.

장 어　형!
동 진　(돌아보고) ?
장 어　(웃으며) 안녕하세요... 저.... 장언데....
동 진　(주위 둘러보면, 세미 보이고)
세 미　(고개 숙이고, 내키지 않는 걸음으로 저벅저벅 와서는, 장어를 툭 치며, 땅만 보고) 어서 주고 가자.
동 진　?
장 어　(주머니에서 카드 꺼내 동진 주며) 형.... 이거.....
동 진　(카드 받고, 짚이는 생각이 있다. 작게 한숨 나고, 건조하게 세미 보는)
세 미　(만만찮게 동진 보고)
장 어　(굳은 동진의 얼굴에 갑자기 긴장하며, 말 더듬는) 우, 우리.... 우리... 이거요... 주웠는..... 아니, 아니..... 슬쩍했는데....... 안 썼어요. 하나도 안 썼어요. 정말이에요. (세미 보며) 그치, 세미야?
세 미　(짜증난, 한숨 쉬고) 미안해요...... 장어, 봄옷이 없어서.. 하나 사줄라고... (그러다 변명하는 것 같아 기분 상하고) 기분 나빠요?
동 진　(세미 무표정하게 보는)
세 미　화났으면 화 풀릴 때까지, (얼굴 들이밀며) 쳐요. 권투선수 했던 우리 양아버지한테 죽도록 맞고 자라서, 아저씨 같은 샌님 주먹은 개 발에 사발이니까, 쳐요. 맞아줄 테니까.

동 진　.......

장 어　(세미 막아서며, 버벅대는, 두려운) 혀, 형.. 때리지 마세요.... 우, 우리..... 점심도 안 먹었어요....... 때리지 마요.

세 미　(버럭) 궁상 좀 떨지 마! (동진 앞으로 오며) 난 역전이 집이에요. 고소하고 싶음 맘대로 해! (하고, 장어 손잡고 돌아선다) 빨리 와!

장 어　(끌려가며, 동진에게, 두려운, 인사하고) 형... 안녕히 계세요.

세미, 장어 끌고 가고, 장어는 동진에게 미련 남아 뒤돌아보고.

동 진　(잠시 생각하더니) 야!

세미(화난), 장어(반가운)　(돌아보면)

동 진　밥 먹고 가라.

세 미　(동진 뚫어져라 보는)

동 진　(세미 보며) 동정 아니야..... 둘한테 데이트 신청하는 거야....

세 미　(동진 보는)

## 씬 41. 은수, 달리는 차 안.

은수, 카폰의 재다이얼을 누른다.
신호 가고, 떨어지고.

응답기　(준희 웃는 목소리) 외출했습니다. (은수 웃는 목소리) 우린 정말 정말 외출했습니다. 메모 안 하면, 전화 안 걸어줘요! (강아지 소리) 컹컹!

은수, 카폰 끄고, 담담한 얼굴로 가고.

## 씬 42. 꽃집 전경, 유리문 안에 준희 보이는.

## 씬 43. 꽃집 안.

준희, 꽃구경을 이리저리 하고 있다.
주인, 장미 다발을 주며.

주 인 오늘 장미가 좋은데... 한 번 보세요.

준 희 (웃음 띤) 네... (하면서 둘레 구경하고, 그러다 작은 투명 상자에 든 선인장 화분 발견하고는 들어 보이며) 이거 주세요.

## 씬 44. 성우의 아파트 단지 + 공중전화 부스 안.

준희, 전화기 들고 서 있다. 신호음만 갈 뿐 받지 않는다. 준희, 전화기 내려놓고, 부스 안에서 나온다. 준희, 꽃 상자 든 주머니 만지다, 머뭇대는데, 그때 성우의 차 입구 쪽에서 들어와서는 주차장에 멈춰 선다. 준희, 성우의 차, 시선 두고, 카메라, 성우의 차로 가면, 성우, 차 안에서 내린다. 어느새 그 앞에 준희 서 있다.
성우, 담담하게 준희 보는.

준 희 안 아파요....? 아프대서 왔는데...... 괜찮아요.....?

성 우 (차 문 닫으며) 안 아파.

준 희 (보는)

성 우 (준희 보며) 이렇게 와준 건 고마운데.... 내가, 기분이 별로 안 좋아.... 미안하다, 그냥 가라. (현관 쪽으로 가고)

준 희 (성우 보는)

## 씬 45. 성우의 방.

성우, 옷을 평상복으로 갈아입고, 입었던 옷가지를 들고 방을 나간다.

## 씬 46. 거실, 바깥의 건물 불빛만 들어오는, 어두운.

성우, 거실로 나와, 빨래 들고 베란다로 간다.

## 씬 47. 베란다.

성우, 세탁기에 빨래 넣다가, 문득 이상해 베란다 문 열고 내다본다.
밖에서, 준희, 주머니에 손 넣고 땅바닥만 보며 서 있다.
성우, 그런 준희 보는.

## 씬 48. 현관 앞.

준희, 무표정하게 땅만 보고 서 있다, 그러다 문득 고개 현관 쪽으로 돌리면,
성우, 평상복에 카디건 입고, 흰 운동화 신고 준희를 물끄러미 보며 옆에 서 있다.
준희, 성우 보는.

성우 (웃음 띤) 걷자...... (앞장서 걷고)

## 씬 49. 아파트 둘레를 나란히 걸어가는 두 사람.

준희 어디 가요?
성우 (생각하며, 걷는) 어디, 들어가고 싶어?
준희 (웃음 띤) 아뇨.
성우 (멈춰 서 준희 보는) 괜찮으면, 조금만 더 걷자. (걷고)
준희 (걸어가고)

## 씬 50. 아파트 내, 벤치.

성우, 준희 걸어온다. 성우, 벤치에 앉고, 준희 그 옆에 앉는다.

성우　부인은?
준희　(편하게) 늦는다고 말했어요.
성우　(작게 웃음 띤) 나 만난다고 했니?
준희　네.
성우　(여전히 웃음 띤) 우리 집에 온다고도 했어?
준희　네.
성우　(조금 황당한 웃음 지으며) 밤늦게 여자 집에 간다고 말했는데도 니 부인이 보내주디?
준희　(작게 웃음 짓다가, 성우 보며) 걘 바쁜 애거든요.....
성우　부인이 바빠서 싫어?
준희　(작게 고개 젓고 웃으며) 싫긴요, 부럽죠.
성우　부, 러워?
준희　(선하게 웃으며, 그러나 서글픔이 밴 목소리로, 성우 안 보고) ....... 작업....... 하는 게.... 부러워요. 나두, 손 안 다쳤으면, 작업했을 텐데.... 그리고, 누가 내 그림에 탐을 내면, 참, 감사했을 텐데..... 같이 올려 그랬어요. (사이) 거절당했어요. 걔 일에 빠져 있으면, 날카롭거든요.
성우　...... 손..... 못 고치니? ......
준희　(양손을 부비고, 물끄러미 보고 웃으며) 안 된대요.
성우　(안된 마음 든다) .....
준희　오늘 회사 왜 안 왔어요?
성우　회사? (준희 안 보고 생각하는, 담담한) 글쎄 왜 안 갔을까.....? (서글픈 웃음 지으며) 사실... 안 간 게 아니라 못 갔어, (준희 보며, 농담조) 납치당했거든.
준희　(편하게, 부담스럽지 않게) 이 교순가....... 그 사람 왔었어요?
성우　(서글픈 웃음 띤) 너 귀신이다? (외면하고) 밤바람 좋다.
준희　(담배 피우는)
성우　(준희 보며) 서준희......

준 희　(성우 보는)

성 우　넌 사랑이 아픈 거라 그랬지? ...... 그건 사치야. (준희 못 보고, 마음 아픈) 나는 말이야... 너무 아파서.... 하루에도 열두 번씩..... 너무 아파서..... 이젠 더 아프기 싫어..... 사랑이 니가 말한 그런 거라면, 죽을 때까지... 안 해도 좋아...... 나한테 사랑은 행복이야. 그 사람과 아스팔트 길을, 진창길을 걸어도 구름 위를 걷는 것처럼, 편안한.... 현실에 발붙이지 못해서 욕을 먹어도.... 아프지만 않다면, (눈가 그렁해지는, 한숨 쉬고, 잠시 그대로 있다가 준희 보며, 편히 웃는) ..... 아주, 오랜만에 너랑, 잠시 길을 걸으면서...... 나.... 조금 행복했다.

준 희　다행이네요. (담배 꺼, 옆에 놓고, 주머니 만지는)

성 우　(그런 준희 보다, 감정 털어버리려 괜히 웃으며) .... 누가 보면 내가 너 꼬시는 줄 알겠다.... 너, 주머니에 자꾸 손 넣고 만지는 거 뭐니?

준 희　(편하게 웃으며, 선인장 성우 손에 놓아준다)

성 우　웬..... 선인장?

준 희　선물이에요.

성 우　(선인장 보며) 이거... 선물치곤, 너무 따갑고, 모나지 않았니?

준 희　(성우 안 보고, 입가에 웃음 띠고) 미국에 있을 때, 사막을 구경한 적이 있는데 거기서 나보다 더 큰 선인장을 봤어요. 그때, 가이드가 그랬어요. 생긴 건 이래도 이 세상에 이 꽃처럼 여린 꽃은 없다.

성 우　여.... 려? .... 이렇게 독하게 가시까지 가진 게?

준 희　선인장 잘라봤어요?

성 우　?

준 희　선인장을 잘라보면, 온통 그 안에 물이에요. 눈물처럼 찝찔한 물이요.

성 우　.... 눈..... 물?

준 희　그때부터 선인장을 보면, 그런 생각이 들었어요. 언제나 울 준비가 되어 있는 사람 같다는 생각... 난, 성우 선배가 왠지... 그런 선인장 같아요....

성 우　!

시간 경과.

성 우　넌....... 왜, 사랑이 아픈 거라고 했니?

준 희　(성우 안 보고, 맘 아픈, 그러나 웃음 잃지 않고) 그 얘길 하려면...... 아주 오래전 기억으로.... 내려가야 해요..... 친어머니가..... 지금 계신 분은 양어머니세요..... 친어머니가 교통사고로..... 어려서 돌아가셨어요..... 한 사흘 앓으셨나..... 엄마가 짧은 시간인데도 참 많이, 많이 아파했어요..... 난..... 그때, 어린 맘에 아픈 게 싫어서, 이렇게 빌었어요..... (눈가 그렁해 웃으며) 엄마, 죽어라. 아프지 말고, 죽어라... 제발........ 엄만 내 소원대로 빨리 죽었어요...... (눈가 그렁하다, 여전히 입가에 웃음 띤) ........

성우 .......

준희 (웃음 띤 채, 그러나 맘 아픈) 그리고..... 많이..... 후회했어요..... 살려달라고 기도할걸.... 그땐 하느님이 내 편인 줄 몰랐어요..... 그렇게 소원을 쉽게 들어줄 줄이야.... 그럴 줄 알았다면, 살려달랠걸.....

성우 (준희 물끄러미 보는)

준희 (입가가 파르르 떨리는) 엄말 사랑했어요...... 엄말 생각하면, 지금도... 난 맘이 너무 아파요....... 그래서, 그 다음부터, 그렇게 믿었던 것 같아요.... 사랑은 아픈 거다..... 그때부터, 사랑을 하면 맘이 자꾸만 아팠어요.... 그럼을 하면서도.... (애써 맘 다잡고, 성우 보고, 씩 웃으며) 이건 기쁘고, 밝은 얘기예요. 왜냐면, 그 이후로, 난 아주 낙천적이 됐거든요.... 아픈 사람도 사랑할 수 있는, 희망할 수 있는........ 맘, 아프지 마요..... 기도해요..... 아프지 말게 해달라고.... 혹시 모르잖아요..... 하느님이... 성우 선배 편인지도.....

성우 (눈가 그렁해, 준희 보는) .....

## 씬 51. 아파트 현관 입구.

성우, 앞서 걸어오고, 준희 걸어 들어온다. 성우, 엘리베이터 앞에 서서 준희 보고, 준희 멈춰 서고.

성우 (웃으며) 이제 가...... 병문안 고마웠다. 병 다 나은 거 같애.

준희 (편한) 정말요?

성우 (조금은 장난스런) 정말? 아주 잘생긴 남자가, 집 앞에서 날 기다려, 내 울적한 맘을 풀어주고, 마지막 배웅까지 해주고..... 나 오늘 설렌다. 왠지 모르겠지만.... (그러다, 고개 갸웃하며, 자기 맘을 자기가 모르겠다는 듯 웃으며) 이거

안 되겠다, 나 이러다 일내겠어, 가. (돌아서서, 엘리베이터 버튼 누른다)

준 희 (성우 뒤에서 보며, 편하게 웃는다)

엘리베이터, 멈추고, 성우 그 안에 타고, 열림 버튼 누르고 서서는.

성 우 (준희 본다, 문득 그를 사랑하는 느낌이다)

준 희 (자기 발끝을 보고 서 있다가, 느낌이 이상해, 고개를 들어, 성우를 본다)

성 우 (준희 보는)

준 희 ?

성 우 (준희에게서 눈 안 떼고 보다가) ...... 우리....... 연애할래?

준 희 ?

성 우 (준희 보는)

엔딩.

# 6부

너 지금 흔들려. 그거 아니?

나 지금... 흔들려. 나는 알아.

## 씬 1. 엘리베이터 안 + 밖, 밤.

성우, 준희를 물끄러미 보고 있다.
준희, 무슨 말인지, 잘 모르겠다.

성우 (고개 작게 젓고는, 자기 자신한테 어이없는 웃음 지으며) ... 방금 내가 한 말 잊어라. (하고는, 닫힘 버튼 누르고, 문 반쯤 닫히는데)

준희 (열림 버튼 누른다)

성우 (보면)

준희 ... 저....... 선배 보기가...... (애써 웃으며) 조금..... 힘들어요. 마음이.... 이게 뭔지 모르겠어요.

성우 (준희 무표정하게 본다) 무슨..... 뜻이야?

준희 (마음이 답답하다, 성우 못 보고) ......

성우 (이래선 안 되겠다 싶다) 서준희.

준희 (보면)

성우 (단호한) 잊어. 내가 한 말......

준희 ......

성우 (준희 뚫어지게 보며) 장난이었어. (준희에게서 눈빛 안 떼고, 닫힘 버튼 누르고)

준 희 (그 말뜻을 알겠다. 맘이 아파서 눈가 그렁해 성우 본다) ....

엘리베이터 문 닫히고,
준희, 그 앞에 가만히, 서 있다.

씬 2. 엘리베이터 안의 성우, 뭐가 뭔지 모르겠다, 생각하는 얼굴이다.

씬 3. 길거리.

준희, 넋을 놓고 가고 있다. 맘이 착잡하다.

씬 4. 성우의 방 안, 어두운.

성우, 책상 앞 의자에 쪼그리고 앉아 준희가 준 선인장을 물끄러미 보고 있다, 이게 뭔가···· 이래선 안 되는데 하는 생각이 든다. 그래도 가는 마음을 어쩔 수가 없다.

씬 5. 아파트 내 공원.

영희, 현철, 자판기 커피를 마시고 있다.

영 희 (커피를 다 마시고, 컵을 구겨 옆에 놓고, 현철 조금 새침하게 보며, 데면데면) 가자.
현 철 (커피 마시다, 영희 보고 서운한 얼굴로) 벌, 벌써 다 먹었냐?
영 희 두 모금밖에 안 되는 걸, 하루 종일 먹냐? .... (자리에 앉은 채) 인나, 안 가?
현 철 (눈치 보며, 컵 보이며) 난 좀 남았어.
영 희 빨리 먹어.

현 철　(헤어지기 싫다, 억지로 커피 마시고, 입맛 다시고, 영희에게 떠보듯) 너, 집에 가면 뭐 할 일 있냐?

영 희　나, 참, 할 일 없다고 집엘 안 가. 갈 때 되면 가야지.

현 철　무, 물론 가는데... 급히 갈 건 없다, 내 말은...... (그러다, 문득 드는 생각이 있어, 영희 보며) 어른, 모시고 사니?

영 희　(강한 부정) 아니....

현 철　(마음이 편해져 웃으며, 영희 보며) 넌.. 일찍 자냐, 늦게 자냐?

영 희　(딴청하며) 늦게....

현 철　(웃으며) 뭐 하고 노냐?

영 희　(괜히 발끝으로 땅 끝 문지르며) 뭐 하긴..... 텔레비전 보고.... 책두 읽구, 그러지......

현 철　너, '동물의 왕국' 보냐?

영 희　(현철 보며) ?

현 철　(웃음 띤) 그거 봐라. 동물하고 사람하고 한 치 다른 거 없다. 재밌다, 봐.

영 희　동물 싫어. 꼭 봐야 돼?

현 철　(할 말 없다) 뭐 꼭 볼 건 없는데.... 심심하면 보라구. 얘깃거리 궁하면, 그런 것 보고 얘기도 같이 나누고... 공통 화제랄까, 뭐 그런 게 생기니까.....

영 희　(약간 놀림조) 내가 오빠랑 연애하는 것도 아닌데 왜 공통 화제가 있어야 하는 건데.....

현 철　(당혹스럽다) .. 그게... 그게....

영 희　(새침하게) 알았어.... 심심하면 봐줄게. (현철 외면하며, 살짝 웃고)

현 철　(멋쩍고) ......

영 희　(일어나며) 이제 가자.

현 철　(서운하다, 일어나며) 그, 그럴래?

영 희　(현철, 눈치 보며) 토큰 있어?

현 철　토큰? ... (주머니에 손 넣어, 짤랑거리는 토큰 꺼내 영희 보이며) 있어...

영 희　(현철 손바닥 슬쩍 보고, 현철 보며) 토큰 좀 많이 사가지고 다녀라. 월급 탈 때, 한 달 치씩 사가지고 다니면 좀 좋아..... 쩨쩨하게.... 낼 아침 되면 또 탈 것 없겠네.

현 철　(웃으며, 토큰 주머니에 넣고) 뭘 자꾸 잊어버려서.... 담부턴 그럴게.

영 희　(딴청 피우며) 내 말.. 때문이라면, 굳이 그럴 필요 없구.... 내가 오빠, 마누라

도 아닌데, 뭐. (하고 걸어가고)

현철　(그런 영희 예쁘게 보며, 따라 걸어가며) 낼, 강의 나올 거냐?

영희　어? ..... 어? ..... (괜히, 안 보고) 나가야지.... 돈 냈는데.....

현철　(좋다) 들어가라. 문까지 바래다줄게.

영희　내가 어린애야, 집 못 찾아갈까 봐 문 앞까지 배웅하게. 동네 여자들 말 만들어주기 싫어. 그냥 가.

현철　그럴까.....?

영희　여기서 헤어지자.

현철　(서운하지만, 웃으며) 낼 보자. (하고 돌아서서 가고)

영희　(현철 가는 것 보며, 수줍게 웃음 나고, 돌아서서 가고)

## 씬 6.　성우의 거실.

영희, 신발을 벗고, 자기 방으로 가려다가 성우의 방문 열린 것 보고는 그 방으로 들어간다.

## 씬 7.　성우의 방.

성우, 옷 입은 채 이불도 안 덮고, 침대에 누워 잔다.
영희, 방에 들어서서 그것 보고는 이불장 열어 덮어주고, 그 옆에 앉아 성우 머리 한 번 쓸어 넘겨주며.

영희　(약간 걱정스레) 뭐가 그리 고단해.... 이불도 안 덮고 잠이 들어...... (그러다, 흐뭇한, 서글픈 웃음 지으며) 언제 이리 컸나.... 애미 없어도 살 만큼 많이도 컸네.... (하며, 성우 얼굴 만지고, 일어나 나가려는데, 책상 위에 선인장이 눈에 들어온다)

인서트 - 선인장.

## 씬 8. 동진의 차 안.

세미(담담하게 창밖만 보는) 조수석, 동진 운전석, 장어 뒷좌석에 앉아 있다.

장어 (얼굴 바짝 동진 쪽에 대고, 신이 나서) 형, 운전 잘한다. 이거 형 차야?
동진 (편하게) 아니...... 아버님 차야.
장어 와... 형 아버지도 운전해? 혀, 형네 식구 다... 운전할 줄 알어?
동진 (웃고)
세미 (장어 보며, 면박) 그만해. 운전하니까, 차가 있지, 운전도 못 하는데, 차가 있냐?
장어 (바보처럼 웃으며) 맞아...... 운전하니까, 차가 있구나.... 우린 운전 못 해서 차 없구..... (동진에게) 그치, 형?
동진 뭐 먹을래?
세미 비싼 거... 먹어두 돼요?
장어 (좋다) 형, 형... 나, 양식 먹을 줄 안다.... 돈가스도 먹을 줄 알고.. 세미야, 우리 스테키(일부러 이렇게 쓴 것임)도 먹을 줄 알지..... 옛날에 동두천 하니 네서, 깜둥이 졸라가 사줬지? 우리 먹어봤지?
세미 (싫다) 가만 안 있어?
동진 좋아. 양식 먹자, 양식 사줄게.
장어 (고개 연신 꾸벅이며) 고맙습니다. 고맙습니다.
세미 (동진 보고)

## 씬 9. 제법 큰 레스토랑 전경.

## 씬 10. 레스토랑 안.

장어, 세미, 동진, 테이블에 앉아 있다.
동진, 냅킨을 무릎에 깔면,

세미, 눈치껏 냅킨을 무릎에 깐다.
장어, 티 나게 냅킨을 무릎에 깔고, 신이 나서.

장 어　(동진에게) 형, 나 잘했지, 이렇게 하는 거 맞지?
세 미　(짜증스레) 가만 좀 있어.
동 진　(너그럽게 웃으며) 맞아.
장 어　(세미에게) 맞다잖아, 형, 우리 잘했지?
세 미　(동진 보며, 기분 나쁘지 않고)

시간 경과.

웨이터, 스테이크 접시를 세 개 가지고 동진의 자리로 온다.
장어, 샐러드를 먹다가 고기 접시를 보자 너무 좋아 벌떡 일어나, 웨이터가 든 접시를 받으려 하며.

장 어　우와, 고기다.

웨이터, 싫은 기색을 하고, 접시를 들고 뒤로 살짝 물러난다.
세미, 웨이터의 그런 기색 안 놓치고 보고,
옆 좌석 사람들, 장어 보며, 이맛살 찌푸리고,
세미, 그것까지 안 놓치고 보고.

장 어　(앞으로 내밀었던 더러운 손, 자기가 한 번 보고, 뒤로 숨기며, 멋쩍게 앉는다)
동 진　(따뜻하게, 장어에게) 가만있어. 주실 거야. (웨이터에게) 내려놔요.
웨이터　(무표정하게, 스테이크 접시를 동진, 세미, 장어(고기 접시 보고 좋다) 순으로 주는데, 세미와 장어 줄 때, 얼굴이 싫은 얼굴이다)
세 미　(그런 웨이터에, 짜증이 심하게 난다)
웨이터　(동진에게) 와인 하시겠습니까?
동 진　아뇨. 맥주 주세요.
웨이터　(절하고) 네.

장 어　　형, 나두 맥주 먹을 줄 안다.

웨이터　　? (싫다)

세 미　　(놓치지 않고 본다)

동 진　　(장어 보고 웃으며, 웨이터에게) 맥주 많이 갖다줘요.

웨이터　　알겠습니다. (인사하고, 가려는데)

세 미　　(가는 웨이터 보며, 가라앉은) 야, 너 거기 서.

동진, 장어　　?

웨이터　　(돌아본다) ?

세 미　　야..... 나한텐 너 왜 안 물어? 술 뭘로 먹을 거냐고, 왜 안 묻냐고?

동진, 장어　　(얼었다)　?

웨이터　　(짜증난다)

세 미　　(냅킨 둘둘 말아, 바닥에 내팽개치고, 웨이터 보며, 비아냥거리며) 너, 아까도 고기 시킬 때, 나하고, (장어 가리키며) 얘한텐, 바싹 구울 거냐, 덜 구울 거냐, 그런 거 안 물었지? 누구는 옷 말끔하게 입었다고, 필요 없는 절까지 굽신거리며 주문받고, (조금 큰소리) 우린 옷 좀 후지게 입었다고.. 무시하고.... (가라앉은) 우리가 너한테 무시받을 짓 한 게 뭐 있어? (하고, 한숨 쉬고, 잠시 생각하더니 탁자보를 아래로 확 잡아당겨버린다, 그 바람에 음식들 모조리 바닥에 나뒹굴고)

장 어　　(거의 울상이다)

동 진　　(차분하게, 세미를 보고 앉아 있다)

세 미　　(동진 보며, 서운해, 입가가 다 떨리는) 밥 한 끼 사준다고, 이런 시시껄렁한 데를 데리고 와서, 사람 무시당하게 만들고..... 아저씨가.... 그렇게 잘났어....? (버럭) 사람 무시할 만큼 잘났어!? (하고는, 간신히 화 삭이고 주변 사람들 (짜증스런) 획 한 번 보고, 동진 보며) 당신... 나빠. (하고는 입안에 침을 모아, 동진의 얼굴에 뱉고는 나가버린다)

장 어　　(벌떡 일어나, 세미 간 쪽 보고) 세미야.... (하다, 동진(답답하고, 아무 말도 하기 싫다) 보고, 울상이 돼, 손바닥으로 침 묻은 동진의 얼굴 닦아주며) 형, 어떡해..... 형, 어떡해.....

동 진　　괜찮아..... (하며, 주머니에서 손수건 꺼내 얼굴 닦으면서도 기분 안 좋고, 문 쪽으로 시선 가고)

## 씬 11. 레스토랑 밖.

세미, 문을 쾅 닫고 나와, 씩씩대고는 다시 문 쪽으로 고개 돌려 보고는, '내가 왜 그랬지.' 하는 생각이 든다. 그러다 '젠장.' 하며 갈 길 가고.

## 씬 12. 준희의 침실.

준희, 침대맡에 앉아 생각하며 담배를 피우고 있다.
은수, 자고 있다.

**인서트 - 6부 씬 1.**

성우　(단호한) 잊어. 내가 한 말......
준희　......
성우　(준희 뚫어지게 보며) 장난이었어. (준희에게서 눈빛 안 떼고, 닫힘 버튼 누르고)

현실.

준희, 넋 놓고 담배를 피우고 있다.
은수, 자다가 뒤척이다 작은 기침하고 부스스 깨어, 앉으며.

은수　(잠 덜 깬) .... 아우.... 담배 냄새......
준희　(그 말에 은수 고개만 돌아 보고) 깨.. 깼니?
은수　(준희 등에 기대 졸린) 왜 잠을 못 자고.... 무슨 걱정 있어?
준희　(담배 재떨이에 끄며) 아.... 아니.....
은수　(등에 기댄 채) 몇 시야?
준희　(앉은 자세 그대로) 네 시.
은수　여적 뭐 한 거야?

준희 (할 말 없다) .......

은수 이상하다...... 잠 잘 자잖아. 왜 그래?

준희 (머뭇대며) 별.... 일 아냐...... 자자.

은수 (졸린) 좀만 이대로 있어.... 너무 졸려 못 눕겠어......

준희 (답답하다) 은수야.....

은수 (졸린) 응...... 말해......

준희 넌.............. 강하지....?

은수 응.

준희 (생각하는, 천천히) ...... 넌, 내가..... 언제나 옳은 결론만 내린다고 했는데.... 과연.... 그럴까?

은수 (졸린) 그럴 거야. 세상 사람들이 다 틀려도, 넌.... 옳아......

준희 (자기 생각에 빠져) 왜, 애?

은수 넌, 오래 생각하니까..... 다른 사람들은 금방금방 생각하고, 말하잖아.... 넌... 오래 생각하는데.... 그게 어떻게 틀려....

준희 (답답하다, 앞만 보고, 생각하며) 너...... 무슨 일이 있어도...... 내 친구 할 거지......

은수 .... 부... 인도........ 할 거야......

준희 (생각하는, 혼잣말처럼) 내가......... 아무도...... 다치게 안 했으면 좋겠어.....

은수 (자고)

그런 두 사람 한 화면에 잡히고.

## 씬 13. 회사 현관, 아침.

사람들, 분주히 오고 간다.
현관문 열리고, 하숙, 성우 손목을 끌다시피 해 나오고 있다.

성우 (끌려가며) 왜, 그래?

하숙 (멈춰 서서) 사장이 보자는데, 빼? 건방이 하늘을 찌르네, 얘가?

성우 (웃으며) 일 많어. 어제 일에 대해서... 별로 할 얘기도 없고.

하숙 할 얘기, 넌 없지만, 내가 있어. 나 어제 우리 임 과장님하고 한판 오지게 붙었어. 기분 별로니까, 날 위해 시간 좀 내. (손목 끌며) 따라와.

성우 언니...... (하며, 손목 아파하며 따라가고)

## 씬 14. 커피숍.

하숙 (차 마시다, 놀라) 뭐?!

성우 (차 마시며, 입가에 미소 짓고) ....

하숙 (찻잔 내려놓고) 잠깐... 정리 좀 하자..... 하니까.... 뭐냐, 우리 일터에 인테리어 맡긴, 그놈이 왕년에 그, 교수 놈이다, 그거야?

성우 (웃으며) 그래, 그놈이 그놈이야.

하숙 어머 어머... 웬일이니.... (생각하더니) 혹시... 그놈, 그거 여기 계획적으로 온 거 아니니?

성우 설마... 간이 부었다면 모를까, 부인까지 데리고..? 아니야.

하숙 하긴, 오늘도 부인이 일 때문에 전화했던데....

성우 (보면)

하숙 결정됐으니까, 일하러 오라고 하드라고. 성우야, 그 일 덮을까? 그럴까 보다, 야.

성우 으이그... 언닌 그 기분 따라 일하는 버릇 좀 고쳐. 어디까지나 공은 공이고, 사는 사야. 벌써, 현주, 김 대리 보냈어. 잘 돼가는 일, 분란 만들지 마.

하숙 넌 속두 좋다.

성우 (웃으며, 장난기 많은) 끝난 일, 속 끓여봐야. 워낙 환란이 많으니까.... 이젠, 그런가 보다 해..... 나 곧 부처 될 거 같지?

하숙 (고개 절레절레 저으며) 부인도 이쁘고... 애들도 있다며.... 미쳤다, 미쳤어... 하여간 남자들이란. (문득, 생각하더니) 성우야, 전화 있냐?

성우 ?

하숙 우리 임 과장 체크 좀 해야겠다. 이 인간두, 요즘 낌새가 영 수상해.

성우 ?

하숙 이 근래, 내가 못마땅해 아주 죽는다, 죽어.

성우 (웃으며) 또 왜?

하숙 아침에 컵에 물을 따라줬는데, 거기 고춧가루가 하나 묻었나 보더라구. 눈두 밝지. 그거 하나 땜에, 남잘 뭘로 보냐구, 돈 못 번다고 무시하는 거냐고, 길길이 뛰는데, 아주 식겁했다. 아침에 내가 애들 학교 보내랴, 집안 치우랴, 그 바쁜 와중에도 앞으로 두 손 모으고, 꼭 지를 배웅해야 된대. 이게 어느 나라, 법이야. 내가 무슨, 힘 좋은, 여자 홍길동도 아니고.....

성우 (웃는다)

하숙 한번은 정색을 하고는, 자기 일생일대의 라이벌은 나라는 거 있지. 야, 남자가 라이벌을 삼으려면, 좀 상대가 되는, 이 나라 대통령이나 재벌 총수쯤을 잡아야 하는 거 아니니? 맨날, 뜬뜬 장사나 하는 날, 뭐 할라고 라이벌로 삼냐, 안 그래?

성우 속 많이 상했나 보다.

하숙 (차 한 모금 마시며) 상하긴.... 이렇게 한바탕 욕하고 나면, 곧 다시 그 남자가 못내 불쌍해진다. 회사가 힘든가 봐. (헛웃음 지으며) 이래서 부부가 산다. (성우 눈치 보며) 넌, 이젠 정말 끝낸 거지?

성우 ?

하숙 이 교수, 어제부로 쫑낸 거냐 말이야. 사실 정민이 만날 때도, 너, 종종 이 교수한테 미련 있는 식으로... 나한테 그랬잖어.

성우 (쓴웃음) 내가 그랬어?

하숙 그랬어.

성우 (씁쓸한 웃음 지으며) .... 다 끝났어......... 어제부로가 아니라, 이 교순, 벌써 까마득히 오래전에.... 정민이도...... 이젠, 잊었어...... (밝게 웃으며) 난, 이제 정말 프리다. 날아갈 거 같애.

하숙 (걱정스럽게) 다음엔, 꽈배기 같은 사람 만나지 마라.

성우 꽈배기?

하숙 정민이처럼, 집안 식구 모두가 꼬여서, 꽉 막힌 사람도 만나지 말고, 이 교수처럼, 만나는 그 즉시, 인생이 꼬일 수밖에 없는, 유부남도 만나지 말라고. 특히, 유부남 쪽은 근처도 가지 마.

성우 (웃음 띤) 알어요, 나두 데여서 이젠 진짜 알어....... 유부남(준희, 4부에서 울듯 웃는 모습, 인서트) ......... 유부남은, (답답하다) 안, 안 만나.......

하숙 하긴, 니가 유부남 만날라고 만났겠냐? 사랑이 맘먹은 대로 되면, 좋게.

성우 (준희 생각하는) .....

하숙 그래도, 사랑이 그런 거라곤 하지만, 난 너, 이 교수 만난달 때, 말은 안 해도 밉드라. 그 사람 애들이 그렇게 생각이 나드라고. 애 두고 바람을 펴? 이혼을 해? 성격 차이? 말도 안 되는 소리들 하고 있어. 야, 남남이 만나면 성격 차이 나는 거 당연하지 않냐? 나두, 애들만 아니었음, 우리 임 과장하고 골천번도 더 헤어졌다. 하지만, 애를 거둔 마당엔..... 이혼 그건, 돈 짓이야. ... 애 있는 놈, 혹여 다시 만나지 말어. 벼락처럼, 천둥처럼 오는 사랑이래도...... 하지 말어.

성우 (차 마시며, 편하게) 애 없는 유부남은 괜찮어?

하숙 (차 마시며) 애 없는? (손사래 치며) 그건 아무, 절대 상관없다. 남자든, 여자든, 요즘 세상에 호적에 빨간 줄 오가는 거, 그건 별 문제 아니지. 애 없고, 사랑이 식었는데, 백 년을 산다? 어떻게 사냐? 그건 백 번 천 번 괜찮아.

성우 (그 말에 작게 한숨 쉬며, 차 마시다, 생각하며) ..... 애가 없대도... 유부남은 유부남인데? ..... 이젠 바보 같은 짓 안 해. (차 마시고)

## 씬 15. 사무실.

성우, '예, 사장님 좀 바꿔주세요.' 하며 전화 받고 있다.
재석, 현주, 인부 두엇 한쪽에 모여 앉아 있다. 재석, 도면 보고 있다. 한쪽 공간이 남아돈다, 고민된다, 뭐 그런 얘기다.
카메라, 성우 쪽으로 가면 성우, 전화를 받고 있다.

성우 (웃으며) 네, 그렇잖아도, 저도 보고받아 알고 있어요. 벌써 말랐어요? 날이 눅지근해서 걱정했는데, 잘됐네. (사이) 그럼 모레 갈게요. 예, 그래요, 그때 뵐게요. (하고, 전화 끊고는, 언제 웃었냐는 듯 서류 뒤적이며) 서준희 씨!

재석, 현주, 도면 보다, 성우 보고.

성우 (서류 보며) 서준희 씨!

재석 저, 서준희 씨, 세검정 들어갈 거, 자재 정리하러 창고 갔는데요.

성우 (고개 들어, 재석 보며) 김 대리, 자재 정리 같은 거 미리미리 하면 안 돼? 오후에 들어갈 걸, 이제 정리해서 어떡하겠다는 거야? 빠진 거 있음, 책임질 거야?

재석 그게, 어젯밤에 오다가.....

성우 어젯밤이 아니라, 어제 오후 다섯 시에 낙찰 봤다며, 그럼 퇴근 전까지 한 시간이나 있었잖아.

재석 (짜증난다) 어제두 발주할 게 있었다구요. 우리가 놀면서 일 안 하는 것두 아닌데, 실장님은 우리가 무슨 슈퍼맨인 줄 알아요?

현주 (재석 툭 치며, 작게) 왜 그래요?

재석 (현주에게) 사실이 안 그러냐?

성우 (재석 하는 양 보다가, 가라앉은 목소리로) 김 대리.

재석 왜요?

성우 어제 발주 나간 거, 언제 오다 난 거야?

재석 ?

성우 수요일 두 시지? 왜 발주 안 했어? ... 김 대리가 재료 결제, 잊구, 늦게 서류 올렸지? 그래서 일이 밀린 거지?

재석 (짜증나지만 할 말 없다)

성우 자기 실수를 성깔로 마무리 지을 생각하지 마. 그리고 그 도면, 내주 목요일 나갈 거지, 일단 접고, 오후에 손님 내방하기로 했으니까, 전시실 내려가. (사이) 나두, 성질 있어. 그만 얘기해. (서류 보고)

재석 (짜증스레, 도면 접으며, 짜증) 다들 막일 뛰러 가자! (현주에게) 가서, 작업복 가져와! 막노동꾼복 가져오라구!

현주 (불안하다)

그때, 준희, 청바지에 티셔츠 차림에 목장갑 끼고 들어온다.
준희, 재석 보고, 현주, 준희에게 성우에게 가보라고 눈치 주고, 준희, 영문 몰라하며, 성우 자리로 가 선다.

준희 저, 찾으셨어요?

성우 (무표정하게 한쪽에 있는 서류 건네주며) 이거 오늘 기획안 다시 써서, 올려.

준희 ?

성우 아침에, 프리미엄에서 자재값 인상한다고 보고 들어왔어. 작가, 가격 낮은 사람으로 두엇 다시 추천해. 작품 보지 말고, 가격 따라 작가 선정해. 무식한 거래처니까, 무식하게 일해.

준 희　(답답하다)

성 우　(서류 보며) 가봐, 얘기 끝났어.

준 희　.......... (잠시 생각하더니, 서류 받아 들고 착잡한 얼굴로 자리로 가고)

현주, 재석 팔을 끌다시피 해 사무실 나가고.

성 우　(서류 보다, 준희에게 자신도 모르게 눈길 가고)

준 희　(답답한 얼굴로 서류 보며, 앉아 있고)

성 우　(잠시 생각하다, 다시 맘 다잡고, 서류 보고)

## 씬 16. 전시실.

인부들, 전시를 재배치하고 있다.
재석, 현주, 테이블에 앉아 있다. 재석은 열 받은 얼굴로 담배 피우고 있고, 현주는 달래고 있다.

현 주　화내지 마. 풀어, 응?

재 석　너두 봤잖아, 잠시 잠깐이라도 사람 쉴 틈을 안 주잖냐. 우릴 꼭 먹고 노는 사람처럼 말하잖아. 콱 때려칠까 보다.

현 주　생각을 해도, 어떻게, 그렇게밖에 생각을 못 해. 일에 순서가 잘못됐다, 그러니 고쳐라, 그렇게 받아들이면, 누가 잡아먹어? 김 대리가 먼저 문제의 시발을 줬잖아. 내가 번번이 뭐라 그래? 덤벙대는 버릇 버리랬잖아, 꼼꼼히 체크하는 버릇 기르랬잖아.

재 석　넌 누구 편이냐?

현 주　편은... 고무줄놀이도 아니고, 무슨 편?

재 석　누구 편이야?

현 주　김 대리... (하다가, 주위 둘러보고, 작게) 자기 편이야.

재 석　(갑자기 기분 좋다) 그치? .... 야, 우리 영화 구경 갈래?

현주　(한심하다) 사람이 어쩜, 이렇게 단순할까.....

재석　뭐?

현주　(장난기 섞인, 고개 절레절레 저으며, 얼버무리는) 아냐.... 아니고, 아닌데..... (뜬금없이) 영화 구경 안 가.

재석　왜?

그때, 준희 내려와 전시를 돕는다. 준희 내려오는 것 두 사람 다 못 본다.

현주　깜깜한 데서 손잡을라고? 그리고 내가 좋아라 하면, 또 까졌다고, 책잡으려고? 이젠 안 속지.

재석　(으름장) 빼지 마. 오늘 가는 거야. 너 안 가면, 회사 그만둔다. 결혼해서두 너만 일 시킬 거야. 어쩔래?

현주　(일어나며) 날 아직두 안 믿어서. 안 돼.

재석　(일어나며) 내가 널 뭘 못 믿어.

현주　난, 자기가 손잡고 싶을 때, 언제나 잡을 수 있는 그런 여자 아니야.

재석　야... 그건....

현주　(돌아서서) 어, 서준희 씨 언제 왔어요?

카메라, 준희 일하는 곳으로 가고.

현주　(준희에게) 왜 내려왔어요?

준희　(작게 웃으며) 답답해서요.

현주　기획안 안 써?

준희　(답답한) 막 하래서, 막 써놓고 왔어요.

재석　(어느새, 준희 옆에 와) 일을 그렇게 하면 안 되지.

그때, 성우, 전시실로 서류 가지고 내려오다 준희, 재석 등을 보며, 얼굴 굳어지는.

성우　서준희 씨!

준희　(돌아보고)

성우 지금 반항해. (사이) 이게 수정 기획안이야?

준희 (답답해지는)

성우 국전 한 번 안 한 작가를 추천해? (계단에 기획안 내려놓고, 준희 보며) 다시 성의껏 작성해. (하고는 간다)

준희 .....

재석 (준희 치며) 가서 다시 해. 속상해 말어. 나두, 성질대로 하면, 뒤집고 싶지만, 달거리하나 보다, 예민한가 보다, 그렇게 생각하기로 했어. 속 좁은, 여자잖냐.

현주 그걸 위로라고 해?

준희 ....... (굳은 얼굴로 사무실로 올라간다)

재석 와...... 쟤... 무섭다....

## 씬 17. 복도.

성우, 자판기 커피를 뽑고 돌아서려는데,
준희, 무표정한 얼굴로 서 있다.
성우, 그런 준희 본다.

준희 (안타깝다) 저랑..... 얘기 좀 해요.

성우 (건조한) 무슨 얘기?

준희 아침부터.... 왜... 그래요? .... 선배 같지 않아요....... 눈두 안 마주치구, 말투도..... 왜 그래요?

성우 다르지 않아. 이게 내 말투, 내 표현, 내 식이야. (하고, 돌아서려는데)

준희 (성우의 팔을 잡는다)

성우 (돌아본다, 마음이 심하게 흔들린다)

준희 성우 선배.

성우 (마음 다잡으려 하며) 팔 놔.

준희 (놓고, 성우 차마 못 보고, 고개 숙이고, 자기 맘을 자기도 모르겠다, 답답하다) ......

성우 (준희 보며) 너 지금 흔들려 그거 아니?

준희 ?! (성우 보는, 안타깝다, 아무런 말도 할 수 없다)

성우 난 지금.... 흔들려, 나는 알아.
준희 .....
성우 (마음과 다른 말이다 단호하게, 맘 아픈) ... 조심하고 싶어. 우리.... 아주... 조심하자.........
준희 (성우 보는, 성우 마음 알 것 같다) .......
성우 (준희 보다, 차마 더는 말 못 하고, 사무실로 들어가고)
준희 (답답해진 마음 잠재우려 눈을 감아버린다) ......

## 씬 18. 사무실.

성우, 담담하게 서류철을 보다가, 답답한지, 눈을 감고 한숨 쉬는, 어떻게 할 바를 모르겠다.

## 씬 19. 센터 강의실 복도.

왁자지껄하게 영희, 선주, 유란 다른 주부들과 함께 강의실 나와, 걸어가며.

선주 (수다스럽게) 오늘 강의 왕 재밌었다, 그치? 갈수록 태산이란 말이 이 뜻인가 보다, 너무너무....
영희 (말꼬리 자르며) 속담 풀일 하려면 제대로 해, 갈수록 태산은 이럴 때 쓰는 말이 아니지. 널 두고 쓰는 말이지. 같은 뜻으로, 이런 고사성어도 있다, 첩첩산중.
선주 (유란에게) 얘 뭐래니?
유란 (웃으며, 가며) 너 바보래.

그때, 현철, 복도에서 기다리고 있다가 세 사람 앞을 불시에 가로막아 서며.

현철 (기침) 어험!
선주 (화들짝 놀라, 현철 보며) 어머?!

영희, 유란, 현철(선주 반응에 놀란) (선주 행동 오버다 싶다)

선 주 어머, 선생님 여기 계셨네.

현 철 (머뭇) 네.... 에....

선 주 우리 기다리셨어요? 오늘도 저희랑 차 한잔하려구요?

현 철 아.... 예....

선 주 어머, 기쁘기도 해라. 그럼 가요. (하며, 현철 팔짱 끼고) 어디서 사실 거예요? 분위기 좋은 데 아세요?

현 철 (황당해 할 말을 잃었다)

선 주 일단 가요. 어서요. (현철 끌고 가고)

현 철 (얼떨결에 선주 따라가고)

영 희 (기분 상한, 선주 고깝게 보고)

유 란 (선주 행동 보며) 아주... 막간다...... 안면 몰수네.

영 희 (선주 꼬나보며) 놔둬라..... 옷 벗고 덤비라 그래. 누가 이기나.

유 란 (영희 보고) ?

영 희 (선주 따라가고)

## 씬 20. 신문사 공원 벤치.

선주, 유란, 영희 앉아 있다.

선 주 (놀라) 집 앞에?

유 란 (영희 황당해 보는) .....

영 희 (잘난 척, 선주 놀릴 맘이다) 응..... 집 앞에... 왔었어.....

선 주 (심각한) 방에두..... 들어갔니?

유 란 그런 거야?

영 희 (선주, 보고, 유란 보고) 들어갔음?

선주, 유란 (놀라는)

영 희 (어이없다) 상상을 해도..... 내가 너냐?

선 주 ?

영 희 너 니 남편이랑 연애할 때, 니 남편이 너냐, 영순이냐 결정 못 내리고 있을 때, 니 남편, 니 방에 가둬서, 일내고 결혼했지? 미안하지만, 난 너랑 격이 다르지.

선 주　(굳어져) 그걸 어떻게..... (하다가, 유란 본다)

유 란　(미안하다) 어, 그게.. 어........

영 희　(선주에게) 걔 뭐랄 것 없다, 걔두 너처럼, (강조) 깜박깜박한대. 아참, 나두 깜박했네, 유란이가 말하지 말랬는데... (놀리는) 이해해라..... 우리 다 친군데, 깜박 병이 우리 사이에 도나 보지 뭐. 친군데, 친구 닮는 거, 당연하지 않니?

선 주　(씩씩대고)

유 란　영희야....

영 희　(아랑곳 않고) 선주야, 얼굴 풀어. 주름 보인다.

선 주　상관 마.

영 희　(놀리는) 오빠.. 오는데두?

시간 경과.

현철, 영희, 유란, 선주, 커피를 마시고 있다.
현철, 영희에게만 '뜨겁다, 훌훌 불어 마셔라.' 한다.
영희, '오빠두 안 데게 잘 먹어.' 하고 두 사람 아주 가깝게 보인다.
유란, 그런 두 사람 호기심 많게 보며, 재미있다는 웃음 짓고 있고.

선 주　(샘난다, 괜히 투덜대며) 기껏, 자판기 커피 사줄라고, 우릴 불렀어요?

현 철　?! ..... 바깥 공기가 좋아서... 왜 맛이 없으세요?

영 희　(선주, 이것 봐라 하는 얼굴로 보며, 짐짓 부드럽게) 선주야.... 대충 먹어.

유 란　그래라.

선 주　이거 진해서 싫단 말이야.

영 희　(선주 컵 뺏는다)

선주, 유란, 현철　?

영 희　내가 마실게. 싫은 거, 괜히 억지로..... 마시지 말어. 아참! (사이) 병원 가야 되지, 어서 가.

선 주　?

영 희　치질 땜에 가야 한다며?

선 주　(화가 나, 할 말이 없다) 너.....

영 희　밑이 많이 쪼인다며, 가봐라. 변 보기 힘들면, 만사가 귀찮은 법인데.

선주, 유란(불안), 현철(민망)　!

영 희　(아랑곳 않고) 내가 항문 수축 운동법을 아는데, 언제 날 잡아, 우리 집에 와라. 신랄하게 갈쳐줄 테니까.... 그런데, 너 너무 생긴 대로 노는 거 아니니? 웬 치질?

선 주　(열 받는) 나쁜.....

영 희　너, 그 병 그거 반드시 고쳐라. 잘못해서, 그 병 더 늙을 때까지 가져가면, 기저귀 차는 수 있어.

현 철　(너무하다 싶다) ......

선 주　(벌떡 일어나며) 나 갈래! (울상이 돼, 가방 들고 가버리고)

영 희　잘 가라, 선주야!

유 란　(영희에게) 너까지..... 왜 그래?

영 희　(아랑곳 않고, 현철에게) 오빠, 차 식어, 마셔.

현 철　(머뭇대며, 유란 눈치 보이고, 차 마시고)

영 희　(유란에게, 작게) 1, 2라운든 내가 뺏겼지만, 3라운든, 완전히 내가 이겼지?

유 란　(허탈하다) 아냐, 참피온 먹었다. 아이고.... (하며, 어이없어 웃고)

영 희　(웃으며, 커피 마시고)

## 씬 21. 남산공원.

음악 흐르는,

현철, 영희, 얘기하며 계단을 오르고 있다. 현철, 영희, 비둘기 밥을 주고 웃고 있다. 현철, 비둘기를 아이들처럼 구구구 날리고,

영희, 그것 보고 흐뭇하고,

현철, 안 찍겠다는 영희를 끌고 사진 한 방 찍고, 음악 끊기는, 현철, 영희 분수대 앉았다.

현 철　(O. L, 어이없는 웃음을 흘린다)

영 희　별안간 왜 웃어?

현철 (영희 보고) 너, 아까 대단하드라. 눈 똑바로 뜨고, 사람 무안을 주는데... 등골이 오싹하드라.

영희 나두 경우 하면, 남만큼 지키는 사람인데, 오죽이나 당했으면, 그랬겠어. 걔는 하느님이 나 골탕 먹일라고 이 땅에 보낸 애 같다구. 걔, 내 남편 죽었을 때 와서 뭐랬는 줄 알어?

현철 (웃으며) 뭐랬는데?

영희 실컷, 첩년처럼 울더니.. 갑자기 안색을 싹 바꾸면서, 상복 입은 나한테 (흉내) 내 남편만 죽어, 서운했는데, 니 남편두 죽어서, 쫌 들 서운하다.

현철 (크게 웃고)

영희 도대체 남 잘되는 꼴을 못 보고..... 내가 걔한테 30년 넘게 당한 걸 생각하면, 아직, 이건, 초반전에 불과해.

현철 (영희, 예쁘게 본다) ...... 남편...... 가끔 생각나냐?

영희 (갑작스런 질문이라 당혹하다) 엉? ......... 으응.

현철 잘해줬냐?

영희 (말하기 싫다) 그렇지.. 뭐.

현철 어떻게 잘해줬는데?

영희 (외면하며) ... 애한테.... 잘하고..... 남들 하는 만큼 했지, 뭐.

현철 (아내 생각나는 얼굴이다) .......

영희 (눈치 보며) 오빠도 언니 생각, 나지? ... 언니.... 왜 죽었어?

현철 위암. (생각하는지, 영희 안 보고, 서글픈 웃음 띤) 처음 한 1, 2년은 보고 싶어 죽겠더라. 자다 보면, 옆에 있는 것 같구, 밥 먹다 보면, 앞에 있는 것 같고, 사방에 얼굴이 떠다니는데....... 이젠.

영희 이젠?

현철 귀가 어떻게 생겼는지, 코가 둘인지, 셋인지.... 모르겠어. 애들두, 지 엄말 안 닮고.... 난 이렇게 잊고, 산다.

영희 (현철 보다가, 딴 데 보며) 오빤.... 그래도..... 언니가 그리운가 보네..... 난, 그것두 없는데.

현철 ?

영희 (현철 의식하고) 뭘 봐?

현철 아니다. (하고는 주변 두리번거리다가, 솜사탕 장사 보고는) 솜사탕 먹을래?

영희 솜사탕? 달어서 싫어.

현철 솜사탕은 맛으로 먹는 게 아니야. 분위기로 먹는 거지. (하며, 일어나 솜사탕 사러 가고, 영희 그런 현철 물끄러미 보고, 현철 솜사탕 두 개 들고 제자리로 온다, 하나 영희 주며) 이거 보기보다 비싸다.

영희 얼만데?

현철 천 원.

영희 어후!

현철 먹어라. (하며, 혀로 핥아먹는다)

영희 뱀처럼, 혀를, 낼름낼름, 보기 흉해. 손으로 뜯어 먹어.

현철 그 방법두 있구나. (하며, 뜯어 먹는다, 그러다 웃는다)

영희 왜?

현철 (영희 보고, 웃으며, 멋쩍은) 맛없어, 못 먹겠다야.

영희 아깐, 맛으로 먹는 게 아니라며? (하고는 웃고)

현철 (크게 웃고)

## 씬 22. 아파트 현관 앞.

영희, 현철 걸어오다 멈춰 선다.

영희 가.

현철 (머뭇댄다)

영희 그런데, 오빠.. 회사, 이렇게 비워두 돼?

현철 칼럼 있는 주간은, 그래도 돼. 오늘 가서 밤새 써야지.

영희 시간 너무 뺏은 거 아냐?

현철 (머뭇대며) 아냐.... 아직.... 좀.... 더 시간.... 낼 수두 있어.....

영희 설마..... 우리 집.... 가고 싶어?

현철 (멋쩍은 웃음) ......

영희 들어가, 차 한 잔, 마시고, 싶어?

현철 (멋쩍어 계속 웃음 나고)

영희 (어이없어, 웃음 난다) 주현철 씨....

현철 (영희 보고, 웃음 안 가신)

영 희　(고개 저으며) 이건..... 오바지...... 과부 집에......
현 철　(용기 내서, 영희 보다가) 영희야.....
영 희　?
현 철　우리.... 여행 갈래?
영 희　(놀라) 여, 여.... 둘이?

## 씬 23. 성우 사무실, 복도.

하숙, 퇴근 준비를 하고 걸어오고 있다.

## 씬 24. 사무실 안.

조용히 일하는 분위기,
하숙, 문을 벌컥 열며.

하 숙　퇴근하자!
미 선　(놀라) 아구, 간 떨어지네.
하 숙　간? (둘레 보며) 어디 떨어졌는데, (미선 보며) 뻥은?

재석, 현주 바짝 붙어 모형 보는 것 보고는.

하 숙　아주, 들러붙어 있네.
현 주　(웃고)
재 석　(인사하며) 우리 그렇고 그런 사이예요, 이해하세요. 노처녀 주 실장님도 대충은 이해해주시거든요.
하 숙　(기막혀 웃으며, 성우 자리로 가서) 약속 있냐?
성 우　(서서, 정리하며, 편하게) 아니, 왜? ....
하 숙　임 과장님 명령 받았다.
성 우　(대수롭지 않은, 정리하며) 무슨.....

하숙　밥 먹재, 끌고 오래. 한턱 쏜단다.
성우　(정리하며) 그러자, 그럼.
하숙　(컴퓨터 보는, 준희에게) 서준희 씨!
성우　(일하다, 굳는)?!
준희　(하숙 보는)
하숙　같이 가자. 임 과장님이 불량한 후배 꼭 데려오래요. 은수한테 연락해요.
성우　(준희 보는)
준희　(성우 보는)

## 씬 25. 은수의 갤러리.

동진과 테이블에 앉아 있다.
은수, 전화 받는.

은수　....... 응, 들었어.
준희　(E) 우리 가지 말자.
은수　왜?

## 씬 26. 전시실.

준희, 혼자 서서 전화하는.

준희　약간..... 피곤해......... 우리 만나서 데이트하자.
은수　(E) 새삼스럽게, 데이트는.. 우린 사는 게 데이트잖아.
준희　가지 말자. 난 묶인 몸이잖아, 니 핑계 대고... (성우 생각나는) 피하고 싶어.

## 씬 27. 은수의 갤러리.

은 수　나 벌써, 임 과장님한테 전화 받았어. (사이) 간다 그랬지. 일두 맡았는데, 인사 겸...... 로비해야지..... 많이 피곤해?

동 진　(은수 보고, 웃으며, 과일 먹는)

은 수　피곤해두 좀 참어. 내가 집에 가서 안마해줄게. 임 과장님 댁에서 보자. 나 지금 바빠서 끊어야 되거든. 손님 와 있단 말이야. (동진 보고, 웃으며, 과일 먹는) 여보? 여보세요?

## 씬 28. 전시실.

준 희　(달래는) 은수야...... 오늘은... 집에....

은 수　(E) 동진이 왔어. 얘랑 얘기해야 한단 말이야. 전화 계속 와서, 얘기 한마디도 못 했어. 30분두 더 기다렸다고.

준 희　(답답한) .... 한 번만 내 말.... 들어. 가지 말....

은 수　(밝게, 장난, E) 자기야... 전화가 이상하네..... 지지직거리네.....

준 희　(기운 빠진다)

은 수　(E) 피로회복제 먹고, 만나요! 어, 전화가 끊기네. (하고 툭 끊는다)

준 희　....... (허탈해져, 전화 내려놓는다)

그때, 하숙(준희 가방 든), 성우(썩 내키지 않는 걸음이다) 내려온다.

하 숙　갑시다.

준 희　? ...... (성우 보는)

성 우　(피하며, 하숙에게) 어디로 가?

하 숙　장 봐놨대, 우리 집으로 가자. 차들 놔두고, 내 차로 가자, 나와. (하고, 나가고)

성 우　(난감하다) ? (준희 보는)

준 희　(성우 보는)

## 씬 29. 은수의 갤러리.

동진, 은수, 얘기하고 있다.

은수 (눈치 보며) 너, 그 세미라는 애한테 맘 있는 거.... 아니지?

동진 별소릴 다 한다....... 그런 사람들 보면, 맘이 짠해져서....

은수 동정해?

동진 주제에 무슨 동정.... (생각하는) 너, 명식이 형 알지?

은수 (보는)

동진 그 형 지금 미아리 일대 사건 담당인데, 거기서 만나는 여자들마다 붙들곤, 이렇게 얘길 한대, 공장 다녀라, 야간 학교라도 나가 한 자라도 배워라. 그때마다 여자들한테 듣는 소리가 뭔 줄 알어? (자조적인 웃음 띤) 엿 먹어라. 너 잘났다, 자식아.

은수 (동진 보는)

동진 (은수 안 보고) 내가 물었지. 뭐한다고 그런 얘길 걔들한테 해요. 그러다 뒈지게 내버려두지....... 그랬더니 그 형이... 술 잘 팔아라, 병 걸리지 말고... 그렇겐 차마 못 하겠어서... 자긴 그 얘기밖엔 해줄 게 없어서.... 그런대.... (사이, 한숨) 은수야, 세상은 참 많이 불공평해..... 걔들한텐 아니다 했지만, 그런 것 같애..... 가난을, 포악한 부모를 걔들이 선택한 건 아니거든.... 첨에 기자 되면서, 이 불평등한 세상을 내가 공정한 눈을 가지고..... 바로잡고..... (시답잖단 생각이 든다) 뭐 같은 생각이지.

은수 (걱정스럽다) 말투가.... 왜 그래?

동진 난 월급쟁이다. 기자라는 신분 아닌, 직업을 가진.... 한 달에 월수 150, 기자.

은수 (동진 보고, 따뜻하게) 너, 준희가 판화를 했던 이유 알어?

동진 (은수 보며, 미소 띤) 아니.

은수 판환, 여러 장 찍을 수 있기 때문이야. 돈 없는 사람들의 집에도 걸어두고 싶었대. 갠 자기가 판화를 못 해서, 그 기쁨을 잃었다고 생각해. 하지만, 그건 모자른 생각이야.

동진 ?

은수 걜 보는 것만으로도 즐거운 사람이 있는데.... (동진 보며) 니가 가진 그 생각만으로도 위안이 되는 사람들이 있어. 세미도, 장어도? .... 아무튼 걔도 니가 작게는 위안이 됐을 거야.

동 진　(쓰게 웃는) ........

은 수　세미란 애한테 잘해줘. 정만 줘. 너, 사랑하면, 도망가는 버릇 있잖아.

동 진　?

은 수　넌 혼자가 어울려. 글 쓰구, 고민하구. (장난치듯) 착각인가? 날 사랑해서 도망간 게 아니라, 싫어서 간 건데?

동 진　쓸데없는 소리. (일어나며) 가봐라, 늦겠다.

은 수　(일어나고) 배웅 안 한다.

그때, 한쪽에 있던 인정 오며.

인 정　(동진에게, 머뭇대며) 이 기자님.

동 진　(본다) ?

인 정　낼 저랑 데이트하실래요? 고백할 게 있는데.

은수, 동진　(뭔 소린지 몰라, 서로 보고)

동 진　(어색하게 웃으며) 고백? ... 낼? .... 그래, 그러자.....

인 정　(넙죽 절하며) 고맙습니다. (하고, 작업실로 뛰어가고)

은 수　(웃으며) 가봐.

동 진　안녕. (하고, 가고)

은 수　(동진 가는 것 보고 웃고)

## 씬 30.　길거리, 밤.

동진, 세미 생각하는지, 생각 많은 얼굴로 걸어가고 있다.

## 씬 31.　단란주점 안.

세미, 단란주점 같은 데서 노래하며 춤추고 있다.
술꾼들, 세미 앞에 놓인, 바구니에 돈 주고.

## 씬 32. 단란주점 밖.

장어, 불쌍하게 앉아 있다. 지나가는 사람 보다가, 주머니에서 동진 명함 들고 보고, 다시 넣고 손가락으로 바닥에 '세미'라고 쓰는.

## 씬 33. 정류장 앞에 서서, 생각 많은 얼굴로 담배 피우는 동진.

## 씬 34. 아담한 주택 전경.

하 숙 (E) 이걸, 장이라고 봤어, 아이구, 천하의 짠돌이, 증말!

## 씬 35. 하숙의 집, 거실.

임 과장, 준희, 바둑 두고 있다.
하숙, 성우, 주방 쪽에서 지지고 볶고 한다.

임 과장 (바둑 두며, 데면데면) 김 사장 돈으로 샀으면, 더 샀겠지, 하지만, 과장 월급이 어디 많은가.... 것도 큰맘 먹고 산 거야....

하숙, 주방 쪽에서 나와 거실 내다보며, 맘에 안 드는 얼굴로.

하 숙 말을 해도... 그렇게밖에 못 하냐?
임 과장 라면 사려다가 그거라도 산 거니까, 잔말 말고, 준비하십시오, 하숙 아주머니. (그러다, 준희 보며) 너 안 둬?
준 희 (웃으며) 뒀어. 형 둘 차례야.
임 과장 그러냐. (하며, 더 생각하고)
준 희 (웃고, 하숙 보며 웃고)

하숙, 그런 임 과장 보며.

하 숙　내가 콧구멍이 둘이니까, 숨을 쉰다. 기두 안 막혀, 증말. (하고는 주방 쪽으로 가고)

## 씬 35-1. 주방.

성우, 웃으며 잡채를 볶고 있다.
하숙, 생선가스를 튀기며, 모두 인스턴트 음식뿐이다.

하 숙　(짜증스레, 일하며) 내가 저런 사람하고 산다. 사람 속을 은근히 뒤집는데, 참을라고 하다가도 어쩔 땐 속에서 울화가 치민다니까. (혼잣말) 뭐, 하숙 아주머니? ..... (성우 보며) 저 사람 못된 하숙생 같지 않냐? 우리 집, 골 때리는 하숙집 같지?
성 우　(웃으며) 침 튀어. 조용히 음식이나 해, 이러다, 음식 엉망 되겠어.
하 숙　엉망 될 게 뭐 있냐? 죄다, 인스턴튼데.
성 우　배고파, 이거라도 먹고 싶다구.
하 숙　그러자. (하고, 생선 뒤집다가, 성우 물끄러미 눈치 보며) 너, 기분 풀렸지?
성 우　?
하 숙　어제 일?
성 우　어제는 어제로 지나갔어. 오늘은 오늘이야. (하숙, 프라이팬을 보며) 그거 타겠다.
하 숙　이런! (하고, 가스 불 끄는데)

벨소리 난다.

하 숙　은수 왔나 보다! (하고 나가고)
성 우　(하숙 나간 쪽 보며, 심란하고)

## 씬 36. 거실.

임 과장 가운데 자리에, 하숙, 성우(간간이, 국자로 자기 잔 채워가며, 술 마시고, 편안한 얼굴로), 준희, 은수(주스 마시는), 나란히 앉아 웃으며 과실주를 먹고 있다. 테이블엔 과실주 병과 마른안주 놓여 있다.
하숙, 어이없다는 듯 크게 웃으며, 임 과장을 흘겨본다.

하 숙　외조? 아이고, 아이고, 당신이 외조?

임 과장　(하숙 무시하고, 준희만 보며, 은수만 보며) 사람들은, 우리 장모님조차도 내가 무능하다, 뭐 그런 생각을 갖고 있지만, 절대 아냐. 무능한 남자가, 아낼 이렇게 크게 키울 수 있다고 생각해?

하 숙　(기막힌) 날 키워? 자기가? 그리고 언제 울 엄마가 당신을 무능하다고..... 생사람 잡지 마.

준희, 은수　(웃는)

임 과장　(하숙 보며) 사실, 당신 엄마가 날 안 무시했냐? 자넨 월급을 얼마나 받나, 번번이 때 되면, 나한테 안 묻냐고?

하 숙　그게 어떻게 무신가? 세상이 하두 살기 힘들다고 하니까, 걱정돼서....

임 과장　걱정? 그게 걱정이냐? 곤지 지르는 거지.

하 숙　곤지는 또 뭐야? 어디서 이상한 말두 잘 갖다 붙여. 울 엄마도 나두 알아요, 당신 유능한 거, 하지만....

임 과장　하지만, 뭐?

하 숙　당신이 외존 안 하지. 그냥, 내버려, 내팽개쳐두는 거지.

임 과장　야.... 외조...

은 수　(웃으며, 말꼬리 자르며) 그만들 하세요. 그러다 싸우시겠네.

임 과장　(은수 보며) 싸워? 우리가? 잘 모르시는구만. 우린 이게 일상 대화야, (잔 내밀며) 안 그래, 하숙 아줌마?

하 숙　(잔 부딪치며) 그럼요.

임 과장　애들도 장모님 집에 갔고. 오늘 알지?

하 숙　말해 무엇해. (하고, 술 마시고)

은 수　(웃고)

준 희　(웃다가, 앞에 앉은 성우에게 걱정스런 눈길 가고)

임 과장　(성우에게) 성우 씨, 홀짝홀짝 마시지 마....... 과일주가 입엔 달아도 은근히 독한 거야.

성 우　(마시며) 솔직히 아깝죠?

임 과장　그게..... 아깝지. 적당히 마셔.

하 숙　놔둬. 취하게. (성우에게 잔 내밀며) 성우야, 우리 취하자... 아주 망태 되자....

성 우　(웃으며, 잔 부딪치며) 좋지.

준 희　(그런 성우 걱정스럽고)

은 수　(주스 마시며, 준희 본다, 맘이 조금 불편하다, 다시 눈길 성우에게 주고)

성우, 술잔 내려놓는데, 입가에 웃음, 기분 서글프다, 그러다 술 취하는지, 작게 인상 한 번 쓰고, 다시 술 따르려는데,
준희, 성우 손목을 잡는다.
성우, 보면.

준 희　그만해요.

성 우　(준희 보는)

은 수　(그런 두 사람 안 보려고 해도, 보이고)

성 우　(애써 웃으며, 후배에게 하듯) 그러지 말고, 서준희 씨가, 한 잔 따라주지.

하 숙　그래, 따라라. 남자가 따라주는 술 좀 먹자.

임 과장　(하숙에게) 당신은 내가 줄게.

준 희　(무표정하게 성우의 잔에 술 따르고)

성 우　(그런 준희 물끄러미 보고)

은 수　(그런 성우 보고, 준희 보고, 담담하게 주스 마시고)

## 씬 37. 하숙의 집 앞.

하숙, 임 과장, 배웅하고 있다.

하 숙　(성우에게) 괜찮지?

성 우　물론.
임 과장　(은수에게) 제수씨만, 차 가져왔구나. (턱으로 성우 가리키며) 바래다줘요.
은 수　(웃으며) 물론요.

그때, 집 안에서 전화벨 소리 나고.

하 숙　이런, 애들 전화 왔나 보다. (성우에게) 잘 가라.
성 우　어서 들어가.
하 숙　(임 과장 밀며) 빨리 들어가자.
임 과장　(하숙에게 밀려서 들어가며, 준희에게) 다음에 또 보자.
준 희　잘 자, 형.

하숙, 임 과장, 들어가고, 문 닫히고,
세 사람, 그런 두 사람 보고,
잠시 후, 전화벨 끊기고.

은 수　(차로 가 문 열고, 성우에게) 댁이 어디세요?
성 우　(발끝만 보다가, 고개 들어 은수 보며, 웃음 띤) 아니에요. 택시 타고 갈게요.
은 수　저, 주스 마셨잖아요. 운전 경력도 5년, 숙련공인데... 걱정 마시고 타세요.
준 희　(성우 보는)
성 우　아니에요. 별로 취하지도 않았고...... 갈 수 있어요. 가는 방향이 달라요. (준희에게) 어서 가.
준 희　....... 제가 모셔다드릴게요.
성 우　(편하게) 됐어....
은 수　(그런 준희 보고, 조금 속상한, 그러다 짐짓 밝게 웃으며, 성우에게) 그렇게 하세요.
성 우　(은수 보는) ?
은 수　준희 씨 배웅 받으세요. 제 차 타기 불편하신 것 같은데. (준희에게) 자기가 모셔다드려라. (하고는 차에 탄다)

## 씬 38. 은수의 차 안 + 달리는 은수 차.

은수, 무표정하게 운전해 가고 있다.

## 씬 39. 택시 정류장.

성우, 굳은 얼굴로 앞서가고,
준희, 그 뒤에서 고개 숙이고 걸어오고 있다.
성우, 가다가 멈춰 서서 뒤돌아선다.
준희, 성우 보고.

성우　(가라앉은) 가봐.
준희　(안 보고) 댁까지 모셔다드릴게요.
성우　혼자 갈 수 있어.
준희　밤길 위험해요. 집 앞까지만, 가요.
성우　(준희 물끄러미 보다) 너.... 많이 위험해.
준희　(성우 보는)
성우　나.... 아주 위험해지구 있어..... 난 알아. 이건, 경보신호야. 더 이상은 가지 말라는.
준희　(눈 감았다 뜨고, 용기 내 성우 보는데, 맘이 아프다, 눈가 그렁한) .. 맞아요..... 위험해요. 첨엔, 성우 선배 보는 게 힘들기만 하더니... 이제 난 잠두 못자요. 누가 칼을 들이대는 것도 아닌데... 아파요...... (숨 들이마시고) 참고 있어요. 참을 수 있을 때까진 참을 거예요. 선밸..... (맘 너무 아프다, 자기 맘 다스리려, 손바닥으로 얼굴 한 번 훑어 내리고)
성우　(그런 준희 보며, 자신도 흔들리는, 그러다 모질게 맘 다잡고 본다)
준희　선배... 저요.....
성우　준희야.
준희　(보는)
성우　너 유부남이야.
준희　?!

성우, 준희 보다가 돌아서서 정류장에 서 있는 택시 타고 간다.
준희, 가는 성우를 보는데, 눈가가 그렁하다.

## 씬 40. 성우의 집, 욕실.

성우, 속옷 차림으로 벽에 기대앉아 샤워 물을 받고 있다.
아무 생각도 들지 않는다. 맘만 아프다. 어떻게 해야 할 바를 모르겠다.

## 씬 41. 영희의 방.

영희, 자고 있다.
문 열리더니, 성우, 샤워한 모습으로 들어와 영희 옆에 앉아 영희를 물끄러미 본다. 성우, 영희의 머리카락 쓸어 넘겨주며 눈가에 물기 천천히 차올라온다.

성우 (울지 않으려 애써 웃으며) ...... 엄마.........? 엄마 딸... 지금.... 너무.. 힘들다.... (그러다, 고개 돌리는데 눈가 많이 그렁하다)

## 씬 42. 준희의 집, 거실 + 주방, 밝은.

준희, 소파에 무표정하게 앉아 있는,
은수, 커피를 타고 있다. 거실에 석고처럼 앉아 있는 준희에게 자꾸 눈길이 간다. 그때, 전화벨이 울린다.
준희, 그 소리 듣는지 못 듣는지, 가만히 있고, 은수 커피 두 잔 가져와, 그 옆에 놓으며, 서서 준희 눈치 보며 '전화 좀 받지.' 하며 전화기 든다.

은수 여보세요?
성우 (E) .....

은수　여보세요?
성우　(E) 저, 주성우예요.
은수　(순간 준희에게 눈길 가고, 어색하게 웃으며) 아.... 네......

## 씬 43. 성우의 집 거실, 어두운.

성우, 바닥에 앉아 전화하고 있다.

성우　아까, 죄송했어요. 많이 걱정했죠?
은수　(E) 괜찮아요. 지금은 어떠세요?
성우　샤워하고, 찬물 한 잔 했더니, 술이 아깝게 너무 빨리 깨던데요.
은수　(E) 준희 씨가 많이 걱정했는데, 배웅 받으시지 그랬어요.
성우　배웅 받을 정도, 아니었어요. 은수 씨한테 괜한 모습 보이고, 나중에 은수 씨두 내 앞에서 한 번 실수해줘요. 그땐 내가 받아줄게.

## 씬 44. 준희의 집, 거실.

은수　(웃으며) 저두, 차만 안 가져갔으면, 머리 꼭대기까지 마셨죠. 괜히 차 가져가서..... 술자린 줄 알았으면, 두고 갔을 텐데, (하다, 준희 슬쩍 보고) 준희 씨 바꿔드릴까요? .... 네, 잠시만요. (준희 전화기 준다)
준희　(보면)
은수　(맘에 걸리는 기색 없잖아, 있다) 주 실장님.... 이야.
준희　(전화기 받아들고) ........ 네.
은수　(준희 눈치 보며, 커피 잔 들고, 강아지한테 가서는 강아지 들고, '엄마랑 놀자.' 하며 자기 방문 쪽으로 가는데, 준희에게 눈길 저절로 가고)
준희　(담담한) 괜찮으시면, 됐어요.

## 씬 45. 성우의 집, 거실.

성우, 말하기 어려운 듯 말하고 있다.

성 우　걱정하지 말랬잖아..... 고주망태로 취한 것도 아닌데.........
준 희　(E) 잘 들어가셨으면.... 됐어요.
성 우　미안하다........... 내가 너한테..... 화낼 일이.... 아닌데..... 오늘 내내.... 미안해.
준 희　(E) 아니에요.
성 우　(말꼬리 자르며) 준희야........

## 씬 46. 준희의 집, 거실.

준희, 석고처럼 무표정하게 앉아 있다.

준 희　...... 말씀하세요....

## 씬 47. 성우의 집, 거실.

성 우　서준희..... 나.... (애써 담담해지려는데 잘 되지 않고, 눈가만 그렁해진다) ...... 나...... 나 있잖아...... 니가... 준희야.......

## 씬 48. 준희의 집, 거실.

준희, 숨이 멎는 것만 같다.

## 씬 49. 성우의 집, 거실.

성 우　서준희. (맘 아프게 눈을 감으면, 눈물이 주룩주룩 흐른다, 눈을 뜨고, 맘 아픈, 그러다 또박또박) 니가.... 너무 많이..... 보고 싶다....

하는, 성우의 얼굴에서 엔딩.

# 7부

아직은, 그래. 아직은 너한테 아무런 욕심도 생기질 않아.

널 보는 게 힘들지도 않고, 부인이 있다는 게 샘도 안 나.

보고 싶지 않은 건 아니지만, 이 정도의 감정은 죄는 안 되겠지.

어쩌면 다행히, 이 감정이 그냥 스쳐 지나갈 수도 있을 것도 같고.

## 씬 1. 준희의 거실(6부에서 이어지는).

준희, 가만히 전화기 들고 앉아 있다. 맘이 떨려, 입술이 바들거린다. 애써 참고.

## 씬 2. 성우의 거실, 어두운.

성우, 전화를 하고 있다.

성우 (눈물 그렁한, 애써 감정 누르려고 애써 웃으며) .... 이.... 런 말하면 안 되는데, 그치? ... (맘 아픈) 오늘은 술 취해서 하는 말이다, 장난이다, 그렇게 말하기 싫다........ (짐짓 밝게) ..... 전화, 끊자..... 낼 보자. (어렵게, 애써 웃으며) 아침이 빨리 왔으면..... 좋겠다..... 잘 자. (끊고, 가만 앉아 있는데, 눈물 그렁하게 차오른다, 베란다로 들어온 바람이 그녀의 머리를 날린다)

## 씬 3. 준희의 거실.

준희, 가만히 있다가 천천히 수화기를 내려놓는다. 마음을 다잡을 수가 없다. 카메라, 방문 앞으로 가면, 은수, 방문에 기대서서 그런 준희를 물끄러미 보다가.

은수 ..... 안 자?
준희 (천천히 고개 들어 은수 보고, 외면하며) 자야지...
은수 (그런 준희 놓치지 않고, 본다)
준희 (맘 다잡고, 은수 못 보고) 은수야.
은수 (피하는) 피곤해, 잘래. (하고 방문 열고 들어가고)
준희 (방으로 들어가는 은수 보고) ......

## 씬 4. 은수의 침실.

은수, 이불 덮고, 모로 누워 있는데 이 앙다물고 눈가 붉어져 있다. 오기 서린.

## 씬 4-1. 성우의 집, 거실.

성우, 전화기 앞에 앉아 눈물 그렁해 앉아 있는, 맘 아픈.

## 씬 4-2 준희의 집, 거실.

준희, 소파에 고개 숙이고 멍하니 앉아 있는, F. O.

## 씬 5. 성우의 집, 아침 전경.

영희 (E) 성우야! 아침 안 먹어?!

## 씬 6. 성우의 집 주방 + 거실.

영희, 김밥을 말고 있다. 한쪽에 김밥 썬 접시 있고, 예쁜 도시락 통 있는.

영 희 (김밥 말며, 온통 신경은 거기에 가 있는) 너, 왜 이렇게 꾸무적대? 회사 늦겠다, 어서!

성우, 방에서 출근 준비하고 나와 주방으로 오며.

성 우 나가요! 도대체 몇 시야? (시계 보고, 의자에 앉아 영희 보며) 엄마, 이상하다. 생전 안 하던 재촉을 다 하구, 지금 7시 10분이야. 다른 날보다도 10분은 더 빠르네. 나 보내고 어디 가요?

영 희 (김밥만 말며) 가긴 어딜 가.

성 우 (김밥 보며) 이건 뭐야?

영 희 (안 보고) 보면 몰라, 김밥이지.

성 우 아침부터 무슨 김밥?

영 희 (성우 보고, 갑자기 할 말 잊고 버벅대는) 무슨, 기, 김밥은... 너, 너 멕일라구.... (못 보고) 밤엔 항상 늦으니 뭐 해서 멕이기두 그렇구..... 니가... 전번에 먹고 싶댄 것두 같구....

성 우 내가, 언제?

영 희 (할 말 없는) 안, 안 먹고 싶댔니? (성우 앞에 있는 접시 집으려 하며) 그럼, 먹지 마라.

성 우 (접시 잡으며, 웃음 띤 장난) 왜 그래, 먹을 건데. (하나 집어 먹으며) 엄마, 안 먹어?

영 희 (김밥만 말며) 벌써 서너 개 집어 먹었어. 목멘다, 물 먹고 먹어.

성 우 (물 마시다가, 옆에 있는 도시락 통 보며) 엄마 소풍 가?

영 희 (성우 보며) ?!

성 우 (턱으로 도시락 가방 가리키며)

영 희 (도시락 보고) 어, 엉, 그거.... 응... (거짓말하기 때문에 성우 못 보고) 선주 아줌마랑, 유란이 아줌마랑 고, 꽃놀이 가기로 했어.

성 우 (영희 유심히 관찰하듯 보며) 무슨 꽃?

영 희 (안 보고) 벚꽃.

성 우 (장난기 많은) 벚꽃? 벚꽃은 벌써 지지 않았어? ..... 꽃두 없는 나무를... 뭐하러 볼까?

영 희 (성우 안 보고, 김밥 말다가, 아차 싶다, 잠시 생각하더니) 아.... 그게 처, 철쭉이다.

성 우 (영희 재미있다는 듯 보며) 엄마, 철쭉두 졌어.

영 희 어, 언제? (할 말 없다)

성 우 (웃으며, 김밥 먹으며) 오래전에... (떠보는) 엄마, 현철 아저씨랑 어디 가지?

영 희 미쳤니? .... 그 사람하고.... 내가.. 어딜 가.

성 우 (김밥 먹으며, 무심히) 가면 어때.

영 희 (그러다 생각난 듯) 성우야.

성 우 ?

영 희 그 오빠, 부인 (손으로 천장 가리키며) 갔댄다.

성 우 어머, 언제?

영 희 벌써 5년 됐대.

성 우 (놀리는) 그래서?

영 희 (벙찐) 엉? (괜히 하는 말) 김을 잘못 샀나, 자꾸 터지네..... (하며, 성우 눈치 보며, 김밥 말고)

성 우 (엄마 놀리는 게 재미있다는 듯, 물 마시며, 엄마 보고 작게 웃고)

## 씬 7. 서울역 대합실.

영희, 기둥 뒤에 보자기에 싼 도시락 통 들고 서서 현철이 오나 안 오나, 보고 있다.

영 희 (구시렁) 뭐한다고 여태 안 와. (시계 보고) 내가 너무 빨리 왔나?

카메라, 입구 쪽으로 가면, 현철 두리번거리며 걸어와, 대합실 의자에 앉아,

신문을 펴 든다.
영희, 옷매무새 가다듬고 그 옆에 가서 앉고.

영 희　(되도록 덤덤하게, 수줍음 감추고) 빨리 왔네.....

현 철　(그 말에 조금 놀라 옆 보고) ? (웃고)

영 희　내가 좀 늦었지? ... 언제 왔어?

현 철　(웃음 밴) 어.... 나, 나야, 일찍 왔지, 너 만나는데... 한, 30분, 그래 30분 전쯤 온 거 같다.

영 희　(현철 건조하게 보며, E) 뻥두 엄청 잘 쳐요.

현 철　(영희 손에 든 보자기 보며) 그게 뭐냐?

영 희　(그 말에 당황해, 보자기 보며) 어, 이거, 기, 김밥.

현 철　(좋다) 니가 쌌냐?

영 희　(말해선 안 될 것 같다) ....... 아, 아니.... 오다, 김밥 집이 있어서, 싸서 샀어.

현 철　(영희 맘 알겠다, 웃으며, 떠보듯) 요즘은 김밥 집에서 보자기까지 이쁘게 싸 주나 보지.

영 희　?!

현 철　(영희가 재미있다는 듯, 일어나 어깨 툭 치며) 나, 표 사 올게. 기다려라. (하며, 웃으며, 매표소로 가고)

영 희　(졌다, 들켰다 싶다, 작게 구시렁) 증말...... 생긴 건, 곰같이 생겨갖고... 하는 짓 보면, 여우가 따로 없어... 어후....

## 씬 8.　달리는 기차.

## 씬 9.　달리는 기차 안.

영희, 창가 보며, 짜증을 간신히 참고 앉아 있다.
그 앞 좌석엔, 40대 여자와 두 아이 앉아 있다. (아이들, 자는)

영 희　(속말) 데이트를 해? ... 기두 안 막힌다. (하고, 옆 좌석에 앉은 현철 물끄러미

본다)

현 철 (코를 어쩌다 심하게 골며, 피곤하게 자고 있다)

영 희 (일그러진 얼굴 위로, E) 아주, 자리를 깔고, 누우시지... 주현철, 증말, 정 떨어진다. (하고, 창가로 고개 돌리고 있다가, 다시 현철 보며, 측은한 맘 든다, E) 밤새, 칼럼 썼다드니.... 피곤했나......

현 철 (갑자기 크게 코 골며 졸다가, 영희의 어깨에 머리를 툭 하고 기댄다)

영 희 (얼떨결에 피하면)

현 철 (목이 아주 불편하게 되고)

영 희 (잠시 생각하다가, 슬며시 현철의 머리를 자기 어깨에 기대게 한다)

현 철 (더 이상 코를 골지 않는다)

영 희 (코 안 고는 현철이 이상하단 듯 보며) 코를 안 고네.

하고는, 현철의 숨소리를 들으려 자기 얼굴을 현철의 얼굴에 살짝 기댄다. 죽은 게 아니란 게 확인이 된다.
그런데 현철, 눈부신지, 눈을 불편하게 감는다. 영희, 빛 가리개를 내려 현철이 눈부시지 않게 해준다.
현철, 곤히 잔다.
영희, 기분이 나쁘지 않은데, 그때, 앞에 앉아 있는 여자, 말을 건넨다.

여 자 (웃음 띤) 참 보기 좋으네요, 두 내외분이.

영 희 (순간 고개 들어, 여자를 본다) ... 예?

여 자 부부 아니세요?

영 희 (당황한) 부부.... 부부죠, 물론.

여 자 두 분 보니까, 어려서 봤던 〈만추〉란 영화가 생각이 나네요. 여자 주인공이 문휜가 그랬는데... 그 여자가 남자 주인공이 지금 아저씨처럼 자니까, 빛 들지 말라고 신문을 창에 가려주는데.... 참 보기 좋더라구요.

영 희 (어색한 웃음) 아, 그러셨어요...? 전, 그 영활 못 봐서.....

여 자 아저씨가 무척 피곤하신가 봐요. 어디까지 가세요?

영 희 (당황해, 어색한) 그, 글쎄요. 어디까지 가나.... (현철 작게 흔들며) 오, 오빠... (그러다 지레 놀라, 여자 본다)

여 자 ?

영 희 (어색하게 웃으며 눈치 보며, 자는 현철에게) 여보, 우리 어디 가? ...... (여자 보고) 자네요. 전 펴, 평생을 이이가 하잔 대로 해서..... 어디까지 가는지 잘 모르겠네요.... (창가 보며) 여름이 벌써 오려나, 왜 이리 덥나... (여자 눈치 보며, 손부채질 하고)

## 씬 10. 성우 사무실.

성우, 준희, 하숙, 현주, 미선, 인부들 두엇, 사다리를 타기 위해 모두 테이블 근처에 모여 즐겁게 왁자지껄하다. 한쪽 귀퉁이에 가서 사다리를 그리는 재석에게 '어서 빨리 해, 사다리 한두 번 그리냐, 왜 이렇게 더뎌?' 하는 소리들 하고.

재 석 (종이를 반 접어, 오며) 갑니다, 가요! (하고 와서는 테이블에 종이를 놓는다) 자 됐습니다.

미선, '난 1번.', 현주, '난 2번.' 하고 나서는데. 하숙, '잠깐만, 잠깐만.' 하며 정리한다.

하 숙 (사다리에 적힌 돈 보며, 재석에게) 야, 이거 번호가 왜 여섯 개뿐이야.

재 석 여섯 개면, 맞지 뭘 그래요?

하 숙 (둘레 보며) 사람이 총 일곱 명인데?

재 석 참 내. 직원들 사다리 놀이에 사장님이 왜 껴요.

하 숙 (반색하며) 난 공짜루 먹는 거야?

현 주 아니죠. 제가 김 대리님 생각을 미루어 짐작할 때, 사다리에서 모인 돈으로 우리가 밥을 먹는 건 맞는데, 그 돈이 모자랄 경우, 나머지를 모두 사장님이 댄다. 그 뜻인 거 같은데, (재석에게) 맞죠?

재 석 역시, 심현주다.

하 숙 뭐? (웃고 서 있는 성우에게) 야, 이거 너무한 거 아니냐? 얼핏 봐두, 사다리에서 걷힐 돈이, 3만 원을 못 넘는데.... 이건 나한테 사란 소리 아냐?

성 우 (웃음, 장난) 어떻게 아셨어요?

하 숙　!

성 우　(웃으며, 준희 보며) 역시 사장님은 머리가 좋아. 서준희 씬 몇 번 할 거야, 난 4번 할 건데.

준 희　(웃으며) 난 5번이요.

재 석　다들 불러요, 불러.

현주 외, 사람들 번호를 부르고, 재석 쓰고.

하 숙　(장난기 많게 성우에게) 아주 짝짜꿍이 잘두 맞는다. 니들 언제부터, 그렇게 잘 맞았냐?

성 우　(준희에게) 우리 원래 잘 맞았지?

준 희　네. (하고 웃고)

하 숙　같잖아, 증말. (하며, 주머니에서 5만 원 정도 꺼내 성우 주며) 니들끼리 잘 먹고 잘 살아라. 난 점심 안 먹어. (하며, 문 쪽으로 가고)

성 우　잘 먹을게요!

모두들 '안녕히 가세요.' 하고.

하 숙　(뒤돌아 문 열고 나가려다가 웃으며, 편하게) 그래. 잘들 먹고, 오늘 토요일인데, 수고들 좀 해. 주 실장 월요일에 보자. (하고, 나가고)

성 우　(웃으며, 재석에게, 아이처럼) 나 얼마 걸렸어?

준 희　(그런 성우 보고, 웃고)

## 씬 11. 사무실 복도.

재석, 현주 외 다른 사람들 '삼계탕 먹자, 부대찌개 먹자.' 등등 하며 나오고 있다.

## 씬 12. 사무실 안.

성우는 성우 자리에서 물건들 정리하고 있고, 준희는 자기 자리에서 전화하고 있다.

준희 (편하게 웃으며) 한 두세 시경쯤 갈 거 같은데..... 그래, 선생님한테 그렇게 전해줘. 떡볶이? 알았어, 사 갈게. 작업해라.

하고, 전화 끊으면, 어느새 성우 그 앞에 서 있다.

성우 (편하게) 은수 씨 갤러리 오늘 들어가기로 했니?
준희 네.
성우 아까, 재밌었지?
준희 ?
성우 (준희 안 보고, 입가에 편안한 웃음 지으며) 어젯밤에 그러구..... 널 어떻게 봐야 할까.... 걱정했는데. (준희 보며)
준희 (성우 보고, 서글프게 웃으며, 외면하고)
성우 (준희 안 보고, 어색한 웃음 지으면서) 이상하게 맘이 편하다. 이렇게 매일...... 아침에 출근해서, 저녁까지 좋은 사람을 보며, 일을 할 수 있다는 거.... 좋은 거 같애...... 이제 나.....
준희 (성우 보는)
성우 (준희 보며, 애써 편하게 웃으며) 너 그만 밀어내기로 했어. 맘 아프기 싫어. 좋은 사람 보는데, 맘 아플 거 없잖아. 우리가 별다른 짓을 하는 것도 아니고....
준희 ......
성우 (짐짓 밝게 웃으며) 점심 뭐 먹을 거니? 저 사람들은 부대찌개 아니면, 삼계탕 골랐을 텐데..... 난 회냉면 먹고 싶은데.
준희 (일어나, 편하게 웃으며) 전 물냉면 먹고 싶은데요?
성우 그러지 말고, 우리 회냉면 먹자?
준희 (고개 작게 저으며) 싫어요. 물냉면 먹을래요.
성우 회냉면 먹어. 난, 주문할 때, 이것저것 시키는 거 딱 질색이야. 회냉 일곱! 얼마나 편하니, 회냉면 먹자, 응?

준 희　(어이없다는 듯 웃으면)

성 우　(웃으며) 오케이지? 그럼 나 먼저 나가서, 저 인간들, 회냉으로 교화시킬게, 나와. (하며, 나가고)

준 희　(그런 성우 보며, 웃고)

## 씬 13. 냉면집 안, 전경.

## 씬 14. 냉면집, 방 안.

재 석　(회냉면 집으며, 투덜) 공산당이야, 공산당.

성 우　(먹으며) ?

재 석　왜 봐요? 맞는 말했는데? 민주주의 사회에서, 나 먹을 것도, 내가 못 정하면, 그게 어디 민주주의예요? 공산주의지. 주 실장님이 우리들 사이에서 별명이 뭔 줄 아세요?

준 희　(웃는다)

성 우　(준희 웃는 것 보고, 재석 보고) ?

재 석　공산당 서기장이에요, 우린 당원이고.

사람들, 모두 킥킥대고 웃고.

성 우　(주위 둘러보고) 설마? .... (이내 웃으며) 설사 그렇다고 해도 괜찮아.

준 희　(웃는 낯으로 성우가 무슨 말할까, 싶어, 보면) .....

재 석　(성우 보고)

성 우　공산당한테 물어봐라. 최대의 정치 목표가 뭐냐고? 백이면 백, 민주주의라고 할걸. 누가 나한테 물어봐. 난 대답할 수 있어. 난, 철저한 민주주의자야. (하며, 준희에게) 더 먹을래?

준 희　(웃으며) 아뇨.

재 석　말은 잘해요. (현주에게) 야, 그래도 공산당은 공산당 아니냐?

현 주　(먹다가, 놀란 얼굴로) 왜 그래, 난, 공산당 아냐. 울 아버지 공무원이야, 그런

말하지 마, 난리 나. (먹고)

재 석　(벙찌고) 아후!

성우, 준희　(그런 두 사람 보며, 흐뭇하게 웃고)

성 우　(준희에게, 편하게, 젓가락 빨며) 냉면 되게 맛있다. 니 거 한 젓갈만 줄래?

## 씬 15. 거리.

인부복 입은 일행들 앞서가고,
현주, 재석, 미선, 나란히 가고 있다.

현 주　(재석에게 애교스럽게) 오늘 퇴근하고 노래방 가는 거지?

재 석　너, 재수 없어서 안 가.

현 주　가자. 나 춤추는 거 안 보고 싶어?

미 선　가요.

현 주　(가다가, 멈춰 서서) 김 대리님, 주 실장님 땜에 화났지?

재 석　(서서) 주 실장 땜에가 아니라, 너 땜에 화났다, 어쩔래.

현 주　에이... 원인 제공자는 내가 아니지, 우리 주 실장님 바가지 씌우자.

재 석　또 깽판 놀려고.

현 주　절대 안 그럴게. 김 대리님이 작전만 짜. 아니 내가 짤까?

재 석　(반색) 어떻게?

현 주　토요일 야근비 달라고 떼쓰지, 뭐?

재 석　(기분 좋다)

성우, 준희 뒤처져 가고 있다.

성 우　곧바로 갤러리로 갈 거지?

준 희　네.

성 우　포트폴리오에 나온 작품은 완성된 거니까, 오늘 저녁 중에도 양수리로 갈 수 있는 거지?

준 희　그럴 수 있을 거예요. 오늘 안 되면, 낼이라도 보내라고 할게요.

성 우　월요일에 양수리 들어가서, 일해야 하니까 차질 없게 해줘.

준 희　물론이죠.

성 우　(준희의 팔짱 낀다)

준 희　?

성 우　(준희 안 보고, 앞서가는 현주에게) 현주 씨!

현주, 재석　(돌아본다)

성 우　우리 어때, 어울리지 않어?

재 석　뭔 짓이에요?

현 주　글쎄요. 말하기가 그렇다, 잘못 말했다가 내 말에 책임질 일 생길 것 같은데요. (재석, 이끌고 가고)

성 우　(웃고)

준 희　(성우 보면)

성 우　이대로 조금만 가자. (걷고)

준 희　(가고)

성 우　(서글픈 웃음 띤) 밤엔..... 사람 안 보는 곳에선... 니 팔짱 낄 용기가.... 나지 않을 것 같애. 이렇게 장난처럼, 지나가는 누가 봐도, 아무렇지 않은 사이처럼 조금 걷자.

준 희　(아무 말도 할 수가 없다)

성 우　(앞만 보고 가며, 작게 웃음 띤) 아무렇지도 않네. 이런 마음으로 내내 널 만났으면 좋겠다. (멈춰 서서 준희 보고 겸연쩍게 웃음 지으며) 너, 보기보다 든든하다.

준 희　(보면)

성 우　(웃으며) 여기까지만 하자. (하고, 팔 풀고는 굳은 얼굴로 앞서가고)

준 희　(그런 성우 서서 보고, 음악 흐르는)

성 우　(뭐가 뭔지 모르게, 답답한 얼굴로 걸어가고)

씬 16.　준희, 버스 정류장에서 생각하며 서 있는 모습.

씬 17.　성우, 사무실에서 일하다 문득, 텅 빈 준희 자리 보며 준희 생각하다, 작게 숨 몰아쉬고 다시 일하고.

씬 18. 갤러리 작업실.

은수, 땀 흘리며 사포질을 하고 있다. 그러다, 힘이 든지, 옆에 놓인 생수병을 들어 물 마시고, 그러다 문득 드는 생각이 있다.

인서트 - 준희, 거실에서 전화 받던 모습.
성우, 하숙의 집에서 웃던 모습.

현실.

은수, 한쪽 의자에 앉아 심란한 듯 머리 흔들다가 한숨 쉬는데, 노크 소리 나고, 은수, 돌아보면. 준희 웃는 낯으로 서 있다. 음악 끝나는.

시간 경과.

인부들, 포장한 작품들을 작업실에서 빼내고 문 닫고 나간다.
은수, 준희 서 있다.

은 수 (웃는 낯) 아후, 다 나갔다.
준 희 (웃으며, 주머니에서 돈 봉투 꺼내 주며) 작품료야. 우선 70프로다.
은 수 감사합니다. (하며, 봉투를 받아 들고, 열어보려다 준희 보며, 장난스레) 혹시, 어음, 아니지?
준 희 (웃으며) 아냐.
은 수 (봉투, 윗옷 속에 넣으며) 그럼 더 감사하고, 앉자.
준 희 (그 말 듣지 못하고, 둘레 보다가 한쪽에 놓여 있는 판화 작업대를 본다)
은 수 (가슴이 철렁한다)
준 희 (작업대로 걸어가 작업대 위에 있는 조각도를 들어본다, 얼굴은 애써 편안하려 하지만, 손이 떨린다, 조각도 내려놓고 작업대 앞에 있는 의자에 앉아, 은

수 보고 웃으며) 내가 이걸 정말 했단 말이지? (은수 안 보고) 안 믿긴다.

은 수　(의자에 앉아, 가라앉은) 준희야.

준 희　(따뜻하게) 왜?

은 수　너, 나 원망하지?

준 희　(따뜻하게) 그런 말이 어딨어?

은 수　(맘 아픈 것 참고, 준희 보며) 나 때문에, 좋아하는 조각, 못 하게 됐잖아.

준 희　(서글프게 웃으며) 그게 왜 너 때문이야. (애써 담담하려 하며, 은수 못 보고) 아버님 말씀대로 조각 할 팔자가 아닌가 보지, 뭐....

은 수　(준희에게서 눈 안 떼고, 어렵게 묻는다) 모레.... 양수리, 주 실장님이랑... 같이.... 가니?

준 희　(은수 보고) .......

은 수　왜, 대답을 빨리 못 해. (서운하다) 같이 가?

준 희　(차마 은수를 못 보고 고개 숙인다)

은 수　(서운한 맘에 눈물이 날 것 같지만 참고) 두 사람, 특별한.... 관계지? ....

준 희　(은수 못 보고) 은수야... 너한테 할 얘기 있어.... (담담하게 고개 들어 은수 보고)

은 수　(가슴이 철렁한다, 피하려 사포 들고) 나 일해야 돼, 이제, 가.

준 희　은수야.....

은 수　(사포질하며) 들을 얘기 없어..... 아무 얘기도 듣고 싶지 않아....

준 희　나... 나는, 할 얘기 있어.

은 수　(순간 고개 돌려 준희 보며, 원망하는 눈빛) 너 이상한 거 알어?

준 희　(고개 끄덕이며) 그래.

은 수　나두 알어. 아니까 됐어. 다 아니까, 들을 얘기 없어. 내가 다 아는데, 무슨 얘길 더 들어?

준 희　너한테.... 속이기 싫어.

은 수　(그 말에 원망스럽게 준희 본다)

준 희　(안타까운 맘으로 은수 본다)

은수, 준희 팽팽한 눈빛 오가고,
그때, 노크 소리 난다.
준희, 은수 그 소리에 돌아보면,

동진, 웃으며 문 빼꼼히 열고.

동 진　정은수, 오라버니다.

카메라, 준희, 은수 무표정한 얼굴 잡고,
동진, 왜 그런가 싶은데.

## 씬 19. 갤러리 앞.

은수, 준희 나온다.

준 희　들어가라. 저녁에 보자. 동진 씨, 기다리겠다. (하고 가려는데)
은 수　(팔짱 끼고 건조하게) 준희야.
준 희　(돌아보면)
은 수　아까..... 그 할 얘기란 거 말이야...
준 희　.......
은 수　나한테 하기 전에, 먼저 아주아주 많이 신중하게 생각해야 할 거야.
준 희　.....
은 수　괜히, 하고 나서 후회하지 말란 얘기야.
준 희　.......
은 수　배웅 더 안 할래. (하고, 들어가고)
준 희　(갤러리 문 쪽으로 시선 주고)

## 씬 20. 갤러리 안.

은수, 담담한 얼굴로 탁자에 있는 서류들을 보며 앉아 있다.
동진, 은수 걱정스레 보며 그 앞에 앉아 있다.

동 진　준희 씨하고 심각한 거니?

은수 (서류만 보고) ......

동진 은수야... 말을 해야 알지..... 왜 그런 거야...... 두 사람 다 낯빛이.... (안타깝다) ..... 은수야.....

은수 (서류만 보며) 얘기하기 싫어. 묻지 마.

동진 얘기해. 얘기하면, 모든 문제가 단순해져. 머릿속에서 작은 생각 괜히 크게 부풀리지 말라고. 얘기하고 풀자. 단순해지자고. 여자 문제야? 어디까지야?

은수 (동진 보며) 얘길 하면, 단순해져?

동진 ?

은수 (단호한) 아니. (사이) 얘길 하면..... 아무것도 아닌 것도, 기정사실이 되는 거야. 난 지금 기정사실로 받아들일 수가 없어서, 얘기하지 않는 거야.

동진 무슨 소리야?

그때, 인정, 외출할 차림으로 그 옆에 와서.

인정 이 기자님, 저 준비 다 했어요.

동진 (인정 보며) ?

은수 (인정 보며, 짐짓 밝게) 이쁘다, 데이트 잘 해. 맛있는 거 많이 사달라 그래. (동진 보며) 가. 애 기다려.

동진 (은수 보며, 걱정스런) .....

은수 (동진 눈빛 피해, 서류 보고)

## 씬 21. 커피숍.

동진(은수 생각하는), 인정 앉아 있다.

인정 (O. L) 저는 2남 1녀 중에 막내면서 외동딸이고요.... 아버지는.... (동진 얘기 안 듣고 있는 것 알고) 이 기자님?

동진 (그 소리에 고개 들어 보고) ? ..... (아차 싶어 어색하게 웃으며) 미안. 말해.

인정 (밝게 아이처럼 웃으며) 우리 아버지는... 직업이요...... 별로 안 좋으신데.

동진 ?

인 정　얘기해도 돼요?

동 진　(무슨 말인지 모르겠다) 무, 물론.

인 정　(눈치 보며) 큰 회사.... 수위세요.

동 진　그게 어때서?

인 정　(밝게) 그죠? 30년 동안, 그 일만 하셨는데, 아주 정직하시고, 자상하시고, 난 세상에서 울 아버질 젤 존경해요. 그리고 오빠는요, 하나는 대기업 과장이고, 또 하난, 이제 막 중소기업 취직했어요. 이게 우리 집 이력이에요.

동 진　(웃으며) 왜 그걸 나한테 말해?

인 정　(부끄럽다) 말해야 할 것 같아서요.

동 진　?

인 정　(눈치 보며) 저, 엄마가요...... 이 기자님 한 번 뵙자고 하세요.

동 진　엄마가? 날?

인 정　제가 말씀드렸거든요. 이 기자님 사랑한다고. (동진 눈치 보고)

동 진　(인정, 가만 보다, 잠시 생각하고, 맘 다잡고) 인정아.

인 정　(눈치) 네?

동 진　(아이한테 말하듯) 아저씨 말 잘 들어..... 아저씬 말이다, (어렵다) 아저씬......... 인정이 널 한 번도 여자로..... (어색하게 웃으며) 여자로.... 생각한 적이 없어.

인 정　! ..... 왜요? .... 난 여잔데.

동 진　여자라고 해서, 모두가 여자로 보이는 건 아니야. 너두 오빠나 아버질, 남자로 보진 않지? 그거랑 같은 거야.

인 정　아직도.... 우리 선생님 사랑하세요?

동 진　은수? (생각하며, 피식 웃고, 따뜻하게) 좋아하지...... 난 남자가 여자를 사랑한다고 말할 땐, 무척 신중해야 한다고 믿는 사람이야. 사랑한단 말은 큰 뜻을 가졌거든. 뭐랄까...... 상대가 난지, 내가 상댄지, 가늠이 안 될 때..... 그래 이미 하나가 되어서, 누가 누군지 모를 때.... 난 그게 사랑이라고 본다..... 그런데, 은수는... 남편이 있잖아. 은수랑, 준희 씨랑, 난 두 사람을 떼놓고 생각할 수가 없어. 그런 사람을 사랑할 수 있을까? ..... 난 은술 좋아해. 잘 살았으면, 안 아팠으면 좋겠고..... 친구니까.

인 정　......

동 진　난 너두 그렇다. 니가 좋은 사람 만나서 지금처럼 맑게 살 수 있었으면 좋겠어. 나 남다르게 생각하는 거 아는데, 그런 거 내색하면, 널 보기가.... 불편해.

다른 사람 만나, 그래서 나한테 청첩장 가져와. 부조 많이 해줄게.

인 정 (눈물 그렁해지며, 감정 애써 참으며) 저...... 그냥 만나주시면 안 돼요? 만나서, 이런 얘기 저런 얘기하다... 정들면... 사랑두 할 수 있는 거 아니에요?

동 진 (인정 못 보고, 편하게 웃으려 하지만, 말하기 어렵다) 아저씨는 말이다...... 그 누구랑도.... 결혼 안 해. 왜냐면.... (인정 보고, 맘 아프지만, 환하게 웃으며) 나는 남자가.... 아니거든.

인 정 ?

동 진 (외면하며 씁쓸하게 웃는) ......

## 씬 22. 파출소 전경(1부에 나왔던).

동 진 (E) 이거, 이거 사건이 너무 많다.

## 씬 23. 파출소 안.

순경 두엇, 전화를 받거나 서류들을 보며 앉아 있다.
동진, 사건기록부 보고 앉아 있다.

동 진 (걱정스런 표정) 일주일 새에... 폭력이 스물일곱 건에... 이건.... 걍.... 말하기도 싫네..... (서류 넘기며) 치사? (순경 보며) 어제 난 사건이에요?

순경 1 말 말어, 어제 이 동네, 완전히 전쟁 치렀어.

동 진 (기분 안 좋은) ?

순경 1 동네, 애새끼들이란 애새끼들은 전부 다 모여, 영역 싸움을 하는데.... 아니, 강남을 지들이 샀어? ...... 이미 우리가 갔을 땐, 지옥인지 천당인지도 구분 못 하고.... 맛이 갔더니, 병원에 옮겼는데... 눈감았잖어.

동 진 (기분 안 좋다) 하루 순찰 몇 번 도세요?

순경 1 (대수롭잖게) 시간 나면 돌지 뭐.

동 진 여기 우범 지역인데, 우범 지역은, 순찰 강화 지역 아니에요?

순경 1 (아차 싶다) 어.... (얼버무리려는) 우리도 할 만큼은 해. 여기 완장 찬 사람 몇

명이나 돼? 기껏 열 명 남짓인데.. 아주 뺑이친다고.

동 진　(사무적으로) 순찰 일지 좀 봐요.

순경 1　(애원하는) 이 기자......

동 진　(한숨 쉬고) 규정대로 안 돌죠? .... 규정대로만 순찰했어도, 어제 죽은 애... 다치는 건 어쩔 수 없다고 해도, 죽진 않았겠죠?

순경 1　(싫지만, 눈치 보며) 규정대로.... 돌게..... 기사 쓰지 마라. 증말, 그렇게 할게. 한 번만, 한 번만 눈감아라.

동 진　(답답하다)

그때, 장어, 파출소 문 빼꼼히 열고 살금살금 와서는 동진을 툭 치며. '형.' 한다.

동 진　(돌아보며) ?

장 어　(웃으며) 나야... 장어.

동 진　(조금은 반가운) ....

## 씬 24. 공사장 건물 앞.

장어, 우유랑 빵을 허겁지겁 먹고 있다.
동진, 그런 장어 편하게 웃으며 보고 있다.

동 진　아침, 점심 다 굶었니?

장 어　(먹으며, 끄덕)

동 진　니 여자 친구는 어디 갔어?

장 어　(다 먹고, 빵 봉지며, 우유곽이며, 큰 봉지에 담고, 입 닦고 웃으며) 세미, 내 여자 친구 아니에요.

동 진　(따뜻하게) 그럼 뭐야?

장 어　세미는..... 음.... (생각하더니) 내 형제예요.

동 진　동생이야?

장 어　(아이처럼 웃으며) 아니요. 친동생은 아니구..... 걔랑 나랑은.... 암튼 이 세상에

둘밖에는… 없어요. 서로 젤로 사랑해요. 하지만, 결혼은 안 해요.

동 진　(웃음 띤) 왜?

장 어　(아이처럼 웃으며, 괜히 바닥에 있는 흙 만지며) 난, 좀 모잘라서 안 돼요…. 세미는 똑똑한 사람 만나야 해요. (동진 보며) 형처럼요.

동 진　(피식 웃고) 너희들 도대체 뭐 해 먹고 사니? 난 지금도 잘 모르겠다.

장 어　우리요? (동진 안 보고, 아이 같은 웃음 짓고) 난 아무것도 안 하구요. 세미가 다 벌어요. 어떻게 버냐면요. 형들하고 놀아주구…. (동진 보고, 고개 저으며) 이상하게는 안 놀아요. 우린 이상한 건 안 해요. 그냥, 춤추고, 노래하고, 형?

동 진　?

장 어　세미 노래 디따 잘한다. (하늘 보며) 노래하고 춤추면, 형들이… 돈 줘요.

동 진　일하지…… 너는 아프니까 그렇다 쳐도… 세미는 멀쩡하잖아.

장 어　세미 일 못 해요. 엄마 찾아야 하거든요.

동 진　?

장 어　(막대기 하나 주워, 땅에 그림 그리며) 얘기가 긴데….. 울 엄마도, 걔 엄마도 동두천 텍사스촌에서, 양공주 했어요. 울 엄만 하늘 갔구…. 걔네 엄마는 걔를 일곱 살 때 수세미 공장에 버리고 갔어요. (동진 보며) 형, 세미 원래 세미 아니다. 다른 이름 있어요.

동 진　?

장 어　동네 애들이 그냥… 수세미 공장 애라고…… '수'만 빼고… 세미라고 부른 거예요. 난 왜 장어냐면요. 울 아버지가 장어집 해서 장어예요. 재밌죠?

동 진　……

장 어　(다시 땅에 그림 그리며) 반년 전쯤에…. 우리 동네 살던 애가 강남역에서 세미 엄마를 봤대요. 그래서, 세미랑 나랑 여기로 찾으러 온 거예요. 세미 양아버지가 세밀 매일마다 때리고 귀찮게 했거든요. (동진 보며, 웃으며 자랑하듯) 형, 우린 세미 엄마 찾으면, 미국 갈 거예요. 텍사스에. 우리 영어도 잘해요. 읽진 못해도.. 말은 잘해요. 미군들한테 입으로 쏼라쏼라 배웠어요.

동 진　(웃기지 않다) 미국엔 왜?

장 어　세미 아버지 만나러요. 세미, 튀기예요. 아버지가 태국하고 미국하고 섞인 사람이라는데, 암튼… 미국 사람이에요. 아차, 내가 이런 말한 거, 세미한테 말하면 안 돼요, 나 혼나요.

동 진　(착잡하다, 고개 숙이고)

장 어　(눈치 보며) 형, 세미랑 결혼하면 안 돼요?

동 진　(보며) ?

장 어　(웃으며) 걔 이쁜데... 결혼하면 안 돼요? .... 난 형이.... 세미랑 결혼했으면 좋겠는데.... (갑자기 서글퍼진다, 웃으려 하지만 잘 안 된다, 눈가가 그렁해지며) 그래야.... 나중에 나 죽어두 세미가 안 심심하고..... (더는 말 못하겠다, 땅에 그림 그리고)

동 진　너, 요즘도 많이 아프니?

장 어　(땅에 그림 그리며) 많이는 안 아퍼요. 약 먹으면.... 괜찮아요. (눈가 점점 그렁해지더니, 눈물 뚝 하고 흐르고, 눈물 닦고) 형, 난 내가 여자였으면 좋겠다. 그러면 내가 형들하고 놀아주고.... 우리 세미 고생 안 시킬 텐데..... 여자들은요, 나 별로 안 좋아해서 돈, 안 주거든요. (눈물 가득 차, 동진 본다) 형......

동 진　말해.

장 어　저요, 오늘 내내 경찰서 앞에서 형 기다렸다.

동 진　(맘이 짠하다)

장 어　형은 우리 별로 안 드럽게 생각하지?

동 진　전혀.

장 어　(흐르는 눈물 닦고, 하늘 보며, 웃으며) 난 다 안다. 세미는 형 좋아해. 형 오나 안 오나, 전철역에서 기다리고.... (동진 보며) 난 사실 샘이 조금 나지만, 세미가 형 좋아하는 거 좋아요.

동 진　?

장 어　세미는 이 세상 사람들 다 죽이고 싶대요. 그런데, 형은 아닌가 봐요. 지난번에 양식집에서 깽판 치고, 되게 속상해했어요. 자기가 자기를 막 때렸어요. 바보 같다고, 성질 나쁜 기집애라고.....

동 진　(쓴웃음 난다) .......

장 어　형.... 만약요. 세미 좋아하는데 내가 부담스러우면요.... (눈물 나지만 웃으며) 난, 없어져줄 수 있어요.

동 진　!

장 어　(울며, 웃으며) 약 안 먹으면, 죽거든요. 히히히.......

동 진　(맘 아프게 장어 본다)

장어 (더는 못 참고, 훌쩍훌쩍 운다)

동진 (장어의 머리 흩뜨려놓으며, 장난치듯) 자식.... 울지 마, 사내자식이... 우리 세미한테 갈래? 셋이 만나서 신나게 놀래?

장어 (반색) 정말이에요? (그러다 얼굴 굳어지며, 어색한 웃음) 아니에요. 난 안 가두 돼요.

동진 너 안 가면, (일어나며) 나두 싫다.

장어 (벌떡 일어나, 동진 잡고, 눈물 닦고 인사하며) 고맙습니다.

동진 (맘 짠하다)

## 씬 25. 노래방.

세미, 혼자 넋을 놓고 '마더 오브 마인'을 부르고 있다. 작은 소쿠리 안에 지폐 여러 장 놓여 있다. 눈물이 주룩주룩 흐른다. 카메라, 돌아가면, 노래방 유리창 너머에 장어와 동진 서 있는 게 보인다.

## 씬 26. 노래방 밖.

장어, 동진(유리창 안, 세미만 보고 있다)에게.

장어 형, 문 열까?

동진 (세미만 보는) ......

장어 형?

동진 (그제야 장어 보며, 편하게 웃으며) 놔둬. 걔 노래 마저 듣자. (하고, 유리문 안 들여다보고)

장어 (웃으며, 유리벽에 귀 대고 듣고)

그렇게 동진, 세미, 장어 한 화면에 보이고.

## 씬 27. 조그만 시골역 앞, 밤.

영희, 불안하게 발을 동동 구르다가 시계를 본다.

**인서트 - 시계(고급 끼지 마십시오), 10시 50분이다.**

영희, '난리 났네.' 하며 불안하게 시선, 역 안으로 향한다.

## 씬 28. 역 안, 매표구 앞.

사람들 왁자지껄하게 모여 있다. 표를 돈으로 바꾸려고 난리다. '무슨 누무 사고가 빽하면 나냐? 밀지 마요, 누가 밀어.' 하는 말들이 무수히 오고 간다. 현철, 매표구 앞에서 표를 돈으로 바꾸고 난감한 얼굴로 묻는다.

현 철　도대체 언제, 고친답니까?
매표구　(퉁명스레) 몰라요, 언제가 될지.
현 철　(짜증나지만 참고) 정확히는 몰라도 대충, 대충은 알 거 아닙니까?
매표구　모른다잖아요! 낼 아침에 와봐요!

현철, 열 받아 확 뭐라고 말하고 싶지만, 참고 돌아서서 사람들 사이를 빠져 나간다.

## 씬 29. 역 앞.

영희, 현철 서서 얘기하고 있다.

영 희　(O. L, 거의 울 지경이다) ......
현 철　(눈치 보며, 난감한) 아침에나... 된대... 이 일을 어쩌냐?
영 희　(짜증난다) 뭐, 아침? 정말 짜증나 못 살겠네. 난 몰라, 난 모르니까 오빠가 책임져. 오빠가 길 모르는 사람 여기까지 끌고 온 거니까, 오빠가 책임지라구.

현 철 (짜증난다, 그래도 참으려 하지만, 잘 안 된다) 내가 무슨 책임을 져!

영 희 (현철, 밉게 보는) ?!

현 철 (영희 안 보고) 택시 알아보자. 따라와. (하며, 영희 손을 잡고 끌고 가려 한다)

영 희 (잡힌 손을 황당하게 보다가, '놔!' 하고 뿌리친다)

현 철 ?

영 희 뭐 하는 거야?

현 철 ?

영 희 아무리 임자 없는 과부 손이라지만, 덥석덥석. 내가 그렇게 만만해 보여?

현 철 (황당하다) 너.. 임마.. 내가 무슨....

영 희 그러게 내가 뭐랬어? 강인지 나발인지 애지간히 구경하고 오후 나절부터 그만 일어나자 그랬지? 저녁 집에 가서 먹자 그랬지, 왜 사람 말을 안 들어? 별달리 재밌는 일도 없는데, 주절주절 말만 많고..... 걸음은 또 왜 그렇게 늦니? 어쩜 예나 지금이나 세상에 급한 일이라곤 없어. 이런 데까지 와서 꼭 삼시세 때를 챙겨 먹어야 돼, 돼지 새끼처럼?

현 철 (서운한, 답답한) 뭐?

영 희 짜증나, 증말. (하고는 현철 툭 치고) 비켜. (하곤 가버린다)

현 철 (저 자식이, 하는 얼굴이다)

## 씬 30. 길가.

영희, 택시 안의 기사와 실랑이를 벌이고 있다.
현철은 뒤처져 서서 영희 하는 양을 불안하게 보고 서 있다.

영 희 (O. L) 삼십? 삼십! ... 이 사람이 증말.... 여기서 서울까지 얼마나 걸린다고 삼십이에요! 메다 따불 받으면 되지. 오늘 철로 사고가 아저씨 봉 잡으라고 벌어진 줄 알아요?

기 사 (같잖게 보며) 딴 차 타면 될 거 아니야?!

그때, 남녀 한 팀 끼어들며.

남 자　서울!
기 사　(타려면 타고, 말려면 말라는 식으로) 삼십만 원이요.

남자, 여자 타고.

영 희　(황당해) 아니..... 나랑 흥정하면서, 손님을 왜 태워요!
현 철　(영희를 끌며) 가자!

택시, 영희가 잠깐 뒤로 물러난 틈을 타서 가버린다.

영 희　어머! 저, 저 택시 남바 뭐야, 남바! 고발해버리게, 남바 적으라니까!
현 철　좀 진정해라.
영 희　진정하긴 뭘 진정해. 저 택시 이렇게 영업하는 거 불법이야, 아니야? 불법인데, 왜 안 적어?
현 철　(말하기 싫다) 불법인지, 아닌지 나두 몰라. 이제 그만해.
영 희　(비아냥거리며) 아으, 아으, 30년 기자 생활에 저런 게 불법인지 아닌지도 모르냐?
현 철　(소리 지르려는) 너 임마... (참고) 그래 모른다. 난 기자지, 죄를 따지는 검사도, 변호사도, 판사도 아니야. 그리고 차 떠났어. 그럼 끝난 일 아니냐? 그만해!
영 희　(너무 황당해 말이 안 나온다)
현 철　(짜증스레 머리 긁다가, 영희 눈치 조금 보며) 우리...... 여기서 자고 가야겠다.
영 희　뭐?
현 철　자고 가자고.
영 희　(어이없다) ......... 뭐, 뭘.... 하고 가?
현 철　(한숨 한 번 쉬고, 담배 피워 물고, 사이) ... 너 하루 진종일 도대체 왜 그렇게 화를 내? 어차피 벌어진 일, 화내면, 뭐가 달라지냐? 화낸다고, 뒤집힌 철로가 바로 서고, 떠난 택시 도로 오냐고?
영 희　?

현 철　저녁 먹어서, 시간이 늦은 것도 그래. 니가, 밥 두 공기만 안 먹었어도 버스는 탈 수 있었어. 안 그래?

영 희　(기가 막혀, 웃음이 다 난다) 하! .... 이제야 본색을 드러내는구만.

현 철　?

영 희　(비아냥조) 고분고분, 수더분한 척...... 그래. 나 밥 두 공기 먹었어. 하지만, 배 부르다는 사람, 맛있다, 맛있다 해가면서, 굳이굳이 공기 추가시킨 사람이 누군데? 이러지 마. 막말로 오빠 말 그대로라면, 내가 오빠 꼬드겨 의도적으로....... (어이없다) ... 사람 우습게 만들지 마라.

현 철　사람을 우습게 만들지 마? 너, 임마 지금 누가 할 소릴 하냐? 내가 니 발목 부러 붙든 것처럼, 길길이 날뛰고, 면박 주고....... 좋아, 나두 몰라. 나 따라오든, 너 갈 길 가든, 알아서 해, 임마! (하고 가버린다)

영 희　(열 받는) !

## 씬 31.　여관 전경.

## 씬 32.　여관방 안.

깨끗한 온돌 구조에, 한쪽엔 이부자리가 예쁘게 깔려 있다.
영희, 옷 입은 그대로 전화하고 있다.

영 희　(괜히 방바닥에 있는 먼지 집으며, 무덤덤) 엉..... 엉.... 그래..... 낼 아침에나 역에 가봐야지 뭐, 선주? (거짓말하는 게 기분 안 좋아 얼굴이 일그러진다) ... 있지. 유란이도 있어.... 그래. 낼은 출근 안 하니까, 아침거리 걱정 안 해도 되지? .... (답답한 심정이다) 혼자 자기 안 무섭지?

성 우　(E, 노랫소리도 들리는, 웃음 진 목소리) 무섭긴.. 엄마는?

영 희　나야, 다 늙었는데 잡아갈 사람이나 있냐? 뭐가 이리 시끄러?

성 우　(E) 회사 사람들하고 노래방 왔어요. 어차피 떠난 여행인데, 낼 낮에도 기분 좋게 하시고 오세요.

영 희　열두 시 다 됐는데, 너나 어서 들어가. 그래. 낼 봐.

하고, 전화 끊으면, 현철, 세수한 얼굴로 욕실에서 나와서는 영희 옆에 앉는다.

현 철　딸내미한테 전화했냐?

영 희　(안 보고, 멋쩍어) 응. (현철 보며) 오빤 안 해?

현 철　나야, 따루 사는데... 전화 안 받으면 자나 보다, 하겠지. 넌 안 씻어?

영 희　난 안 씻어두 자.

현 철　그래. (하고 와이셔츠를 벗는다)

영 희　지금 뭐 해?

현 철　(무심히) 옷 벗어.

영 희　?

현 철　(옷 벗으며) 걱정 마라. 덮칠 생각은 없으니까.

영 희　(기두 안 차 웃음이 난다) 말을 해도.... 오빠가 덮치면, 내가 순순히 당할 거는 같구? 말 같지도 않은 소릴, 실없이 해대고 있어.

현 철　(웃으며) 넌 어디서 잘 거냐?

영 희　(벽에 기대며) 난 잠 안 와. (현철 안 보고) 이렇게 앉아 있다가..... 날 밝으면 갈래.

현 철　(담배 피워 물며) 불편하지? (투덜거리는) 철로 사고로 여관방마다 꽉꽉 들어차서는, 좋은 데도 없고, 이 나라는 무슨 사고가 그렇게 잦은 건(지).

영 희　(말꼬리 자르며) 그만해. 오빠두 보기보다 참 말 많다. 이미 벌어진 일, 시끄럽게 말해 뭐해. 부탁인데, 코 앤간히 골아. 냉장고 옆에서 자는 것처럼, 드르렁거리지 말라고, 가뜩이나 울렁증 있어, 멀미 나니까.

현 철　내가 기차 안에서 코 골디?

영 희　골디? (웃음 난다) 골디? 아이고.....

현 철　(멋쩍게 웃으며) 마누라 팔 베고 잘 때는 코 고는 일이 없었는데..... 걱정 마라. 안 자고 날 새지 뭐. (하며, 벽에 기댄다)

영 희　(보며) 안 자긴 개뿔 안 자. 또, 안 자면 뭐 하게? 나랑 밤새고 고도리를 칠 것도 아니고, 할 일두 없는데..... 자슈, 자. 단....

현 철　(보면)

영 희　(눈치 보며) 바, 바지는 입고 자기다.

현철　허허, (웃다가) 자라, 자.
영희　(외면하며) 안 졸려.
현철　그러게, 나두 잠이 영 안 오네. (영희 곁눈질로 보는)

## 씬 33. 여관방 전경.

창으로 보면, 환한 방 안에 두 사람 벽에 기댄 게 보인다.
현철, 코를 골며 자고, 영희도 작게 코를 골며 잔다.
그러다, 현철 자기도 모르게 고개를 툭 영희 어깨에 기대고, 여전히 자고, 영희는 현철이 기댄지도 모르고 현철 머리에 자기 머리를 살짝 기댄 채 잠을 잔다. 서로에게 머릴 기댄 순간 두 사람 다 코를 골지 않는다.

## 씬 34. 단란주점 앞.

미선, 인부들, 성우, 문을 나온다. 미선, 인부들, 준희와 성우에게 '월요일에 봬요, 조심하세요.' 등 서로 인사를 하며 간다.
그 뒤에서 현주와 재석 어깨동무를 하고 신나는 노래(요즘 여자, 요즘 남자)를 부르며 나온다.

성우　(웃으며, 현주에게) 너무 세게 논다. 2차 하지 말고 가. 두 사람 취해 오늘 많이 불안하다.
재석　(노래하다, 성우 보며, 술 많이 취한) 그건 주성우 씨가 걱정할 일이 아니지. 근무시간 끝난 지가 언젠데, 사석에서까지 이래라저래라, 실장이면 다야, 주성우! (하고는 술 취해 고개 떨군다)
성우　(재석 취한 모습이 밉지 않다, 장난처럼) 뭐요? 주성우?
현주　또 시작이네. (성우에게) 주 실장님이 이해하세요. 술 먹으면 개 되는 거 아시죠?

그때, 준희 달려오며 현주에게 '택시 잡았어요.' 한다.

성우 김 대리님, 조심해 가세요.

재석 물론 난 조심해서 가지. 그리고, 당신 내가 반말한다고 기분 나빠하지 마. 내가 말이야. 지금은 당신보다 밑에 있어두 언젠간, 위로 갈지도 모르고. 사실 나이도 당신이 나보다 한 살 어리잖어.

성우 이상하다, 난 내 밑으로 아는데.

재석 아니지. 나 호적이 그런 것뿐이지. 실은 육삼이야, 육삼.

성우 (웃음 띤) 아, 네. 죄송했습니다, 선배님.

준희 (재석 끌며) 형, 갑시다. 재석이 형, 김 대리님 가요.

현주 (재석 끌며) 그래, 가자. (성우에게) 죄송해요, 실장님. 이 사람 별명 서대문 깐죽인 거 아시죠? 깐죽거리는 게 장기이자 특기니까, 이해하세요.

성우 어서 가. 차 기다린다.

준희, 현주 '가자, 가자.' 하며 재석을 양쪽에서 부축해서 간다,

준희 (돌아보며) 주 실장님 저랑 데이트하고 가요?!

성우 ?

시간 경과.

성우, 셔터 내린 노래방 앞에 앉아 있다.
준희, 자판기 커피를 들고 와 성우에게 하나 건네주고 옆에 앉는다.

준희 드세요. 속 거북할 텐데.

성우 넌 괜찮아?

준희 (마시며) 이거 마시면 괜찮을 거예요.

성우 몇 시야?

준희 (시계 보고) 두 시요.

성우 가야 되지 않아?

준희 (커피만 마시고)

성우 (눈치 보듯) 너 사람들 앞에서 데이트하잔 말 너무 쉽게 나오더라?

준희　(멋쩍게 웃고)

성우　(대수롭지 않게) 하긴, 아무 사이도 아닌데... 도둑이 제 발 저린다고 나만 그런 건가? ... (차 마시다가, 주위 둘러보며 피식 웃으며) 기분 묘하다. 너랑 나랑 꼭 오갈 데 없는 거리 부랑아 같애... 넌?

준희　학부 때 생각나요? 가게 문 다 닫히고, 술은 더 먹고 싶고 그럴 때, 이렇게 길거리에 앉아 애들하고 새우깡에 소주 먹구..... 그랬었는데....

성우　뉴욕에서 학교 다녔다며?

준희　여기서 한 2년 다녔어요. 국비 유학생으로 건너갔거든요.

성우　잘나갔었네.

준희　(씁쓸한) 잘나갈 줄 알았죠. 하지만, 지금은 그림을 안 하니까, 나랏돈만 축낸 셈이에요........ (착잡해져 커피 마시고)

성우　(준희 보는) .....

시간 경과.

텅 빈 도로를 달리는 차 한 대.

성우　(준희 안 보고, 생각하듯, 천천히) 여고 때 《순례자의 노래》란 소설을 읽었어. 한 여자가 우연히 살인을 저지르고, 과거를 회상하는 장면이 길었는데.... 아이들이 감추기 놀이를 하고 있었어. 그날 여자애는 이쁜 새 신을 신었는데, 애들이 그 신발을 숨기자, 그랬지. 여자애는 좋다고 했어. 놀이는 낮부터 밤까지 계속됐어. 여자애가 찾는 일을 멈추고 주변을 돌아봤을 땐 지금처럼 사방이 어둡고 조용했어. 아이들이 숨겨놓은 신발은 어디에서도 찾을 수가 없었어. 아이는 집에 갈 수도 없었어. 새 신을 잃어버렸다고 말하면 엄마한테 혼나거든......

준희　(성우를 보고만 있다) .....

성우　세상 사람들은 서로 사랑하며 살라고 하지. 그런데 내가 사랑하면? 그건 거짓이래, 안 된대. 마치 같이 어울려 놀자고 꼬드겨놓고 버리고 가는 그 소설 속의 동네 아이들과 다르지 않아. (사이) 난 요즘 매일, 내게 물어, 주성우 어떻게 할래. 세상 사람들한테도 물어. 나 어떡해? 그럼 환청 같은 소리가 들려.

니가 알아서 해, 우린 몰라. (준희 보고) 니 일, 니 고통 난 몰라. 너두 날 모르지, 내가 너한테 어떻게 해야 하는 건지 너두 말해줄 수 (묻듯이) 없어?

준희 (성우 보고)

성우 (준희 보고) 너랑..... 선후배처럼 지내고 싶어. (안 보고) 오늘은 좀, 자신이 생긴다. 아직은, 그래 아직은 너한테 난 아무런 욕심도 생기질 않아. 널 보는 게 힘들지도 않고, 부인이 있다는 게 (작은 웃음) 샘도 안 나. (사이) 보고 싶지 않은 건 아니지만, 이 정도의 감정이 죄는 안 되겠지. (준희 보고 웃으며) 어쩌면 다행히, 우리 이 감정이 그냥 스쳐 지나갈 수도 있을 것도 같고.

준희 (성우 보다, 고개 숙이고, 어렵게) ........ 만약에....... 만약에 말이에요. 이 마음이, 이 감정이, 이대로 지나가지 않으면, 머물러 있거나 혹여 커지면.... (성우 보며, 맘 아픈) 그땐 어떡하죠?

성우 (준희 보고, 아무 말도 할 수가 없다) ....... (어렵다, 천천히) 노력은 해봐야지. 이젠 정말 틀린 사랑은 하고 싶지 않다. 세상이 바라는 대로 살고 싶어. (하며, 손바닥이 보이게 손을 내민다, 짐짓 친구처럼, 데면데면) 손 좀 줄래?

준희 (성우 보는) ......

성우 파이팅 하자구.

준희 (머뭇대는, 성우 보는)

성우 난 친구처럼..... 잡을 수 있을 것 같은데....

준희 (성우를 보다가, 가만히 성우 손을 잡는다, 그리고는 성우 손을 자기 품속으로 끌어와 꽉 잡는다, 가슴이 답답하고, 떨리고 아무 말도 할 수가 없다, 성우를 안 보고 외면하는데, 눈가가 그렁하게 차오른다)

성우 (준희를 눈을 안 떼고 본다. 자기 의도와는 너무도 다르게 마음이 벅차오른다. 자기도 모르게 눈물이 그렁하게 차오른다, 성우, 손을 그대로 잡힌 채, 준희를 외면해 고개를 튼다, 말은 하지만, 자기가 하는 말이 자기가 하는 말이 아니다) ........ 거봐....... 아무렇지도........ 않잖아......

준희 (감정을 누르려, 이를 앙다물고, 눈물을 참으려 눈을 부릅뜨고, 잡은 성우의 손 놓지 않고 고개를 끄덕인다)

성우 (고개 천천히 돌려 준희 보는데, 눈물이 그렁하다, 이게 뭔가 싶다)

## 씬 35. 준희의 침실.

은수, 잠옷 차림으로 침대 위에서 강아지와 괜히 으르릉거리며 재미있게 놀고 있다. 그러다, '아빠가 너무 늦네.' 하며 시간을 보면, 2시 50분이다. 그때, 문소리 나고, 은수, 굳은 얼굴로 문 쪽으로 고개 돌리고.

## 씬 36. 현관 + 거실.

준희, 들어와 방문을 연다.

## 씬 37. 침실, 불 꺼진, 어두운.

은수, 자는 척한다.
준희, 문을 열고 들어와 침대에 앉아, 자는 은수를 물끄러미 본다.

## 씬 38. 준희의 집, 아침 전경.

## 씬 39. 거실.

준희, 신문을 읽고 있다.
은수, 편한 옷차림으로 방에서 나와 현관으로 간다.

준 희　어디 가?
은 수　(준희 안 보고) 시장.
준 희　(일어난다)
은 수　왜 일어나?
준 희　같이 가자.
은 수　같이 가기 싫어.

준희 같이 가, 할 얘기 있어.
은수 !

## 씬 40. 대형 슈퍼.

은수, 굳은 얼굴로 건성으로 야채 코너를 보고 있고,
준희, 그 옆에서 캐리어 끌고 간다.

준희 (편하게) 콩나물 살까?
은수 (딴짓만 한다)
준희 (은수 보다가, 답답한 얼굴로 콩나물을 캐리어에 넣는다)
은수 (그런 준희를 보다가, 캐리어 안에 든 콩나물을 빼, 제자리에 놓는다)
준희 콩나물 산다며?
은수 (건조하게) 안 사. (하며, 아무거나 대충대충 신경질적으로 장을 본다)
준희 (그런 은수 답답한 얼굴로 보다가) 은수야........
은수 (준희 말 무시하고, 계속 아무거나 캐리어에 담는다)
준희 (물건 넣는 은수의 손목을 잡아채고) 은수야!
은수 (원망스런 눈빛으로 준희 보며) 너, 내가 여기 따라오지 말랬지? (언성 높은) 도대체 몇 날 며칠 무슨 얘길 하고 싶어서, 내 뒬 졸졸 따라다녀?
준희 (안타깝게 본다)
은수 (작심한 얼굴로) 좋아. 좋아, 좋아. 니 얘기 듣자. 무슨 얘긴지, 들어보자구, 집에 가, 따라와. (하고 뒤돌아 나가고)
준희 (은수 무겁게 보고)

## 씬 41. 준희의 집, 거실, 낮.

은수, 소파 위로 다리 모으고 앉아 있다, 머릿속에 생각이 가득한 얼굴이다.
가슴이 떨리는 걸 애써 참고 있다.
준희, 주방에서 차를 끓여 와 은수 앞에 놓고, 앞자리에 앉아, 찻잔만 본다.

은수, 잔 들어 차 한 모금 마신다.

준희　(가라앉은, 은수 얼굴 못 보고) 은수야.....
은수　(차 마시다, 눈만 들어, 준희를 본다, 원망하는 눈빛이 가득하다)
준희　.... 난, 너한테..... 거짓말하기..... 싫어.
은수　(보는) ......
준희　난 내가, 지금 이 순간 너한테 무슨 말을 해야 하는지도 몰라...... 고백?
은수　?
준희　그건 아니야...... (말하기 너무 너무 어렵다) .... 상의, 그래.... 그래, 상의라고 하자....... 성우, 성우 선배......
은수　(마음이 차갑게 가라앉아, 말꼬리 자르며) 성우 선배, 뭐?
준희　성우 선배 때문에...... 잠을 잘 수가 없어....... 너무 많이 생각이 나.
은수　(눈가가 그렁해진다, 어이없는 웃음 짓고, 애써 태연하려 하며) 무슨 뜻이야? 지금 그 여잘, 사랑.... 한다는 말을, 돌려서 하는 거니?
준희　(차마 아무 말도 할 수가 없어, 눈을 질끈 감아버린다)
은수　(차 마시고, 애써 태연을 가장해, 덤덤하게) 느낌이 있었어. (준희 보며, 원망스런) 오늘은 니가 솔직한 게 참 싫다. (안 보고) 언니가 전에 그러더라, 자긴 형부 바람피는 거 상관없대. 자기만 모르면 어떻든 상관없대. 바보 같은 소리라고 생각했어. 자기가 모른다고, 이미 피운 바람이, 안 피운 게 돼? 그런데...... (어이없이 웃으며) 정말 그러네. (준희 보며) 대충, 너 혼자 끝내고 나 모르게 그럼 안 돼?
준희　(은수 못 보고) ...... 그런 게, 아니야.
은수　(화난다, 참고 비아냥조) 바람피는 게 아냐? 바람이 아니라, 사랑한다, 그거야?
준희　(여전히 은수 못 보고) ... 널.... 다치게 하고 싶지 않아. 싸우고 싶지도 않아. (사이) 감정이..... 가볍질 않아..... 상의하고 싶었어........ 이런 감정 처음이야. 친구처럼.... 들어줘..... 방법을 찾자..... 어떡하면, 모두, 안 다칠 수 있는지..... 우리 아무도 안 다칠 수 있는지.....
은수　(원망스런 눈빛) 우리? 그 여자까지 껴서 우리? ...... 친구처럼 들어줘? (눈물이 나는 걸, 눌러 참고, 웃으려 하며, 또박또박) 서준희 씨.... 나 너한테 그래, 단 한 번도 사랑한단 말 들은 적 없어. 넌, 언제나 그랬지. 날 친구 같은 사람이다. 우린 친구 같은 부부다. 하지만, 그건 아니야. 우린 친구, 아니야. 부부야...... 부인 앞에서 그 여잘.. 사랑? (기막힌 웃음) 하! 이봐요, 서준희 씨. 당신은 다른 남자들처럼 지금 바람피는 거야. (외면하며, 대수롭지 않게) 하지만, 눈감아줄게. 밤 12시, 새벽 2, 3시까지 그 여자랑 어제처럼 쏘다니든 말든, 맘대로 해. 그 회사, 뛰쳐나오지 않고 거기서 정년퇴직을 하든 뭘 하든 그것도 맘대로 해. 그 정도쯤은 다 눈감아줄 수 있으니까. (준희 보며) 왜? 넌, 돌아올 거니까.

준 희　(은수 흔들리지 않고 안타깝게 보는)

은 수　(준희 눈빛 안 피하고) 그런데......

준 희　.......

은 수　(눈가에 눈물 가득 차오르며, 입술까지 떨리는) 제발... 제발... 자지는 마. (눈물 한 줄기 뺨으로 흐르는)

은수, 얼굴에서 엔딩 타이틀.

# 8부

넌, 돌아갈 거야. 모든 사랑은 시작이 있듯 그 끝이 있다.

나랑은, 그래, 한 1년쯤, 아니면 더 짧게 끝날 거야.

우리 관계 말하지 마. 끝날 일을 굳이 말해서 상처 주고...

나 마음 편할려고 말하는 건 이기심이야.

## 씬 1. 준희의 집 전경, 낮.

은수 (E, 일상적으로) 나 나갈 거야. 혼자 저녁 먹을 수 있지? 김치찌개 끓여놨으니까, 데워 먹어. (이어지는 느낌)

## 씬 2. 준희의 침실.

준희, 침대에 고개 조금 숙이고, 생각하는 얼굴로 앉아 있고,
은수, 옷장을 열어 옷을 이것저것 꺼내 보며 말하고 있다.

은수 까만 옷을 드라이 맡겼나? (그중 하나 집어 몸에 대보고 준희 쪽에 보이며) 준희야, 이 옷 입고 나갈까? 너무 야하지 않을까? 어때, 응?

준희 (고개 돌려 은수 보는) 나가지 마. 얘기 좀 더 하자.

은수 (짐짓 피하려, 옷가지 정리하며) 무슨 얘길 더 해, 다 했잖아. 바람피우라니까.

준희 그렇게 말하지 마.

은수 (그 말에 굳은 얼굴로 준희 보고) .......

준희 (보다가, 차마 말 못 하고 외면하며) ... 그래.... 더..... 말하지 말자..... 생각 더 할

게...... 그만하자.

은수 내가 맘 다치는 게 겁나?

준희 ......

은수 (준희 놓치지 않고 보며, 장롱 벽에 기대) 내가 그 여자 땜에 왜 다쳐? 나 정말 아무렇지도 않아. 흔히 있는 일인데, 뭐. 민주 알지? 걔 신랑도 얼마 전에 바람폈었는데, 참고 기다리니까 석 달 만에 돌아왔다드라. (침대 한 켠 앉아 옷가지들 마저 정리하며) 옷 갈아입기도 귀찮다. 이대로 그냥 입고 나가야겠다.

준희 (안타깝게 보면)

은수 (일하다, 고개 들어 준희 보며) 왜 사람을 그러고 봐? 걱정 마. 난 3년은 너끈히 기다릴 자신 있어.

준희 (은수 외면하고)

은수 (그런 준희 가만 보다가) 너.... 나랑 벌써 살기 싫어진 거, 아니지? .... 내가 차라리 두 사람 사이 방해하지 말고, 죽어줬음.... 좋겠니?

준희 (고개 돌려 은수 아프게 보며, 작게 고개 저으며) 아니..... 그건 절대, 아니야...... 오해하지 마라..... 이 순간도 넌..... 내가 세상에서 가장 믿는... 친구야.

은수 (눈가 그렁해진다) 정말?

준희 (은수가 안타깝다, 안심시키려는) ... 정말....... 정말.

은수 (너무 고맙다, 눈물이 나려 하지만, 참고) 그럼.... 됐어. (하며, 옷가지 정리 마저 하고)

준희 (그런 은수 안타깝게 보고)

## 씬 3. 현관.

은수, 신발을 신고 있고,
준희, 그 옆에서 지켜보고 서 있다.

은수 (신 신으며) 동진이 만나서, 차 한잔 마시고 얘기하고 그러면 늦을 거야. 잊지 말고, 밥 챙겨 먹어.

준희 응.

은수　(문 열고 나가려다가, 다시 돌아보고) 키스... 안 해주니?

준희　(보면)

은수　하긴, 나도 오늘은 별로 안 하고 싶다. 다녀올게. (하고 나가고)

준희　(그런 은수 보고)

## 씬 4. 은수의 차 안.

은수, 차에 타, 안전벨트 하고 한숨을 쉰다. 눈가가 붉어져온다. 이 앙다물고, 차 시동 걸고 가고.

## 씬 5. 거실.

준희, 은수와 밝게 찍은 사진첩을 보고 있다. 그중 가장 밝게 웃는 은수 사진을 빼서 들여다본다. 은수가 안타깝다.

## 씬 6. 동진네 편의점 안.

은수, 점원과 얘기하고 있다.

은수　언제 나갔어요?

점원　10분 됐는데....

은수　(낙담해서, 돌아서려다, 다시 점원에게) 참, 아버님은?

점원　사장님도 물건 때문에 거래처 가셨어요.

은수　아.... 그럼.... 저.... 동진 씨 오면요, 요 위에 카페에서 제가 기다린다구 좀, 전해주실래요. 늦게까지 있겠다구, 올 때까지 있겠다구.

점원　알겠습니다.

은수　안녕히 계세요. (목인사하고, 기운 빠져 가게 빠져나온다)

## 씬 7. 편의점 앞.

은수, 허탈한 얼굴로 가게를 나와 길을 걸어간다. 아무 생각도 없다.

## 씬 8. 성우의 집, 거실 + 주방.

성우, 대청소를 하고 있다. 몽타주성. (음악 없는)

1. 성우, 베란다 문을 활짝 열어놓고, 집 안 곳곳을 총채질을 하고 있다. 먼지가 나, 한 손으로 입을 막고 열심이다.

2. 성우, 탁자나 집 안 물건들을 걸레로 닦고 있다.

3. 성우, 빨래를 다리미로 다리는데, 아주 힘든 모습이다. 그러나 몸놀림은 경쾌하다. 다림질한 빨래가 옆에 옷걸이에 걸린 채 차곡차곡 쌓여 있다.

그때, 삐 하는 물주전자 끓는 소리가 나고 성우 놀라, 다리미 온도 내리고, 뛰어가 가스레인지 불을 끈다.
성우, 한숨 쉬고, 커피를 타 한 모금 마시고 오는데 전화벨이 울린다. 성우, 탁자 위에 있는 전화 받고.

성 우 여보세요? (밝게) 엄마? (사이, 걱정) 여적 기찰 안 탔어? 네 시? .... (얘기 듣는) 어, 어, 난리였구나. 버스 타면 힘들 텐데. (사이) 알았어. 네. 네. 빨리 와요, 심심해. (웃음) 놀자는 게 아니구, 보고 싶다구. 네. 저녁에 봬요, 끊어요.

성우, 문 열린 베란다로 가서는 그리고는 쪼그려 앉으면, 베란다 문(창문으로 향한) 앞에 준희가 준 선인장이 보인다. 그걸 보는 성우의 입가에 저절로 엷은 웃음이 번진다. 성우, 차를 마시며 그 선인장을 한참 보고 있다가, 한쪽에 있는 분무기를 들어 선인장에 뿌리고는, 선인장을 보며.

성 우 (흐뭇하게 웃으며, 혼잣말) 니가 정말 뿌릴 내리고 클까.... (웃는데)

## 씬 9. 개울.

영희, 졸졸졸 흐르는 냇가를 편안한 얼굴로 보고 있다.
그 옆에서 현철, 돌을 들어 던진다. 돌이 물살에 튀어 몇 번 가다가 아래로 푹 빠져버린다. 현철, 이게 아닌데 싶어, 고개를 갸웃하고는 다시 돌을 줍는다.

영 희 그만해. 오빠 그 짓 땜에 물살 흐르는 것도 제대로 못 봐, 내가.
현 철 (멋쩍게 앉으며) 나, 물수제비 뜨는 거 안 보고, 여적 물 봤냐?
영 희 나한테 보이고 싶었어?
현 철 (앉으며, 담배 피워 물고) 연앨 할래도 장단을 맞춰줘야 하지.
영 희 (현철 귀엽다는 듯 웃으며) 다시 해봐, 봐줄게.
현 철 (답답한) 싫다.... 나두 많이 늙었나 보다. 예전엔 돌멩이 하나 집어 물수제빌 뜨면 저 건너편까지 후두둑, (하다, 필요 없는 말한다 싶어, 웃는) .......
영 희 예전에 언제? 20년쯤.
현 철 5년 전만 해두, 그랬어, 임마.
영 희 (코웃음 치며) 5년 전? 그땐 나두, 애를 배고 남산을 올라도 숨이 남아돌았지..... 오빠나 나나, 옛날 생각만 하면 이젠 못 살어. 몸이 하루가 다르게 천근 같아지는데... 5년 전? 닷새 전 일도 꺼내지 말어, 비참해지니까.
현 철 (영희가 밉지 않다, 입가에 웃음 머금고 보며) 어제 잘 잤냐?
영 희 잘 자? .... 마지못해 잤지. 잘 잔 건 아니지. 드릉드릉 컹컹.... 내 남편만 같았어두, 어제 코에 빨래집게 집었어, 그것만 아슈.
현 철 이놈, 이거..... 얌마, 남잔 코가 (엄지손가락 들어 보이며) 이건데.....
영 희 (말꼬리 자르며) 어으, 어으... 착각도 엄청나네. 오빠가 남자야? 오빠가 남자면 난 닭살 돋는 열아홉 순정이다.
현 철 (웃고, 슬쩍 떠보듯) 니 남편은.... 코, 안 골았냐?
영 희 (시큰둥한) 몰라.

현철　몰라?
영희　20년 전에 죽은 사람 잠버릇을 내가 어떻게 알어. 그땐 안 골았는데, 지금이야 골지 말지 모르지, 뭐.
현철　(작게 웃고, 양말을 벗는다)
영희　별안간 양말은 왜 벗어?
현철　가야지. 개울 건너가자. 개울 건너가면 바로 시외버스 정류장이야.
영희　(황당한) 싫어. 어떻게? ....... (거의 애원) 올 때처럼 걸어가자.
현철　(바지 둘둘 걷고, 일어나며) 걸어가면, 두 시간은 족히 걸려. 여긴 택시도 잘 없고...... (하며, 개울에 발을 담근다) 아, 차다.
영희　증말, 건너려고 그래?
현철　신발 벗고 따라와. (하며, 두어 걸음 걸어간다)
영희　(머뭇대고)
현철　(영희 보며) 업어줄까?
영희　?
현철　싫으면 말아라. (다시 가려는데)
영희　(조바심 난다) 같이 가. (하며, 양말(스타킹)을 벗으려 한다)
현철　(돌아보면)
영희　나 발 밉단 말야, 보지 마.
현철　다른 덴 이쁘고, 발만 미워? (하고 웃으며 가고)
영희　(현철 눈 흘기고 양말 벗어, 윗옷에 찔러 넣고, 한 손에 신발 들고, 한 손으론 옷 말아 쥐고, 발을 개울에 담근다, 그러다 용기가 안 나, 다시 심호흡하고, 발을 물에 담근다, 도저히 자신이 없다) 오... 빠.
현철　(가다가 돌아서 보면)
영희　나 보기보다 무거운데...... 업어줄래?

시간 경과.

현철, 영희를 업고 개울을 건너고 있다.

영희　(등에 업혀, 말도 많다) 그쪽은 깊은 거 같애... 이쪽으로 가봐.... 그래, 그래... 거긴, 유리 보이네. 저쪽으로 가...

현 철 (영희 말 땜에 가기가 더욱 혼란스럽다, 영희 하란 대로 하다가 짜증이 난다) 입 좀 가만둬라.

영 희 (아랑곳 않고) 거기, 깊다.... 분명히 깊어..... 오빠, 여기 돌 보인다, 돌 보여. 여기 밟어.

현철, 인상 찡그리며 조심해 가다가 그만 발을 헛디뎌 영희와 물에 빠지고 만다. 영희, 현철, 물에 빠져 허우적대고.

## 씬 10. 개울 건너편.

현철, 영희, 모닥불을 피우고, 양말이며, 스타킹을 두 손으로 들고 불볕에 말리고 있다.

현 철 (너그러운 웃음 지으며, 재미있다는 듯 웃고 있고)

영 희 (현철 흘겨보며) 하여튼 오빠 따라다니며 내가 별짓을 다 한다. 여관방에서 외박을 하지 않나, 소나기에 나오는 주인공도 아니고, 개울을 건너다....... 기도 안 막혀.

현 철 난 재밌기만 하다. 애들처럼 신두 나고.

영 희 (현철 밉지 않게 눈 흘기고)

현 철 (아랑곳 않고, 불만 보며) 이 불에 콩대나 구워 먹었음 좋겠다. 우리 어릴 땐 서울에도 밭이 여러 군데 있었는데..... 남의 콩밭에 들어가, 겁 없이 콩단을 베서는.... 공터에 불붙여놓고...... (하며, 군침을 삼킨다)

영 희 (현철을 보며) 이런이런, 군침까지.... 잘하다간 그 양말까지 구워 먹겠네.

현 철 하하하!

영 희 (현철, 눈 흘기며 발을 주무른다, 삐었는지 아픈 얼굴이다)

현 철 (그런 영희 보고) 삤니?

영 희 (발 만지며) 그랬는지, 시큰하네.

현 철 (영희 옆으로 가서) 어디 보자.

영 희 (발을 숨기며) 뭘 봐....

현 철 (아랑곳 않고, 영희 발을 손으로 잡는다) 봐봐.

영희 (싫지 않다) .... 오빠가... 보면 알어?

현철 (발을 심각하게 만지며) 왕년에 유도 한 거 모르냐? 운동한 사람들은 관절 쪽엔 일가견이 있지. (하며, 영희 발을 옆으로 뚝 꺾는다)

영희 악!

현철 (발 내려놓고) 움직여봐라.

영희 (발을 움직여본다, 괜찮다, 발을 이리저리 만지고 고개 갸웃) 정말이네.

현철 (영희 보며, 작은 웃음 지으며, 편하게 본다) ......... (따뜻하게) 영희야.

영희 (무심히) 왜?

현철 너.... 나랑 살래?

영희 ?!

현철 (편하게) 우리 살자.

영희 !

두 사람, 그런 표정 멀리 한 화면에 잡히고.

## 씬 11. 남대문 시장 가는 길.

장어, 세미를 끌고 가고 있고, 세미는 끌려가지 않으려 애를 쓰고 있다.

세미 어딜 가는데, 그래.... 이거 놓고 말하고 가.

장어 (기분 좋다) 따라와. 따라오면 알어. 다 왔어.

세미 어딜 가는데?

장어 (서서) 형 만나러.

세미 (굳어지는) 뭐? 안 가! (하고, 뒤로 도는데)

장어 (위쪽 보며) 어? (하고, 세미 잡으며) 형!

세미 (뒤돌지 않고) !

## 씬 12. 시장 풍경, 몽타주.

1. 장사치들, 목쉬어라 옷 파는 것, 보이고. 카메라, 돌아가면, 동진, 기분 좋은 얼굴로 리어카에서 장어의 티셔츠를 골라주고 있다. 동진, 세미에게 '니 것두 하나 골라라.' 하지만, 세미는 관심 없단 얼굴이다. 동진, 세미 보고 웃으며, 장어에게 옷 마저 골라주고.

2. 토스트 리어카 앞. 동진, 장어, 기분 좋게, 맛있게 토스트를 먹는다. 세미는 동진의 모습 곁눈질하며 먹고 있다. 동진 보는 게 좋아서 슬몃슬몃 웃음이 난다.

3. 동진, 세미, 장어, 하드를 하나씩 빨며 휘황찬란한 상가들을 구경하고 있다. 셋 다 아주 재미있는 표정들이다. 장어, 동진에게, '형, 저거 비싸지?' 하고 물으면, 동진 '안 사봐서 몰라.' 하며 아이들처럼 신났다. 동진, '이제 밥 먹으러 가자.' 하며 장어와 세미의 어깨에 양손을 올린다. 장어, '형 소주도 사줘?' 하며 가고, 동진 '물론이지.' 하며 가고, 세미, 멋쩍지만 그냥 따라가고.

## 씬 13. 작은 감자국 집, 전경, 저녁.

## 씬 14. 감자국 집 안.

감자국 한 냄비에 소주 여러 병 비워져 있다.
장어, 기분 좋아, 상에 얼굴 대고 누워 자고,
동진, 술을 마시는데, 세미, 벌써 한 잔 단숨에 마시고, 동진에게 잔을 내민다. 동진 보고.

동 진 (술 따라주며) 세미가 본명 아니라고? 진짜 이름이 뭐냐?

세 미 여자.

동 진 여.... 자?

세 미 김여자. (서글픈 웃음 지으며) 엄마가 지었대요. (사이) 애를 낳았더니, 글쎄 여자더래요. 머리 쓰기 싫어서, 여자니까 여자라고 부르면 되겠다 싶어서.....

그래서 여자가 된 거예요. 아마 사내 동생이 있었다면, 걔 이름은 분명 남자였을 거예요.

동 진 어머님이 재밌는 분이구나..... (작게 웃고 술 마시고)

세 미 (동진, 눈 안 떼고 보며) 울 엄마 양공주였단 얘기 들었죠?

동 진 (대수롭잖게) 응.

세 미 내가 젤 듣기 싫은 소리가 뭔 줄 알아요? 공주예요. 그래서 난 인어공주, 백설공주 같은 동화책은 거들떠두 안 봤어요. 어릴 때 우리 집 사정 모르는 애들이 날 공주 같다고 공주라고 불렀어요. 근데 엄마 직업 때문에 난 그 말이 진짜, 욕 같았어요. (서글픈 웃음 피식 난다) 내 바램이 뭔 줄 알아요?

동 진 (보면)

세 미 돈 왕창 모아서 우리 아버지, 우리 아버지 이름은 윌리, 깜씨 윌리예요. 태국계 미국인이래요. 그 사람을 찾는 거예요.

동 진 그래서?

세 미 (조소 섞인) ...... 그 사람 보는 데서 약 먹고, 괴롭게 죽을 거예요.

동 진 (안타까운) 이유는?

세 미 사람들은 울 엄마가 양공주라 그 사람과 놀아났다고 하지만, 아뇨, 울 엄만 윌릴 사랑했어요. 윌린 내가 태어나서 한국을 떴대요. 앤 내 자식이 아니야. 날 안 닮았어. (동진 보며) 엄마가 날 버리면서 뭐랬는 줄 알아요? ... 세상 사람 아무도 믿지 마. 독해져야 살어. 난 살기 위해 널 버린다. 커서, 윌릴 찾아라. 찾아서, 니가 윌릴 정말 닮았는지 안 닮았는지 보여줘라. (안주머니에서 윌리 사진을 꺼내 보인다) 윌리예요, 닮았죠? (다시 주머니에 넣고 조소) 윌린 텍사스에 산대요. 그 사람은 한국에서도 텍사스촌에 살더니.... 거기서두 텍사스에 살아요. (사이, 대수롭지 않게) 엄마가 날 버린 지, 15년이 됐어요. 그동안 한 번도 날 안 찾았어요. 난 양아버지, 양엄마한테 맨날 맞았어요. 집안일을 다 했는데두, 밥만 축낸다고.... 윌린 날, 울 엄말 너무 비참하게 만들었어요. (한숨 쉬고, 술 한 모금 마시고) 내가 왜 이런 얘길 아저씨한테 하는 줄 알아요?

동 진 아니.

세 미 (대수롭지 않은) 술 사줘서 고맙기 땜에. 이 정도 사연이면, 기삿거리 아니에요?

동 진 (술 마시며, 담담하게) 그 정도 아픔은 누구에게나 있어. 미안하지만, 기삿거린 안 돼.

세 미 (동진 보며) 기삿거리도 아니고, 여자로 보는 것도 아니면서, 술 사주고, 밥 사주는 이유가 뭐예요. 난, 솔직히 아저씨 좋아서 만나요. 우리 같은 애들, 돈 많고 배운 사람이다 싶으면, 무조건 좋아하는 골 빈 데가 있거든요.

동 진 (세미 보다가, 담배 피워 물고) 너만 한..... 동생이 있었어.

세 미 (대수롭지 않게) 죽었어요?

동 진 응.

세 미 (대수롭지 않다) 슬프겠네요. 아, 돈 많고 잘난 사람들도 슬픈 일이 있구나......

동 진 (기분 나쁘지 않다) 영화를 보거나, 티브이를 보면, 아픈 사람보다 즐거운 사람들이 많지. 어려선 나두 세상이 그런 줄만 알았어. 그런데, 커서 보니까, 아니드라. 집안에 죽은 사람 하나쯤은 어느 가정에나 있고, 잘나가는 형제가 있으면, 못 나가는 형제도 있고..... 아주 사랑하는 여자 친구가 있어. 걘 고아야. 그 친구의 남편은 손을 다쳤지, 그래서 자기가 가장 하고 싶은 일을 못 해. 나는? ...... (생각하는) 아주 사랑하는 동생이 죽었다, 그래서 슬프다, 내가 너보다 더 아프다, 그건 아니야.

세 미 (진지하게 듣는) .......

동 진 난 세상 모든 일이, 맘먹기 달렸다고 믿는 사람이야. ........ 난, 동영이..... 내 동생한테 많이 고마워하고 있다. 걔가 잠깐이라도, 내 곁에, 우리 집안에 왔다 간 걸 하늘에 감사해. 우리 아버진 여름에도 털장갑을 끼고 계셔. 동생이 어버이날 선물로 병상에서 짜준 거지. 난(지갑을 열어 보여주면, 별 모양의 뜨개 모양에 주민등록증 끼는 게 꽂혀 있다) 이걸 받았어.

세 미 (별 보며, 동진에게 마음이 움직이는, 동진 보는) .......

동 진 (지갑, 주머니에 넣고) 걔가 우리 곁에 처음부터 없었다면, 아버진 털장갑을, 난 이 별을 갖지 못했을 거야........

세 미 (보는)

시간 경과.

세 미 (동진을 뚫어져라 보고 있다, 짐짓 아무렇지 않은 척해도, 동진에게 맘이 다가가고 있다)

동 진 (술 마시고, 세미 보고) 세미야.... 넌 니가..... 아름다운 애란 걸 아니?

세미　?

동진　과거가.... 태생이 어떻든, 넌 이제 스물둘이고, 아직은 가능성이 많은 아이야. (술 한 모금 마시고, 세미 따뜻하게 보며) 널 처음 본 그 순간부터, 내내, 이 말을 해주고 싶었다.

세미　그 말은.... 내가, 걱정이..... 된다는 말이에요?

동진　(고개 끄덕인다, 동생 보듯)

세미　다른 사람처럼 날 더럽고, 우습게 안 본다는 얘기예요?

동진　(고개 저으며) 절대.

세미　그럼..... 나랑 연애할 수 있어요? 내가 사랑하면 받아줄 수 있냐구요?

동진　(뭔 말인가 싶다)

세미　(진지하게 동진 본다)

## 씬 15. 편의점 밖.

카메라, 안을 들여다보면,
동진, 뭔가 점원과 말을 주고받더니, 뛰쳐나온다. 점원, 문 열고 소리친다.

점원　다섯 시간두 넘게 기다렸어요?! 형, 카페 어딘 줄 알아요?

동진　알어!

동진, 뛰어가고.

## 씬 16. 카페 입구 + 카페 안.

동진, 단숨에 계단을 뛰어올라와 카페 문을 벌컥 연다.
문소리에, 은수, 눈가 그렁해 돌아보고,
동진, 걱정스레 은수 보고 서 있고.

시간 경과.

인서트.

동진, 은수가 안타까워 얼굴도 볼 수가 없다.
은수, 눈가가 그렁해 맥주를 따라 마신다.

은수 (울면서도 짐짓 밝게) 너무 걱정 마. 괜찮아질 거야. 놀랬지?
동진 (안 보고) 얼마나 기다린 거야?
은수 별루, 차 마시고, 차 마시고, 또, 차 마시다, 술 마시니까, 니가 오더라.
동진 (은수 차마 못 보겠다) .......
은수 (맘이 아퍼, 입술 파르르 떨리는) 동진아.... 실은... 나 하나도 안 괜찮다.
동진 (술을 따라 마시고)
은수 (우는, 그러나 진정하려 애쓰는) 너무너무.... 불안하다..... 니가 어떻게 나한테 그러냐구, 나쁜 새끼, 나쁜 새끼, 막 욕해주고 싶었는데...... 화내면 미워할까 봐. 소리치면, 미워할까 봐. 밉게 보이기 싫어서, 괜찮은 척, 괜찮은 척, 했다. 울고 싶은데도 걔 앞에선, 못 울었어. 너두 알지만, 나 울면, 눈 붓고, 보기 싫잖아....... 걔가 나한테 뭐래는 줄 아니? 성우 선배 땜에 잠을 못 자겠대. (어이없는 웃음 지으며) 그 말뜻이, 뭐냐면, 그 여자가 너무 보고 싶어서 날밤을 꼬박꼬박 새운다는 뜻이야, 난 다 안다. (복받치는) 그 말 들을 때, 우리 부모님, 비행기 사고 당했다는 소식 들을 때처럼, 머리 위에서 쾅! .... 쾅! (눈물 닦는다)
동진 (은수 안타깝게 본다)
은수 (더욱 서럽다) 난 잘못한 거 없는데... 아침밥 안 해주고, 가끔 대들고, 잘못한 게 있다면 그 정돈데... 애기 못 낳는 거, 그것도 잘못이라면 잘못이지만, 그건 내가 어쩔 수 없는 거잖아. 하루 종일, 여기 앉아 있으면서 온통 머릿속이, 캄캄했어. 널 기다린 게 아냐. 길을 걸어야 하는 건지, 집엘 들어가야 하는 건지 아무것도 모르겠어서.... 정말 아무것도 모르겠어서..... (맘만 아퍼, 가슴을 제 손으로 다독인다, 헉헉대면서도 더는 울지 말아야지, 하는 생각 든다)
동진 (은수 안타깝게 보며) ... 울고 싶음 참지 말고 울어. 그렇게 속 끓이지 마라.
은수 (고개 저으며) 싫어, 안 울래... 안 울 거야. (눈물 닦고) 안 울 거야.
동진 (은수 옆에 자리 옮겨 앉아, 은수 손을 잡고, 은수 짐짓 편하게 보며) 은수야,

너 내 말 잘 들어야 돼.

은수　(보면)

동진　이번 일은 아무 일도 아닐 거야. 니가 염려하고 있는 이상, 큰일은 일어나지 않아. 큰일은 예고 없이, 갑자기 당하는 거야. 이렇게 전초전을 치루지 않는다고. 현명해져야 돼. 알지?

은수　(눈가 그렁하지만, 애써 맘 다져먹고) 알어. 그래, 난 현명해져야 돼. 아주, 아주 현명해, 져야 돼. (다짐하는) 나, 하늘에 두고 맹세하는데..... (맘 아퍼, 입술 떨리는, 동진 보며) 너무 죄송하지만.... 내가 아주 사랑하는, 울 엄마, 아버지가 다시 돌아온다고 해도.... 살아서 다시 돌아온다고 해도, 나 정말 준희랑은 안 바꿀래, 동진아.....

동진　(은수 어깨에 손 올리고, 눈가 붉어져 보다, 안는다, 아픔만 참고, 눈 뜨고) 그래.... 그래라..... (한참을 그대로 있다가, 은수 안은 팔 풀고, 은수 보고, 어렵게, 눈물 나지만 그러나 입가에 미소 띤 채) 누가..... 누가..... 감히..... 우리.... 은수를 버려...... 누가, 감히.

은수　(동진 못 보고) ...... 그런데...... 그런데....... 정말.... 날... 버리면 어떡하지.....?

동진　(은수 보는) .........

은수　(동진 보는, 눈물 그렁한)

## 씬 17. 영희의 방.

성우, 이불 덮고, 책을 읽고 있다.
잠시 후, 영희, 목욕한 얼굴로 들어오며.

영희　가서 자지, 왜 그러고 앉았어?

성우　(책 덮으며) 엄마랑 잘려구.

영희　(앉아, 이불 덮으며) 젖 먹을라구?

성우　주면 먹고.

영희　(어이없다는 듯 웃으며) 징그러. 시집갔으면 학부모 소리 들을 애가.... 아이고....

성우　오늘 재밌었어?

영희　재밌긴, 피곤했지.

성우　근데 옷이 왜 다 젖었어?

영희　(버벅대는) 어? ... 어..... 오다, 세차장 앞 지나다... 물벼락 맞았어.

성우　조심하지.

영희　(누우며) 그게 나만 조심한다고 될 일이야.

성우　(눕는다)

영희　가서 자.

성우　싫어. 여기서 잘래.

영희　(싫다지만 좋고) .....

성우　엄마..... 아빠 생각나?

영희　(보면)

성우　가끔 궁금해져. 그렇게 으르렁거리던 사이였는데, 제삿밥은 왜 놔줄까....? 산소는 왜 그렇게 들여다보나.... 밉다고 해도 보고 싶긴 한 건가..... 부부란 게 뭔가....?

영희　(입가에 웃음 지으며) 타령 하나 들려줄까?

성우　(옆으로 누워 영희 보면)

영희　부부가 뭔지, 아주 잘 말해준 타령이 있다, 들어봐. (시 읽듯) 우리 댁 서방님은 날 싫다고, 벽 치고, 담 치고, 열무김치 소금 치고, 배추김치 초 치고, 칼로 물 도린 듯이 그냥 싹 돌아서더니, 춘천 팔십 리, 왜 못 가서, 되돌아왔소. 아리랑 아리랑 아라리가 났소. 아리랑 고개로 날 넘겨주소.

성우　말이 재밌다.

영희　부부란, 돌아서도 돌아서지지 않는 게 부부야. 3천 년을 연애해도, 하룻밤 보낸 부부만 못하더라고...... 밉다고 해도, 아주 밉진 않지. 널 줬는데, 아주 밉겠니. (하품하는, 아주 피곤한)

성우　(생각이 많다, 자기에게 하는 말처럼) 부부 사인...... 둘밖에 모르는 거지...... 좋아 보여두... 나쁠 수도 있고, 나빠 보여두... 좋을 수 있고......

영희　그럼. 3천 겁을 만나야, 한 이불 속에서 잔다는데..... 그 연대가 오죽 질길까. 자라. (하고, 옆으로 돌아눕는다)

성우　(혼잣말처럼) 부부가....... 그런 거야? .... 그렇게...... 질긴 거야? .......

## 씬 18. 성우의 회사 전경.

하숙 (E) 주 실장!

## 씬 19. 복도.

성우, 허겁지겁 나가고 있다.
하숙, 서류 들고 사무실 문 열고 소리친다.

하숙 성우야, 이거 가져가!
성우 (가다가 돌아본다) ?
하숙 (서류 흔들며) 납품 계약서 안 가져가?
성우 어머. 내 정신 좀 봐. (하고, 하숙에게 와서는 서류 받아, 가방에 넣으며) 별걸 다 잊네, 별걸 다 잊어.
하숙 천천히 가. 너답지 않게 왜 그렇게 허둥대? 그러다 사고 나.
성우 양수리까지, 길이 머니까, 거래처도 많고, 자칫하면, 열두 시나 되어야 서울 올 것 같애. 그래서 그래...... 조심할게.
하숙 (걱정스런) 차 니가 몰지 마라.
성우 (웃음 띤) 그렇잖아도, 서준희 씨 차 타고 갈려 그래. 들어가. 나 간다. (하며, 서둘러 뛰어간다)
하숙 (걱정스레 보며) 재답지 않게 왜 저래? (하며, 사무실 안으로 들어가고)

## 씬 20. 사무실 안.

재석, 현주, 인부들과, 미선 팔 걷어붙이고 바삐 그림들을 포장하고 있다.
하숙, 들어와, 자리로 가서 서류 뒤적이다, 문득 생각난 듯.

하숙 잠깐, 잠깐!

모두, 하숙 본다.

하 숙　김 대리, 윤호물산 가구 들어간 거, 그거 단가표 어딨어?

재 석　(땀 닦으며) 그 앞에 있잖아요.

하 숙　(둘레 둘러보고) 어디?

재 석　(짜증스레 와서는, 성우 책상 한쪽에 있는 서류 주며) 여깄잖아요.

하 숙　왜 성질이야?

재 석　성질이 아니라, 사장님두 해두 너무합니다.

하 숙　(기죽은) 내가 뭘?

재 석　사람 일하는 거 안 보여요? 출근 시작부터 지금까지, 도장 어딨냐? 통장 어딨냐? 계약서 어딨냐? 전화번호부 어딨냐?, 우리보고 일을 하라는 거예요, 말라는 거예요?

하 숙　(눈치 보며) 미안하다야...... 현장 뛰느라 사무실에 잘 안 나오니까.... 잘하면 너 나 치겠다.

현 주　사장님이 이해하세요, 오늘 아침에 전철에서 쓰리 맞았대요.

재 석　(현주 보며) 가만 안 있어? (하숙 보며) 사장님, 내가 아침나절 쓰리 맞는 거, 이 일하고 하등 상관없습니다. 사장님, 이상한 버릇 있는 거 아시죠? 집에서 임 과장님한테 당한 화풀이 회사 나와 푸는 것도 아니고, 사장님 사무실만 나오면, 손 하나 까닥 않고, 졸개들한테 이래라, 저래라, 그거 나쁜 버릇입니다. 몸 움직이기 싫어하면, 다음 생애 개, 돼지, 소, 말 돼요, 알아요?

하 숙　뭐가... 돼?

현 주　(옆에 와서, 재석 말리며) 어으, 정말, 김 대리님 땜에 내가 못 살어. 가면 될 거 아니에요, 가면. 같이 갈 테니까, 화 좀 그만 내요.

하 숙　무슨 소리야?

재 석　(현주 보고, 기분 좋아 웃으며) 증말?

하 숙　니들 뭐 하니?

재 석　(하숙에게 웃으며) 얘가 나랑, 거래처 같이 가잔 얘기예요. 신경 쓰지 마세요.

일하던 미선, 소리친다.

미 선　김 대리님, 빨리 와요, 일두 안 하고 계속 노닥거리기만 하고.

재 석　오케이! (하며, 가고)

하 숙　(현주에게) 그러니까, 뭐냐, 니들 연애사에 지금 날 끼워서... 둘이 같이 있고 싶어서.... 그런 거니?

현 주　(웃음 띤, 눈치 보며) 죄송해요.

하 숙　(어이없다) 야.... 김 대리 단수 세다. 아주 고단수야. 난 나 칠까 봐 식겁했다..... (그러다, 생각하는) 주 실장이랑, 서준희도 혹시....... 너무 서두는 게... (현주 보며) 연애하는 거 아냐?

## 씬 21. 주차장.

성우, 이리저리 준희를 찾고 있다.

성 우　서준희 씨! 서준희 씨!

그때, 준희, 뒤에서 클랙슨 울린다.

성 우　(돌아보면)

준희, 차에서 내린다.

준 희　(웃음 띤) 날 왜 그렇게 목메게 찾아요?

성 우　(안도의 한숨 쉬며, 웃음) 너, 없어진 줄 알았어. 나 버리고 갔나 했다.

준 희　주유 좀 하고 왔어요. 가다 하면, 시간 버릴 것 같아서. (차 문 열고) 타세요.

성 우　(차 타려다가 준희 본다)

준 희　? ..... 왜 그래요?

성 우　(수줍게 웃으며) 조, 좋아서.

준 희　?

성 우　(준희 보다가, 차 타고, 서 있는 준희에게) 어서, 타. 가자.

준 희　(웃으며, 차 타고)

## 씬 22. 차 안.

두 사람, 모두 안전벨트 한다.

준 희　(성우 보고, 웃음 띤) 어디로 모실까요?
성 우　(웃으며) 그대가 원하는 데로?
준 희　(웃으며, 차 몰고 가고)

## 씬 23. 양수리 카페.

성우, 남자 주인과 얘기하고 있다.
준희, 금속공예 작품을 보고 있다.

성 우　작품 어떠세요?
주 인　아주 맘에 들어요, 손님들도 좋아하고.... 인테리어하고도 잘 어울리고.
성 우　고맙습니다.
주 인　내가 고마워해야죠.
성 우　아니에요, 천만에, 제가 고맙죠, (서류 내보이며) 결제해주실 거죠?
주 인　(웃으며) 이거 이거, 내가 또 속네. 웃으면서 와서는 칼 디밀고. (하며, 주머니에서 펜 꺼내 사인하며) 모레 은행으로 들어갈 겁니다. 참, 내 친구가 일본에서 옷가게 하나를 여는데, 여기 작품 한 작가 소개를 원하더라구요.
성 우　어머? 그래요? (뒤돌아) 서준희 씨!
준 희　?
성 우　(주인에게) 저 사람, 우리 직원이거든요. 작가가 저 사람 와이프예요.
주 인　아, 그래요?
준 희　(성우에게 와서는) 왜요?
성 우　(웃음 띤) 자기, 나한테 한턱 써야겠다. 부인 작품 팔아 떼돈 벌겠어.
준 희　?
성 우　(주인에게) 작품료 비싼 거.... 아시죠?

## 씬 24. 가마터.

도예가와 성우, 준희, 가마 주변에 앉아 얘기하고 있다.

성 우　(친구처럼 편하게 얘기한다) 어제 새벽에 불 땠다며, 아직까지 때고 있음 어떡해?

도예가　(불만 보며) 내 맘이다.

준 희　(도예가가 맘에 드는, 웃음 짓고)

성 우　어제 새벽에 불 안 땠지? 밤늦게나 불 지폈지?

도예가　알면서 뭘 물어?

성 우　못 살어..... 왜 그래, 증말..... 쟁이들 이렇게 지 맘대론 거 정말 싫어.

도예가　걱정 마라. 너랑 살 맘 없으니까, 니 맘에 안 들어도 상관없다.

성 우　(기막히고)

준 희　(웃으며) 옹기 하신 지, 얼마나 되셨어요?

도예가　(준희 보며) 너, 쟁이지?

준 희　(편하게 웃으며) 옹기 좋죠? 저두 공옐 했으면 옹길 했을 거예요.

도예가　왜?

준 희　흙으로 돌아가는 건, 이것밖엔 없잖아요. 금속도, 도자기도... 남기는 흔적이 너무 많아요.

도예가　(준희가 맘에 든다) 너, 물레 돌릴 줄 아냐, (성우, 턱으로 가리키며) 이런 여자 따라다니면, 돈맛 알고, 세상 물정 알고, 재미없어. 내 보조로 일해라.

성 우　(도예가에게 눈 흘기며) 점점.....

준 희　(일어난다)

도예가　대답 않고 왜 인나?

준 희　오늘 오후엔, 되죠? 가마불 보니까, 대여섯 시면 끝날 거 같은데.

성 우　?

준 희　(도예가에게) 아까 주신 제읜 고마운데, 저 손을 좀 떨어요. 아마 물레질 하면, 난리가 날걸요. 오후에 다시 들를게요. 가요, 선배. (하고, 간다)

도예가　(성우 보며) 재 병신이야?

성 우　(준희 걱정스레 보고, 도예가에게) 말 좀 가려서 해요. 다시 올게요. (하고, 간다)

## 씬 25. 가마터 앞길.

준희, 굳은 얼굴로 걸어가고,
성우, 뒤따라 나와 그런 준희 걱정스레 본다.

## 씬 26. 음식점 전경.

## 씬 27. 음식점 안(한식집).

점원, 음식을 날라다 상을 차린다.
준희, 생각 많은 얼굴로 앉아 있다.
성우, 준희 눈치 보며 점원이 상 차리는 걸 도와주고 있다.
점원, 상 차리고 나가고,
준희, 수저와 저분을 챙기려 하면,
성우, 수저, 저분을 먼저 집는다.
준희, 보면.

성 우　(안 보고, 준희 것 놔주며) 내가 챙겨주고 싶어, 가만있어.
준 희　(작게 웃고, 수저로 국을 떠먹는다)
성 우　(눈치 보며) 기분 상했어?
준 희　?
성 우　(여전히 눈치 보며) 아까, 김 작가 한 말, 많이 거슬렸어?
준 희　아뇨. (밥 먹는다)
성 우　(맘 안 놓인다, 준희 보고)
준 희　(느낌이 이상해 성우를 본다, 얇게 웃으면서) 난 작가 아니에요. 괴팍하지 않아요. 잊었어요. 신경 쓰지 말아요. 국 식어요, 어서 들어요.

성우 (준희가 의젓해 보인다, 국 먹고) ..... 너 반찬 뭐 좋아해?

준희 다 좋아해요.

성우 특히 좋아하는 거?

준희 음.... 버섯.

성우 (상에서 버섯을 찾아 준희 옆에 놔준다) 먹어.

준희 (웃고, 먹는다)

성우 음식 짜게 먹는 편이니, 아니면 싱겁게 먹니?

준희 (보며) 적당하게 먹어요.

성우 적당하게 먹는다, 그건 니 기준이지. 너한테 적당한 게 다른 사람한테는 짤 수도 있고, 싱거울 수도 있고, 그런 거잖아.

준희 (편하게 웃으며) 간간하게 먹는 편이에요.

성우 간간하게? 짜게 먹는구나. (하며, 밥을 먹는다, 그러다 문득 생각난 듯) 너.... 잠버릇 어때?

준희 ?

성우 조용히 자? 몸부림 심해?

준희 (생각하며, 웃으며) 자느라 모르죠.

성우 (약간 눈치 보며) 은수 씨는 뭐래?

준희 얌전히 잔대요.

성우 (은수가 부럽다) 어, 그렇구나..... (반찬을 먹고, 혼잣말처럼, 준희 안 보고, 서글픈 웃음 띤) 짧은 시간이지만, 너에 대해 많은 걸 알고 있다고 생각했는데..... (준희 보며) 모르는 게 너무 많다.

준희 (편하게 웃으며, 무심하게) 그런 건 같이 살지 않으면 알 수 없는 것들이잖아요, 나도 선배 뭐 좋아하는지, 어떻게 자는지, 모르잖아요. (하며, 밥 먹는다)

성우 ! (석고처럼 움직이지 않고, 준희를 무표정하게 보고 있다, E) ...... 같이 살지 않으면, 알 수 없는 것들....

준희, 밥 먹고, 성우, 준희 보는 것, 한 화면에 잡히고.

## 씬 28. 야외 카페.

준희(성우 안 보고, 강만 보는), 성우, 앉아 있다.
성우, 차를 한 모금 마시고 내려놓고.

성우　(준희 보며, 무거운) 왜...... 그런 쓸데없는 짓을 해서, 니 속을 볶아?

준희　(강만 보고 있다, 눈가가 그렁하다, 애써 참고 있다) ......

성우　(어떻게 말해야 할지 모르겠다, 한숨 쉬고, 머뭇대다가) 나랑 살고 싶어? 그거 아니잖아. 그런 것도 아닌데, 굳이 말해서.... 어리석은 짓 한 거야.

준희　(애써 웃으려 하며, 고개를 끄덕인다)

성우　(준희가 아주 많이 걱정스럽다)

준희　(차 한 모금 마시고, 맘 다스리려 애쓰며) ..... 솔직히.... 어제 처음으로 내가 은수 남편이구나, 싶었어요. (성우 안 보고) 3년을 살면서도 한 번도, 우린 부부다. 그 아이가 내 아내다. 그런 생각 못 가졌었어요. 결혼할 때도 그랬고, 살면서도 그랬고, 우린 아주 좋은 친구였어요. 뭐든 얘기할 수 있는, 은수는 지나간 남자 친구 얘길 나한테 할 수 있었고, 나도 부끄러운 첫경험을 얘기할 수 있었어요. 우리 사이엔 아무런 비밀도 없었어요. 누가 뭐래도, 우린 우리가 사는 방식이 있었고, 그게 옳다고 믿었어요. 얘기하고.... 풀 수 있다면 풀고 싶었어요.

성우　(심란하다) 뭘.... 어떻게 푸니?

준희　(눈가 그렁해 성우 보며) 난 선배한테 도망치고 싶었어요.

성우　?

준희　노력하자 그랬죠? 은수한테 말하면, 난 은수가 날 잡아줄 줄 알았어요. (마음이 너무 아프다, 성우 못 보고, 깊게 한숨 쉰다) 나도..... 이런 감정..... 버거워요. 선배만 아니라, 나도 피하고 싶다구요...... (한숨 작게 쉬고, 사이) 은수가... 넌 다시 돌아올 거야. 그러는데, 난 (차마 말을 못 하겠다) ..... (토해내듯) 난 그 순간, 걔한테 다신 돌아갈 수 없을 거란 생각이 들었어요.

성우　(준희가 안타깝다, 맘이 너무 아프다)

준희　(눈을 힘들게 감는데, 눈물이 주룩 흐른다, 감은 채, 가라앉은) 내가.... 은수를..... 성우 선밸...... 나 자신조차도..... 다치게 할 수 있다....... (고개 돌려 강을 보며, 확정적인 말투로) 그래요, 다칠 거 같아요. (양손으로 눈물 닦아내고)

시간 경과.

인서트 - 강가.

준 희 (맘 아프게 고개 숙이고 있는)

성 우 (준희 못 보고, 심란한) 나 여깄어도 너처럼.... 우리가 어디로 가고 있는 건지 확실히 몰라.

준 희 .....

성 우 며칠 전까지만 해도 난 너에 대해, 아무런 궁금증도, 호기심도 없었어. 우리 감정이 이대로 가라앉을 수도 있다, 자신했어. 그런데, 지금... 난 은수, 니 부인한테 아무런 미안함도 없이, 널 보는 게 마냥 설레고.... 너무 궁금해. (사이) 니가 무슨 생각을 하는지, 꿈은 뭔지, 무슨 책을 읽는지, 누굴 가장 존경하는지...... 내가 어디가 좋았는지.........

준 희 (눈물 그렁해, 성우 보는)

성 우 (준희 못 보고) 내 나이 벌써 서른셋이야. 이대로 이렇게 널 피하면, 이 느낌, 이 설레임..... 다시는 내 인생에, 없을 거 같애. (준희 보며) 그래서, 널 피하지 않기로 했어. (사이, 단정적인) 하지만, 난 니가 다시 은수에게 돌아가리란 걸 의심하진 않아.

준 희 .....

성 우 (준희 못 보고) 부인이랑 3년 연애하고, 3년 살았다고 했지. 니 식대로 말하면, 니들 우정은 6년 만에 끝난 거야. 하물며 나랑 너랑.... 자신하는데, 우린 끝날 수 있어......... 부인 사랑하지?

준 희 (성우 안 보고) ...........

성 우 (은수 생각하며) 여자인 내 눈에도..... 참, 이쁘더라. (사이, 단호한) 넌, 돌아갈 거야. 이 교술 사랑하면서 배운 게 있어. 모든 사랑은 시작이 있듯, 그 끝이 있다. 나랑은 그래, 한 1년쯤 아니면, 더 짧게, 끝날 거야. (부탁하듯, 염려 가득한) 우리 관계 말하지 마. 끝날 일을 굳이 말해서 상처 주고.... 이 교수 부인도 날 몰라. 두 사람 지금은 잘 살어. 니 마음 편할려고..... 그건 이기심이야.

준 희 (뭐가 뭔지 모르겠다, 아무 말도 할 수가 없다, 성우 못 보고)

성 우 (짐짓 가볍게, 그러나 맘 아픈) 얼굴 좀 두꺼워져라. 바람필려면, 얼굴에도,

심장에도 철판 두서너 장쯤은 깔아야 돼, 바보야. 나랑 만나는 거, 좋은 추억 만든다, 그렇게 생각해. (강 보며, 눈가 그렁해지는, 어렵게) 그리고........ 부탁인데..... 나중에라도 날 사랑한다곤 말하지 마라. (준희 보며, 맘 아픈, 천천히) 그 말 믿고 너한테 매달리게 되는 거 싫어.

## 씬 29. 오솔길.

준희(바지 주머니에 손 넣고), 성우 걸어가고 있다. 아주 편한 분위기다.
성우, 나무 보다, 슬며시 준희의 팔에 팔짱을 낀다.
준희, 멈춰 서서 성우 보면.

성 우 (편하게) 내가 뻔뻔스러워지라 그랬지?
준 희 (어색하게 웃음 질 듯 말 듯하고, 앞 보고 간다)
성 우 (걸어가며, 땅을 보고 간다)
준 희 (걸어가다가, 무심하게) 고등학교 어디 나왔어요? ....
성 우 (무심하게) 정원여고....
준 희 (무심하게) 대학은요?
성 우 (장난처럼) 좋은 데 나왔지. 에스 대, 경제학과, 82학번.
준 희 (무심히) 공부 잘했구나.....
성 우 (준희 안 보고, 무심하게) 이번엔 내가 물을 차례야...... 초등학교 때, 꿈이 뭐였어....?
준 희 (걸어가며, 무심히) 화가요.
성 우 중학교 땐?
준 희 화가요.
성 우 고등학교 땐?
준 희 화가요.
성 우 한 번도 변한 적이 없네.
준 희 네.
성 우 (작게 웃음 짓고, 장난처럼, 준희 보지 않고, 걸어가며) 꼴통. 꿈은 변하는 거야. 난 여러 번 변했어. 국무총리, 대통령, 의사, 디자이너.....

준 희　(고개 옆으로 성우 보며, 걸어가며) 지금은 꿈이 뭐예요?

성 우　(서글픈) 평범하게 사는 거.

준 희　평범하게 사는 게, 어떻게 사는 건데요?

성 우　음...... 내 나이에 걸맞는, 다른 여자들처럼........ 밥 짓고... 남편 기다리고... 빨래하....... (서글프다) 더는 말하기 싫어.......

준 희　(성우 맘 알겠다) ......

성 우　(준희 안 보고) 이런 거 물어도 되나 모르겠는데, (보고) 내가 어디가 좋았니?

준 희　(입가에 웃음 머금고, 생각하다가) 성우 선밸 보면, 늘 화난 사람처럼 보였어요. 세상 누구에게나..... 그 화를 풀어주고 싶었어요. 자신은 없지만, 사는 거, 화낼 일만 있는 건 아니거든요. 그러고 보내기엔 이 세상이 아까우리만치 아름다워요. (성우 보며) 모르죠?

성 우　(생각하며, 걷는)

준 희　(성우 편하게 보며, 앞 보고 걸어가다) ..... 난 어디가 좋았어요?

성 우　(편하게, 준희 안 보고) 안 좋았어.

준 희　(웃고)

성 우　...... 니가 좋은 이유? ..... 음.. 거짓말을 하지 않을 것 같아서.... 그래, 적어도 거짓말은 안 할 것 같아서.....

준 희　(성우가 이해되는, 고개 돌려 앞 보고, 편하게) 나무 냄새 너무 좋죠? (하며, 팔짱 끼지 않은 다른 한 손으로 팔짱 낀 성우의 손잡아, 자기 손 안에 잡는다)

성 우　(보면)

준 희　(무심하게 성우의 손을 꽉 잡고, 편하게 간다, 앞만 보며) 손 아프면 말해요, 풀어줄 테니까.

성 우　(준희 외면하며, 편하게) 그래, 말할게.

준희, 성우 손잡고 걸어가는 모습, 오래 보여준다.

## 씬 30. 갤러리.

은수, 테이블에 앉아 멍하게 차를 마시다가, 문득 전화를 본다. 전화기 외면하려다가, 다시 전화기로 눈이 가고, 은수, 전화기 들어 버튼 누른다. 신호음 가고, 떨어지고.

은수　저, 서준희 씨 좀 부탁드립니다.
미선　(E) 외근 나가셨는데요.
은수　....... (머뭇대는) 주 실장님도.... 같이, 가셨나요?
미선　(E) 네, 그런데요.
은수　알겠습니다.
미선　(E) 어디시라고 전해.....

은수, 전화기 내리고 가만 앉아 있다. 아무 표정도 없다.
잠시 후, 인정, 팸플릿 들고 와서는.

인정　선생님.
은수　(돌아보며, 조금 놀란) 으... 응? ......
인정　(의자에 앉으며) 골똘히 무슨 생각하세요?
은수　(억지웃음) 아냐.
인정　(팸플릿 보이며) 새 팜플렛 나왔는데, 이거 보셨어요?
은수　낼 보자.
인정　(창밖 보며, 시큰둥한) 그래요, 낼 봐요. 이미 나온 거, 나쁘다고 바꿀 것도 아니고, 아후.... 기분 정말.... 별로다.
은수　(창밖 보며, 생각하다) 그래, 기분 별로다....... 참 많이 별로야..... (생각하더니, 일어나, 가방 챙긴다)
인정　?
은수　(가방 챙기며) 나 일찍 퇴근할게. 미안하지만, 혼자 마무리하고 들어가라. (하고는 휑하니, 나가버린다)
인정　(가는 은수 뒤에 대고) 선생님!

## 씬 31. 은수(넋이 나간 듯한 표정), 전철 기다리는.

씬 32. 은수, 전철 타고 가는.

씬 33. 애견 센터 앞.

은수, 서글픈 웃음 지으며 창문을 두드린다. 강아지(은수의 것)가 그곳에 맡겨진 것이다. 은수, 유리문 사이에 두고, 강아지와 장난을 친다. 그 모습, 서글퍼 보인다.

씬 34. 은수, 강아지 안고 집 계단, 천천히 올라간다.

씬 35. 준희의 침실.

은수, 강아지를 안고 문을 연다. 텅 빈 방 안, 가슴이 빈 듯하다, 문을 닫고.

씬 36. 화장실.

은수, 강아지 안고 변기에 앉아 있다. 아무 생각 없다.

씬 37. 작업실.

은수(강아지 안은)의 공예 밑그림이며, 준희의 판화들이 가득 있다. 한쪽에 있는 책상으로 가 은수 앉는다. 밑그림 판이 있고, 옆에 물감 푼 물이 있다. 모두 오래된 듯, 먼지가 쌓여 있다.
은수, 무표정하게 붓에 물을 칠해서는 밑그림 판에 칠한다. 그리고는 종이를 밑그림 판에 붙이고, 옆에 있는 손수건으로 정성스레 눌러 찍는다. 잠시 후, 종이를 벗겨내서는 본다. 은수 얼굴이다. 은수, 서글픈 웃음이 배어난다. 은수, 그림 옆에 놓고, 강아지 머리를 쓸어 넘기며, 천천히 강아지한테 말하듯, 그러다 실상은 자기 자신에게 말하는.

은 수　아빠가 손 다치기 전에 엄마라고 해준 거다. 잘했지? 아빤, 오늘도 늦나 보다. 전엔 아빠가 엄마 기다렸는데...... 우리 둘만 있으니까, 심심하다. 하루 스물네 시간이 이렇게 길었나.... 개야.... 아빠가 어서 왔음 좋겠지? ....... (하며, 강아지 보며) 걱정 마, 올 거니까, 씩씩하게 기다리자. (하고, 강아지 입 맞추고, 안고, 작게 한숨 쉬는, 얼굴빛이 어둡다)

## 씬 38. 가마터.

인부들, 옹기를 포장하고 있다.
성우, 준희, 도예가와 얘기하고 있다.

성 우　이렇게 끝날 거면서, 한 번 튕기고 주면 좀 나?
도예가　낫지.
성 우　바로 올려 보낼 거죠? 윤 실장이 기다리고 있거든요.
도예가　트럭 금방 올 거야.
성 우　확인됐으니까, 우린 철수할게요.
준 희　(도예가에게 손잡고, 악수하며) 수고 많으셨어요. 날밤 새우셨을 텐데, 푹 주무세요.
도예가　(악수한 손 더욱 쥐며, 준희에게 선배로서 걱정하는) 손 많이 떠는구나.
준 희　(웃는)
도예가　예술, 별것 아니다. 사는 게 예술 같으면 되는 거야. 두 사람 연애하지? 나이 차이가 좀 나도 총각 같은데, 결혼하지.
성 우　(놀라, 도예가 보며) 별말을 다 하네.
도예가　너한테 한 말 아니야.
준 희　(성우, 도예가 보며, 웃고)

## 씬 39. 차 안.

성우, 타고서 안전벨트 하는데,
준희, 앞 유리창 닦고, 옆으로 탄다.

성우　몇 시야?
준희　여섯 시요.
성우　여섯 시? 해가 많이 길어졌다. 난 많이 돼도 다섯 시밖에 안 됐는 줄 알았는데.
준희　(안전벨트 매며, 웃음 띤) 우리 오늘 몇 시간째 같이 있었는 줄 아세요?
성우　(생각하더니) 꼬박... 아홉 시간이나 있었네.....
준희　많이 있었죠?
성우　지루해?
준희　(시동 걸며) 아홉 시간 아니라, 아흔 시간을 봐도, 안 지루할 거 같아요.
성우　(좋다) .....

## 씬 40. 한가로운 국도변.

달리는 준희의 차.

## 씬 41. 준희의 차 안.

준희　가도 가도 길이 끝이 없을 것 같네요.
성우　(편하게 기대, 준희 보며) 나두.
준희　(앞만 보고, 차 몰며) '앞으로'란 노래 알죠? 지구는 둥그니까, 자꾸 걸어 나가면, 온 세상 어린이들 다 만나고 오겠지, 그런 노래.
성우　응.

준희　어려서 그 노랠 무척 좋아했어요. 가사 내용 전불 믿었죠. 그래서 하루는 집을 나갔어요. 온 세상 애들을 다 만날려고.

성우　(웃음 띤) 어떻게 됐어?

준희　걷구 걷구 또 걸었죠. 그러다, 애들을 만나기는커녕 집만 잊어버렸어요.

성우　(크게 웃고)

준희　아버지한테 엄청 혼났어요. 어른들은 참 거짓말도 잘해요. 어떻게 그런 노랠 짓지. 그 담부턴, 내가 그 노랠 뭐라고 불렀는 줄 알아요?

성우　(웃음 띤) 몰라.

준희　공갈 노래요.

성우　말 된다. (하며, 앞을 보다가, 갑자기) 잠깐 차 좀 멈춰봐.

준희　왜요?

성우　어서!

준희, 차 세우고,
성우, 안전벨트 풀고 밖으로 나간다.
준희, 이상하고.

## 씬 42. 길가.

성우, 팔짱 끼고 뭔가를 흐뭇하게 보고 있다.
준희, 차에서 나와 옆에 서며.

준희　왜 그래요?

성우　(턱으로 가리키며) 저기 봐.

준희, 성우가 가리키는 곳 보면, 작고 아담한 성당이 눈에 들어온다.

성우　그림 같다. (준희 보며) 우리 들어갔다 갈래?

## 씬 43. 예배당 앞.

성우, 조심스레 문에 귀를 대고 똑똑 노크를 한다.
준희, 그런 성우를 예쁘게 보며, 문을 연다.

성우　(놀라, 준희 보며) 남의 집, 허락도 안 받고 문을 왜 열어?
준희　(신부처럼) 고단하고 지친 자, 누구든 주저 말고 내게 오라.
성우　?
준희　들어가요. (하며, 성우의 등을 민다)

## 씬 44. 예배당 안, 깨끗하고, 조용한.

성우, 준희, 문을 열고 들어서서 중앙으로 가서는 주위 돌아보며.

성우　(밝은) 와.... 너무 좋다.
준희　(둘레 둘러보며) 고향에 있는 성당 같애요.
성우　(준희 보며) 서울이 고향 아니야?
준희　청주예요. 부모님이 지금도 거기 계세요. 여긴, 내가 다니던 성당하고 똑같아요.
성우　(준희 보다가, 의자 보며) 어머, 의자가 너무 작다.
준희　(성우 보며) 선배가 큰 거예요. 이 의잔 아직도 어린애한테나 어른한테나 모두 다한테 적당해요.
성우　애들하고, 어른하고 (고개 작게 끄덕이며) 같이 맞춰서 그렇구나. (하며, 둘러보다, 문득 무언가를 발견한다)
준희　(성우가 본 것, 따라 본다)

인서트 - 고해소(고백실).

성우　저 문은 뭐야?
준희　(편하게 보며) 고백실이요.

성 우　(준희 보며) 고백실?

## 씬 45. 고백실 안.

성우, 신자가 앉는 자리에, 준희, 신부가 앉는 자리에 각각 앉아 있다. 가운덴 좁은 망으로 된 창이 나 있다. 두 사람 다, 조금은 장난치는 아이들 같다. (옆으로 앉아 있다 - 구조 모르면 물어볼 것)

성 우　거기가 신부님 자리야?
준 희　네. 선배 지금 앉아 있는 자리는, 신자님 자리예요.
성 우　그럼, 여기선 니가 내 위야?
준 희　(고개 흔들며) 몰라요. 신 앞에선, 누구나 평등한 거 아니에요?
성 우　(둘레 보며) 조금 비좁다.
준 희　움직이지 말고 가만있어요. 좁은 자리 아니에요. 겸손한 자리지.
성 우　그래, 가만있어볼게. (하며, 준희 말대로 몸을 움직이지 않고, 가만히 있는다, 준희 안 보고, 앞만 보며 작게 웃음 진) 정말 안 좁네.....
준 희　(고개 돌려 성우 보며, 웃는다)
성 우　(준희 보며) 여기선...... 거짓말하면, 안 되지?
준 희　안 돼요.
성 우　정말 신부님은 거짓말 안 할까?
준 희　네.
성 우　어떻게 믿어?
준 희　(성우 안 보고, 편하게) 종교는 믿음이에요. 나 아는 신부님이 이런 말을 했어요. 믿는 도끼에 발등 찍힌다고 하지만, 찍힐 게 의심나 도끼를 버리는 사람은 어리석은 사람이다. 설사 찍히더라도 도끼를 믿어라. 그래야만 장작을 팰 수가 있다. 믿어라. (성우 보면)
성 우　(준희 안 보고, 골똘하게 제 생각에 빠져 있다) ........
준 희　(그런 성우 사랑하는 눈길(?)로 보고)
성 우　(그대로 앉아, 천천히, 가라앉은 그러나 어둡지는 않은) 여기.... 이 자리 묘하다...... 마음이.... 숙연해지네...........

준 희　(성우 보는) .........

성 우　(서글픈 웃음 진 채) 정말... 다시는 이렇게..... 연애 못 할 것 같다. (천천히 고개 돌려, 준희 보는데, 눈물이 그렁하게 차오른다)

준 희　(그런 성우 보며, 애써 웃으려 하지만, 입술이 파르르 떨리고, 눈가가 그렁하게 차오른다)

성 우　(애써 웃으려 하며) 이곳에 와서, 한 고백은... 나가면, 그 죄를 묻지 않는다며?

준 희　(눈가 그렁해 고개를 끄덕인다)

성 우　(준희 보며, 맘속의 말, 어렵게 고백한다) .... 널.... 사랑한다.

준 희　(알고 있다는 듯, 눈물 가득해, 성우 본다)

성 우　(망이 있는 문에 천천히 손바닥 갖다 대며, 눈물 참으려 애써 웃으면서, 작게) 아멘......

준 희　(성우의 손에 손 갖다 대며, 눈물 참으려 애써 웃으며, 작게) 아멘.

그렇게 마주 보는 두 사람에서 엔딩.

# 9부

세상엔 남들 앞에서 '우리 사랑한다.' 그렇게 말할 수 없는 사람들도 많아.

떳떳하게 사랑할 수 있는 것만으로도 행복한 줄 알아.

난 두 사람처럼만 사랑하면 세상 부러울 게 없겠다.

씬 1. 성당 전경, 오후(8부 엔딩 씬 이어지는, 초여름으로 밝은).

그림 같은 성당 전경 보이면서, 음악 흐르는.

씬 2. 고백실.

준희, 성우(고개 숙인) 눈가가 그렁해 서로 안 보고, 앞만 보고 앉아 있다. 작은 창으로 들어오는 햇살이 두 사람을 비춘다. 준희, 성우 천천히 고개 돌려 보면, 성우, 고개 숙인 채.

성 우 (애써 웃으려 하지만, 잘 되지 않는다) ...... 잠시만..... 조금만 더, 있다 가자.
준 희 (성우 안타깝게 본다, 눈물이 날 것만 같아, 다시 고개 돌려 창을 본다)

성우, 준희 앉아 있는 모습.

씬 3. 달리는 도로.

달리는 준희의 차.

## 씬 4. 차 안.

성우, 문 쪽에 몸을 조금 기대고, 앞만 보고 가다가, 고개 돌려 본다.
준희, 눈가가 촉촉하게 젖어 운전을 하고 있다.
성우, 그런 준희를 보고는, 다시금 눈가가 촉촉해진다, 성우, 차마 더는 준희를 못 보고 앞을 보며, 짐짓 담담하게.

성우　사람은 망각의 동물이래....... 어떤 것도 잊을 수 있대...... 우린 잊을 수 있을 거야..... 고백실에서 내가.... 한 말.... 잊어.
준희　(눈가, 더욱 그렁해지지만, 아프게 참고, 묵묵히 운전해 가는)
성우　(눈가 그렁해, 서글픈 웃음) .... 너보다, 내가 먼저.... 잊었으면 좋겠다.

그렇게 가는 두 사람.

## 씬 5. 준희의 거실(밤).

은수, 거실에 앉아 강아지를 쓰다듬고 있다. 아무 생각도 없는 얼굴이다. 천천히 고개 들어 벽시계 보면, 아홉 시가 다 되어가고 있다. 은수, 다시 주방 쪽을 보면, 식탁에 음식들이 놓여 있고, 그 위에 보자기가 덮여 있다. 은수, 답답한데, 그때, 초인종 소리 딩동 하고 나고, 은수, 그 소리에 문 쪽 보고.

## 씬 6. 주방.

은수, 가스레인지에 가스 불붙이고,
준희, 화장실에서 세수한 얼굴로 나와서는 식탁에 앉는다.

은수　(밥통에서 밥 푸며, 짐짓 밝게) 낮에 회사에 전화했더니 없더라, 어디 갔었어?

준 희 (물 마시며, 은수 못 보고) 양수리 외근 나갔었어.

은 수 (마음이 풀린다) 멀리 갔었구나. (쟁반에 밥그릇 놓고, 국 떠서는 식탁으로 와 앉으며, 친구처럼) 난 가까운 데 갔는데 데이트하느라 안 오는 줄 알았지. (밝게) 나랑, 저녁 같이 먹을라고.. 안 먹었어?

준 희 (은수 못 보고) 응. (하고는 밥 먹고)

은 수 (눈치 보며, 그러다 밝게) 가끔 오늘처럼 일찍 들어와줄 거지? 어쩌다가는 일곱 시쯤, 나 없어도 집에 먼저 들어올 거지?

준 희 (따뜻하게, 안타까운 마음 숨기고) 먹어, 국 식는다.

은 수 (콩나물 앞에 놓으며, 준희 안 보고) 이거 맛있다. 청주 어머니가 보내준 콩기름으로 무쳤다, (반찬 둘러보며) 또 뭐가 맛있더라, (다른 반찬 집으며) 이건.... 별로고, (접시 도로 놓고, 다른 반찬 보며) 이게 맛있나..... 조금 아까 맛봤는데, 기억이 안 나네..... (하고, 다시 먹어보고)

준 희 (그런 은수, 맘 짠해져서는 보고)

은 수 (느낌이 이상해, 준희 보고)

준 희 (밥, 국에 말아 먹고)

은 수 (기분 좋고, 그러나 서글픈 기분이 드는 건 어쩔 수 없다)

은수 얼굴에서 화면 어두워지면서, DIS.

## 씬 7. 성우의 집, 전경.

드라이기 소리 요란하게 들린다.

## 씬 8. 성우의 방.

성우, 출근 준비한 채 머리를 드라이기로 말리고 있다.

## 씬 9. 영희의 방.

영희, 잠옷 차림으로 이불 덮고, 벽에 기대 졸고 있다.
잠시 후, 성우, 방문 열고 고개 디밀고, 무심하게.

성우 엄마?
영희 (잠 못 깨고)
성우 (영희 옆으로 걱정스레 와서 부른다) 엄마?
영희 (간신히 눈 떠서는, 성우 보며) 아으... 그래, 그래, 출근하니? .... 어쩌니 아침두 못 먹구.
성우 우유 한 잔 먹었어요. 많이 아퍼요?
영희 아냐.
성우 병원 가보지, 몸살 같아요? 어떻게 아퍼? 밤새 앓더라.
영희 그러게 몸살인지, 전신에 안 쑤신 데가 없고..... 으슬으슬한 게... (하다가) 걱정 마. 늦겠다, 가.
성우 (걱정스런) 몸 생각, 연세 생각 좀 하지. 별안간 계획에두 없는 소풍을 가서는.... 오늘 센터 가지 말고 푹 쉬세요.
영희 오후에 나가는데.... 그때까지 한숨 자고 나면, 날 거야. 출근 늦어, 어서 빨리 가.
성우 다녀올게요. 무리하지 말구요. (마지못해 일어서며) 가요.
영희 잘 다녀와, 운전 조심하구.
성우 네. (하며, 나가고)
영희 (이불 끌어 덮으며) 늙나..... 내 몸이 내 몸이 아니네.... 아흐......

하고, 누우려는데, 전화벨 울린다. '또 누구야.' 하며 힘들게 전화기 있는 곳으로 가서는 전화 받는다.

영희 (힘든) 여보세요?
현철 (E) 잘 잤냐?
영희 (머리 아픈지, 이마 만지며) 못 잤어.
현철 (걱정, E) 왜, 애?

영 희　뼈, 마디마디가 쑤신 게, 밤새 추운 데서 자는 것처럼..... (귀찮다) 그랬어.

현 철　(E) 늙으면 골다공증 같은 게 온다던데, 너 늙나 보다. 늙어서 그런 거니까, 그러려니 해.

영 희　(짜증난다) 지금 그걸 위로라고 해. 그래 나 늙었어. 젊은 오빤 안 늙어서 좋겠수. 목소리에 힘이 번쩍번쩍 나네.

현 철　(E, 웃는)

영 희　(현철, 웃음소리에 어이없어 작게 웃는)

현 철　(E, 떠보듯) 아프면, 오늘 센타 못 나오겠다.

영 희　아니야. 나갈 거야.

현 철　(E) 왜? ..... 나 보고 싶어서?

영 희　(짜증나는) 장난 좀 그만 쳐. 짜증나게 증말. 전화 확 끊는다.

현 철　(E, 따뜻한) 알았다, 알았어. 화내지 말고 한숨 푹 자고, 천천히 나와라. 강의실에서 보자.

영 희　그래. (하고, 전화 끊고는 자기 자리로 가려다가, 다시 고개 돌려 전화기 보고 작게 미소 지으며) 전엔 내 걱정할 사람, 성우밖엔 없더니... 이젠 한 사람 더 생겼네, 말년에 이게 웬 복이냐. (하다가, 아픈 얼굴 짓고, 자리로 가 누워서는, 눈 감고, 약간은 엄살처럼) 아우, 등짝까지.... 아이고..... 아이고.... 어머니, 엄마 딸 영희 죽네. 늙어선 연애도 못할 짓이네, 이거.... 아이고.....

## 씬 10. 사무실.

하숙, 성우, 준희, 현주, 재석, 미선 빙 둘러앉아 차 앞에 두고 회의하고 있다, 회의 거의 끝날 무렵이다.

하 숙　(서류 덮으며) 이번 달은 실적이 아주 좋아. 이대로만 나가면 이번 달은 6개월 만에 흑자경영 소리 듣겠어. 번거롭지만 지금처럼 자재 선정할 때, 공개입찰하고, 신진 작가 발굴해서 홍보하고 하는 일, 계속하자구. (웃으며) 이 달 인사 고과는 모두에게 에이뿔 준다, 고맙지들?

재 석　(서류 덮으며) 북 치고, 장구 치고 혼자 하시느라 바쁘시겠습니다.

성우, 준희　(웃고)

하 숙 (재석 꼬나보듯 보며) 그렇게 말할 처지가 아니지...... (턱으로 현주 가리키며) 두 사람 어제 어디 갔었어?

미선, 준희, 성우 왜 그런가 싶다.

재 석 가긴 어딜 가요. 윤호 들렀다가 시간이 늦어서 바로 직퇴했는데......

하 숙 (이것 봐라 하는 얼굴로) 윤호엔 세 시에 들렀다던데, 그때가 직퇴 시간이야?

현 주 (아차 싶고) ......

재 석 (당황한 것 숨기고) 거기 갔다..... 자재 회사 들렀죠.

하 숙 그게 네 시 십 분쯤이지, 그다음은?

재 석 (짜증난다) 네 시 반에 회사 들어오면 여섯 시, 그럼 퇴근 시간인데 뭐하러 그래요, 바로 직퇴하는 게 여러모로 낫지.

하 숙 알아서들 잘도 하는구나. (성우에게) 주 실장 사무실 비우지 마. 자기만 없으면 살판들이 난다, 살판들이 나.

성 우 (웃고)

현 주 (눈치 보며) 죄송해요, 사장님. 실은 연극 좋은 게 있어서 그거 보러 갔었어요. 예술가 얘기였거든요. 〈콘트라베이스〉라고... 우리 일이랑 관계가 전혀 없는 건 아니었어요. 예술적 감정을 고양시킬 수가 있다구요. 사장님은 너무 일일, 하시는데, 인테리어두 기술이 아니라 예술이에요. 감정이 고양이 안 되면, 안 되는 일이라구요, 우린 정말 일 때문에 거기 간 거예요. (재석 보며) 그치, 재석 씨?

재 석 암만.

준 희 (웃고)

하 숙 (기막힌) ... 뭐, 재석 씨? 심현주, 회사에선 김 대리라고 불러, 재석 씨가 뭐냐? 여기가 두 사람 연애장이야, 뭐야.

성 우 (눈치 보는 현주에게, 편하게 해주려고 하는 말) 연극 재밌었어?

현 주 (하숙 눈치 보면서도) 너무너무 재밌었어요. 책을 먼저 읽었었는데, 책하고는 전혀 다른 느낌이더라구요.

성 우 나도 읽긴 읽었는데... 쥐스킨트 거지?

현 주 아세요? 저 그 작가 너무 좋아하는데.....

성 우 잘은 몰라. 몇 작품 읽긴 했는데... 난 박경리가 좋드라.

하 숙　(성우에게) 주 실장... 너두 연극 좀 보고 다니고 그래라. 그런 데도 안 다니고 맨날 집구석에 처박혀, 뭐 하냐?

성 우　(커피 마시며) 뭐 하긴.... 밥 먹고 자지..... (그러다가, 하숙 보며) 그래... 오랜만에 연극도 보고 싶긴 하네. 사장님 같이 갈래요?

하 숙　내가 왜 자기랑 가, 남편 놔두고. (커피 마시고)

성 우　(그런 하숙 보며, 피식 웃으며 커피 마시고)

준 희　(그런 성우 놓치지 않고 보고)

## 씬 11. 비상구.

준희, 창가 보며, 담배 피우고 있는데 비상구 문 쪽에서 똑똑 하는 노크 소리 난다. 준희 돌아보면, 문 열리고 성우 서류 들고 웃으며 밝게 '서준희 씨!' 하며 두리번거리고, 준희 밝게 웃으면, 성우 '여깄는 줄 알았지.' 하며, 준희에게로 온다.

준 희　(성우가 들고 있는 서류철에 눈이 가며) 무슨 일 있어요?

성 우　왜? (하다가, 자기 손에 든 서류 보고, 서류 흔들며) 이거? (웃음) 이거 안 들고 너 찾아다녀봐. 연애한다고 광고하는 거랑 다름없지. 서류 들고 찾아다니면, 일하는 거 같잖아.

준 희　(웃으며, 담배 피우고, 성우 보며) .... 연극 같이 갈래요?

성 우　?

준 희　아까 〈콘트라베이스〉 보고 싶어하는 것 같던데.....

성 우　(어색하게 웃으며, 외면하며) 아냐, 안 보고 싶어.

준 희　보고 싶으면 토요일에 같이 가요, 내가 예매해둘게요.

성 우　(서글픈 웃음 지으며) 바람을 필려면 제대로 좀 펴.

준 희　......

성 우　바람피는 남자가 젤 먼저 지켜야 할 게 뭔지 알어? 가정이야. 그래야 의심을 안 받거든. 연극 보고 싶으면, 부인하고 같이 가.

준 희　가고 싶지 않아요?

성 우　(서글프지만, 짐짓 밝게 웃으며) 하고 싶은 대로 다 하면서 살 수만은 없잖아.

참을 수 있는 건 참아야지. (작게 한숨 쉬고) 들키겠다. 들어가. 난 전시실 내려가야 돼. (하고, 돌아서서 계단 내려가는데, 얼굴빛이 안 좋다, 착잡하다)

성우, 계단 내려가는 모습, 준희 그 위에서 지켜보는데, 성우가 많이 안타깝다. 성우, 답답한 얼굴로 계단 내려가고.

## 씬 12. 전시실.

하숙, 성우, 도면 보며 얘기하고 있다. 하숙은 성우를 툭툭 치며, 현주와 재석을 보라 하고, 성우, '왜.' 하면서도 고개 돌려, 현주와 재석 본다. 현주와 재석, 전시실에 놓인 것들 보고 있는데, 재석은 현주 어깨에 팔 두르고 마치 사적인 얘기하듯 소곤대고 있다. 성우, 그런 두 사람 보며 입가에 미소 띠고 도면 보면서.

성 우　그만 봐.
하 숙　(성우에게 작게) 쟤들 연앨 하는 건지, 일을 하는 건지, 정말 모르겠지 않냐?
성 우　(웃으며, 도면 보고)
하 숙　아침엔 주차장에서 글쎄....
성 우　(보면)
하 숙　둘이.. 입을 다 맞추더라니까, 놀라서 뒤로 넘어질 뻔했다야. 가뜩이나 심장두 나쁜데.
성 우　놔둬. 자랑하고 싶은가 보지.
하 숙　특별난 것도 아니고 남들 다 하는 사랑하면서 누구한테 자랑해...... 요즘 거리 다녀보면 정말 눈꼴셔 못 본다. 여기저기서 쪽쪽거리며 입을 맞춰대는데, 여기가 서양도 아니고....
성 우　(장난처럼) 난 그렇게 한 번 해봤으면 소원이 없겠다.....
하 숙　?
성 우　(서글프게 웃으면서) 거리에서 입 맞추고 싶단 말이 아니라, 자랑할 수 있는 사랑 한 번 해보고 싶다고..... 팔짱 끼고 싶을 때 팔짱 끼고, 가고 싶을 때 어디든 가고, 흉보고 싶을 때 흉보고, 멋있어 보일 땐, 입술 옆에 붙은 밥풀까지 멋있다고 푼수처럼 떠들어대고...... (사이, 어이없이 웃으며) 사람을 좋아하면 유치해지나 봐. 아이처럼 남들한테 떠들고 싶어지고 그러나 봐.....

하숙　그렇긴 뭐가 그래, 난 하나두 안 그렇더라.

성우　(어이없다는 듯 보며) 언니랑 형부랑 연애할 땔 생각해라. 그땐 자랑을 넘어서서 거의 보고 수준이었어. 마이크만 안 들었다 뿐이지, 동네 사방.... 동기 동창 중에 두 사람 연애사 모르면, 그건 간첩이었다. 형부 엉덩짝에 점 난 것까지.... 우리 밑에 기수, 미영이까지 싹 알어.

하숙　내가 그것까지 말했냐?

성우　언니가 안 말했으면, 내가 형부 엉덩짝을 봤단 애기야 지금?

하숙　(껄껄껄 웃다가) 하긴 그땐 왜 그렇게 말을 하고 싶던지..... 흉보면서도 임 과장 역성 들어주면 괜시리 좋고.

성우　장단 맞추면, 되레 짜증나고?

하숙　맞어, 맞어...... (하다가, 성우 보며) 성우야.... 너.... 선 안 볼래?

성우　선? (씁쓸히 웃으며) 난 결혼 포기했어.

하숙　포기할 게 따로 있지, 그걸 포기해?

성우　난 팔자가 그런가 봐. 하도 포기하고 사니까 이젠 포기 안 할 것도 포기가 되네.

하숙　(안된 맘 든다)

성우　(일어서며) 도면이나 체크 잘해서 넘겨줘, 넘기고 나서 딴말 마시고. (하고, 현주네 쪽 보며, 장난처럼) 노처녀 눈 아퍼, 그만 떨어져.

재석, 현주 돌아보고.

재석　눈 감아요, 감으면 안 보이잖아.

성우　(웃으며, 하숙에게) 올라갈게. (하고 돌아서려는데)

하숙　아차.

성우　(돌아보면)

하숙　좀 전에 양수리 김 사장한테 전화 온 거 깜빡했다야. 은수 작품 도쿄랑 연결해주기로 했다면서, 니가 전화 좀 넣어, 급하대.

성우　(얼굴 어두워지는) ...... (작게 한숨 쉬고) 알았어. (하고 돌아서는데, 난감한 얼굴이다)

## 씬 13. 사무실.

성우, 전화기를 쳐다보다 생각이 많은 얼굴이다. 사무실 안엔 미선과 인부들이 각각 업무 보고 있다.

성우　(전화기 들었다 놓으며, 미선에게) 미선아.
미선　네.
성우　서준희 씨 현장 갔다 언제 들어온댔니?
미선　다섯 시나 돼서 들어오신댔는데요.
성우　그래. 그럼 니가 착한생각에 전화 좀..... (고개 흔들며) 아니다, 아니다. 일해. (하고는, 심호흡하고 전화 건다)

## 씬 14. 갤러리.

은수, 인정, 포트폴리오 보며 손님들하고 얘기하고 있다.

은수　이거요, 그건 뉴욕에서 전시회 때 내놓은 건데...... 영, 고객들이 안 찾으시대요, 전 아주 애정이 가는 작품인데....

그때, 전화벨 울린다.

은수　(전화기 보고, 손님에게) 잠깐 실례합니다. (하고, 전화 받고) 네, 착한생각 정은숩니다.

## 씬 15. 사무실.

성우, 애써 웃으며.

성우　안녕하세요, 저 이매지 주성우예요.
은수　(E) 네.....
성우　은수 씨 작품을 소개해달라는 데가 있어서..... 거래처는 도쿈데, 운반비는 그쪽에서 지불한대요, 저희가 다리를 놨으면 하는데....

## 씬 16. 갤러리.

은수　아, 네... 주 실장님 잠시만요. (인정에게) 손님들 작품 구경 좀 시켜줄래? (손님에게) 죄송해요, 전화 길어질 것 같으네요. 여기 아가씨한테 안내 받으시면서 잠시만 기다려주시겠어요?
손님　그러죠. (하며, 일어나고)
인정　따라오세요. (손님들 데리고 가고)
은수　(심호흡하고, 수화기에 대고) 미안해요.

## 씬 17. 성우의 사무실.

성우　아니에요. 고맙긴, 저희가 고맙지. 은수 씨 덕분에 일이 얼마나 순조롭게 풀리는데....
은수　(E) 별말씀을요, 제가 도움받죠. 제 작품 땜에 폐만 끼치면 어쩌나 했는데.... 아는 사람끼리 일하기가 더 힘들잖아요. 싫어두 말 못 하고.....
성우　(어색한 웃음) 네에....
은수　(E) 그런데... 주 실장님?
성우　?

## 씬 18. 갤러리.

은수　(어렵게 말하는, 조금은 성우의 감정을 관찰하는 느낌이다, 전혀 부탁하는 느낌 아니다) 이런 말하기, 영 그런데..... 저랑 관계된 일요, 죄송한데.... 주 실장님보다 준희 씨가 저한테 전해줬으면 좋겠어요. 저희 부부 요즘 사이가 영 그런데, 일 때문이라도 전화 자주 했으면 해서요. 그래주실 수 있으시죠?

## 씬 19. 사무실.

성우, 난감하다.

성 우 (억지웃음) 무, 물론이죠. 그렇게 하죠.
은 수 고맙습니다. 이만 전화 끊으세요. 제가 일이 있어서 통화하기가 그러네요.
성 우 아.. 네. 그럼 안녕히 계세요. (하고, 전화 끊고, 한숨 쉰다, 아주 답답하고 모멸감 느끼는 얼굴이다)

## 씬 20. 신문사 센터 전경.

## 씬 21. 강의실.

현철, 칠판에 필기(왕권과 법치에 대해)를 하고 있고, 카메라 돌아가서, 영희와 선주, 유란 있는 곳으로 간다.
영희, 열심히 필기를 하고 있고,
선주, 필기하는 현철에게 들키지 않으려 눈치 보며 팔꿈치로 영희를 툭툭 치며 말을 걸고 있다.

선 주 (영희, 팔꿈치로 치며, 작게) 다시 말해봐, 뭐라 그랬다구?
영 희 (필기만 하며) 수업 중이야, 조용히 해.
선 주 (현철 눈치 보며, 팔꿈치로 다시 영희 치며) 다시 말해보라니까, 결혼하재?
영 희 (칠판 보고, 필기만 하며) 그런 말한 적 없어.
선 주 아까는 했다며?

영희 (선주 보며, 작게) 얘가 사람 잡네. 같이 살면 어떨까, 그랬댔지, 내가 언제 살잿댔어?

선주 그게 그 말이지 뭐냐? 같이 사는 거하고 결혼하는 거하고 다를 게 뭐 있어. 설마 그 나이에 동거하잔 것도 아닐 테고....

영희 (말 같지 않다는 듯 보고는, 다시 필기하고)

선주 (다시 팔꿈치로 영희 치며) 어떡할 거야?

영희 (짜증스레 선주 보며) 안 할 거야, 안 할 거니까 아줌마 제발 필기 좀 하셔, 난중에 노트 빌려달란 말 말구.

유란 (필기하는 현철 눈치 보며, 작게) 제발 조용히들 좀 해, 정신 헷갈려.

선주 (아랑곳 않고, 영희에게) 야, 나는 친구니까 그 같잖은 짓 이해한다 치자. 하지만 니 딸은 이해 못 해. 내가 만약 그런다면, 우리 딸내미 나 엄마로도 안 여길 거다, 암만. 너 포기해. 자식들 엄마 그런 거 절대, 절대 이해 못 한다. 자식 가슴에 상처 주지 마. 이해 못 한다구.

영희 (짜증난다, 작게 한숨 쉬고, 성질 죽이고) 뭐, 같잖은 짓? .... 너, 우리 딸이 이해하면 어쩔래? 니 손가락 장 지질래? .... 좋은 말로 할 때 조용히 해. 확 그냥..... (하고는 다시 필기한다)

선주 (다시 팔꿈치로 영희 치며) 너, 맘에 있구나?

그때, 현철, 분필로 쾅쾅 칠판 치고, 뒤돌아 조금 무섭게.

현철 도대체, 누가 수업 시간에 이렇게 시끄러요, 누굽니까, 도대체!

영희, 손 번쩍 든다.
선주, 유란 놀라 영희 보고.

영희 (태연하게) 난 안 그랬어요. (선주 가리키며) 얘가 떠들었지. 그치, 유란아. (하고는 다시 필기한다)

유란 (황당하고)

선주 (창피해, 거의 울상이다)

## 씬 22. 신문사 내 공원, 벤치.

현철, 의자에 앉아 담배 피우고 있다.

## 씬 23. 공원 밖.

영희, 짜증난 얼굴로 투덜거리며 자꾸 뒤를 살피면서, 공원 내로 들어간다.

## 씬 24. 벤치.

현철, 담배 끄려는데,
영희, 걸어와서는 옆자리에 털썩 주저앉으며 '에이.' 하며 짜증난 표정이다.

현 철　(웃음 띤) 왜 짜증이 났어?
영 희　내가 하는 짓거리가 하두 유치해서 짜증이 났다, 어쩔래?
현 철　(귀엽다는 듯 웃으며) 니가 하는 짓이 뭐가 어째서?
영 희　(어이없단 표정 지으며) 뭐가 어째서? 몰라 물어? .....
현 철　(웃고)
영 희　(헛웃음 치며, 혼잣말처럼) 숨바꼭질도 아니고, 친구 따돌리고 남자 만난다고 허둥지둥... 왜 이렇게 됐니, 윤영희, 정말 유치하다, 유치해. (문득 생각하더니) 나쁜 기집애들, 눈치 있으면 먼저 가랄 때 가면 될걸, 꼭 날 태워주고 간다고.... 30분이 넘게 실랑이를 만들고..... (현철 보며) 눈치챘을 거야, 그치?
현 철　(웃음 띤) 나 만나 데이트한다고 말하지.
영 희　(보며, 어이없다) ?!
현 철　나랑 데이트하는 게 챙피하냐? 그걸 왜 말을 못 하고 연극을 해?
영 희　속두 좋아요...... 오빠 친구한테나 그렇게 말하슈, 난 못 하겠으니까. 선주 안 그래도 나한테 라이벌 의식 갖는데.... 말해봐라, 개 시기, 질투에 나 강의실도 못 나와. 의자에 엉덩이 찔리라고 못 박을 애라고, 개가.
현 철　허허.... (웃는)

영희　(현철 떠보듯) 그러지 말고..... 오빠, 선주 만나라.

현철　?

영희　(떠보듯, 진심 아니다) 개 장난 아냐. 오빠 좋아한다구. 괜히 재미없는 사람 만나지 말고, 선주 만나. 개 말 많고, 푼수처럼 보여두, 심성은 괜찮은 앤데.

현철　(편하게, 웃으며, 담배 피워 물고) 너두 심성두 괜찮아. 재미도 있고.

영희　(내심 좋다, 수줍게, 그러다 짐짓 아무렇지 않은 척, 현철 안 보고) 고마워.... 이쁘게 봐줘서.....

현철　(영희 보다가, 불쑥, 작심한) 곰곰 생각해봤냐?

영희　(현철 보고) 뭘?

현철　피하지 말고, 말해봐.

영희　(현철 얼굴 보고 있다가 주저하며) .... 그 말... 장난 아니었어?

현철　장난인 줄 알았냐? 프러포즈도 장난으로 하는 놈 있어?

영희　(기막힌 표정) 어머.... (어이없게 웃으며) 웃겨요, 증말.... (현철 보며) 이 나이에? 내가, 오빠랑? 사, 살어?

현철　(진지한) .......

영희　(웃음기 밴) 어머, 증말인가 보네, 얼굴까지 굳히고? 이봐요, 주현철 씨, 나 윤영희.... 싫어. 남자랑.... 살림, 허허, 말도 안 돼.

현철　싫으냐?

영희　이 나이에 내 한 몸두 버거워 죽겠는데, 남잘 위해서, 아침 저녁 밥해서 바치고, 빨래 빨아 바치고...... 상상만 해도 허리 아퍼. 안 할래. 분명히 말하는데, 사양합니다, 주현철 씨. (말하다가도 어이없다는 듯 '하!' 하고 웃고는 현철 보며, 편하게) 솔직히 얘기해보자. 오빠가 남자냐? 내가 여자야? ..... 난 중늙은이고, 오빤 상늙은이일 뿐야, 아무리 심심하고 할 짓이 없다곤 하지만, 우리 주제에 결혼은 무슨.... 기두 안 차요, 정말.

현철　(진지한) 중늙은이, 상늙은이래도 남잔 남자고 여잔 여자야. 남자, 남자, 여자, 여자도 아닌데, 결혼이 왜 안 되냐?

영희　(웃는 낯) 오빠..... 좋수다..... 이 나이에도 결혼 된다 치자구..... 하지만, 사랑이 없는데..... 무조건 만나서 과연 살아질까? 나 오빠 사랑 안 해. 오빠 설마 날 사랑하우?

현철　니 말마따나 나두 이 나이에 불붙는 사랑은 없다. 그런다고 못 살 건 없다고 본다. 난 너 보고 싶고, 넌 나 보고 싶고, 만나면 재밌고, (손가락질해가며) 영화 대사처럼 아이엠어보이, 유아러걸. 그러면 사는 거 아니냐?

영 희　(시큰둥한) 같잖은 소리 열심히도 해댄다. 몸도 안 좋고, 귀찮아서 그만 가겠습니다, 저는.

하며, 가방 들고 일어나는데, 현철, 앉은 자세로 영희의 가방 든 손을 덥석 잡는다.
영희, 조금 놀란, 그러나 쉽게 들키지는 않는, 영희, 현철 본다.

현 철　(영희 보며, 편하게) 니가 여자가 아니라고? ..... 내가 남자가 아니라고?

영 희　(엉거주춤 서서 짐짓 태연하려 하지만, 버벅대며) 그... 그래.

현 철　그런데..... 손은 왜 떠냐?

영 희　(그 말에 순간, 잡힌 손 보면, 심하게 떨고 있다, 다시 현철 보고)

현 철　속이지 마라. 너 나 좋아해. 물론 나두 너 좋아하구. (자기 손 안에서 떠는 영희 손 들어 올려 보이며) 이게 그 증표다.

영 희　(맘에 없는, 부러 큰소리) 웃기지 마, 난 하나두 안 좋아해. 이거 놔. (하며, 손을 빼려 한다)

현 철　(안 놓고, 더욱 세게 잡는다)

영 희　물어뜯기 전에 어서 놔!

현 철　(놓고)

영 희　생긴 것만큼 하는 짓두 징그럽네. (하고, 돌아서 간다)

현 철　(편한 웃음 머금고) 영희야, 다시 생각해봐, 알았냐? 쉽게 아니다, 결정짓지 말라구, 임마.

## 씬 25. 길거리.

영희, 씩씩대며 걸어가며, 투덜투덜 혼잣말.

영 희　결혼? 내가 망령 났냐, 이 나이에 무슨 결혼....... 병신..... 손을 왜 떨어.... (하다가, 문득 뒤돌아서서) 결혼 안 해!

지나가는 늙은 남자, 왜 그런가 싶어, 보면.

영 희　(시큰둥하게) 아저씨 보고 한 소리 아니에요. (하고, 돌아서서 다시 씩씩대고 가고)

## 씬 26. 경찰서 복도.

## 씬 27. 문서 자료실.

한쪽 의자에, 세미, 답답한 얼굴로 앉아 있고,
장어, 과자 먹으며 둘레를 호기심 많은 얼굴로 구경하고 있다.
세미, 동진 쪽으로 시선 주면,
컴퓨터 있는 곳에 경찰(의자에 앉아 기록하는)과 화면 보며 서 있는 동진 보인다.

경 찰　(자판 치며) 이름이...... 장옥자.... 주민등록번호가....
동 진　510, 111, 2046, 717.
경 찰　(자판 치며) 510, 111, 204.... 뭐라구요?
동 진　2046, 717입니다.
경 찰　(자판 치고)
동 진　시간이 얼마나 걸릴까요?
경 찰　(화면만 보며) 곧 될 겁니다. 잠깐만 앉아 계세요.
동 진　부탁합니다. (하며, 세미 쪽으로 가서는 그 옆에 앉는다, 세미에게, 따뜻하게) 잠깐이면 된댄다.
세 미　(상관없단 얼굴로 머리나 쓸어 올리고)
장 어　(세미에게, 과자 먹으며, 아이처럼 아무 생각 없이) 세미야, 경찰서에 안 잡혀 오고, 수갑도 안 차고, 놀러 오니까... 이상하지?
세 미　(창피하다, 작게) 가만 안 있어?
동 진　(장어 보고 웃고)

장 어 (세미 눈치 보며, 동진 보며) 형, 세미 엄마 정말 찾을 수 있어요?

동 진 기다려봐야지.

장 어 (별로 안 좋다, 세미 보고) 세미야, 엄마.. 찾으면... 나 버릴 거니?

동 진 ?

세 미 (장어 보고) 쓸데없는 소리 마. 엄마 찾으러 여기 온 거 아니야. 죽었나 살았나 그것만 알려고 온 거라구.

장 어 (눈치 보고, 과자 먹으며) 그래두... 엄마가 같이 살자 그러면... 모르잖아.

동 진 (답답하다)

세 미 (장어 보며) 엄마가 같이 살재도 내가 싫어. 과자나 먹어.

장 어 (과자 먹는)

그때, 경찰 소리친다.

경 찰 이 기자님, 자료 나왔어요!

동진, 세미, 장어 (경찰에게로 눈길 가고)

## 씬 28. 경찰서 앞.

세미, 화난 얼굴로 씩씩대며 걸어 나가고,
장어, 과자 생각 없이 먹으며 걸어가고,
동진, 답답한 얼굴로 뒤처져 걸어 나온다.
세 사람 걸어가는 모습 위로, 이펙트.

경 찰 (E) 96년 10월까지 청주 감호소에 있었네요. 이후로는 기록이 없습니다. 주소 이전도 안 했구요. 동두천에서 문산 기지촌으로 주소가 한 번 바뀐 적은 있지만, 92년 일이에요. 찾을 수 없겠는데요.

동진, 답답하고.

## 씬 29. 달리는 동진의 취재 차.

## 씬 30. 달리는 동진의 취재 차 안.

뒷좌석에 장어, 눈치 보며 앉아 있고,
세미, 창가 보며 무표정하게 앉아 있다.
동진, 차 몰아 가며.

동 진　도움이 안 돼, 미안하다. (백미러로 세미 본다, 세미 무표정하다) .... 어디서 내려줄까? 취재 때문에 가봐야 하는데.....

세 미　(가만히 있고)

장 어　(세미 귀에 바짝 입 갖다 대고, 작게) 세미야, 어디다 내려달라 그래?

세 미　(창밖만 보며) 길거리 아무 데나 아저씨 맘 내키는 데 내려주세요. 서울이 전부 내 집인데요, 뭐.

동 진　(백미러로 보며) 강남역에... 내려줄까?

세 미　(창밖만 보며) 그러시든가...

장 어　(세미 걱정스럽고)

동 진　(세미 걱정스럽고)

## 씬 31. 강남역 앞.

동진의 차 멈추고, 세미, 차에서 문 쾅 소리 나게 닫고, 잔뜩 화나 내린다.
장어, 서둘러 옆문으로 내려 '세미야.' 부르며 따라가고,
차 안, 동진, 그렇게 가는 세미 답답한 얼굴로 보다가 차에서 내린다.

동 진　(가는 세미에게) 세미야.

세미, 장어　(돌아보면)

동 진　(답답한 얼굴로) 너 도대체 왜 화를 내는 거야? .... 같은 일이라도 좀 좋게 받아들일 순 없어? 돌아가시진 않았잖냐, 그것도 다행이다, 그렇게 생각하면 안

돼?

세 미　(꼬나보며) 알았어요.... 알았다구요, 그러니까 아저씬 아저씨 갈 길 가세요. 그럼 되는 거 아니에요?

동 진　(말 안 통한다 싶다, 작게 한숨 쉬고) 어디 갈 거냐?

세 미　지금 나 데리고 놀아요?

동 진　?

세 미　집두, 절두 없는 애한테 어디로 갈 거냐 물으면 뭐라고 대답해야 하는 거예요?

장 어　(세미 눈치 보고, 동진에게) 형, 우리(손가락으로 가리키며) 저 위, 전번에 세미 찾았던 데, 그 노래방에 있을 거야. 요즘 거기서 자. 우리 찾을라면 그리로 와. 만약에 거기 없으면....

세 미　(동진 뚫어져라 보며) 서울역, 청량리, 강남역 그런 데 찾아다녀봐요, 거기서 그지처럼 자고 있을 테니까.

동 진　(세미 맘에 안 드는, 답답한) ......

세 미　(조소 가득한) 우리가 걱정돼요? 왜 얼굴이 그러실까? (장어에게) 장어야, 꺼져주자, 우리가 몹시 챙피한 모양이다. (동진 보며) 우거지상을 해가지곤, 밥맛 되게 없네. (하고 돌아서는데)

동 진　(그런 세미 보다가, 화나 가는, 세미 어깨 잡아 돌려세우고) 너, 차에 타.

세미(비웃음 가득한), 장어(동진이 무서운)　?!

## 씬 32. 작은 구멍가게 앞, 파라솔.

장어, 가게 앞에서 빵과 우유, 우걱우걱 먹다가, 문득 평상에 앉아 있는 동진과 세미를 본다. 두 사람이 부럽다. 얼굴에 문득 서글픔이 배어 있는, 두 사람 눈치 보며 빵과 우유 맛없게 먹는,

카메라, 파라솔 앞으로 이동하면, 캔 맥주 한 병에, 땅콩 놓여 있다.

세미, 맥주 마시며, 동진을 보는 눈빛이 젖어 있다. 그러다 이 앙다물고 자기 감정 숨기려 한다.

동진, 고개 숙이고 앉아 답답한, 천천히 말 꺼내는.

동 진　(가만히 있다가, 세미 보고, 설명하는) 서엔 업무상 신원 조회할 일이 있어서 간 거지만, 너희한테 나름대로 도움이 될까 싶어, 데려간 거였어. 결과가 만족스럽지 않다고, 호의까지 무시당하는 건... 기분 나빠.

세 미　(동진 안 보고) 호의 무시한 적 없어요.

동 진　그래? ..... 그런데 난 그런 느낌이 드냐?

세 미　난 가기 전에 이미, 거기서 엄마를 찾을 거란 기대 없었어요. 우리 엄마 같은 사람이, 이사할 때마다 주소 이전하고, 컴퓨터에 자료 남겨가면서 살 거라고 생각지 않았다구요. 그 정돈(손가락으로 자기 머리 가리키며) 이 짱구로도 충분히 돌아가요. 그런데 왜 따라나섰냐구요? 아저씨 성의 때문이에요.

동 진　(보는) .....

세 미　부탁이 있어요. 앞으로 나랑 장어 찾지 말아주세요. 자꾸 이유 없이 술 사주고, 용돈 주고..... 괜히 의지하는 버릇만 생기고... 비참해지고, 안 좋아요.

동 진　왜 비참한데, 사줄 만해서 사주는 거야. 기대고 싶어, 의지하고 싶어, 그럼 기대고 의지하면 되잖아, 단순하게 받아들여.

세 미　(동진 보며) 단순하게요? 난 태생이 복잡해서 단순하게 안 돼요. 내가 왜 아저씨한테 기대요? 그럴 이유가 없잖아요? 우리 도와주고 착한 일해서 표창장 받고 싶으세요?

동 진　(세미 보는, 조금 화난) .....

세 미　(작게 한숨 쉬고, 동진 안 보고) 아저씨가 점점 아주 많이 좋아져요.

동 진　!

세 미　(동진 보며) 내가 좋아하는 사람한테 동정받는 기분 한마디로.... 드러워요. 나랑 연애하기 싫죠? 구질스러워서 싫죠?

동 진　(세미 보는) .......

세 미　(서글프게 웃고) 하긴 나도 내가 주제넘는 줄은 알아요. 감히 대학 나온 기자를... 가진 거라곤 몸밖에 없는 게....

동 진　(걱정스레 본다)

세 미　(이 앙다물고 동진 보는데, 눈가 그렁하다, 애써 울지 않으려 하고) 결혼하자고 안 할 테니까.... 싫다면 진드기처럼 붙지 않을 테니까.... 나랑 연애하면 안 돼요? ...... (자기가 말하고도 어이없다는 듯 웃다가는, 맘에 없는 말, 어렵게) 안 되죠? 내가 한 말, 잊으세요. 우리 같은 애들 원래 정이 헤퍼요, 천박하죠. (흐르는 눈물, 동진 외면하며 닦고)

동 진　(세미 보며 안타까운 맘 든다, 어렵게) …… 니가 믿을진 모르겠지만……

세 미　(보면)

동 진　(세미 안 보고) 나도 너희한테 정 많이 들었다. 진짜야……

세 미　!

세미, 동진 보고,
동진, 고개 숙이고 있고,
장어, 두 사람 보며 빵 봉지 핥는 모습, 한 화면에 잡히고.

## 씬 33. 강남역.

세미, 고개 숙이고 심통 난 아이처럼 괜히 발끝으로 땅을 톡톡 차고 있고,
장어, 고개 숙이고 곁눈질로 그런 세미 보고 있다.
동진, 그런 두 사람, 안타깝게 보다가 차 문 열고.

동 진　그만 가. 다음에 또 보자.

세미(하던 짓 계속하고), 장어(동진 눈치 보고 목인사 까딱하고, 세미 다시 눈치 보고)　……

동 진　(한숨 쉬고 차 타려는데)

길가에서 천박한 차림의 미성년으로 보이는 여자 아이, '수세미! 수세미!' 하며 뛰어오는 게 보인다.
동진, 세미, 장어, 하던 행동 멈추고 돌아보면,
여자 아이, 세미 앞으로 와서는 숨을 헉헉 몰아쉰다.

세 미　(동진이 여자 아이를 보는 게 창피한, 짜증스레) 왜 호들갑이야?

여자 아이　(헉헉대며) 찾았어, 찾았어…. 증말 찾았어.

세 미　(짜증) 뭘?

동진, 장어　(여자 아이 보는)

여자 아이　니네…… 엄마…… (숨 크게 쉬고)

세 미　?

여자 아이　어딨는 줄 찾았어.
세 미　!
동진, 장어　!

세 사람, 한 화면에 잡히고.

## 씬 34. 주차장.

준희와 성우(앞서가고), 현주, 재석(뒤따라오는), 건물에서 퇴근 차림으로 주차장으로 나오고 있다.

재 석　(성우에게) 주 실장님!
준희, 성우　(돌아보면)
재 석　월급도 탔는데 차 한잔하고 갑시다.
현 주　(재석 밉지 않게 눈 흘기며) 업무 땜에 하루에도 열두 잔씩 마시는 차를 뭐 하러 퇴근해서까지 돈 주고 마시냐, 돈두 많어.
준희, 성우　(웃고)
재 석　(현주 맘에 안 들게 보며) 인생이 그런 게 아니다. 1년 365일 하루같이 궁핍하게.... 야, 어쩌다 한 번은 돈 생각 안 하고, 단지 기분만으로 살면, 무슨 탈 나냐. 그러지 마라. (성우에게) 오늘은 내가 삽니다. 따라오세요. (하며, 성큼성큼 앞장서 가고)
현 주　재석 씨! (하며, 따라가고)
준 희　(웃으며, 따라가려 하면)
성 우　(준희 잡는다)
준 희　(보면)
성 우　부인 기다려. 집에 들어가.
준 희　괜찮아요. (하고 가려 하면)
성 우　(다시 잡으며) 뭐가 괜찮아.
준 희　공장 가서 늦을 거예요. 가요. (하고, 간다)
성 우　(걱정스럽고)

## 씬 35. 찻집 전경 + 찻집.

재석은 맥주 마시고 있고, 준희, 성우, 현주는 차 마시고.

**현 주** (차 마시며, 맥주 벌컥벌컥 마시는 재석 보며, 눈 흘기며) 작전을 아주 제대로 피시는구만. 술 마시면, 운전 못하니까 나보고 운전해서 집까지 바래다달랠라고..... 아우... 잔머리, 잔머리.

**재 석** (잔 내려놓고, 트림하고, 현주 보며) 어떻게 알았냐?

**성우, 준희** (그런 두 사람 보고 웃고)

**현 주** 맘에 안 들어, 정말 맘에 안 들어.

**성 우** (차 마시고, 잔 내려놓으며) 복에 겨운 소리 하지 마.

**재석, 현주** (성우 보면)

**성 우** (편하게) 두 사람 노처녀 앞에서 너무 티 내는 거, 그거 예의 아니야. 부럽게 만들지 말라고.... 히스테리 나니까.

**준 희** (작게 웃는)

**재 석** 우리가 뭘요? 천하에 능력 있는 주 실장님이 부러울 게 없어, 우릴 부러워하다니 이게 무슨 말이야. 맨날 싸우고 지지고 볶고, 성질 같아선 한 대 콱 치고 싶은 사람이 (현주 가리키며) 앤데, 맞고 싶단 말이에요, 지금?

**성 우** (편하게 웃음 밴) 김 대리. 세상엔 남들 앞에서 우리 사랑한다 그렇게 말할 수 없는 사람들도 많어. 지지든 볶든, 떳떳하게 사랑할 수 있는 것만으로도 행복한 줄 알어. 난 두 사람처럼만 사랑하면 세상 부러울 게 없겠다. (하고, 문득 서글픈 기분 드는) 정말이야. (하고, 차 마시는)

**준 희** (차 마시며, 그런 성우 보는)

## 씬 36. 주차장.

성우, 담담한 얼굴로 차 있는 데로 간다.
준희, 그런 성우 보며, 성우에게로 가는,

성우, 키로 차 문 열고, 돌아본다.
준희, 입가에 편안한 웃음 짓고 서 있다.

성우　(편안한 웃음 밴) 자기 차로 가야지, 왜 따라와?
준희　기름값 아까워 안 가져왔어요, 태워주세요.
성우　?
준희　(성우 보고, 웃으며 조수석에 타는)
성우　? (운전석에 타는)

## 씬 37. 차 안.

준희, 안전벨트 하는,
성우, 안전벨트 하는데.

준희　(성우 보며) 데이트하러 갈래요?
성우　(고개 돌려 준희 보고) ...... (짐짓 편히 웃으며) 보는 게 데이튼데, 무슨 데이틀 따로 해?
준희　그래두요.
성우　(짐짓 장난처럼) 우리가 갈 데나 있고? 날두 훤한데... 아는 사람한테 들키기라도 하면, 책임질래? 난 책임 못 져.
준희　(잠시 생각하다, 편하게) 신촌에 아는 사람 있어요?
성우　(무심히) 응, 친구가 거기서 카페 해.
준희　종로에 아는 사람 있어요?
성우　특별히 그런 건 아닌데.... 고등학굘 거기서 다녀서 그런지, 동창들을 자주 만나, 왜?
준희　돈암동은요?
성우　돈암동? .... (생각하다) 있겠지, 뭐. 근데 왜 자꾸 그런 걸 물어?
준희　(편하게) 성우 선배도, 나도 아는 사람이 전혀 없는 데가 어딘가.... 그런 곳이 있다면 거기 갈려구요.
성우　! ..... (그랬구나 싶어, 서글픈 한숨 나고, 운전대 잡고 앞을 보다가, 고개 돌려

다시 준희 보며) 일산에 아는 사람 없어? 난 없는데.

준 희　(성우 편하게 보며, 슬며시 웃음 밴) 나두 없어요.

성 우　좋아. 거기 가자. (하고, 시동 걸고, 차 출발하고)

## 씬 38. 주차장 나가는 성우의 차, 도로 달리는 성우의 차.

## 씬 39. 일산 호수공원, 저녁 무렵.

행복한 일가족 소풍 나온 모습 보이는,
젊은 남녀, 끌어안고 호수 보는 모습 보이는,
호수 주변 걷는 사람들, 일련의 호수 풍경 보이고,
카메라, 돌아가면, 성우, 준희, 벤치에 앉아 호수 보는.

성 우　(호수 보며) 지난번 엄마랑 왔을 땐, 물이 참 맑았는데.... 많이 탁해졌네.

준 희　(호수 보며) 원래 그런 줄 알았는데....

성 우　(호수 안 보고, 주변을 두리번거린다)

준 희　(성우 따라, 주변을 한 번 보고, 성우 보며) 누구 찾아요?

성 우　(그 소리에 준희 보고, 잠시 있다가 웃으며) 아니.....

준 희　근데 왜 두리번거려요?

성 우　(서글픈 웃음) 버릇이야.

준 희　?

성 우　(준희 안 보고) 이 교수 만날 때, 그 사람이.... 언제나 그러더라구...... 그땐 그게 참 많이 싫었는데..... 배웠나 봐. 혹여 아는 사람이 우릴 볼까.......

준 희　(성우 안된) ......

성 우　(준희 보며) 니가... 내 부하 직원이라고 생각할 땐, 둘이 아무리 많은 사람이 있는 곳엘 가도 당당했는데.... 이젠 이렇게 한적한 곳엘 와도.... (외면하며) 불안해. 눈치가 보여.

준 희　(성우의 맘 알겠다) ....... (손 들어, 성우 얼굴 돌려 본다)

성 우　(답답한, 왠지 초라해지는 기분 드는) ......

준희　(손 내리고, 고개 작게 저으며) 눈치 보지 말아요. 안 어울려요.
성우　(눈빛 피하고) ........
준희　일산에 쇼핑몰 있다는데 구경 갈래요? (일어나, 성우 손잡고) 가요.
성우　(보면) ?
준희　사람들 많은 데서 팔짱 끼고 걸어보자구요. 어서 가요. (하며, 끌고 가고)
성우　(당황한) 서준희야. 잠깐만..... (하면서도 끌려가고)

## 씬 40. 쇼핑몰 입구.

사람들 많은, 부산한,
준희, 성우 손잡아 끌고 들어가려 하고 있고,
성우, 버티는.

성우　손목 아퍼. 이거 놔봐. 집에 가자. 그냥 가.
준희　(따뜻하게) 들어가요.
성우　(고개 저으며, 작게 타이르듯) 싫어. 가자.
준희　안 돼요. 들어가서 구경하고 가요. 우리나라 인구가 몇인 줄 알아요? 4천 5백만이에요. 곧 5천만이 된대요. 그 많은 사람들 중에 내가 아는 사람은 불과 백 명도 안 돼요. 성우 선배 몇 명 알아요? 백 명 넘어요?
성우　(난감한)
준희　이 안에 우리 알아볼 사람 아무도 없어요. 들어가요. (하고, 끌고 들어가고)
성우　(난감한) 준희야. (하며, 들어가고)

## 씬 41. 쇼핑몰 풍경.

분주히 쇼핑하는 사람들 몇 컷 보이는,
성우, 준희, 에스컬레이터를 타고 가고 있다. 성우, 굳은 얼굴로 발끝 보며, 준희 외면하고 서 있고,
준희, 그런 성우 따뜻하게 보며, 손을 잡는다.

성우, 보면.

준 희　(앞만 보며) 웃어요. 안 웃으면 미워요.
성 우　(그런 준희 보고, 다시 앞 보고 준희에게 졌다는 듯 작게 웃는)

그렇게 에스컬레이터 오르는 두 사람.

몽타주.

1. 즐비한 옷 매장, 성우, 준희 팔짱 끼고 편하게 옷 구경하고 있다. 성우, '저 옷은 안 이쁘다.' 그러면, 준희는 '이쁜데.' 하고, 성우, '눈이 별로네.' 하며 웃으며 가고.

2. 그릇가게, 준희, 찻잔 들어보며 '이쁘다.' 그러면, 성우 '안 이쁜데.' 하면, 준희, 찻잔 내려놓으며 성우 흉내 내며 '눈이 별로네.' 하고 가고, 성우, 기가 찬 듯 웃고.

3, 속옷가게 앞, 준희, 멋쩍어 한쪽에 서 있는, 성우, 그런 준희 보고 웃으며, 속옷 포장하는, 점원, 포장된 속옷, 성우에게 주면, 성우 '고맙습니다.' 하며 받아가지고 나와, 준희 팔짱 끼며 '어서 가자.' 하며 웃는다. 준희, 왜 그런가 싶어, 보면, 성우, 준희 끌고 가고.

준 희　왜 그래요?
성 우　(웃음 머금고 가며, 턱으로 속옷 매장 가리키며) 야, 저 여자 장사 잘한다.
준 희　?
성 우　나보고 니 부인이냐고 묻네.
준 희　(웃음 짓고) 그렇게 볼 수도 있죠, 뭐.
성 우　(밉지 않게 눈 흘기며) 설마... 누나면 몰라도...... (하고 웃으며 가고)
준 희　(웃으며 가고)

## 씬 42. 잡화점.

성우, 장식대에 스카프 걸어놓은 것 이것저것 보고 있다.
준희, 성우와 스카프 구경하다, 하나 빼서 보이며.

준희 성우 선배한텐 이 색이 잘 어울릴 것 같은데.
성우 내 거 고르는 거 아냐. 엄마 거 고르는 거야. 그런데 나이 든 분 할 만한 게 통 없네. (하며, 스카프 구경하고)
준희 (멋쩍어, 스카프 도로 걸어놓는데)
성우 (문득, 다시 준희 보며) 서준희.
준희 ?
성우 (준희 안 보고, 스카프만 보며, 안 웃고, 짐짓 무심하게) 내가 너 스카프 하나 사줘두 되니?
준희 ......
성우 (스카프만 고르며) 못 하고 다닐 것 같음 말고, 강요하는 거 아니야.
준희 (성우 안된, 편하게) 정말 사줄래요?
성우 (준희 보는) ?
준희 (스카프 하나 꺼내며) 난 아까부터 이게 맘에 드네.
성우 ! (준희가 고맙다, 작은 웃음)

## 씬 43. 계산대.

준희, 남자 점원이, 포장지 찾는 거 보고 있다가, 성우, 왜 안 오나 싶어 보면, 성우, 여자용 스카프 들고 와서는 계산대 앞에 놓는다. 그리곤, 계산대에 놓인 준희 스카프 집어 준희 주머니에 넣는다.
준희, 이상하다.

성우 (점원에게, 들고 온 스카프 보며) 이건 선물할 거니까, 포장 이쁘게 해주시고, 아까 건 그냥 가져갈게요.
점원 네. (하며, 다시 포장지 고르고)

준희 ?
성우 (준희 보고, 편하게 웃으며) 니 건 굳이 포장할 필요 없잖아. 부인 거 샀어.
준희 !
성우 왜 늦었냐고 물으면 저거 사느라 늦었다 그래. (포장하는 점원 보고)
준희 (성우 맘 알겠다, 맘 짠해지고)

## 씬 44. 준희의 집, 전경.

## 씬 45. 준희의 집, 거실.

준희, 탁자에 신문 펴놓고 팔짱 끼고 앉아 신문을 보고 있다.

## 씬 46. 침실.

은수, 외출복 차림으로 거울 보며 스카프 하고 있다. 기분 좋다. 은수, 스카프 다 하고는 이리저리 보고는 방문 열고 나간다.

## 씬 47. 거실.

은수, 방문 앞에 기대서서 웃음 가득한 얼굴로 '어흠.' 하고 짐짓 큰 기침한다. 준희, 고개 들어 은수 보고.

은수 (밝게) 잘 어울리지?
준희 (편하게 웃으며, 고개 끄덕이는)
은수 고마워. (하고 웃으며, 탁자 위에 놓인 가방 들고) 잠시만 기다려, 금방 갔다 올게. (하고, 현관으로 나간다)
준희 ? (은수 보고) 어디 가?

은수 (준희 보고, 미안한, 눈치 보며) 나.... 사실은 결혼기념일 선물, 니 거 안 샀어.
준희 !
은수 (눈치 보며) 화났어?
준희 (답답해진다, 담배 피워 물고) 아니야.....
은수 (밝게 웃으며) 포도주 사 올게, 화내지 마.
준희 (은수 안 보고, 고개 끄덕이며) 화 안 내.
은수 (기분 좋고, 신발 신고 나가고)

준희, 답답하다. 한 대 깊게 빨고, 내뿜고, 답답한 마음에 머리 헝클어뜨리고, 다시 한숨 쉬는데, 전화벨 울린다. 준희, 전화기에 시선 가고.

## 씬 48. 성우의 방, 스탠드만 켜져 있는.

성우, 책상 앞에서 책 뒤적거리며 전화하고 있다.

성우 (편하게, 웃음 띤) 놀랬어? 괜히 전화했나 보다.
준희 (E) 아니에요.
성우 부인 공장 갔대서 한 건데, (사이, 걱정) 왔니? ..... 옆에..... 있어?
준희 (E) 아니요. 요 앞 가게 나갔어요.
성우 (안도의 한숨, 미안한, 편하게) 그랬구나. 전화하다 부인 들어오면 암말 말고 전화 끊어, 그래도 괜찮으니까, 알았지?
준희 (E) 네.
성우 (편하게) 전화 건 용건 빨리 말해야겠다. 저녁에 고마웠어.
준희 (E) 밥 먹었어요? ... 식사도 못 하고 헤어져서......
성우 (웃으며, 편하게) 나두 너랑만 밥 먹을 순 없어. 울 엄마 서운해한다고. 걱정 마. 엄마랑 아주 맛나게 밥공기 다 먹었으니까.

## 씬 49. 준희네 거실.

준희, 마음 짠한 웃음 지으며, 전화하고 있는.

**준 희** 반찬 뭐랑 먹었어요?

하는데, 현관 철커덕하고 열리는 소리 난다.

## 씬 50. 성우의 방.

**성 우** (편하게, 웃음 머금은) 무슨 반찬? 응... 김도 먹고, 삼치를 구웠는데 그게 맛이 괜찮(그 순간 찰카닥하며, 전화 끊기는 소리 난다, 성우 왜 그런가 싶다), 서준희...... (부저음 들리는, 성우 왜 그런지 알겠다, 씁쓸한 웃음 짓는, 천천히 수화기 내려놓고, 한숨 쉬고, 머리 쓸어 올리고, 전화기 보는, 그러다 실없는 웃음 피식 나는, 성우 책 보는데, 자기도 모르게 마음이 언짢아진다, 애써 괜찮은 표정 지으며 책 읽고)

## 씬 51. 준희의 거실.

준희(편하게 은수 보는, 따뜻한 웃음 감돈), 은수(강아지 안고), 잠옷 차림으로 마주 앉아 있다. 책상에 화집 펴 있다.
은수, 준희에게 보이려는 듯 강아지에게 말하고 있다.

**은 수** 잘해야 된다, 아빠한테 보여줘야 하니까, 자, 시작한다, (강조) 노래해.

강아지, 컹컹대고.

**준 희** 하하 (웃고).
**은 수** (준희 웃는 게 기분 좋아, 다시, 강아지에게) 노래해.

강아지, 짖고.

준희　(고개 절레절레 저으며, 웃으며) 증말이네, 노래하네.

은수　(웃으며) 진짜라니까...... 자기 없을 때 얘랑 놀면 하나도 안 심심하다. (강아지 보며) 우리 귀염둥이 잘했어요. (하며, 강아지 안아, 볼에 부빈다)

준희　(그런 은수 편하게 보고, 다시 화집 보려 고개 숙이는데)

은수　(강아지 머리 쓰다듬으며 준희 보며, 어렵게, 웃음 가신, 부탁하는 투) 준희야.

준희　(은수 보고) ?

은수　책 안 보면 안 돼?

준희　(무표정한, 외면하려 고개 옆으로 돌리는데)

은수　(강아지 머리만 쓰다듬으며) 나, 외롭다. (속 많이 상한, 꾹 참고)

준희　(은수 보며, 안타까운)

은수　(준희 차마 못 보고) 너...... 오늘 나 안고, 자줄 수 있니? (그렁해, 준희 보는)

준희　(그런 은수 맘 아퍼 보는) .....

## 씬 52. 침실, 어두운, 스탠드 불빛만 켜 있는.

카메라, 천천히 움직이는, 화장대에 있는 은수와 준희 밝은 모습의 사진, 방바닥에 준희(윗옷)와 은수 벗은 잠옷 보이고, 스탠드 불빛 보이고, 침대 아무도 누워 있지 않은 한쪽 보이고, 옆으로 움직이면, 아무것도 걸치지 않은 은수, 침대 시트 어깨까지 덮고 있는 게 보인다. 은수 무표정하게 눈 뜨고 있는데, 눈가가 그렁해 있다.

## 씬 53. 거실 + 베란다.

카메라, 천천히 돌아가면 텅 빈 거실의 정물들 하나하나 보이고, 베란다로 옮겨 가면 아무도 없다. 카메라 천천히 아래로 내려오면, 파자마 차림에 러닝만 입은 준희, 오른쪽으로 기대서서 한쪽 손으로 베란다 문을 잡고 눈가 그렁해 담담한 얼굴로 담배 피우고 있다. 바람이 불어, 베란다 커튼을 펄럭인다.

## 씬 54. 은수의 침실.

카메라, 씬 52처럼 주변 둘러 은수 쪽으로 가면, 은수, 씬 52의 모습 그대로 누워 있다. 은수, 잠시 그대로 무표정하게 있다가 눈물이 뺨 위로 주룩 흐른다. 은수 얼굴에서 이펙트.

은 수　(E, 담담한) 정은수..... 서준희는 변했어.... (눈 감는) 인정해......

천천히, 한쪽 화면 나눠지면서 준희 베란다에 서 있는 뒷모습과 은수 모습 한 화면에 잡히면서, 엔딩.